DAS GOLDENE HORN

Das Buch

Die Zentauren haben das Königreich Galadon verlassen, aber Nasja ist sich sicher, dass sie wiederkommen werden. Es liegt nicht in ihrer Natur, nach dem ersten Rückschlag aufzugeben. Nur König Nemos ist sich keiner Gefahr bewusst.
Er verfolgt seine eigenen Pläne. Doch diese bringen nicht nur Galadon in ungeahnte Gefahr.
Sie könnten auch Nasja und Artem das Leben kosten.
Nasja begreift, dass sie stärker sein muss als jemals zuvor.
Doch wird ihr das gelingen?
Kann sie Nemos' Pläne noch einmal durchkreuzen?

„Das Goldene Horn" ist der zweite Band der dreiteiligen Chroniken von Galadon.
Band 1: Das Mondtor
Band 2: Das Goldene Horn
Band 3: Die Diamantbrücke

Die Autorin

Karola Löwenstein wurde 1979 in Deutschland geboren, wo sie auch heute noch mit ihrer Familie lebt. Bevor sie mit dem Schreiben von Romanen begann, veröffentlichte sie erfolgreich Kurzgeschichten und Gedichte.
Mehr über Karola Löwenstein und ihre Bücher erfahrt ihr auf ihrer Facebook-Seite:
www.facebook.com/KarolaLoewenstein

DAS GOLDENE HORN

DIE CHRONIKEN VON GALADON

BAND 2

KAROLA LÖWENSTEIN

Die Handlung und die handelnden Personen dieses Romans sind frei erfunden. Jede Ähnlichkeit mit toten oder lebenden Personen ist nicht beabsichtigt und wäre rein zufällig.

Lektorat: TextCare (www.textcare.de)
Umschlaggestaltung: www.katharina-netolitzky.com unter Verwendung von Grafiken von Shutterstock

ISBN: 978-3-96966-824-5

INHALT

KAPITEL 1

Der Herbst war gekommen und hatte die letzten Spuren des Sommers unter gefallenem Laub und dichten Nebelschwaden begraben. Nasja ließ ihren Blick über den Schlossgarten schweifen, während sie ihre Hände tiefer in den Taschen ihres Mantels vergrub und tief die kühle Luft einatmete.

Die Gärtner von Schloss Schwanenberg hatten die Verwüstungen der protestierenden Menschen aus dem Antlitz des Gartens getilgt. Zerstörte Bäume waren gefällt und an ihrer Stelle neue gepflanzt worden.

Die zertrampelten Blumenrabatten waren wieder begradigt und kaputte Pflanzen ersetzt worden. Im nächsten Sommer, wenn die Blüten im warmen Wind schaukeln würden, würde sicher nichts mehr an die Zerstörungen erinnern.

Auch unten in Goros ging das Leben wieder seinen Gang, nachdem die Zentauren die Stadt verlassen hatten. Den Unrat hatten die Soldaten beseitigt und auf der Wiese, auf der die Zentauren gelagert hatten, graste nun eine Herde Schafe.

Doch auch wenn die Unansehnlichkeiten aus dem Antlitz von Goros entfernt worden waren, war doch nichts mehr wie vorher. Nasja blieb kurz am Schwanenteich stehen und sah einen Moment lang den majestätischen Tieren dabei zu, wie sie elegant ihre Runden über den Teich drehten. Dabei überlegte sie, was genau sich verändert hatte.

Man konnte es auf den ersten Blick kaum begreifen.

Nur wenn man länger in Goros war, verstand man es nach und nach. Angst lag über der Stadt. Die Menschen hatten ihre Leichtigkeit verloren und eine bedrückte Stimmung überkam Nasja jedes Mal, wenn sie in Goros war.

Das Lachen war aus den Gesichtern der Menschen verschwunden. Stattdessen sah sich jeder furchtsam um, als ob er damit rechnete, jeden Moment einem Zentauren gegenüberzustehen.

Die letzten Monate hatten ihre Spuren in den Herzen der Menschen hinterlassen und daran änderte auch die Tatsache nichts, dass das Äußere von Goros schöner strahlte als jemals zuvor.

In diesem Moment hörte Nasja das Läuten des großen Glockenturms, der Goros überragte. Der Wind stand günstig und trug das tiefe Dröhnen der Glocken bis zum Schlossgarten hinauf.

Es war schon acht Uhr. Nasja wandte sich vom Schwanenteich ab und eilte schnell ins Schloss zurück. Sie war so in ihre Gedanken vertieft gewesen, dass sie die Zeit vergessen hatte.

Sie huschte gerade noch rechtzeitig durch die Tür, die von ihrer Suite aus direkt in den Garten führte. Celistra wartete schon ungeduldig darauf, dass Nasja ihren morgendlichen Spaziergang beendete.

Sie hielt ihr den edlen Wollmantel hin. Schnell zog Nasja den dicken Mantel aus, der sie so gut wärmte, dass sie selbst bei Minusgraden nicht fror. Doch für einen Ausflug nach Goros war er leider nicht elegant genug. Stattdessen zog sie den feinen Wollmantel über, in dem sie garantiert wieder frieren würde.

Nasja schloss die Knöpfe und legte sich noch das Seidentuch um, das Celistra ihr gegeben hatte. Nach einem letzten Blick auf die Uhr verließ sie ihre Suite und eilte hastig die langen Gänge entlang, bis sie zu der großen Eingangshalle kam. Sie war nicht die Erste. Bonja und Finnie warteten schon dort. Doch Nemos, Toto und Frederika waren glücklicherweise noch nicht da.

Nasja atmete erleichtert aus. Sie hatte sich nicht verspätet, und das war gut so. Sie durfte Nemos nicht noch mehr provozieren. Seitdem sie ihm nach der Schlacht auf dem Schlosshof ein einziges Mal ihre Meinung gesagt hatte, sprach er noch immer kein Wort mit ihr. Sein Hass ihr gegenüber war stärker denn je und das ließ er sie bei jeder Gelegenheit spüren.

Dabei sollte sie diejenige sein, die ihn hasste. Sie wusste längst, dass er sie loswerden wollte und dass ihm dafür jedes Mittel recht war. Doch Nasja gab sich alle Mühe, damit Nemos keinerlei Grund fand, irgendetwas an ihr auszusetzen.

Sie kleidete und benahm sich, wie es sich für eine Königin gehörte. Selbst an diesen quälend langweiligen, sonntäglichen Ausflügen in den Tempel von Samara nahm Nasja teil, ohne auch nur ein Wort der Kritik zu äußern.

Dabei glaubte sie nicht an den strengen, rachsüchtigen Sonnengott, den Nemos zur einzigen Gottheit des Landes Galadon hatte ausrufen lassen. Bruder Pentos war auch kein mitreißender Redner, sodass Nasja den wöchentlichen Predigten nichts abgewinnen konnte, außer der Erkenntnis, dass sie ein Leben lang den gütigen und sanften Naturgöttern der Nymphen verbunden bleiben würde. Doch diesen Gedanken behielt sie besser für sich.

„Da bist du ja endlich.“ Finnie lächelte Nasja freundlich an.

Nasja umarmte erst Finnie und dann Bonja zur Begrüßung. Neben Celistra und Aros gehörten die beiden Schwestern von Nemos zu den wenigen auf Schloss Schwanenberg, die Nasja wirklich mochten und sich auch von Nemos nicht dazu anstacheln ließen, sie schlecht zu behandeln.

„Wie lange will Nemos uns denn noch zu diesen langweiligen Predigten zwingen? Seit dem Sommer geht das so und es hört einfach nicht auf.“ Bonja gähnte. Sie mochte das frühe Aufstehen nicht.

Nasja sah sich kurz um. Nemos war noch nicht da. Sie waren allein und Nasja konnte riskieren, offen zu sein. „Nach den Unruhen unter den Menschen muss Nemos mit gutem Beispiel vorangehen. Ich denke, wir müssen alle zur Predigt, damit jeder begreift, wie ernst er es mit Samara meint. Wenn die Menschen von Galadon sehen, dass Nemos jeden Sonntag zum Tempel geht, dann wissen sie, dass sein Glaube an Samara echt ist und nicht nur vorgeschoben. War er eigentlich immer schon so religiös?“

„Nemos? Religiös?“ Bonja grinste, als ob Nasja einen Witz gemacht hatte, dann schüttelte sie den Kopf. „Nein, er hat sich noch nie für irgendeine Religion interessiert. Ich weiß auch nicht, woher das plötzlich kommt.“

Doch Nasja kam nicht dazu, das Thema zu vertiefen, denn in diesem Moment hörte sie Schritte die Treppe herabkommen. Sie stellte sich neben Bonja und Finnie und senkte den Blick, wie es sich gehörte. In diesem Moment kam auch schon Nemos die Treppe herabgestiegen. Nasja beobachtete ihn aus den Augenwinkeln. Er trug einen warmen Pelzmantel und war ganz in ein Gespräch mit Toto vertieft. Sein blondes Haar hatte er zu einem Zopf zusammengebunden und seine weichen Gesichtszüge wirkten offen und interessiert.

Toto trug einen schwarzen Mantel mit goldenen Knöpfen, der Nasja weit entfernt an eine Militäruniform erinnerte. Nasja schmunzelte, als ihr klar wurde, dass Toto wenigstens den Eindruck erwecken wollte, dass er zu den erfolgreichen militärischen Kräften von Galadon gehörte. Dabei war er schon an der Aufnahmeprüfung der Militärakademie gescheitert. Nasja konnte sich noch gut daran erinnern, wie Auris davon erzählt hatte.

Nemos und Toto diskutierten eifrig und Nasja spitzte

die Ohren, um hören zu können, was die beiden so sehr beschäftigte, dass sie Bonja und Finnie nur kurz zunickten und wort- und gestenlos an Nasja vorbeigingen.

Frederika folgte ihnen. Im Gegensatz zu Nemos und Toto grüßte sie Nasja zumindest, genauso wie sie es mit Finnie und Bonja tat. Aber zu einem Lächeln oder einer anderen Geste konnte sie sich so früh am Morgen nicht durchringen, als sie an ihnen vorüberging. Sie gähnte lautstark und warf Nemos dabei einen vorwurfsvollen Blick zu.

Frederika machte kein Geheimnis daraus, dass ihr Nemos' Anordnung, dass sie alle an den sonntäglichen Predigten von Bruder Pentos im neuen Tempel in Goros teilnehmen sollten, wenig gefiel.

Nasja achtete kaum auf die schlechte Laune von Frederika. Sie lauschte nur dem Gespräch von Nemos und Toto, während sie sich der kleinen Truppe anschloss und aus dem Schloss trat.

Zu Nasjas Erstaunen sprach der junge König über die Predigt von Bruder Pentos. Nasja glaubte erst, sich verhört zu haben. Es ging wirklich nicht um den nächsten Besuch in einem der Herrenklubs und welche Garderobe dafür passen würde. Es gab keinen Zweifel. Nemos sprach tatsächlich darüber, dass der Tempel wieder voll sein würde und dass selbst draußen vor den Toren des Tempels Gläubige warten würden, um den Worten des Hohepriesters zu lauschen.

Nasja hatte immer gedacht, dass Nemos' Gläubigkeit nur vorgeschoben war. Doch die Ernsthaftigkeit, mit der er zu den Predigten ging, ließ Nasja immer mehr daran zweifeln, dass das eine Lüge sein sollte.

Nachdenklich schritt Nasja die Treppen hinab und stieg mit Bonja und Finnie in eine Kutsche. Nemos, Toto und Frederika fuhren in ihrer eigenen Kutsche. Flankiert wurden die beiden Kutschen von zwanzig Wachkräften auf Pferden, die sie auf diesem Ausflug begleiten würden.

Seitdem die Zentauren in Goros gewesen waren, war auch das neu. Nemos verließ das Schloss nur noch mit zahlreichen Männern an seiner Seite. War er früher häufiger allein mit Toto in den Klubs der Stadt unterwegs gewesen, bestand er seitdem immer darauf, dass ihn wehrhafte Krieger begleiteten. Er hatte sie selbst ausgesucht und angeheuert.

Nasja konnte es ihm nicht verdenken. Auch wenn es Nemos immer geleugnet hatte, hatte sie gesehen, dass Cesar und die Zentauren ihm Angst eingeflößt hatten. Nemos war sich der Gefahr, in der er die ganze Zeit geschwebt hatte, bewusst gewesen und wenn nicht, dann würde ihm Toto schon erzählt haben, dass Cesar laut ausgesprochen hatte, dass er Nemos' Kopf gern mit seinem Huf zertreten wollte. Sein Bedürfnis nach Sicherheit war also verständlich.

Doch eine Sache wusste Nemos bis heute nicht und das war, dass es nicht sein Verdienst war, dass die Zentauren Goros wieder verlassen hatten. Bis heute ahnte Nemos nichts von dem Mondtor und dem Kampf, der im Zelt von Cesar stattgefunden hatte und der nur knapp zu Galadons Gunsten ausgegangen war. Aros, Celistra, Artem und Nasja waren es gewesen, die Cesar und seine Männer vertrieben hatten.

Die Zentauren fürchteten die Menschen nicht. Sie hatten Respekt vor ihren Kriegsmaschinen, aber das war auch schon alles. Was sie wirklich fürchteten, war die Magie der Nymphen. Ohne den Einsatz ihrer Magie wäre Cesar niemals gegangen und Nemos hätte Galadon an die Zentauren verloren.

Es hatte in den letzten Wochen sehr oft Momente gegeben, in denen Nasja den Drang verspürt hatte, Nemos die Wahrheit zu sagen, weil sie seine Prahlerei über seinen Umgang mit den Zentauren nicht länger ertragen konnte.

Vielleicht verdiente er auch die Wahrheit, weil er die Gefahr sonst nicht wirklich ernst nahm.

Doch Nasja hatte sich jedes Mal gebremst, wenn ihr die Worte auf der Zunge gelegen hatten. Es reichte aus, wenn sie sich Nemos‘ Reaktion auf ihre Enthüllungen vorstellte, um die Sache weiter für sich zu behalten. Egal was sie sagte, Nemos würde ihr nicht glauben und ihre Worte als Lüge abtun. Daher schwieg sie lieber und ertrug seine Bemerkungen mit stoischer Miene.

Vielleicht glaubte Nemos sogar daran, dass Samara ihm wohlgesonnen war und es der Verdienst des Sonnengottes war, dass die Zentauren abgezogen waren. Das würde zumindest seine neu erwachte Religiosität erklären. Vermutlich hatte er in einem Moment der größten Angst ein Stoßgebet zu Samara geschickt und nachdem die Zentauren auf wundersame Weise verschwunden waren, glaubte er nun, dass das das Werk des Sonnengottes gewesen war. Das klang plausibel. Vielleicht erhoffte er sich weitere militärische Erfolge, wenn er Samara mit noch mehr Inbrunst huldigte.

Nasja sah eine Weile aus dem Fenster der Kutsche, während sie ihren Gedanken nachhing. Ein grauer, wolkenverhangener Himmel ließ den Morgen noch düsterer wirken. Das Wetter erinnerte Nasja an den Moment im Wald, kurz bevor sie Burg Isenstein erreicht hatten. Artems Worte klangen ihr in den Ohren. Doch es waren nicht die schönen Dinge, die sie beschäftigten.

Nasja dachte an Nemos‘ Plan, ihre Ehe aufzulösen, weil sie nie vollzogen worden war. Bis zu ihrem ersten Hochzeitstag im Sommer war es zwar noch lange hin, aber Nasja war nicht bereit, dieses Schicksal einfach so hinzunehmen. Nach der ersten Angst war ein Gefühl des Trotzes und der Entschlossenheit über sie gekommen.

Es musste doch eine Lösung geben, wie sie seinen Plan noch durchkreuzen konnte. Es war nicht so, dass sie sich darum riss, mit Nemos das Bett zu teilen, aber vielleicht reichte es schon aus, wenn sie nur den Anschein erweckte und damit seinen Vorwurf entkräften konnte.

Nasja hatte schon Hunderte Pläne geschmiedet, diesen Gedanken in die Tat umzusetzen. Sie hatte überlegt, sich in Nemos' Schlafzimmer zu schleichen oder Bedienstete dazu zu bringen, auf ihr Leben zu schwören, dass Nasja etliche Nächte gemeinsam mit Nemos verbracht hatte.

Doch immer wieder scheiterten Nasjas Pläne an der Tatsache, dass es jemanden geben musste, der Nemos entgegentrat und all die angeblichen Beweise ernst nahm. Doch wer sollte das sein? Auris war der Einzige, der ihr in den Sinn kam. Doch würde seine Macht ausreichen, um Nasja zu schützen und Nemos davon abzuhalten, ihr das Scheitern ihrer Ehe zuzuschieben?

Wie so oft drehten sich Nasjas Gedanken immer wieder im Kreis, ohne dass sie eine sichere Lösung fand.

„Es sind schon wieder mehr Bettler geworden." Finnies traurige Stimme riss Nasja aus ihren Grübeleien. Sie fuhr herum und blickte aus dem Fenster der Kutsche.

Nasja seufzte. Sie sah die zerlumpten Gestalten in kleinen und großen Gruppen an den Rändern der Alleen und prachtvollen Straßen von Goros sitzen und um Essen und ein paar Bronzemünzen betteln. In ihren traurigen Augen lag ein Ausdruck von Resignation, den Nasja noch nie in den Augen der Einwohner von Goros gesehen hatte.

Die Armut hatte es immer gegeben. Nasja kannte die engen Gassen, in denen die Menschen eng beieinander im Unrat der Gosse lebten. Seit sie in Goros wohnte, war sie regelmäßig dort umhergeschlichen. Doch jetzt sah sie den Hunger in den eingefallenen Gesichtern der Menschen und das hatte es in diesem Ausmaß noch nie gegeben.

„Das liegt an den neuen Steuern", sagte Bonja und seufzte. „Seit Freiherr von Lotringen sie eintreibt, bleibt den Leuten nicht mehr viel übrig. Viele konnten ihre Mieten nicht mehr zahlen und nun sitzen sie auf der Straße." Bonja wandte ihren Blick von einer Gruppe Kinder ab, die in den morgendlichen frostigen Temperaturen in ein paar dünne Decken gehüllt an einer Straßenecke saßen und mit zitternden Lippen die vorbeifahrenden Kutschen anstarrten.

Doch Nasja konnte nicht wegsehen. Sie bemerkte jedes Detail und es brannte sich mit schmerzhafter Präzision in ihre Gedanken. Sie sah die leeren Augen, in denen es keine Hoffnung mehr gab, sie sah den Schmerz über den Verlust einer sicher geglaubten Existenz.

Nasjas Herz zog sich zusammen und sie fühlte eine wachsende Empörung über die vielen Ungerechtigkeiten, die es in Galadon gab, in sich aufsteigen. Warum durften die einen im Luxus schwelgen, wenn die anderen nicht einmal genug zu essen hatten und hungernd und frierend auf der Straße saßen?

Als sich die Kutsche dem Tempel näherte, säumten immer mehr Bettler die Straßenränder. Am Sonntag erhofften sie sich ein paar milde Gaben von den Besuchern des Tempels.

Nasja hätte ihnen so gern etwas gegeben. Doch das letzte Geld, das sie besessen hatte, hatte sie dem Botenjungen von Freiherr von Lotringen gegeben und Nemos überließ ihr kein Bargeld. Sie durfte sich kostspielige Kleidung schneidern lassen und in die Oper gehen. Doch die Rechnungen wurden an Freiherr von Lotringen geschickt und von ihm kontrolliert und bezahlt. Sie war bei ihm gewesen und hatte ihn gebeten, ihr ein paar Münzen zu überlassen, über die sie frei verfügen konnte.

Doch er konnte ihren Wunsch nicht erfüllen. Nemos hatte angeordnet, dass ihre Ausgaben streng kontrolliert werden sollten. Da Freiherr von Lotringen sich nicht erweichen ließ, hatte Nasja all ihren Mut zusammengenommen und beim Abendessen mit Nemos gesprochen.

Doch all ihre vorsichtig geäußerten Fragen, ihr ein paar Münzen zu geben, über die sie selber entscheiden durfte, hatte Nemos ignoriert. Er hatte sie einfach wie Luft behandelt. Das war noch bitterer, als wenn er ihr eine Absage erteilt hätte.

Aber Nasja konnte nicht aufgeben. Der Gedanke an die Armen der Stadt ließ sie einfach nicht los. Nach dem letzten Sonntag hatte sie Nemos beim Abendessen gebeten, etwas für die Armen der Stadt tun zu können.

Doch Nemos hatte ihr wieder nicht geantwortet und das Gefühl der Bitterkeit verstärkte sich in Nasjas Brust. Diese Hilflosigkeit war das Schlimmste an allem. Sie wollte etwas tun, doch sie fand einfach keinen Weg, Nemos' Anordnungen zu umgehen.

Als Nasja die Kutsche verließ und zu dem prachtvollen Tempel hinaufsah, der in den letzten Wochen mitten in Goros nicht weit vom Theater errichtet worden war, musste sie schlucken.

Der Tempel war das prachtvollste Gebäude, das in Goros jemals gestanden hatte.

Es war ein riesiger, runder Kuppelbau, der von strahlend weißen Säulen umgeben war.

Das Erstaunlichste an diesem Bau war neben seiner Größe die goldene Kuppel, die selbst heute unter dem bewölkten Himmel leuchtete, als ob der Tempel der Mittelpunkt der Welt wäre.

Tag und Nacht hatten unzählige Handwerker daran arbeiten müssen, damit der Tempel so schnell wie möglich entstehen konnte. Das Dröhnen ihrer Hämmer und Sägen hatte Tag und Nacht von der Stadt heraufgeschallt.

Nasja achtete wieder auf ihre Umgebung. Sie durfte den Anschluss nicht verlieren. Schnell folgte sie Bonja und Finnie, die sich Nemos, Toto und Frederika schon angeschlossen hatten. Flankiert von den Soldaten betraten sie den Tempel. Ihre Schritte hallten von den hohen Wänden wider und Nasja kam sich in dem riesigen Tempel ganz verloren vor.

Die wichtigsten Vertreter der Gesellschaft von Goros hatten schon Platz genommen und warteten schweigend auf den König. Die Errichtung des Tempels hatte für Aufsehen gesorgt. Doch der volle Tempel war nicht allein dem Wunsch der Menschen geschuldet, Samara ihre Ehre zu erweisen oder neugierig das neue Bauwerk zu bestaunen.

Es war die Angst vor Nemos und seinen Methoden, die sie jede Woche wieder hierhertrieb. Die Schreie der Menschen, die Nemos über die Klippe hatte werfen lassen, klang nicht nur Nasja noch immer in den Ohren.

Nemos registrierte mit zufriedener Miene, dass jeder freie Platz im Tempel besetzt war. Er schritt langsam an den unzähligen Stuhlreihen vorbei, bis er zur ersten Reihe kam.

Die erste Reihe unterschied sich von den anderen. Die Stühle waren komfortabel gepolstert und mit bequemen Lehnen ausgestattet und sie wurden allein für die königliche Familie frei gehalten. Nemos ließ sich wie immer auf den Stuhl in der Mitte sinken. Neben ihm nahmen Toto und Frederika Platz.

Nasja, Bonja und Finnie setzten sich an den Rand.

Nemos gab den Wachleuten, die an der Tür bereitstanden, ein Handzeichen. Daraufhin schlossen sie die breiten Flügel der Eingangstür, die mit einem schweren Klacken ins Schloss fiel.

Als ob das sein Stichwort wäre, trat Bruder Pentos plötzlich hinter einer drei Meter hohen, goldbeschichteten Samara-Statue hervor.

Er trug einen prachtvollen, goldbestickten Umhang und hatte eine feierliche Miene aufgelegt. Mit ernstem Blick begann er seine Predigt, die sich kaum von den Predigten der letzten Wochen unterschied.

Er sprach darüber, dass der Glaube an Samara tief in

die Herzen der Menschen vordringen müsse und sie nur dann auf Erlösung aus dem irdischen Leid hoffen konnten.

Nasja fragte sich wie so oft, was diese Erlösung bedeuten sollte. Bruder Pentos blieb diesbezüglich immer sehr vage. Jetzt ging er zu dem ausführlichen Teil über, in dem er über die Pflicht jedes Einzelnen sprach, sein Leben dem Sonnengott zu widmen, bescheiden und demütig zu leben und keusch und anständig zu bleiben. Nasja ließ ihren Blick schweifen. Sie musste sich beherrschen, um nicht aufzustehen und zu sagen, dass die Worte des Hohepriesters purer Hohn waren.

Er stand in diesem prachtvollen Bau mit seinen opulenten Wandmalereien, die Samara in all seiner überirdischen Schönheit darstellten.

Der Sonnengott trug eine goldene Krone und einen diamantbesetzten Umhang und strahlte wie die Verkörperung des puren Luxus, während Bruder Pentos von Bescheidenheit sprach. Nasja konnte nur mühsam verhindern, dass sie den Kopf schüttelte.

Draußen bei den hungernden Menschen wäre das Geld, das dieser Bau gekostet hatte, besser aufgehoben gewesen. Doch diese Art von Gedanken schien Nasja ganz allein zu hegen.

Sie ließ ihren Blick ganz vorsichtig über die Reihen gleiten. Alles, was in Goros Rang und Namen hatte, war heute wieder hierhergekommen. Nasja erkannte die Minenbesitzer und die Schmiedemeister in all ihren prachtvollen Roben. Sie hatten genug Geld, um den Armen zu helfen.

Doch deswegen waren sie nicht hier. Sie hatten Angst vor Nemos und wollten den jungen König mit ihrer neu erwachten Frömmigkeit beeindrucken. Nasja sah die Furcht in ihren Augen, während die Menschen scheinbar interessiert der Predigt lauschten. Es war so, wie sie es immer vermutet hatte.

Niemand in diesem Tempel hatte Lust, von Nemos

über die Klippen geworfen zu werden, so wie es denen ergangen war, die sich gegen ihn gestellt hatten.

Nach einer gefühlten Ewigkeit ging Bruder Pentos dazu über, von den schlimmen Strafen zu sprechen, die man erwarten musste, wenn man sich nicht an die vielen Regeln des Sonnengottes hielt. Nasja konnte es kaum noch hören, doch sie zwang sich dennoch, aufmerksam zu lauschen.

Bruder Pentos holte gerade Luft und hob die Arme. „Und Samara wird euch in seinem Licht verbrennen und jeden eurer Knochen einzeln brechen, wenn ihr Sünden begeht. Im ewigen Feuer seiner Herrlichkeit werdet ihr endlose Schmerzen erleiden und nichts wird euch retten. Darum seid jetzt keusch und bescheiden, pflegt die feinen Künste und nicht die Ausschweifungen des Körpers. Dann werdet ihr in das heilende Licht von Samara eingehen und die Ewigkeit in seinem Frieden verbringen. Ihr werdet losgelöst sein von allem Leid, denn dann seid ihr ein Teil von Samara und seiner edlen Strahlkraft. Samara sei mit euch." Bruder Pentos faltete die Hände und schloss die Augen.

„Samara sei mit euch", antwortete die Menge in feierlichem Ton.

Bruder Pentos nickte. Dann setzte Harfenmusik ein und er ging mit ehrwürdiger Miene den Gang zwischen den Stuhlreihen entlang.

Nemos erhob sich zuerst. Er folgte Bruder Pentos den Gang entlang und ihm schlossen sich Frederika und Toto an. Dann erhoben sich Finnie, Bonja und Nasja und bildeten den Abschluss der königlichen Familie.

Am Scharren der Füße und dem Rücken der Stühle hörte Nasja, wie sich ihnen auch der Rest der feinen Gesellschaft von Goros anschloss.

Vor dem Tempel schüttelte Nemos gerade die Hand von Bruder Pentos und reichte ihm ein kleines Säckchen, aus dem es verheißungsvoll klimperte. Bestimmt war es so wie jede Woche mit Goldmünzen gefüllt.

„Diese Predigt war wieder sehr gut", sagte Nemos mit ernster Miene. „Ihr habt mich tief im Herzen berührt und ich bin mir sicher, dass es allen anderen auch so erging. Ich danke Euch für Eure ergreifenden Worte."

Bruder Pentos lächelte fein. „Ich habe Euch zu danken. Es ist eine Ehre, dass Ihr an dieser Predigt teilgenommen habt. Möge Euch Samaras Segen auf all Euren Wegen begleiten."

Nemos nickte mit dankbarer Miene, während sich Nasja fragte, ob die beiden die hungernden Menschen nicht weit von ihnen entfernt nicht bemerkten.

Offenbar blendeten sie das Elend komplett aus. Doch Nasja konnte es nicht. Woche für Woche wurden es immer mehr Menschen und mit jeder Woche sanken auch die Temperaturen. Der erste Schnee würde nicht mehr lange auf sich warten lassen und wie sollten die Menschen das überleben? Vor allem die Kinder?

Nasja gab sich einen Ruck. Sie musste etwas unternehmen, um diesen Menschen zu helfen. Sie sah das Säckchen voller Münzen in der Hand von Bruder Pentos und wusste, dass die vielen reichen Menschen hinter ihr Nemos' Bespiel folgen und dem Hohepriester ebenfalls reichlich Münzen zustecken würden.

Es war genug Geld da, um Essen zu verteilen und die Not ein wenig zu lindern.

Während Nemos darauf wartete, dass sich die Wachleute in Formation begaben, um sie zurück zu ihren Kutschen zu begleiten, trat Nasja auf Bruder Pentos zu.

Sie lächelte ihn freundlich an und sah sofort, wie ihr Äußeres Eindruck auf ihn machte. Seine Augen öffneten sich weiter und huschten über ihre klaren und ungewöhnlich hübschen Gesichtszüge.

Nasja kannte diese Reaktion auf ihr Äußeres und auch wenn sie es sonst nicht mochte, wenn sie derart im Mittelpunkt stand, wollte sie es heute ausnutzen.

„Mein lieber Bruder Pentos“, sagte sie mit weicher Stimme, woraufhin sich seine Wangen leicht röteten. Nasja nahm es erleichtert zur Kenntnis. Er würde ihr zuhören, so viel war schon einmal sicher. „Ich danke Euch für Eure ergreifenden Worte“, lobte sie seine Predigt. „Besonders der Teil mit dem Mitgefühl für unsere Mitmenschen hat mich sehr berührt.“

„Ja, wir dürfen nicht nur an uns selber denken.“ Bruder Pentos nickte mit erhabener Miene. „Selbstsucht ist eine große Sünde.“

„Das sehe ich ganz genauso“, sagte Nasja. „Und deswegen wollte ich Euch bitten, ob ich etwas für diese armen Menschen da unten in den Straßen tun kann. Sie leiden Hunger und frieren. Und wenn es uns so gut geht, kann ich ihr Leid kaum mit ansehen.“

Bruder Pentos sah sich um, als ob ihm die Menschen in den Straßen eben gerade erst aufgefallen waren. „Ja, die Armen.“ Er nickte geistesabwesend. „Die hat es schon immer in Goros gegeben.“

„Aber nun sind es mehr geworden“, erwiderte Nasja. „Und ihre Not ist groß. Der Winter steht vor der Tür. Ich erinnere mich gut daran, dass Ihr im Sommer im Namen von Samara Decken und Suppe an die Armen verteilt habt.“

„Genau, Ihr könnt so viel für diese armen Kreaturen tun.“ Bonja war plötzlich neben Nasja getreten und sah Bruder Pentos mit ernster Miene an. Sie musste ihrem Gespräch gelauscht und beschlossen haben, dass sie sich auch für das Schicksal der Armen von Goros einsetzen wollte. „Helft ihnen, bitte!“

Nasja überkam ein warmes Gefühl. Wenn Bonja sich mit ihr für die Menschen engagierte, dann musste Bruder Pentos ihrem Anliegen doch Gehör schenken.

„Sie wollten unsere freundlichen Gaben nicht“, erwiderte Bruder Pentos prompt und warf Nemos einen prüfenden Blick zu, der sich zu ihnen umgewandt hatte.

Nasja versuchte ruhig zu bleiben. „Ich bin mir sicher, dass Eure barmherzigen Gesten jetzt dankbar angenommen werden."

„Barmherzige Gesten?" Nemos stand plötzlich neben Bruder Pentos.

Der Hohepriester nickte eifrig. „Ja, Eure Gattin und Eure Schwester haben vorgeschlagen, Suppe und Decken an die Armen zu verteilen."

„Sie hatten ihre Chance", sagte Nemos herablassend an Bruder Pentos gewandt, als ob Nasja und Bonja gar nicht vor ihm stehen würden. „Sie haben sie ausgeschlagen. Samara wird keine einzige Münze mehr an sie vergeuden."

Bruder Pentos nickte und wandte sich von Nasja und Bonja ab, als ob sie nicht mehr wären als eine von den vielen Säulen, die den Tempel umgaben.

Nasja schluckte. Die Enttäuschung traf sie wie ein Faustschlag in den Magen. Wieder war einer ihrer Versuche schiefgegangen. Gab es denn niemanden, der ihr helfen konnte? War da keiner, der das Elend sah und auch die Macht hatte, etwas dagegen zu unternehmen?

Neben der Enttäuschung darüber, dass Bruder Pentos nicht bereit war, ihr zu helfen, überkam Nasja die Angst vor Nemos. War sie zu weit gegangen, als sie Bruder Pentos angesprochen hatte? Würde er der Meinung sein, sie hätte die Würde des Königs verletzt?

Hatte sie Bonja vielleicht in Schwierigkeiten gebracht? Bonja sah Nemos fassungslos hinterher. Sie konnte kaum glauben, dass er sie wie Luft behandelt hatte.

Für Nasja war das Gefühl nicht neu, doch Bonja war von der Heftigkeit überrascht. Sie wirkte, als ob sie lautstark protestieren wollte. Das durfte nicht passieren. Wenn Bonja Nemos vor all diesen Menschen in die Ecke drängte, würde es für sie beide böse enden.

Nasja trat auf Bonja zu und sah ihr fest in die Augen.

„Bleib ruhig“, flüsterte sie ernst, während sie Bonja mit einer energischen Geste am Arm nahm und sie zu den Kutschen zog.

Bonja schluckte. Doch dann schien sie einzusehen, dass es nicht gut war, wenn sie jetzt darauf drängte, von Nemos beachtet zu werden.

Nasja atmete erleichtert aus und betrachtete Nemos aus den Augenwinkeln. Sie würde keineswegs aufgeben. Es musste einen Weg geben, den Armen zu helfen. Sie ließ ihren Blick über die Menschen schweifen, deren hoffnungsvolle Gesichter an den Reichen hingen, die jetzt den Tempel verließen.

Doch nachdem Nemos achtlos an ihnen vorbeigegangen war und auch Bruder Pentos sie keines Blickes mehr würdigte, taten es ihnen die Reichen der Stadt gleich. Sie steckten Bruder Pentos gut gefüllte Säckchen zu und verschlossen vor dem Elend zu ihren Füßen ihre Augen und ihre Herzen.

Nur Nasja sah sie an und schwor sich, einen Weg zu finden, um etwas an ihrer Lage zu verändern.

KAPITEL 2

Schon seit einem Monat hatte Nasja Artem nicht mehr gesehen. Seit dem Abzug der Zentauren im Sommer waren sie sich nur noch bei den Ratssitzungen begegnet und dort hatte sich nie die Gelegenheit ergeben, mehr als nur ein paar oberflächliche Worte miteinander zu wechseln.

Nun war die Zeit für die nächste Ratssitzung gekommen und auch wenn es kaum noch Wichtiges zu besprechen und zu entscheiden gab, spürte Nasja dennoch, wie ihre Aufregung immer weiter anstieg.

Sie freute sich darauf, Artem wiederzusehen, und diese Freude wuchs mit jeder Minute, die die Ratssitzung näher kam.

Wenn er in ihrer Nähe war, schwand ihre Furcht vor Nemos. Sie konnte sich ein wenig entspannen. Solange Artem bei ihr war, würde ihr nichts geschehen.

Dieses Gefühl begleitete sie seit dem ersten Tag, an dem sie Artem gegenübergestanden hatte, und es verschwand nicht.

Ganz im Gegenteil, je besser sie Artem kennengelernt hatte, umso stärker war es geworden.

Nasja wusste, dass sie aufpassen musste. Sie hegte Gefühle für Artem, die sie nicht haben durfte, und niemand durfte je davon erfahren. Am wenigsten Nemos, der regelrecht nach einem Grund suchte, um Nasja endlich aus seinem Leben zu entfernen.

Jede Geste, jedes Wort konnte tödlich sein.

Ihr Leben hing davon ab, wie gut sie ihre Gefühle verbergen konnte. Nicht einmal Celistra hatte sie davon erzählt, obwohl sie sonst keine Geheimnisse vor ihr hatte. Nasja hütete ihre Gefühle wie einen Schatz.

Sie verbarg sie tief in sich, versteckt vor der Welt und vor anderen.

Hoffnung gab es keine, doch das erwartete Nasja auch nicht. Sie erfreute sich an dem wenigen, das sie hatte. Ein Blick von Artem ließ ihr Herz schneller schlagen, sein Geruch löste ein aufregendes Prickeln in ihrem Herzen aus und wenn sie seine Stimme hörte, war es, als ob er nur für sie allein sprach. Jeder Moment in Artems Nähe war unendlich kostbar und auch wenn die Ratssitzungen anstrengend waren, freute sich Nasja darauf, Artem endlich wiederzusehen.

Gleich nach ihrem Frühstück, das sie ungeachtet der kühler werdenden Temperaturen immer noch draußen im Garten einnahm, machte sich Nasja fertig. Seit dem letzten Gottesdienst war beinahe eine ganze Woche vergangen.

Nasjas anfängliche Sorge, dass Nemos ihr und Bonja übel nehmen könnte, dass sie sich bei Bruder Pentos für die Armen der Stadt eingesetzt hatten, war mittlerweile verflogen.

Nemos hatte kein Wort mehr darüber verloren. Er war viel zu sehr mit den Vorbereitungen des großen Lichtfestes beschäftigt. Bald fand die Wintersonnenwende statt.

Wenn die Sonne wieder an Kraft gewann, war dies ein besonderer Tag für die Anhänger des Sonnengottes, den sie so ausgelassen feierten wie die Nymphen die Fruchtbarkeitsriten im Frühjahr.

Obwohl, wenn Nasja darüber nachdachte, war das wohl doch nicht miteinander zu vergleichen. Wie sie aus den Gesprächen zwischen Toto und Nemos herausgehört hatte, bestanden die Feierlichkeiten in Goros zwar aus reichlich Speis und Trank und einem Feuerwerk um Mitternacht, aber die Liebe und die körperliche Nähe standen nicht im Mittelpunkt des Festes, wie es bei den Nymphen der Fall war.

Nasja seufzte. Sie vermisste die Leichtigkeit des Lebens im Land der Nymphen, die hauchdünnen Kleider, die Freiheit und die Liebe, die jeder zeigte, der sie in seinem Herzen fühlte.

Nachdem Celistra ihr die Haare gemacht und ihr Gesicht gepudert hatte, kontrollierte Nasja ihr Aussehen im Spiegel.

In dem opulenten Kleid wirkte sie wie eine elegante Fremde und dennoch sah Nasja in ihren grünen Augen, dass sie immer noch sie selbst war. Tief in ihrem Herzen war sie eine Nymphe und sie würde es auch immer bleiben.

Sie warf einen letzten Blick auf die Uhr, nickte Celistra zu und verließ ihre Suite.

Langsam ging sie die breiten Gänge entlang und stieg die Treppen zu Nemos' Arbeitsräumen hinauf. Alles war wie immer.

Als sie der Bedienstete vor der Tür kommen sah, nickte er Nasja zu und öffnete die Tür. Mit langsamen Schritten und gesenktem Blick trat Nasja ein.

Dann sah sie sich vorsichtig um. Nemos saß bereits an der Tafel und rechts neben ihm hatte sich Toto über zahlreiche Papiere gebeugt und notierte gerade etwas. Auch Auris und Exlet waren schon da. Sie sahen auf, als Nasja eintrat, und begrüßten sie höflich.

Nasja erwiderte ihren Gruß und nahm links neben Auris Platz. Zumindest das hatte sich geändert. Ein Stuhl stand nun immer für sie bereit und sie musste nicht mehr mit Nemos darum kämpfen, ob ihr der Platz im Rat zustand oder nicht.

Auris warf einen Blick auf die Uhr. In einer Minute war es zehn und die Ratssitzung würde beginnen. Wo blieben nur Drawomir und Artem? Nasja sah immer wieder zur Tür hinüber. Als die Stunde voll war, warf sie Auris einen fragenden Blick zu. Doch der zuckte nur mit den Schultern und beugte sich über seine Unterlagen.

Es war Nemos, der sich als Erster ungeduldig räusperte. „Wir sollten anfangen. Ich habe nicht ewig Zeit. Ich treffe mich dann gleich mit Bruder Pentos, um ein paar wichtige Dinge wegen des Lichtfestes zu besprechen."

„Ja, dann sollten wir wohl besser anfangen", sagte Auris gedehnt und blickte zur Tür, als ob er jeden Moment damit rechnete, dass sein Enkel erscheinen würde. Er schob in gemütlichem Tempo seine Papiere zu einem ordentlichen Haufen zusammen. Doch die Tür blieb geschlossen. Von Artem war nichts zu sehen oder zu hören.

„Beeilung", sagte Nemos in drohendem Ton, als Auris immer noch zur Tür hinübersah.

Auris fuhr herum und nickte. „Wir sind zwar nicht vollständig, aber so haben wir es schließlich vereinbart. Also gut, dann fangen wir ..." Mitten im Satz wurde Auris von dem Geräusch der aufschwingenden Tür unterbrochen.

Nasja fuhr herum. Artem stand plötzlich im Raum. Seine halblangen, lockigen, braunen Haare waren vom Wind zerzaust.

Er sah aus, als ob er gerade erst von seinem Pferd gestiegen war. Seine Kleidung war voller Staub und dabei wirkte er auf eine so raue und wilde Weise schön, dass Nasjas Herz sofort mit einer schmerzhaften Sehnsucht erfüllt war.

Sie sah jedes Detail seines Gesichtes mit voller Klarheit; seine kantigen Wangen, seine gerade Nase, seine sanft geschwungenen Lippen und die lange, blasse Narbe, die über seine Stirn verlief und von der Nasja immer noch nicht wusste, woher er sie hatte.

Normalerweise würde sein Anblick ein Lächeln auf ihr Gesicht zaubern. Doch der wütende Ausdruck in Artems Gesicht ließ sie vor Sorge erschauern.

Das lag vermutlich auch daran, dass er Drawomir am Nacken gepackt hatte und den Botschafter aus dem Land der Zentauren gerade gewaltsam in den Sitzungsraum schleifte. Er wirkte mit seinen breiten Schultern neben dem drahtigen Mann riesig.

„Was soll das?“ Nemos war aufgesprungen und starrte die beiden fassungslos an.

„Was das soll?“ Artem funkelte Nemos wütend an. „Ich war gerade auf dem Weg zu Schloss Schwanenberg, als ich Drawomir erwischt habe, wie er auf dem Weg war, Goros wieder in schnellem Galopp zu verlassen. Ich habe beschlossen, ihn zu fragen, warum er nicht zur Ratssitzung kommt, sondern die entgegengesetzte Richtung einschlägt. Aber leider ist er mir die Antwort schuldig geblieben, also habe ich ihn gepackt und mitgenommen. Vielleicht ist er hier bereit, zu reden.“

„Ich … ähm … es tut mir leid“, stotterte Drawomir und fuhr sich durch die dünnen Haare. Die Tür hinter ihnen schloss sich wieder.

Erst jetzt ließ Artem Drawomir los. Er stolperte ein paar Schritte vorwärts und begab sich dann, ohne ein weiteres Wort zu verlieren, auf seinen Platz neben Exlet, der ihn mit gerunzelter Stirn musterte.

Nemos nahm langsam wieder Platz, dabei ließ er Drawomir aber nicht aus den Augen. Artem setzte sich links neben Nasja, wo der letzte freie Stuhl stand. Sein Atem ging immer noch schneller und die Aufregung umgab ihn wie eine Wolke.

Ganz vorsichtig holte Nasja Luft. An Artem hing der Duft der Pferde und der Weite des offenen Landes. Sofort sah sie ihn vor sich, wie er mit wehendem Haar und einem Lachen auf den Lippen durch die Wälder und Wiesen ritt, frei wie der Wind und ohne sich an die Etikette des Hofes halten zu müssen. Wieder zog es schmerzhaft in Nasjas Brust, als sie daran dachte, dass sie so etwas nie wieder fühlen würde. Sie war keine Gefangene, aber dennoch fühlte sich das Leben mit Nemos oft so an.

Schnell verschloss sie dieses Gefühl wieder tief in ihrer Brust. Es brachte nichts, sich gegen das Unvermeidliche aufzulehnen. Daran zerbrach man nur früher oder später. Sie musste ihr Los akzeptieren und das Beste daraus machen.

„Nun ja", sagte Auris gedehnt, nachdem alle saßen. „Dann wollen wir beginnen und ich würde sagen, ich übergebe das Wort gleich an Drawomir, damit er uns diesen Auftritt erklärt und uns die Lage im Land der Zentauren schildert." Auris verschränkte die Arme vor der Brust und sah Drawomir mit durchdringender Miene an.

Im Sitzungsraum herrschte absolute Stille. Drawomir war regelrecht erstarrt, als alle Augen auf ihn gerichtet waren. Nasja sah die Angst in seinem Blick, als er immer wieder zu Nemos hinüberblickte.

Er brauchte nicht erklären, warum er Goros verlassen hatte. Es gab schlechte Nachrichten aus dem Land der Zentauren und Drawomir war aus Angst vor Nemos geflohen. Nasja konnte die Furcht in seinen Augen sehen.

Nun wurde auch Nemos unruhig. Er räusperte sich und trommelte mit den Fingern auf der Tischplatte. „Jetzt sprich es endlich aus, egal was es ist. Ich habe noch etwas vor."

Drawomir sah den jungen König ungläubig an.

„Du hast den König gehört", fuhr ihn Auris an. „Du sollst offen sein. Was ist geschehen?"

„Ich … ich …" Drawomir holte hastig Luft. In seinen Augen lag ein gehetzter Ausdruck.

„Ja?" Auris holte tief Luft.

„Ich bringe Nachricht von den Zentauren", schaffte es Drawomir endlich, seinen Satz mit gepresster Stimme zu vollenden.

„Eine Nachricht? Von den Zentauren?" Bis jetzt hatte

Drawomirs Auftritt Nemos allenfalls erzürnt und verwirrt, aber bei diesen Worten funkelte er den Botschafter aus dem Land der Zentauren plötzlich wütend an. Ganz langsam erhob sich Nemos wieder.

Nasja beobachtete es mit Unbehagen. Seitdem die Zentauren im Sommer abgezogen waren, wurde Nemos nicht müde zu erzählen, wie gute Freunde die Menschen und die Zentauren geworden waren und dass dies allein sein Verdienst war.

„Ja, von den Zentauren." Drawomir nickte. Dann schwieg er und starrte die Tischplatte vor sich an.

Nemos' Gesicht färbte sich innerhalb kürzester Zeit knallrot. „Jetzt sprich endlich", brüllte er Drawomir immer noch im Stehen an.

Der hagere Mann zuckte zusammen, als ob Nemos ihn geschlagen hätte. Doch Nemos' Wut schien ihn endlich dazu zu bringen, ein paar Worte mehr auszuspucken, als er bisher hervorgebracht hatte.

Ohne die Tischplatte aus den Augen zu lassen, sprudelten die Sätze plötzlich aus Drawomir heraus. „Cesar hat mich zu sich bestellt, kurz bevor ich so wie jeden Monat nach Goros aufgebrochen bin. Er war gut gelaunt und das kam mir schon ziemlich verdächtig vor. Er hat sonst nie gute Laune. Eigentlich ist er ein ziemlich grimmiger Zeitgenosse. Er hat mir aufgetragen, Euch eine Botschaft zu überbringen." Drawomir schluckte.

„Und da dachtest du, es ist eine gute Idee, Goros zu verlassen, ohne bei mir gewesen zu sein?" Nemos sah Drawomir drohend an.

Plötzlich hob Drawomir den Blick. Er war leichenblass und in seinen Augen lag die pure Resignation. Er hatte mit seinem Leben abgeschlossen. Jegliche Hoffnung und auch jegliche Angst waren daraus verschwunden.

„Es sind keine guten Nachrichten, die ich zu überbringen habe, und ich weiß, dass ich den königlichen Zorn auf mich ziehen werde, wenn ich sie ausspreche. Ja, ich hatte Angst, herzukommen.“ Seine Stimme klang kraftlos und leise.

„Was will Cesar?“, knurrte Nemos, anstatt auf Drawomirs Worte einzugehen. Es war ihm nicht anzusehen, was er von der Sache hielt. Er schwankte irgendwo zwischen Neugier, Wut und Empörung.

Drawomir sah Nemos jetzt direkt an. Sein Gesicht glich einer leblosen Maske. „Cesar, der König der Zentauren, lässt mich ausrichten, dass die Zeit gekommen ist, um die Schulden zu begleichen, die der König von Galadon bei ihm hat.“

„Schulden“, krächzte Nemos überrascht.

Drawomir nickte. „Der König der Zentauren ist Nemos zu Hilfe geeilt, um ihm sein Schloss und seine Hauptstadt zurückzugeben, die er an die Protestierer verloren hatte. Cesar fordert nun, da wieder Recht und Ordnung eingekehrt sind, dass Nemos seine Schulden bei ihm bezahlt.“

„Was will Cesar?“ Nemos war jetzt mindestens genauso blass geworden wie Drawomir. Seine Stimme war eisig. Alle Augen hingen an dem Botschafter aus dem Land der Zentauren.

Stockend fuhr Drawomir fort. „Cesar fordert die großen Ebenen im Süden von Galadon als Gegenleistung für seine Hilfe. Ihr sollt sie den Zentauren überlassen und damit ist Eure Schuld getilgt.“ Drawomir hatte die letzten Worte hastig ausgesprochen. Dann schwieg er, als ob ihn auch noch die letzte Energie verlassen hatte.

Nasja hatte es die Sprache verschlagen. Sie konnte gut verstehen, warum Drawomir die Hauptstadt verlassen und sich nicht getraut hatte, mit dieser Botschaft bei Nemos zu erscheinen. Die Forderung von Cesar war unverschämt und völlig außerhalb dessen, was für seine Unterstützung bei der Rückeroberung von Schloss Schwanenberg angemessen wäre.

Ganz automatisch wanderte Nasjas Blick zu Nemos. Der war völlig erstarrt und sah Drawomir an, als ob dieser einen absurden Scherz gemacht hatte.

„Das ist nicht sein Ernst“, murmelte Nemos entsetzt. Sein Blick flackerte.

„Es ist Cesars absoluter Ernst“, sagte Drawomir bitter. Dann erhob er sich und legte mit einer langsamen Bewegung die lederne Weste ab. Er hängte sie über seinen Stuhl und knöpfte dann sein Hemd auf. Auch dieses zog er sich aus und hängte es ordentlich über den Stuhl.

Nicht nur Nemos musterte ihn mit verständnisloser Miene. Alle Blicke hingen an Drawomir und jeder fragte sich, was sein seltsames Verhalten zu bedeuten hatte.

Dann drehte sich Drawomir langsam um und als Nasja seinen Rücken sah, holte sie zischend Luft.

Auf den Rücken des Botschafters hatte jemand mit einer spitzen Klinge den Umriss des Landes der Zentauren in die Haut geritzt und zu diesem Umriss die großen Ebenen hinzugefügt.

Die Wunde war schon verkrustet und würde wieder verheilen, aber es war keine Frage, dass das schmerzhaft gewesen war und Narben hinterlassen würde. So behandelte man den Botschafter eines anderen Landes nicht und dass Cesar es trotzdem getan hatte, ließ Nasja erahnen, dass seine Wut über die missglückte Eroberung von Galadon immer noch nicht verraucht war.

„Diese Gäule sind nichts anderes als Verbrecher“, fluchte Nemos und starrte Drawomirs Rücken fassungslos an. „Wie kann er es wagen, solche Forderungen zu stellen, und das auch noch auf dem Rücken meines Botschafters? Das ist geschmacklos und unverschämt. Ich war Cesars Freund und bin so großzügig und gastfreundlich zu den Zentauren gewesen.“ Nemos schien über den Lauf der Dinge ernsthaft erschüttert zu sein.

Doch nicht nur er. Nasja ließ schnell ihren Blick schweifen. Auch in den Gesichtern von Exlet, Artem und Auris sah sie pures Entsetzen.

Nasja spürte, wie es ihr auf der Zunge lag, auszusprechen, dass sie Cesars Forderung nicht wunderte. Sie hatte von Anfang an gesagt, dass die Zentauren nicht ohne eine Gegenleistung kommen würden, um Nemos zu helfen. Auch Auris war sich dessen bewusst gewesen.

Dass Nasja, Artem, Aros und Celistra die Zentauren aus Goros vertrieben hatten, hatte nur für wenige Monate dafür gesorgt, dass Cesar sich zurückhielt. Seine Rechnung mit Nemos wollte er nun doch noch begleichen.

Ein lauter Schrei ließ Nasja herumfahren. Es war Nemos, der ihn ausgestoßen hatte. Drawomir zuckte zusammen. Er rechnete damit, dass ihn nun die Wut von Nemos treffen würde, vor der er davongelaufen war. Einen Moment lang glaubte Nasja, dass auch genau das passieren würde.

Nemos hatte sein Schwert gezogen und stieß damit in die Luft, als ob Cesar vor ihm stehen und er ihn mit einem Stich ins Herz töten wollte.

Drawomir schloss die Augen und gab ein ersticktes Wimmern von sich.

„Diese Barbaren sind es nicht wert, dass man auch nur einen Quadratmeter Land an sie verschwendet“, schrie Nemos. „Wie kann es Cesar nur wagen, so etwas zu fordern? Ich werde ihm kein Stück unserer Ebenen überlassen. Niemals wird ein Gaul über unseren heiligen Boden reiten.“ Er stieß mit dem Schwert in die Luft und kam Drawomir dabei gefährlich nahe.

„Jetzt beruhigen wir uns erst einmal“, sagte Auris in gedämpftem Tonfall und wandte sich an Nemos. „Bitte steckt die Waffe weg, mein König. Hier kämpfen wir mit Worten, und ganz nebenbei bemerkt, befindet sich unser Feind nicht hier im Raum. Drawomir verdient unser Mitgefühl und nicht unsere Wut."

„Das ist wahr", murmelte Toto, der immer noch entsetzt Drawomir anstarrte. Das, was man ihm angetan hatte, konnte Toto offenbar nur schwer verdauen. „Der arme Kerl."

Nemos musterte Toto überrascht. Seine Worte schienen auf ihn zu wirken.

„Also gut", sagte Nemos und ließ das Schwert sinken. „Zieh dich wieder an, Drawomir." Nemos steckte das Schwert weg und ließ sich auf seinen Platz sinken. In seinen Augen lag kalte Wut und das machte die Sache nicht wirklich besser. „Ich entbinde dich von deinem Dienst im Land der Zentauren. Wir verzichten vorerst darauf, einen Botschafter zu den Zentauren zu senden, wenn sie so mit unseren Abgesandten umgehen."

„Wie sollen wir mit Cesars Forderung umgehen?" Auris sah Nemos prüfend an und dieser Blick erinnerte Nasja an einen Lehrer, der die Antwort schon im Kopf hatte und nun wissen wollte, ob sein Schüler auf dieselbe Idee gekommen war.

Doch Nemos schien es nicht zu bemerken. Er sah kurz aus dem Fenster in den nebelig trüben Tag hinaus.

„Wir schicken ihm Geld", sagte der junge König nach einer kurzen Zeit des Überlegens und wandte sich wieder Auris zu. „Das ist angemessen für Cesars Dienste und damit ist die Sache hoffentlich erledigt. Wenn er klug ist, nimmt er das Geld und vergisst seine frechen Forderungen wieder. Wer ist mit diesem Vorschlag einverstanden?" Nemos sah mit ruhigem Blick in die Runde.

Für seine Verhältnisse hatte sich Nemos schnell wieder beruhigt.

Drawomir starrte ihn immer noch überrascht an. Er schien nicht glauben zu können, dass die Angelegenheit damit erledigt war. Als er die Frage vernahm und ihm klar wurde, dass seine Stimme zu einem Vorschlag des Königs gefragt war, schoss sein Arm sofort nach oben.

Und nicht nur sein Arm erhob sich. Auch die Hände von Toto und Exlet gingen nach oben.

Nasja brauchte sich nicht die Mühe zu machen, irgendetwas zu sagen. Die Sache war bereits entschieden, egal, was sie für eine Meinung dazu hatte.

„Und mit welchem Geld wollt Ihr den Zentaurenkönig bezahlen?“, fragte Auris ganz ruhig. Dennoch sah Nasja, wie es in seinen Augen blitzte. Er war mit Nemos‘ Entscheidung alles andere als einverstanden. Er hätte die Sache anders gelöst. „Die Kassen sind für dieses Jahr leer, wie Ihr vielleicht noch wisst. Das Budget ist aufgebraucht. Um Eure großzügige Spende an Bruder Pentos bezahlen zu können, mussten wir uns Geld bei den Trollen leihen und die Steuern für unsere Bürger erhöhen. Sonst hätten wir das Geld nicht zurückzahlen können. Die Menschen tragen bereits schwer an der Steuerlast. Die Armen werden immer ärmer. Geht durch die Straßen von Goros und seht es Euch an. Noch mehr Geld können wir den Bürgern nicht abnehmen. Sie haben einfach nichts mehr. Jetzt können wir natürlich noch an die Taschen der Vermögenden gehen. Bis jetzt machen ihnen die Steuern nicht viel aus. Sie verdienen gut an dem Handel mit den Trollen und den Nymphen. Wenn jeder von ihnen etwas für die Bezahlung der Zentauren dazugibt, haben wir die fünftausend Goldstücke bestimmt schnell zusammen.“

Einen Moment lang sah Nemos Auris zornig an. Doch gegen die Macht der Argumente konnte er nichts erwidern. Er kannte die Lage. Mit einer schnellen Bewegung wandte sich Nemos Exlet zu.

„Geh zu den Trollen und leihe dir neues Geld. Wir brauchen noch einmal fünftausend Goldmünzen. Verhandle mit ihnen, damit wir das Geld erst in vielen Jahren zurückzahlen müssen.“ Nemos hatte die Augen zu Schlitzen verengt, woraufhin Exlet hastig nickte. Er wagte es nicht einmal, zu widersprechen.

„Das nimmt kein gutes Ende“, murmelte Auris, und Nasja konnte ihm nur zustimmen. Die Steuern waren für die Zeit von fünf Jahren erhöht worden und nun musste dieser Zeitraum noch verdoppelt werden. Wenn die Menschen schon nach wenigen Monaten in Armut lebten, wie sollte es noch in einem oder gar zehn Jahren sein?

Nasja wagte kaum, daran zu denken. Diese Ungerechtigkeit war kaum auszuhalten. Vor allem, weil sie wusste, dass es genug Geld in Goros gab. Das Budget des Königs mochte für dieses Jahr erschöpft sein, aber es gab so viele reiche Bürger, die von den für sie günstigen Steuern profitierten, dass sie sogar ihre Häuser mit Gold beschichten konnten.

Es wäre für sie ein Leichtes, ein paar Steuern mehr zu bezahlen.

Doch Nemos hatte das Thema schon beendet und setzte sich wieder auf seinen Platz. „Wie ist die Lage im Land der Trolle?“, ging er zum nächsten Tagesordnungspunkt über. Er sah Exlet mit einem erwartungsvollen Gesichtsausdruck an.

Drawomir atmete erleichtert aus, während sich Exlet überrascht räusperte. Auf den schnellen Themenwechsel war er nicht vorbereitet gewesen. Seine kleinen Augen blinzelten nervös.

„Nun ja, die Lage ist ruhig, würde ich sagen.“ Exlet räusperte sich erneut. „Die Trolle lassen sich regelmäßig über den Bergbau in Galadon unterrichten und sie verfolgen mit großem Interesse die Ereignisse in unserem Lande. Über die Hilfe, die wir von den Zentauren bekommen haben, waren sie besonders erstaunt.“

„Sie sprechen also über die Menschen von Galadon.“ Nemos zog missbilligend eine Augenbraue hoch.

„So wie wir über die Trolle sprechen, sprechen sie über uns“, sagte Exlet achselzuckend, als ob das selbstverständlich wäre. „Aber sie interessieren sich auch sehr für die neusten Erfindungen unserer Waffenmeister und die Damen schätzen die feinen Arbeiten unserer Goldschmiede."

„Kaufen sie auch genug unserer Waren?", fragte Nemos erwartungsvoll. „Oder reicht es ihnen, wenn sie uns ihre billigen Briketts liefern?"

„Sie kaufen unsere Waffen und auch unseren Schmuck", brach Auris die Unterhaltung an dieser Stelle ab. Es war ihm anzusehen, dass er fürchtete, dass Nemos wieder das Gespräch auf einen Handelsstopp bringen könnte.

Nasja war froh, dass Auris so schnell einschritt und stattdessen den Blick auf sie richtete.

„Nasja vom grünen Born, was gibt es für Neuigkeiten aus dem Land der Nymphen?" Auris sah Nasja erwartungsvoll an.

„Mein Vater lässt ausrichten, dass die Bauarbeiten an den Wehranlagen planmäßig vorangehen und dass die Bauarbeiten im nächsten Sommer abgeschlossen werden können. Die Unterstützung der Soldaten von Galadon wird also nicht länger benötigt als vereinbart." Nasja nickte Auris zu, denn mehr gab es von den Nymphen nicht zu berichten. Über die Handelsbeziehungen verlor sie kein Wort. Ihr Vater hatte ihr zwar geschrieben, dass sich die Verkaufsmengen der Stoffe in der letzten Zeit erhöht hatten, aber das blieb besser unerwähnt.

„Vielen Dank." Auris sah auf seine Unterlagen hinab, schob ein paar Zettel zur Seite, blätterte darin und sah dann wieder auf.

„War es das?" Nemos sah Auris ungeduldig an.

„Nein, mein König. Einen letzten Punkt müssen wir noch besprechen. Es wurde eine Bitte an mich herangetragen, und zwar geht es um die Lage der Armen in der Stadt. Wie wir bereits feststellen mussten, hat sich ihre Situation in den letzten Wochen durch die hohen Steuern verschlechtert. Sie haben kein Geld mehr für Essen und Unterkunft. Da wir durch unsere Verpflichtung bei den Trollen daran vorerst nichts ändern können, müssen wir das Problem anders angehen. Ich denke …" Doch Auris kam nicht mehr dazu, zu äußern, was er dachte, denn Nemos war wieder aufgesprungen und funkelte Nasja wütend an.

„Jetzt geht das schon wieder los", schrie er. „Nymphe, ich habe dir verboten, dich in meine Angelegenheiten einzumischen. War ich nicht klar, als ich gesagt habe, dass es keine Hilfen mehr geben wird? Ich habe es hier auf Schloss Schwanenberg gesagt und auch vor dem Tempel."

Nasja schluckte. Es lag ihr auf der Zunge, zu sagen, dass er kein einziges Mal mit ihr persönlich gesprochen hatte. Hier auf Schloss Schwanenberg hatte er ihre Bitte ignoriert und es nicht einmal für nötig gehalten, ihr zu antworten, und vor dem Tempel hatte er seine Antwort an Bruder Pentos gerichtet.

Doch Nasja verzichtete darauf, diese kleinen Details zu erwähnen. Das würde Nemos nur noch wütender machen.

„Es ist eine Frechheit ohnegleichen", fuhr er zornig fort. „Dass du Bruder Pentos überhaupt darauf angesprochen hast, den Armen zu helfen, ist einfach nur unverschämt. Und das in meiner Gegenwart. Ich wollte ja darüber hinwegsehen, aber du gibst einfach keine Ruhe. Jetzt willst du es über Auris probieren. Es reicht mir. Du hast eine Grenze überschritten. Deine ständigen Provokationen beleidigen meine Würde. Ich klage dich an und der Rat wird über dein Schicksal entscheiden." Ein triumphaler Ausdruck machte sich auf Nemos' Gesicht breit.

Nasja spürte, wie die Angst sie mit einem Mal überflutete. Wie kaltes Wasser floss sie über Nasja hinweg und nahm ihr den Atem.

Das war also die ganze Zeit Nemos' Plan gewesen. Er wollte seinen Vorwurf vor dem Rat äußern und der sollte darüber entscheiden, was aus Nasja wurde. Sie hatte keine

Chance, das zu überleben, das wurde ihr in diesem bitteren Moment klar. Egal wie viel Mühe sie sich gab, ihre Unschuld zu beweisen, die Entscheidung würde immer gegen sie ausfallen. Nemos hatte die Mehrheit des Rates auf seiner Seite. Der Rat würde immer in seinem Sinne entscheiden.

„Was?“ Artem war aufgesprungen und starrte Nemos ungläubig an. Die Tragweite von Nemos‘ Worten war ihm gerade mit aller Macht bewusst geworden. Er war blass und wirkte so entsetzt, wie Nasja ihn noch nie gesehen hatte. Seine Hand lag auf dem Griff seines Schwertes.

Nemos erwiderte Artems Blick ungerührt. „Sie ist zu weit gegangen. Ich habe dir gesagt, dass du sie nicht ewig beschützen kannst.“

„Du willst deine eigene Frau anklagen, weil sie den Armen helfen will?“ Artem schüttelte den Kopf, als ob er es einfach nicht verstehen konnte. „Ist es nicht Samara, der sagt, dass man seinen Nächsten helfen soll? So war es doch, oder? Du gehst doch jede Woche zu den Predigten von Bruder Pentos. Du hast Samara zum einzigen Gott von Galadon gemacht. Du solltest wissen, was dein Sonnengott dir aufträgt.“

„Das eine hat mit dem anderen nichts zu tun“, fauchte Nemos. „Ich klage Nasja vom grünen Born an, meine Würde verletzt zu haben.“

Artem hatte schon den Mund geöffnet, um zu einer Erwiderung anzusetzen, als ihn Auris mit einer Geste unterbrach.

„Jetzt bleiben wir alle mal ganz ruhig“, sagte Auris in einer Gelassenheit, die Nasja verwunderte. „Niemand wird hier angeklagt.“ Er zog einen Zettel aus seinen Unterlagen hervor. „Dieser Antrag stammt nicht von Nasja vom grünen Born. Sie hat rein gar nichts damit zu tun und deswegen wird sie weder angeklagt, noch wird irgendjemand über sie richten. Es war Ophelius Kronenstein, der mir diesen Brief geschickt hat." Auris beugte sich über den Brief und begann daraus zu zitieren. „Er wünscht, dass wir etwas gegen das Pack unternehmen, das auf den Alleen und Plätzen herumlungert und das Stadtbild beschädigt. Der Anblick der Armen und Kranken schadet seinen Geschäften. Die Damen seiner hochgestellten Gäste haben keine Lust, zwischen den Lumpen der Bettelnden umherzugehen, und bleiben daher der Oper fern. Er beklagt bereits spürbare Einkommensverluste. Dann verweist Ophelius Kronenstein noch einmal auf den neuen Tempel von Samara, der die Armen anzieht wie das Aas die Fliegen. Er empfiehlt, dass sich Bruder Pentos der Armen unserer Gesellschaft annimmt, denn für diese Zwecke spenden er und seine guten Freunde aus der gehobenen Gesellschaft von Goros jede Woche stattliche Beträge an den Hohepriester. Es wäre seine Aufgabe, sich um die Bettelnden zu kümmern und sie aus dem Stadtbild zu entfernen. Darin sind sich die Edlen der Stadt einig." Auris ließ den Brief sinken und sah auf. „Er lässt beste Grüße ausrichten und freut sich schon sehr darauf, uns bald wieder in der Oper begrüßen zu können."

Artem und Nemos hatten sich wieder auf ihre Plätze sinken lassen und Nasja atmete erleichtert aus.

Sie hatte gewusst, dass Nemos jede Gelegenheit nutzen würde, um sie anzuklagen.

Doch dass es so schnell gehen würde, hatte sie nicht erwartet. Auris hatte eingelenkt, aber noch war die Gefahr nicht vorüber.

„Ophelius Kronenstein?" Nemos lehnte sich zurück und musterte Auris skeptisch.

„Ja, der Direktor der Oper hat mir dieses Schreiben zukommen lassen und mich wissen lassen, dass es im Sinne aller Gewerbetreibenden der Stadt Goros verfasst wurde." Auris schob Nemos das Schreiben zu. „Ihr könnt es gern selbst lesen, falls Ihr Zweifel an meinen Worten hegt."

Nemos musterte den Brief kurz und verzog dann das Gesicht. Es gefiel ihm nicht, dass die Menschen der Stadt Forderungen an ihn stellten und dass die Gelegenheit, Nasja auf einfache Weise loszuwerden, schon wieder verstrichen war.

Doch offenbar wusste er auch, dass er nicht einfach so über die Worte von Ophelius Kronenstein hinweggehen konnte, wie er es mit Nasjas oder Bonjas Bitten tat.

„Also gut“, knurrte Nemos. Es war ihm anzusehen, dass es ihm nicht gefiel, nachgeben zu müssen. „Bruder Pentos soll sich um die Armen kümmern. Veranlasse alles Nötige, Auris. Geld hat der Hohepriester tatsächlich genug bekommen. Er soll ein paar Bronzemünzen in Nahrungsmittel investieren und sie von nun an jeden Tag verteilen. Aber abseits der Hauptstraßen, weit weg von der Oper, dem Theater und den Prachtstraßen von Goros. Er kann den alten Tempel neben dem Südviertel dafür nutzen.“

„Ich werde mich sofort um alles kümmern.“ Auris nickte schon zufrieden.

Doch da hob Nemos einen Finger und sah Auris mahnend an. „Aber die Nymphe soll ihm helfen. Ich will, dass sie an jedem Wochentag Suppe austeilt. Wenn sie den Armen helfen will, dann soll sie es selbst tun.“

Nasja schluckte. Nemos dachte wohl, dass er sie damit bestrafte, wenn er sie hinab in die Straßen von Goros schickte.

Vielleicht war es für ihn eine Strafe. Nasja konnte sich das gut vorstellen. Aber sie konnte ihr Glück kaum fassen. Endlich konnte sie etwas tun, und das auch noch mit ihrer eigenen Hände Arbeit.

Doch sie gab sich Mühe, ihre Freude zu verstecken. Wenn Nemos wüsste, dass er ihr damit einen Gefallen getan hatte, würde er seine Anweisung sofort wieder rückgängig machen.

Stattdessen sah sie ausdruckslos die Tischplatte vor sich

an und nickte, als ob sie ihr Schicksal nur mit großer Fassung ertrug.

„Sehr schön“, sagte Nemos auch prompt gut gelaunt und erhob sich. „Dann sehen wir uns nächsten Monat wieder.“

KAPITEL 3

Nachdem Nemos, Toto, Drawomir und Exlet gegangen waren, schloss Nasja für einen Moment die Augen und holte tief Luft. Sie war nur ganz knapp einer Katastrophe entgangen. Um Haaresbreite wäre heute das Urteil über ihr Leben gefallen und es wäre nicht gut ausgegangen. Die Angst und die Nervosität steckten ihr immer noch in den Gliedern.

„Danke, Auris", murmelte Nasja und öffnete die Augen wieder.

„Es gibt nichts zu danken", sagte Auris und erhob sich, nachdem er sich ein paar Notizen gemacht und alle Unterlagen wieder zusammengepackt hatte. Er lächelte Nasja zu. „Die Dinge sind nun einmal, wie sie sind. Wir sehen uns nächsten Monat und dann es gibt hoffentlich angenehmere Dinge zu besprechen als heute." Er nickte Artem noch einmal zu und verließ dann den Sitzungsraum.

Nasja konnte sich nur langsam erheben. Ihre Knie fühlten sich wackelig an. Der Schreck saß ihr immer noch in den Gliedern.

„Alles in Ordnung?" Artem sah sie besorgt an. Der weiche Klang in seiner Stimme berührte etwas tief in Nasjas Herz. Er sah aus, als ob er sie am liebsten in seine Arme ziehen und trösten wollte.

Nasja spürte, wie sie es zu Artem zog. Sie musste sich regelrecht dagegen wehren, auf ihn zuzugehen oder ihm ihre Hand zu reichen. Sie mussten Abstand zueinander halten. So sehr Nasja in diesem düsteren Moment eine Umarmung gebraucht hätte.

„Es ist noch einmal gut gegangen", sagte Nasja und versuchte tapfer zu lächeln. Sie senkte die Stimme. „Ich weiß jetzt, wie er die Sache einfädeln will. Ich darf mir nichts mehr zuschulden kommen lassen. Sobald er die Sache vor den Rat bringt, ist mein Schicksal besiegelt."

„Es ist nicht fair." Artem schüttelte den Kopf.

Nasja lächelte bitter. „Die Welt ist noch nie fair gewesen."

Artem zögerte. Sie sah einen Moment lang einen sehnsuchtsvollen Funken in seinen warmen, braunen Augen aufflackern, als ob eine Idee in seinem Herzen war, die hinauswollte, um zu einer Tatsache werden zu können. Doch der Moment verflog so schnell, wie er gekommen war.

„Sobald mein Großvater mit Bruder Pentos gesprochen und er das erste Treffen festgelegt hat, kümmere ich mich darum, dass du genügend Begleitschutz bekommst, damit du in den Straßen von Goros nicht in Gefahr gerätst, die Würde des Königs zu beschmutzen."

„Danke, Artem", sagte Nasja mit weicher Stimme. „Ohne dich wäre ich längst verloren." Sie flüsterte die letzten Worte, weil ihre Stimme versagte. Sie war sich sicher, dass Artem heute für sie gekämpft hätte, wenn es nötig gewesen wäre. Sie hatte gesehen, wie seine Hand zu seiner Waffe gewandert war. Es war so schnell geschehen, dass er nicht einmal über die Folgen nachgedacht haben konnte. Dass er das für sie tun würde, war erschreckend und schön zugleich.

Doch er würde alles für sie aufgeben, wenn er sich offen gegen Nemos stellte. Nasja nickte Artem zu. Dann ging sie an ihm vorbei zum Ausgang des Sitzungssaales. Sie musste noch wachsamer sein. Sie durfte weder sich noch Artem noch einmal in eine ähnliche Situation bringen.

Nasja sah nicht mehr zu Artem zurück, obwohl sie wusste, dass sein Blick noch auf ihr lag und er sie anlächeln würde, wenn sie sich noch einmal zu ihm umdrehte. Sie eilte hinab in ihre Suite und versuchte den Schreck über das eben Erlebte zu verdauen.

Doch das war gar nicht so leicht, jetzt wo Nasja wusste, was Nemos plante. Nasja versuchte die Angst von sich fortzuschieben, so gut sie es eben vermochte. Bis zur nächsten Ratssitzung war sie vorerst in Sicherheit. Sie erzählte Celistra von Nemos' Beschluss, Bruder Pentos eine Armenspeisung ausrichten zu lassen, bei der Nasja helfen sollte.

Es dauerte nicht lange und ihre Freude, etwas für die Armen von Goros tun zu können, überwog den Schreck immer mehr. Nasja wartete ungeduldig auf Neuigkeiten aus Goros. Doch es dauerte beinahe eine Woche, bis sie einen Brief von Bruder Pentos erhielt, in dem er ihr mitteilte, dass die Vorbereitungen abgeschlossen waren und für den kommenden Montag die erste Armenspeisung angesetzt wurde, an der sie sich beteiligen sollte.

Das Wochenende verging quälend langsam. Nasja zählte die Stunden und die Minuten. Sonntagnacht schlief sie unruhig und am Morgen war sie schon zeitig wach. Sie überlegte lange, was sie anziehen sollte, um dem Anlass entsprechend gekleidet zu sein, ohne gleichzeitig Nemos' Würde zu beschädigen. Dabei wurde ihr bewusst, dass jede Entscheidung ab sofort ein Drahtseilakt sein würde.

Doch schließlich entschied sie sich für ein einfaches Kleid aus dem groben Leinen der Weber von Goros und zog darüber den dicken Mantel an. Auch Celistra fand diese Auswahl angemessen. Um das schlichte Kleid auszugleichen, ließ sich Nasja von Celistra eine umso aufwendigere Frisur flechten und auch mit dem Puder sparte sie nicht.

Als sie ihr Äußeres im Spiegel musterte, war sie zufrieden. Sie war praktisch, aber dennoch elegant gekleidet. Sie konnte nur hoffen, dass das Nemos' Anspruch genügen würde.

So wie jeden Morgen frühstückte Nasja ein wenig Obst und frisches Wasser. Sie war gerade fertig geworden und hatte sich ihre Stiefel angezogen, als es an die Tür ihrer Suite klopfte. Celistra öffnete die Tür.

Nasja rechnete damit, dass sie einer der Soldaten abholen würde, die Artem ihr als Begleitung zugesagt hatte. Umso mehr wunderte sie sich, als er höchstpersönlich vor der Tür stand. Nasja konnte nichts dagegen tun, dass sich ein Lächeln auf ihr Gesicht schlich, als er so unerwartet vor ihrer Tür stand. Ihre Freude spiegelte sich in seinem Gesicht wider.

„Guten Morgen“, sagte Artem. „Bist du fertig?“

„Ja, das bin ich“, erwiderte sie, ging an Celistra vorbei und trat in den Gang. Dann nickte sie Celistra zu, die sich ebenfalls anzog und ihr folgte. „Ich habe gar nicht mit dir gerechnet. Du hast doch bestimmt viel wichtigere Dinge zu tun, als mich zu einer wohltätigen Veranstaltung zu begleiten.“

„Du bist meine Königin“, sagte Artem ernst, während sie Seite an Seite den Gang entlangliefen. „Ich will sichergehen, dass dir auf den Straßen von Goros nichts geschieht.“ Artem zögerte kurz.

„Ich habe Celistra und Aros dabei. Du weißt, dass die beiden in der Lage sind, mich zu verteidigen“, sagte Nasja, aber das schien Artem nicht zu beruhigen. „Was ist los?“, fragte Nasja sofort. „Gibt es etwas, das ich wissen sollte?“

„Die Stimmung in der Stadt ist nicht gut“, sagte Artem zögernd.

„Ich weiß.“ Nasja nickte. „Die Leute haben Angst vor Nemos.“

„Ja, das trifft es ganz gut und ich kann nur hoffen, dass sich diese Angst nicht plötzlich in Wut entlädt.“ Er seufzte, während sie durch die Gänge von Schloss Schwanenberg schlenderten.

„Wie meinst du das?“ Nasja wusste nicht so recht, worauf Artem hinauswollte. Erst als sie die Sorge in seinem Blick sah, begriff sie es. „Denkst du, die Leute würden mich angreifen?“ Nasja konnte sich das kaum vorstellen.

„Du lebst in einem Luxus, von dem diese Menschen auf den Straßen nur träumen können“, gab er zu bedenken.

„Aber ich kann doch nichts dafür“, sagte Nasja betrübt. „Ich will den ganzen Luxus nicht. Ich habe niemanden darum gebeten. Ich bin mit so wenig zufrieden.“ Nasja zögerte und holte tief Luft. Natürlich konnte sie nichts für die Position, in der sie sich befand, aber dennoch würde sie mit ihrer Kutsche und der guten Kleidung all das symbolisieren, was die armen Menschen von Goros nie haben würden. Es ging nicht um sie. Es ging darum, dass sie das Symbol der tiefen Spaltung der Gesellschaft war und es durchaus sein könnte, dass sich die Wut des einen oder anderen über diese Ungerechtigkeit ihr gegenüber entladen würde.

„Ich weiß, wer du bist“, sagte Artem ernst. „Aber die Menschen da draußen kennen dich nicht. Ich werde dafür sorgen, dass dir nichts geschieht.“

Nasja nickte, während sie an diesem trüben Novembermorgen das Schloss verließen. Anstatt einer Kutsche standen gesattelte Pferde auf dem Hof, umringt von fünf Soldaten, die bereits auf sie warteten. Auch Aros war schon da. Er saß auf einem der Pferde und nickte Nasja zu.

Als Nasja begriff, dass sie nach Goros reiten würden, begann sie ganz automatisch zu lächeln. Artem wusste wirklich, wer sie war.

Nasja lief zu einem der Pferde und schwang sich mit einer schnellen Bewegung in den Sattel. Ein Gefühl von Freiheit überkam sie, als sie nach den Zügeln griff. Artem hatte an alles gedacht. Es war besser, wenn sie mit dem Pferd kamen wie normale Menschen und nicht mit einer

Kutsche. Artem nickte Nasja zu und schwang sich ebenfalls in den Sattel. Auf sein Handzeichen setzte sich der Tross in Bewegung.

Celistra reihte sich neben Aros ein. Auf ihren Lippen lag ein sanftes Lächeln und Nasja wusste auch ganz genau, warum. Seitdem sie von Burg Isenstein zurück nach Goros geritten waren, hatten sie nicht mehr auf einem Pferd gesessen. Um zum Tempel zu kommen, hatten sie immer die Kutsche genommen und zu einem anderen Anlass hatten weder Nasja noch Celistra das Schloss verlassen.

Erst jetzt merkte Nasja, wie sehr es ihr gefehlt hatte, so eng mit einem Tier verbunden zu sein. Sie spürte die Freude der Stute unter sich und ganz automatisch übertrug sich diese Freude auf sie. Seitdem es Nasja gelungen war, Cesar, den Zentaurenkönig, unter ihre Kontrolle zu bekommen, hatte sie ein viel feineres Gespür für ihre Kraft. Sie hätte sich auch gegen die Gefühle des Pferdes abschotten können. Doch sie tat es ganz bewusst nicht.

Sie ließ die Freude des Tieres an der Bewegung durch sich hindurchfließen und das erste Mal seit langer Zeit fühlte sich Nasja zumindest für einen kleinen Moment glücklich und frei. Als sie in einem großen Bogen um Goros ritten und am Rand des Südviertels bei einem windschiefen Tempel ankamen, legte sich dieses Gefühl auch schon wieder.

Der Platz vor dem Tempel war voller Menschen. Sie waren in Scharen gekommen und drängten sich um das einfache Gebäude, das nichts mit dem Luxus des neuen Tempels von Bruder Pentos zu tun hatte. An diesem Ort war Samara verehrt worden, bevor Bruder Pentos dem Sonnengott in bester Lage einen strahlenden Tempel errichtet hatte, der auch für die obere Schicht von Goros akzeptabel war. In den Gesichtern der Menschen sah man die Unruhe, aber auch die Angst und den Hunger. Sie hatten die Hoffnung, dass sich hier und heute etwas bessern würde, und Nasja konnte nur hoffen, dass Bruder Pentos richtig eingeschätzt hatte, wie viel Arme sein unfreiwillig großzügiges Angebot angelockt hatte.

Die Soldaten machten den Weg frei, damit Nasja und Artem bis zum Tempel gelangen konnten. Hinter dem Gebäude, neben einem kleinen Friedhof, stiegen sie von ihren Pferden. Zwei Soldaten blieben bei den Pferden und richteten sich darauf ein, den Tag hier zu verbringen. Die anderen drei folgten ihnen. Artem ging voran, als sie den Tempel durch eine niedrige Hintertür betraten.

Sofort war Nasja in eine Wolke aus Essensgerüchen gehüllt. Zu Nasjas Erleichterung roch es gut und als sie die vielen großen Töpfe sah, die in dem alten Tempel auf langen Tischen bereitstanden, schlich sich ein Lächeln auf Nasjas Lippen. Bruder Pentos hatte seinen Auftrag ernst genommen. Das war sicher auch Auris zu verdanken, der die Aufgabe mit klaren Worten an den Hohepriester weitergeleitet hatte.

„Guten Morgen." Artem trat auf Bruder Pentos zu, der zusammenzuckte, als der oberste Heerführer von Galadon plötzlich vor ihm stand.

„Guten Morgen", sagte er und schluckte, als ob er eine kritische Kontrolle fürchtete.

„Ich bin hier, um mich davon zu überzeugen, dass Ihr die Aufgabe unseres Königs auch gewissenhaft ausführt." Artem legte eine ernste Miene auf, die Bruder Pentos noch nervöser machte.

Er strich sich unruhig über die schweißbedeckte Stirn. „Ich habe alles vorbereitet", beeilte er sich zu sagen. „Von nun an wird es jeden Tag eine Armenspeisung geben und auch Unterkünfte konnten wir besorgen. Im Südviertel stehen viele Häuser leer. Es sind nicht die besten Häuser, aber besser, als auf der Straße zu wohnen, ist es allemal. Zumindest einige Familien können wir dort vorübergehend unterbringen."

„Sehr gut, Bruder Pentos", lobte Artem mit ernster Miene. „Es tut gut zu sehen, wie Ihr die Barmherzigkeit Samaras in die Herzen der Menschen bringt und Gutes tut. Dafür wird Euch der Sonnengott sicher seinen ewigen Segen geben."

Bruder Pentos nickte verkniffen. „Ja, das wird er bestimmt."

„Der König wünscht, dass Ihr die Königin an den Werktagen bei der Essensausgabe einsetzt", sagte Artem ernst. „Sie möchte gern den Armen helfen."

„Davon habe ich schon gehört." Bruder Pentos nickte. Er sah alles andere als glücklich über diese Anordnung aus. „Ich werde mich darum kümmern, dass sie helfen kann."

„Meine Männer werden darauf achten, dass die Königin nicht in Gefahr gerät, aber es liegt auch in Eurer Verantwortung, dass ihr nichts geschieht." Artems Stimme wurde scharf. „Ich mache Euch persönlich für ihre Sicherheit verantwortlich." Mit diesem Blick wirkte Artem bedrohlich.

Bruder Pentos nickte hastig. „Ich werde mich darum kümmern, dass ihr nichts geschieht."

„Sehr gut." Artem nickte. „Ich werde regelmäßig nach dem Rechten sehen." Artem wandte sich Nasja zu. „Pass gut auf dich auf."

„Mir wird nichts geschehen", sagte Nasja. Es kam ihr so vor, als ob Artem mit seiner Vorsicht übertrieb. Andererseits hatte er mit seinen Ahnungen immer richtig gelegen. Lag wirklich eine Gefahr in der Luft? Nasja konnte es nur schwer einschätzen.

Nachdem sich Artem verabschiedet hatte, postierten sich seine Soldaten am Rande des Tempels und ließen Nasja nicht aus den Augen. Nach den vielen Jahren in Goros war es Nasja schon gewohnt, ständig unter der Aufsicht von irgendjemandem zu stehen.

Sie blendete die Soldaten aus und wandte sich Bruder

Pentos zu. „Was kann ich tun?"

Der Hohepriester hatte die Soldaten argwöhnisch beobachtet und sah Nasja jetzt stirnrunzelnd an. Einen Moment lang blitzte es in seinen Augen und Nasja spürte, wie wütend es ihn machte, dass er sich neben der verhassten Aufgabe nun auch noch um Nasja kümmern musste.

„Ihr könnt den Frauen helfen, das Brot zu schneiden", sagte Bruder Pentos und zeigte auf einen Tisch weit hinten im Tempel.

Dann wandte er sich ab und ging auf einen der Köche zu, um ihm zu sagen, wo er einen weiteren der großen Kessel abstellen sollte.

Nasja versuchte, sich nicht von Bruder Pentos' schlechter Laune beeinflussen zu lassen. Mit einem freundlichen Lächeln ging sie auf die Frauen zu, die neben einem Stapel Brotlaibe standen und es mit flinken Händen in Scheiben schnitten.

„Guten Morgen", begrüßte sie alle mit einem freundlichen Lächeln. „Kann ich euch zur Hand gehen?"

Nasja rechnete damit, dass ihre Hilfe gern angenommen wurde, doch zu ihrer Überraschung sahen sie die fünf Frauen, die rund um den Tisch standen, beinahe feindselig an. Sie waren einfach gekleidet. Ihre Röcke hatten geflickte Stellen und ihre Schuhe waren voller Löcher. Man sah die groben Socken hindurch.

„Wir kommen schon gut voran", sagte eine schlanke Frau mit einem grauen Kopftuch. Sie hob nur kurz den Blick, um Nasja zu mustern, dann wandte sie sich wieder ihrer Aufgabe zu. „Mach dir lieber nicht deinen guten Mantel schmutzig."

„Das stört mich nicht." Nasja musste schlucken. Offenbar wussten diese Frauen nicht, wer sie war, und auf irgendeine verrückte Weise war Nasja froh darüber. Sie wollte nicht, dass sie sie anders behandelten, weil Bruder Pentos es angeordnet hatte.

Auf dem Tisch lagen noch Messer und Nasja trat ganz selbstverständlich neben die Frau mit dem Kopftuch. Es war noch genug Platz an dem Tisch, damit sich Nasja einen Laib Brot nehmen und beginnen konnte, ihn in Scheiben zu schneiden.

Die Frauen sagten nichts, doch Nasja hörte sie kichern, als sie bemerkten, dass Nasja Probleme hatte, das schwere Messer gerade durch den Brotlaib zu ziehen. Nasja biss sich auf die Lippen und machte einfach weiter. Dabei wurde ihr auf beschämende Weise klar, dass die Frauen zu Recht lachten. Nasja konnte zwar alle wichtigen Städte von Galadon auf einer Landkarte zeigen, die Geschichte des Landes im Schlaf aufsagen und sie kannte alle Könige, die je in diesem Land geherrscht hatten, inklusive all ihrer Ehefrauen und Kinder. Aber was eine einfache Sache anging, wie einen Laib Brot aufzuschneiden, da fehlte ihr jede Erfahrung.

Ihr Essen war immer von Köchen und Bediensteten zubereitet worden und Nasja verstand auf beschämende Weise, wie weit ihr Leben von dem der einfachen Menschen entfernt war. Nasja presste die Lippen fest aufeinander. Sie achtete auf die Bewegungen der anderen Frauen und ahmte sie so gut wie möglich nach. Langsam wurde ihre Hand lockerer und es gelang ihr, die Scheiben halbwegs gerade abzuschneiden. Nachdem alles Brot geschnitten war, packten es die Frauen in große Körbe und stellten es neben die Suppentöpfe. Sie sprachen nicht mit Nasja, aber sie akzeptierten zumindest schweigend, dass Nasja ihnen folgte und ihnen bei der Arbeit half, so gut sie es eben vermochte.

Als die Türen des Tempels geöffnet wurden, zogen sie sich in den hinteren Teil zurück und begannen damit, die Tische und den Boden zu reinigen, der voller Krümel und Gemüseabschnitte war.

Während Nasja den Boden fegte, musterte sie aus den

Augenwinkeln die vielen Menschen, die in den Tempel strömten. Der Anblick der anwesenden Soldaten zwang sie augenblicklich zur Ordnung. Sie lauschten den Anweisungen von Bruder Pentos, der anordnete, dass sie vier Reihen bilden sollten, an denen ihnen Suppe und Brot ausgegeben wurde. Die Verteilung begann und trotz der großen Anzahl von Menschen ging alles ruhig und geordnet vonstatten.

Während Nasja den Boden schrubbte und weitere Brotlaibe in Scheiben schnitt, ließ sie die Geschehnisse im Tempel nicht aus den Augen. Als sie die Dankbarkeit in den Augen der Menschen sah, musste sie schlucken. Es war so einfach, etwas zu bewirken. Nemos hatte nur wenige Sätze sagen müssen, um diese Ereignisse in die Wege zu leiten.

Warum hatte er sich so lange dagegen gewehrt?

Neues Gemüse wurde gebracht und Nasja beteiligte sich daran, es mit den anderen Frauen in Stücke zu schneiden und in die großen Töpfe zu füllen, die sich schnell leerten. Neue Suppen wurden gekocht, denn der Strom der Menschen riss einfach nicht ab. Erst als der Abend dämmerte, kamen die letzten Menschen, um sich ihre warme Mahlzeit abzuholen.

Nasja spürte die Müdigkeit und die Erschöpfung deutlich, als sie zum letzten Mal den Boden kehrte und die Krümel und Gemüseabschnitte in die Mülltonne warf. Als Artem auftauchte, um sie abzuholen, war sie froh, dass der Tag zu Ende ging.

„Wie geht es dir?", fragte Artem, als er neben Nasja zum Schloss hinaufritt.

„Sehr gut", sagte Nasja mit einem zufriedenen Lächeln auf den Lippen. „Ich habe das erste Mal seit einer Ewigkeit das Gefühl, dass ich etwas Nützliches getan habe."

Artem erwiderte ihr Lächeln. Es tat gut, einen Moment lang fröhlich zu sein.

Dann wurde Nasja wieder ernst. „Es wäre besser, wenn das alles gar nicht erst nötig wäre. So gern ich den Menschen helfe, würde ich es lieber sehen, wenn sie diese Hilfe nicht nötig hätten. Sie sollten in einer Stadt leben, in der sie selbst für sich sorgen könnten."

„Was würdest du denn tun?", fragte Artem. „Wie hättest du dich in der letzten Ratssitzung entschieden?"

„Ich?" Nasja sah ihn überrascht an. Bis jetzt hatte sich niemand für ihre Meinung zur Politik des Landes interessiert. Nasja wusste, dass dies nur ein lockeres Gespräch war, das keine Auswirkungen haben würde, aber dennoch freute es Nasja, dass Artem mit ihr darüber sprechen wollte.

„Ja, du." Artem nickte. „Wie hättest du an Nemos' statt entschieden?"

„Nun ja." Nasja dachte einen Moment über Artems Frage nach. „Ich glaube, ich hätte die Trolle gar nicht erst um Geld gebeten, denn ich glaube nicht, dass sich Cesar mit Geld beruhigen lässt."

„Angenommen, die Zentauren ließen sich mit Geld beruhigen. Was denn?" Artem runzelte die Stirn und sah Nasja gespannt an.

„Nun ja", sagte Nasja gedehnt. „Dann müsste man die Verteilung der Steuern anders regeln. Es mag einerseits gerecht sein, dass jeder nur eine Goldmünze im Monat zusätzlich bezahlen muss, aber der eine hat so wenig, dass seine Familie dann hungern muss, während der andere gar nicht merkt, dass ihm eine von seinen vielen Goldmünzen fehlt. Das treibt die Armen noch weiter in die Armut. Man müsste die Armen wenig und die Reichen viel bezahlen lassen."

Artem lächelte und Nasja fühlte sich ermutigt, weiterzusprechen.

„Nemos ist leider nicht bereit, über so eine Idee zu sprechen", fuhr Nasja fort. „Ihm liegt nur das Schicksal der Vermögenden am Herzen. Doch er ist der König aller Menschen von Galadon und es ist nicht richtig, dass er sich nicht für das Schicksal der Armen interessiert." Nasja holte tief Luft. „Aber zuerst muss er die Probleme mit den Zentauren aus der Welt schaffen. Cesar hat in einer Sache recht. Er hat Nemos geholfen und Nemos schuldet ihm etwas. Nemos sollte sich mit Cesar an einen Tisch setzen und dann sollten sie darüber reden, was möglich ist und was nicht. Cesar kennt Nemos jetzt und weiß, dass er Schwächen hat. Nemos müsste das klarstellen. Je eher er das tut, umso schneller kann er den Streit im Keim ersticken. Dafür braucht er Verbündete. Anstatt sich über die Nymphen zu ärgern, sollte er sie auf seine Seite bringen. Genau dasselbe gilt für die Trolle. Es wäre einfach, sie zu treuen Verbündeten zu machen, besonders jetzt, wo die Zentauren den Trollen Versprechen gemacht haben und sie nicht halten konnten. Wenn jedes Land einzeln gegen die Zentauren kämpft, kommt es nicht weit. Aber wenn sich drei Länder zusammenschließen und sich gegen die Zentauren stellen, dann wird Cesar es nicht wagen, einen Huf über die Grenze zu setzen. Ach, was rede ich nur alles." Nasja seufzte, als sie bemerkte, was ihr alles über die Lippen gekommen war.

Artem schwieg, nachdem Nasja geendet hatte. Sie hatten Goros verlassen und ritten langsam über die breite Straße zu Schloss Schwanenberg hinauf. Der Himmel war aufgerissen und die Sterne funkelten hell am Firmament. Es war eiskalt geworden und man sah in der Ferne die hell erleuchteten Fenster des Schlosses.

Aros und Celistra unterhielten sich leise vor ihnen und die Soldaten ritten so weit hinter ihnen, dass sie ihrem Gespräch nicht lauschen konnten. Nasja war froh darüber. Wenn sie wüsste, dass ihr jemand zuhören würde, hätte sie ihre Gedanken niemals geäußert.

Artem schwieg immer noch und das machte Nasja nervös.

„Vergiss, was ich gesagt habe", beeilte sie sich zu sagen. „Das ist nur dummes Gerede. Es tut mir leid, dass ich überhaupt so viel gesagt habe."

„Nein, das vergesse ich lieber nicht und das ist auch kein dummes Gerede. Ganz im Gegenteil", sagte Artem ernst. „Du liegst mit deiner Einschätzung ganz richtig. Ich sehe viele Dinge ganz genauso wie du." Er sah Nasja nachdenklich an. „Eine Allianz mit den Trollen wäre eine wirkungsvolle Botschaft an die Zentauren."

„Aber wir wissen nicht, ob wir ihnen wirklich trauen können", sagte Nasja ernst. „Die Trolle haben sich gegen uns gestellt. Cesar hat ihnen die Goldminen im Norden von Galadon versprochen und auf die Einhaltung dieses Versprechens werden sie immer noch drängen. Vielleicht ist es besser, wenn wir das auf der nächsten Ratssitzung zur Sprache bringen." Nasja seufzte.

„Wir haben uns dafür entschieden, diese Dinge diskret zu behandeln. Wir wissen alle, dass Nemos den Trollen den Krieg erklären wird, wenn er erfährt, dass sie bereit waren, sich gegen uns zu stellen." In Artems Stimme klang echte Sorge mit.

„Aber vielleicht begreift er den Ernst der Lage und dass eine Zusammenarbeit der einzige Weg ist, um diesen Konflikt noch friedlich zu lösen." Nasja holte tief Luft.

„Glaubst du das wirklich?", fragte Artem skeptisch.

Nasja wollte etwas erwidern, doch sie bremste sich und stellte sich wieder einmal vor, wie Nemos reagieren würde, wenn sie und Artem ihr von den Ereignissen in dieser verhängnisvollen Sommernacht erzählten.

Sie konnte nicht anders, aber ganz automatisch schüttelte Nasja den Kopf. „Nein", flüsterte sie, als ihr klar wurde, dass das an Nemos' Entscheidungen rein gar nichts ändern würde. Er würde ihnen vermutlich nicht glauben und weiterhin darauf beharren, dass es sein Verdienst war, dass die Zentauren Galadon verlassen hatten.

Mittlerweile waren sie am Tor angekommen, das sie in den Schlossgarten führte. Auf einen Wink von Artem öffneten die Soldaten das große Tor und ließen sie ein. Langsam ritten sie durch den Garten.

„Morgen früh hole ich dich wieder ab“, sagte Artem.

Nasja wollte sagen, dass das doch nicht nötig wäre. Doch sie sprach es nicht aus. Es gefiel ihr, jeden Tag ein paar Minuten mit Artem zu haben und mit ihm reden zu können.

„Danke für deine Unterstützung“, sagte Nasja, als sie auf dem Platz vor dem Schloss angekommen waren. Nasja stieg vom Pferd und sah zu Artem hinauf.

„Es ist meine Pflicht, für deine Sicherheit zu sorgen, und es ist eine Pflicht, die ich gern übernehme. Schlaf gut, Nasja.“ Er betonte ihren Namen mit weicher Stimme.

Nasjas Herz schlug sofort schneller.

„Gute Nacht, Artem“, flüsterte sie.

Ihre Worte hingen noch in der Luft, während er davonritt.

Nasja sah ihm einen Moment hinterher. Dann ging sie mit Celistra und Aros die Treppen zum Schloss hinauf. Sie spürte ihre Beine und Arme. Ihre Finger schmerzten und dennoch war es der seit Langem schönste Tag gewesen, den Nasja erlebt hatte.

KAPITEL 4

Die nächste Zeit verging wie im Flug. Durch die ungewohnte körperliche Arbeit schlief Nasja jede Nacht tief, fest und traumlos und die Tage ähnelten sich in ihrem Ablauf so sehr, dass Nasja manchmal erstaunt war, wie schnell die Woche vergangen war.

Sie stand früh am Morgen auf und Artem begleitete sie zu dem Tempel, in dem sie den Tag verbrachte und den Frauen bei der Arbeit half.

Mit der Zeit wurde Nasja schneller und geschickter darin, die Brote zu schneiden und das Gemüse zu schälen und zu würfeln.

Es dauerte nicht lang und sie arbeitete genauso zügig wie die anderen Frauen. Dennoch gelang es Nasja nicht, mit den Frauen weiter ins Gespräch zu kommen.

Ihre Tarnung war nur von kurzer Dauer gewesen.

Seitdem Bruder Pentos sie einmal vor allen anderen als Königin angesprochen hatte, waren die Frauen zurückhaltend und schüchtern geworden und antworteten nur das Nötigste, wenn Nasja sie etwas fragte.

Doch auch mit dieser Tatsache hatte sich Nasja schnell abgefunden.

Sie hatte schon damit gerechnet, dass sie nur kurze Zeit unerkannt in dem Tempel arbeiten konnte. Aber sie hatte die Hoffnung nicht aufgegeben, dass die Frauen sich früher oder später an ihre Anwesenheit gewöhnen würden und sie als Person sahen und nicht nur als die Königin.

An jedem Abend kam Artem und geleitete Nasja wieder zurück zum Schloss. Es war ein Ritual geworden, dass sie auf den Ritten zwischen Goros und Schloss Schwanenberg über ihr Tagewerk und über die vielen Probleme des Landes sprachen und diskutierten.

Nasja genoss es, offen sein zu können und ihre Gedanken äußern zu dürfen, ohne befürchten zu müssen, dafür kritisiert oder sogar bestraft zu werden.

Ihr Vertrauen zu Artem wuchs mit jedem Tag, den sie so verbrachten.

An den Wochenenden ging Nasjas Leben seinen gewohnten königlichen Gang.

Sie trug verschwenderisch teure Kleider, spielte mit Bonja und Finnie Harfe und wandelte durch den Schlossgarten, der inzwischen von einer dünnen Schneeschicht bedeckt war.

Am Sonntag ging sie zur Predigt in den riesigen Tempel und versuchte sich den Anschein zu geben, denselben religiösen Ernst an den Tag zu legen wie Nemos.

Doch in Gedanken war sie bei den sanftmütigen Naturgöttern der Nymphen und betete für ihren Segen. Doch das ging niemanden etwas an.

Nach außen hin war Nasja die perfekte Königin.

Sie folgte Nemos, sobald er den Tempel verließ, und sie forderte auch nichts von ihm oder richtete an jemand anderen in seiner Umgebung das Wort.

Sie beobachtete nur alles ganz genau. Dank der Bemühungen von Bruder Pentos sammelten sich die Armen nicht mehr an den Straßenrändern oder bettelten rund um den Tempel.

Sie waren aus dem Stadtbild verschwunden, zumindest wenn man sich nicht die Mühe machte, tiefer in die dunklen, schmalen Gassen der Stadt vorzudringen, bis man sie bei dem alten Tempel fand, wo sie so wie jeden Tag eine warme Mahlzeit bekamen.

Das zufriedene Gefühl in Nasjas Herz breitete sich mit jeder Woche, die so verging, immer weiter aus. Sie dachte immer seltener an Nemos und die Gefahr, die von ihm ausging.

Ihre Gedanken waren erfüllt von ihrer Arbeit und von den kurzen Gesprächen, die sie jeden Tag mit Artem führen konnte und die ihr Herz erwärmten.

Als die nächste Ratssitzung anstand, war Nasja erstaunt, dass ein Monat vergangen war. So weit war sie mit ihren Gedanken noch nie von den Regierungsgeschäften und den Ereignissen in Schloss Schwanenberg entfernt gewesen wie in der vergangenen Zeit.

Es hatte ihr gutgetan, sich mit etwas anderem zu beschäftigen.

Doch es dauerte nicht lang, da kehrten die Erinnerungen an die vorhergehende Sitzung zurück. Die Bilder waren durch neue Erlebnisse verdrängt worden, doch als Nasja in der Nacht vor der Sitzung in ihrem Bett lag, tauchten sie wieder auf und hinderten Nasja daran, endlich einzuschlafen.

Nasja erinnerte sich wieder an Drawomir und seinen verletzten Rücken, an Nemos‘ Wut und die Gefahr, die ihrem Leben in jedem Moment drohte.

Hatte sie im vergangenen Monat irgendetwas getan, woran sich Nemos stören könnte? Bis in die frühen Morgenstunden ging Nasja immer wieder alle Erlebnisse der letzten Zeit durch. Mit wem hatte sie gesprochen? Wo war sie gewesen?

Ihr fiel auf, dass ihr Vater ihr in diesem Monat keinen Brief hatte zukommen lassen. War alles in Ordnung im Land der Nymphen?

Sie fand erst spät in den Schlaf und als Celistra sie weckte, fühlte sie sich müde und so als ob sie irgendetwas Wichtiges übersehen hatte. Der Gedanke packte sie immer mehr und ließ sich einfach nicht abschütteln.

„Habe ich im letzten Monat irgendetwas getan, woran sich Nemos stören könnte?“, fragte Nasja Celistra, während sie neben dem großen Fenster saßen und frühstückten.

Seitdem Schnee gefallen war, hatte Nasja das Frühstück schweren Herzens nach drinnen verlegt. Draußen war es einfach zu ungemütlich geworden.

Celistra legte nachdenklich den Kopf schief, während sie Nasja musterte.

Dann schüttelte sie den Kopf. „Nein, mir fällt nichts ein, was ihn stören könnte. Du warst immer passend gekleidet und dass du Bruder Pentos helfen sollst, hat Nemos ja selbst angeordnet. Auf deinen Wegen haben dich ausreichend Soldaten begleitet. Ich weiß nicht, was du hättest anders machen sollen. Daher denke ich nicht, dass es irgendetwas gibt, was ihn stören könnte." Celistra strich sich durch die braunen Locken und nickte dann entschlossen.

„Dann ist gut." Nasja sah nachdenklich in den Garten hinaus. Die Sonne war gerade aufgegangen und der Schnee leuchtete hell. Nasja wusste, wie sehr Celistra dieses Wetter liebte. Das Wasser war überall.

Es versickerte nicht als Regen im Boden, sondern es umgab die Wassernymphe als Schnee, wo immer sie draußen war.

Für sie war die Welt jetzt voller Energie.

„Wir sollten heute Nachmittag einen Spaziergang machen", sagte Nasja nachdenklich, während sie an ihre gemeinsame Zeit im Haus in der Azaleenstraße zurückdachte. Sie hatten den Schnee auf den Fensterbrettern zu festen Kugeln geformt und sie in die Baumwipfel geworfen, bis der Schnee von den Ästen stiebte und die Passanten auf der breiten Straße berieselte. Nasja lächelte, als sie an die unbeschwerten Momente zurückdachte.

„Ja, ein Spaziergang wäre schön." Celistra nickte.

„Und Aros hat wirklich keinen Brief von meinem Vater bekommen?" Nasja sah Celistra fragend an.

Sie schüttelte den Kopf. „Nein, es ist kein Brief angekommen. Aber vielleicht gab es auch keine Neuigkeiten zu vermelden. Vermutlich schreiten die Bauarbeiten planmäßig voran und König Besla gibt sich Mühe, die Soldaten bei Laune zu halten. Die Zentauren sind sicherlich ruhig und haben schon seit Ewigkeiten nicht mehr angegriffen. Wäre es anders, hätte sich dein Vater sicher gemeldet."

„Ich hoffe, dass es so ist." Nasja betrachtete das Obst auf ihrem Teller und schob es mit der Gabel hin und her. Nach der unruhigen Nacht verspürte sie keinen Hunger. „Vielleicht sind die Zentauren wirklich mehr mit Nemos beschäftigt und haben deswegen die Lust daran verloren, die Nymphen anzugreifen. Oder sie planen etwas ganz anderes." Nasja sah erschrocken auf, als ihr der Gedanke kam.

Auch Celistra hatte in ihrer Bewegung innegehalten. „Denkst du, dass sie das Mondtor wieder benutzen?"

Nasja presste die Lippen aufeinander, während sie sich erhob und unruhig im Raum auf und ab zu gehen begann. „Ich weiß es nicht, obwohl ich glaube, dass wir Cesar gegenüber deutlich gewesen sind. Er hat Respekt vor unserer Magie und wird es bestimmt nicht wagen, noch einmal hierherzukommen. Er kennt unsere Kräfte."

„Ja, das kann schon sein", sagte Celistra skeptisch. „Vielleicht hat er inzwischen aber auch erfahren, dass deine Kräfte nicht ansatzweise so stark sind, wie du ihm weismachen wolltest. Wenn er keine Angst mehr davor hat, dass du sein ganzes Heer lähmen könntest, wird er auch wieder in Betracht ziehen, das Mondtor zu benutzen."

Nasja blieb neben dem Tisch stehen und holte tief Luft. „Woher sollte er davon erfahren haben? Außer meinem Vater, dir, Aros und Artem weiß niemand von meinen Kräften und wie stark sie ausgeprägt sind. Da ich für jeden von euch meine Hand ins Feuer legen würde, bin ich mir sehr sicher, dass er es nicht wissen kann."

„Aber vielleicht vermutet er es", sagte Celistra nachdenklich.

„Ja, vielleicht", murmelte Nasja. „Oder es geschieht gerade etwas ganz anderes." Nasja ging nachdenklich ins Bad und machte sich frisch. Während ihr Celistra dabei half, sich für die Ratssitzung fertig zu machen, kreisten Nasjas Gedanken um tausend Möglichkeiten.

War sie zu sehr mit der Armenspeisung beschäftigt gewesen, dass ihr etwas Wichtiges entgangen war? Dieses Mal hatte es vielleicht nicht in Goros Veränderungen gegeben, sondern weit entfernt von hier.

Mit einem unguten Gefühl im Bauch schritt Nasja kurz vor zehn Uhr die Treppen zum Sitzungssaal hinauf. Dieses Mal saßen Artem, Auris, Exlet und Drawomir schon auf ihren Plätzen.

Nasjas Blick wanderte sofort zu Artem. Er lächelte ihr zu und Nasja entspannte sich ein wenig.

Wenn eine Gefahr in der Luft läge, wäre Artem nicht so ruhig.

Nasja grüßte alle freundlich und setzte sich dann mit gesenktem Blick auf den Platz zwischen Auris und Artem. Dabei blieb ihr Blick an Artems rechter Hand hängen, die entspannt auf seinem Oberschenkel lag.

Seine Fingen waren kräftig und zugleich elegant. Er konnte hart zufassen und ein Schwert mit fester Hand führen und zugleich konnte er so unendlich zärtlich sein.

Als Nemos und Toto den Raum betraten, zuckte Nasja erschrocken zusammen. Die Röte schoss ihr in die Wangen, als ob jemand ahnen konnte, welche Gedanken ihr gerade durch den Kopf gegangen waren.

„Guten Morgen", sagte Auris, als sich Nemos und Toto gesetzt hatten. „Ich freue mich sehr, dass heute alle Mitglieder des Rates pünktlich erschienen sind."

„Und ich hoffe, dass es heute keine bösen Überraschungen gibt wie bei unserem letzten Treffen", murmelte Nemos und warf Drawomir einen vorwurfsvollen Blick zu.

Seine herablassende Stimme sorgte dafür, dass jegliche Röte wieder aus Nasjas Gesicht verschwand.

„Dann beginnen wir." Auris hob den Blick von seinen Unterlagen und wandte sich Drawomir zu. „Auch wenn Ihr nicht mehr im Land der Zentauren wart, Drawomir, habt Ihr sicherlich Kunde erhalten. Was gibt es Neues zu berichten?"

Drawomir nickte. Er schien gefasst zu sein und wirkte ernst, aber selbstsicherer als bei ihren letzten Treffen. Er hatte sich ein paar Notizen gemacht, die er jetzt zur Hand nahm.

„Ich habe einige Briefe an Cesar persönlich geschrieben, aber er hat mir bedauerlicherweise nicht geantwortet", sagte Drawomir in erstaunlich sachlichem Ton. Nemos' Güte schien ihm einen Teil seines Selbstbewusstseins wiedergegeben zu haben. „Aber ich konnte in Kontakt mit einigen anderen Zentauren treten, die mir immer wohlgesonnen waren und die mir gern berichtet haben, was im Land der Zentauren vor sich geht", fuhr er fort. Dann räusperte er sich. „Es ist wohl so, dass Cesar bereits vollmundig verspricht, dass die Zentauren bald durch die Ebenen der Menschen von Galadon reiten werden, und er geht sogar noch einen Schritt weiter …" Drawomir warf Auris einen vorsichtigen Blick zu.

Doch der nickte nur leicht und daraufhin fuhr Drawomir fort.

„Cesar verkündet den Zentauren, dass er Galadon schon bald erobern wird, und zwar mit den Trollen an seiner Seite." Drawomirs Stimme zitterte leicht. Dann nickte er entschlossen. „Es sind nur Berichte aus zweiter Hand. Daher bitte ich alle, sie mit Vorsicht zu genießen. Doch unabhängig voneinander haben mir mehrere Zentauren dasselbe geschrieben. Aus diesem Grund trage ich diese

Nachrichten auch hier vor. Das war alles, was ich erfahren konnte, aber sobald ich mehr weiß, werde ich Euch sofort darüber unterrichten." Drawomir sah Nemos dienstbeflissen an und senkte dann den Blick.

Auch Nasjas Blick wanderte ganz automatisch zu Nemos. Er wirkte angespannt.

Nein, das beschrieb es nicht richtig. Er sah aus wie ein Vulkan, der kurz vor dem Ausbruch stand. Doch er schien sich zusammenzureißen, auch wenn er wirkte, als ob er jeden Moment losbrüllen wollte.

„Das sind keine guten Nachrichten", sagte Auris besorgt. Er achtete nicht auf Nemos und seinen nahenden Wutausbruch, sondern wandte sich zügig Exlet zu. „Was hast du von den Trollen erfahren, Exlet? Kannst du diese Gerüchte bestätigen? Da Drawomir nicht selbst im Land der Zentauren war, müssen wir tatsächlich vorsichtig mit diesen Informationen umgehen. Es könnte auch gut sein, dass Cesar einen Konflikt provozieren will und uns mit diesen Botschaften in eine Falle lockt. Also, was sagst du dazu?" Auris sah Exlet fragend an.

Auch Nemos und alle anderen hatten ihm ihren Blick zugewandt.

Exlet gab ein brummendes Geräusch von sich. „Also von Krieg war keine Rede, während ich im Land der Trolle war. Weder bei König Borgis noch bei den anderen Regierungsvertretern, mit denen ich gesprochen habe. Die Zentauren hat niemand erwähnt. Die Gespräche, die ich geführt habe, drehten sich hauptsächlich um den Kredit, um den ich bitten sollte."

„Kannst du uns Erfolg vermelden?", fragte Nemos mit siegessicherer Miene.

Exlet schluckte. Dann schüttelte er hastig den Kopf. „Leider muss ich mitteilen, dass Borgis nicht sehr erfreut darüber war, dass Galadon sich noch mehr Geld von den Trollen borgen möchte."

„Was hat Borgis gesagt?“ Nemos‘ Stimme war messerscharf.

Die kleinen Äuglein von Exlet huschten nervös durch den Raum.

„Rede!“ Nemos schlug ungeduldig mit der Faust auf den Tisch.

„Ja, natürlich, Eure Majestät.“ Die Worte sprudelten plötzlich nur so aus Exlet heraus. „König Borgis ist der Meinung, dass Galadon genug eigenes Geld hat, um seine Ausgaben zu finanzieren. Er hat gesagt, es wäre ein Freundschaftsdienst gewesen, dass er König Nemos Geld geliehen hat, aber diese Freundschaft sei nie erwidert worden. König Borgis wurde nicht gestattet, das Land Galadon zu durchqueren, um Waren an die Zentauren zu liefern, und er wartet bis heute vergebens auf einen Besuch des neuen Königs oder eine Einladung nach Galadon, damit man sich kennenlernen kann. König Borgis lässt mitteilen, dass er König Nemos nur dann weiteres Geld leihen wird, wenn der erste Betrag zurückgezahlt wurde und er weiß, dass man sich auf den neuen Menschenkönig verlassen kann.“ Exlet holte Luft und blickte vorsichtig zu Nemos hinüber. Sofort zuckte er zusammen.

Nemos hatte die Lippen so fest aufeinandergepresst, dass sie nur noch eine schmale Linie waren.

Er gab sich Mühe, sich zusammenzureißen, und Nasja konnte nur vermuten, dass Toto ihn darum gebeten hatte. Er war der Einzige, von dem Nemos Ratschläge anzunehmen schien.

Doch jetzt war es mit Nemos‘ Geduld vorbei. Er sprang auf und funkelte Exlet mit einer Wut an, die alle am Tisch zusammenzucken ließ.

„Wie kannst du es nur wagen, mir mit solchen Nachrichten unter die Augen zu treten, du Nichtsnutz? Ich habe dich losgeschickt, um neues Geld zu besorgen, und mit diesen Frechheiten kommst du zurück. Es sollte eine Ehre für Borgis sein, dass er mir Geld leihen darf." Nemos holte hastig Luft.

Auris nutzte die Gelegenheit und meldete sich zu Wort. „Haben sich die Zentauren schon dazu geäußert, ob sie bereit sind, Geld als Gegenleistung für ihre Dienste anzunehmen?" Auris sah Drawomir fragend an.

Der schüttelte hastig den Kopf. „Nein, auf dieses Angebot hat König Cesar nicht reagiert. Wie gesagt, er hat mir nicht geantwortet."

„Dann ist noch nichts entschieden", sagte Auris in beruhigendem Ton. „Solange die Zentauren kein Geld als Gegenleistung annehmen, brauchen wir uns auch keines von den Trollen zu borgen."

Nemos gab einen schnaubenden Laut von sich und fuhr sich hastig durch das blonde Haar, das er heute offen trug. „Darum geht es doch gar nicht", sagte er scharf. „Die Trolle erweisen mir nicht den nötigen Respekt und das ist unentschuldbar. Aber sie können mich gern von einer anderen Seite kennenlernen. Wir ziehen unsere Männer zusammen, die über das Land verteilt sind, und lassen sie die alten Grenzstationen im Norden besetzen. Die letzten Kämpfe an den Grenzen mögen schon lange her sein, aber die Grenzstationen existieren noch. Mein Vater hat sie nie abreißen lassen. Es wird Zeit, dass wir sie wieder benutzen." In Nemos' blassblauen Augen funkelte es begeistert. Dann wandte er sich Exlet zu. „Geh zu Borgis und sage ihm, dass ich ihm einen Monat Bedenkzeit gebe, um sich seine Entscheidung zu überlegen." Dann drehte sich Nemos zu Artem um. „Zieh unsere Soldaten zusammen. Die alten Grenzstationen werden wiederbelebt, und zwar so schnell wie möglich. Wir werden sehen, wie Borgis sich entscheiden wird, wenn er die Schlagkraft unseres Heeres sieht." Nemos holte tief Luft und ein zufriedener Ausdruck machte sich auf seinem Gesicht breit.

„Wollen wir nicht darüber abstimmen?", sagte Auris

vorsichtig.

Nemos lächelte spöttisch. „Wie du willst, Auris. Wer ist mit meinem Vorschlag einverstanden?"

Nasja hätte am liebsten vor Zorn in die Tischplatte gebissen, als sie sah, wie die Arme von Toto, Exlet und Drawomir nach oben schossen. Es war aussichtslos, irgendetwas gegen den Willen von Nemos zu entscheiden.

„Wie oft willst du das noch versuchen?" Nemos lächelte überlegen.

Auris wollte etwas erwidern, doch in diesem Moment erhob sich Artem mit ernster Miene. „Ich weiß, dass die Entscheidung bereits gefallen ist", sagte er ernst. „Aber ich möchte dennoch zu bedenken geben, dass wir unsere Lage kompliziert machen, wenn wir unsere Streitkräfte bis weit in den Norden schicken. Eintausend unserer Männer befinden sich im Land der Nymphen."

„Ich würde sie gern zurückholen, aber das ist ja leider nicht möglich", entgegnete Nemos missmutig und warf Nasja einen vorwurfsvollen Blick zu.

Artem ging nicht darauf ein, sondern fuhr fort. „Eintausend unserer Männer sind immer noch an der Grenze zum Land der Zentauren in der Nähe von Frenzenstetten postiert."

„Und angesichts der aktuellen Lage bleiben sie auch besser dort." Nemos nickte entschlossen.

„Eintausend Männer befinden sich in der Nähe von Goros, um die Hauptstadt zu schützen. Wenn wir jetzt unsere verbliebenen zweitausend Mann zusammenziehen und an der Grenze zum Land der Trolle postieren, ist unsere Armee zerrissen und ihrer Schlagkraft beraubt." Artem hatte ruhig gesprochen und eine ernste Miene aufgelegt. „Sollten die Zentauren plötzlich angreifen, ist es schwer, angemessen darauf zu reagieren. Bis alle Männer am Ort des Geschehens sind, wurden unsere Streitkräfte vielleicht schon überwältigt."

Zu Nasjas Überraschung hatte Nemos zugehört und sah Artem nun erwartungsvoll an. „Was schlägst du vor?“

„Wir sollten die Trolle zu unseren Verbündeten machen“, sagte Artem mit bedächtiger Miene. „Kommen wir Cesar zuvor. Die Trolle könnten mehr sein als nur unsere Geschäftspartner. Sie haben eine kleine, aber schlagkräftige Armee, die eine wirkungsvolle Unterstützung sein könnte, falls die Zentauren tatsächlich einen Angriff auf Galadon wagen. Wir könnten eine Allianz bilden. Dazu gehört ein wenig Verhandlungsgeschick, aber es gibt bestimmt eine Möglichkeit, um die Trolle auf unsere Seite zu bringen. Was hältst du davon?“

„Ein kluger Vorschlag“, sagte Nemos nach einigem Überlegen und legte den Kopf schief. Eine Weile musterte er die Runde.

Artem nutzte die Gelegenheit und sprach weiter. „Ihr könntet Euren Antrittsbesuch bei den Trollen machen und sie um eine Allianz bitten. Bringt ihnen Goldschmuck und andere Gefälligkeiten mit. Die Trolle haben eine Schwäche für diese Dinge.“ Artem sah Nemos ernst an. „Wenn wir die Trolle auf unserer Seite wüssten, würde es sich Cesar dreimal überlegen, bevor er so haltlose Drohungen ausstößt.“

Nasja hatte das Gefühl, dass Artem den richtigen Ton getroffen hatte. Nemos war ruhig geworden und schien sich die Sache durch den Kopf gehen zu lassen.

Sollte es doch einen Weg geben, zu ihm vorzudringen? Nasja spürte eine zarte Hoffnung in sich erwachen.

Vielleicht sah Nemos endlich ein, dass man nicht alle Ziele mit einer Brechstange erreichen konnte und dass es sinnvoll war, taktisch vorzugehen und sich Freunde zu suchen, anstatt sich überall Feinde zu machen.

„Du klingst so klug und weise, wenn man dir zuhört“, sagte Nemos mit einem zweideutigen Lächeln.

Etwas Falsches lag in Nemos‘ Stimme und Nasja zuckte ganz automatisch zusammen. Sie war so dumm, anzunehmen, dass Nemos einsehen könnte, dass das, was er tat, falsch sein könnte.

Doch Artem gab die Hoffnung noch nicht auf. „Du kannst selbst klug und weise sein“, sagte er bestimmt. „Werde der König, auf den dein Vater stolz wäre. Jeder würde zu dir aufsehen, wenn du die Probleme von Galadon auf elegante Weise löst.“

Nemos legte den Kopf schief. „So viele anständige Worte. Ich würde dir ja auch wirklich gern glauben, dass du es gut mit mir meinst und nur mein Bestes willst, aber das kann ich einfach nicht.“

„Warum solltest du mir nicht glauben können?“ Artem sah Nemos verdutzt an. „Ich verstehe nicht, worauf du hinauswillst.“

„Verstehst du es wirklich nicht?“ Nemos runzelte die Stirn.

„Nein, das tue ich nicht. Ich bin immer ehrlich und offen zu dir.“ Artem sah Nemos skeptisch an.

„Ehrlich?“ Nemos schüttelte missbilligend den Kopf.

Artem runzelte die Stirn. Er schien aus den Andeutungen nicht schlau zu werden und er schien nicht der Einzige zu sein, der sich über Nemos‘ Worte wunderte. Alle sahen den jungen König fragend an.

„Was willst du damit sagen?“, fragte Auris. „Wirfst du meinem Enkel irgendetwas vor?“

„Ja, das tue ich allerdings.“ Nemos lächelte falsch, ohne Artem aus den Augen zu lassen. „Du spielst ein falsches Spiel mit mir, mein lieber Artem. Du hältst mich für einen Dummkopf, der nicht mitbekommt, was hinter seinem Rücken gespielt wird. Aber ich kann dir versichern, dass ich alles sehe, was um mich herum geschieht.“

„Was habe ich Falsches getan? Sag es mir, Nemos, und ich werde die Verantwortung dafür übernehmen.“ Artems Stimme war ruhig, aber er konnte seine Anspannung nicht verbergen. Nasja sah, wie er neben ihr die Hände zu Fäusten ballte.

„Ja, natürlich wirst du das. Du bist der Anstand in Person. Du tust immer das Richtige. Zumindest dachte ich das bisher.“ Nemos riss die Augen auf.

„Was wirfst du mir vor?“ Artems Stimme war scharf geworden.

„Du machst dich an meine Frau heran“, zischte Nemos, und Wut blitzte in seinen Augen auf. „Denkst du, ich bekomme nicht mit, was ihr euch für Blicke zuwerft und wie ihr euch anlächelt, wenn ihr denkt, dass ich nicht hinsehe. Es fällt auf, dass du bei jeder sich bietenden Gelegenheit in ihrer Nähe bist, und das geht nicht nur mir so. Im Schloss und unten in Goros wird schon über euch geredet.“

Nasja wurde schlagartig kalt. Sie riss die Augen auf und starrte Nemos ungläubig an. Dabei fiel ihr Blick auch auf Toto.

Er nickte bestätigend zu Nemos‘ Worten und Nasja wurde schlagartig klar, woher Nemos seine Informationen hatte. Doch das änderte nichts an ihrer Brisanz.

„Was?“ Artem war von der plötzlichen Wendung des Gespräches völlig überrascht. Seine Stimme zitterte.

„Genauso ist es.“ Nemos nickte langsam. „Du hast schon richtig gehört. Ich habe lange großzügig darüber hinweggesehen, aber wenn die Leute anfangen zu reden, kann ich das nicht mehr tun. Ich war zu nachsichtig mit euch und das war ein Fehler. Von Anfang an hast du dich auf ihre Seite geschlagen und du nutzt jede Gelegenheit, um in ihrer Nähe zu sein. Teilt ihr das Bett miteinander?“ Nemos hatte ganz ruhig gesprochen. Doch die Wucht seiner Worte war dafür umso gewaltiger.

Artems Miene verfinsterte sich. „Niemals würde ich Euch hintergehen, mein König. Ich bin Euch treu ergeben. Ich tue lediglich meine Pflicht und die besteht darin, Euch und Eure Königin zu beschützen.“

„Leere Worte.“ Nemos winkte ab.

Artem schüttelte den Kopf. „Das sind keine leeren Worte. Ich schwöre Euch, dass ich Euch nie hintergangen habe.“

„Habt ihr das Bett miteinander geteilt?“, fauchte Nemos und starrte Artem mit einer Wut an, die einen Berg zum Einstürzen gebracht hätte.

Doch Artem blieb ganz ruhig und erwiderte Nemos‘ Blick, ohne zu blinzeln. „Ich schwöre Euch bei meinem Leben, dass ich nie das Bett mit Eurer Königin geteilt habe. Nicht einmal unsere Lippen haben sich berührt. Nichts in dieser Art ist geschehen.“

„Bei deinem Leben schwörst du das also.“ Nemos runzelte die Stirn und erhob sich. „Du kannst mir beweisen, ob du so fest hinter mir stehst, wie du es immer sagst. Ich nehme dich beim Wort.“

„Sagt mir, wie ich Euch von meiner Treue überzeugen kann!“ Artems Miene war todernst.

Nemos sah Artem durchdringend an. Einen Moment lang herrschte absolute Stille im Sitzungsraum. Jeder hielt die Luft an.

„Geh zu den Trollen, Artem, und verhandle für mich. Überzeuge sie davon, dass eine Allianz mit uns eine gute Sache ist. Ich kämpfe lieber mit ihnen gegen die Zentauren, anstatt gegen die Zentauren und die Trolle. Aber ich lasse mir von ihnen keine Frechheiten bieten, genauso wenig wie von dir. Du hast zwei Monate Zeit, um alles in die Wege zu leiten. Gelingt es dir, soll alles vergessen sein. Nimm von mir aus ein paar Goldschmiedemeister mit. Sie sollen Borgis bezirzen, wenn du denkst, dass das hilft. Ich wünsche dir viel Erfolg. Solltest du mit schlechten Nachrichten kommen, ist das für mich ein Zeichen, dass du dich nicht ernsthaft für mich anstrengst.“ Nemos sah Artem mit einem eiskalten Blick an. „Wenn du versagst, dann weiß ich, dass du nicht hinter mir stehst. Solltest du ohne gute Nachrichten zurückkehren, werde ich dich vor diesem Rat des Verrates anklagen, dich und die Nymphe gleich mit. Hast du das verstanden?" Nemos hatte die Augen weit aufgerissen. Er ließ Artem keine Sekunde aus den Augen.

Nasja fühlte ihren Körper nicht mehr. Alles war plötzlich weit weg. Sie kam sich vor, als ob sie nur noch über dem Raum schweben würde.

Sie wollte etwas sagen und protestieren, aber sie bekam kein Wort heraus. Das konnte nicht wirklich geschehen. Dieser Albtraum war nicht real.

Sie sah Artems ernste Miene und die Ruhe in seinem Blick. „Ich habe nichts getan, weswegen ich mir etwas vorwerfen müsste", sagte er ernst. „Wenn Ihr einen Beweis braucht, so werde ich ihn gern erbringen. Ich reise zu den Trollen, wie Ihr es wünscht, und werde sie davon überzeugen, uns zur Seite zu stehen."

„So sei es." Nemos nickte. „Unabhängig von deinem Auftrag wirst du aber dennoch die Grenzposten besetzen lassen. Sicher ist sicher." Dann wandte er sich Drawomir zu. „Und du packst deine Sachen und reist zu Cesar. Du nutzt mir nichts, wenn du hier in Goros herumsitzt und Briefe schreibst. Du wirst gut für die Arbeit als Botschafter entlohnt. Das geschieht nicht, damit du dir in deiner Position einen dicken Wanst anfressen kannst. Du wirst so großzügig bezahlt, weil ich weiß, dass diese Aufgabe durchaus gefährlich ist. Du wirst dich an Cesars Hof begeben und dich persönlich umsehen und beobachten, was vor sich geht. Bekomme heraus, ob es nur ein Gerücht ist, dass Cesar Galadon angreifen will. Und unterbreite ihm unseren Vorschlag noch einmal persönlich, dass er fünftausend Goldstücke für seine Hilfe bekommen soll. Hast du das verstanden?"

Drawomir war leichenblass geworden. Man sah ihm an,

dass sich alles in ihm dagegen sträubte, sich wieder an den Hof des Zentaurenkönigs zu begeben. Dennoch nickte er sofort.

„Sehr gut.“ Nemos war mit sich zufrieden. Ein entspanntes Lächeln lag auf seinen Lippen. „Das war alles für heute.“ Er erhob sich und ging mit langsamen Schritten aus dem Sitzungssaal.

Toto stand ebenfalls auf und folgte Nemos hinaus. Auch Drawomir und Exlet verließen den Raum. Dann schloss sich ihnen Auris mit einem schwermütigen Seufzen an.

Man sah ihm an, dass er mit Artem sprechen wollte und es gleichzeitig nicht über das Herz brachte, dieses Gespräch zu führen. Schließlich schüttelte er den Kopf und ging, ohne ein weiteres Wort zu verlieren.

„Er braucht ein bisschen Zeit, um das zu verdauen, und mir geht es nicht anders.“ Artem warf Nasja einen langen Blick zu. In seinen Augen lagen unzählige Gefühle. Sie spürte die vielen Sorgen in seinem Herzen. Zwischen ihnen gab es so viel zu besprechen. Doch Artem verlor kein Wort über das, was Nemos gerade gesagt hatte.

Wozu auch? Sie wussten beide, dass er mitten ins Schwarze getroffen hatte. Artem hatte nicht gelogen, sie hatten nie das Bett miteinander geteilt und sie hatten sich auch nicht geküsst. Doch in Gedanken hatte Nasja ihren Mann schon Dutzende Male betrogen.

Dass sie es nur gedacht und nicht getan hatte, machte die Sache nicht besser. Die Vertrautheit zwischen Artem und ihr hatte sich in den letzten Wochen immer weiter eingeschlichen.

Sie hatten sich sicher gefühlt und sich mit der Anwesenheit des anderen begnügt. Sie waren zu unvorsichtig gewesen und einen Schritt zu weit gegangen. Sie hätten wissen müssen, dass Nemos irgendwann stutzig werden würde, und wenn nicht er, dann die unzähligen Menschen um ihn herum.

Nasja spürte, wie die Verzweiflung in ihr aufstieg. Was hatte sie nur getan?

Sie hätte das nie zulassen dürfen. Sie hatte gedacht, dass die Vertraulichkeiten mit Artem noch im Rahmen des Erlaubten waren. Was für ein fataler Irrtum.

„Pass gut auf dich auf, Nasja vom grünen Born", sagte Artem mit einem Lächeln, das schwer war vor Sehnsucht.

„Ich versuche es." Nasja probierte sich an einem Lächeln. Doch es misslang kläglich. Die Angst schnürte ihr die Kehle zu.

„Wir haben nichts Falsches getan und etwas anderes darfst du dir nicht einreden lassen", flüsterte Artem schon im Gehen.

Nasja seufzte. Sie wollte das Gleiche sagen, aber es wäre eine Lüge. Sie bereute, dass sie schwach gewesen war. Sie hätte sich gegen ihre Gefühle stärker zur Wehr setzen müssen. Es hätte nie so weit kommen dürfen.

Doch gleichzeitig kämpfte die Sehnsucht schmerzhaft in ihrem Herz. Sie wollte Artem umarmen und ihn anflehen, nicht zu gehen und sie mit Nemos hier allein zu lassen. Sie wollte ihm sagen, dass sie Angst hatte und sich ohne seinen Schutz hilflos fühlte.

Doch das durfte sie nicht. Artem war der oberste Heerführer von Galadon und sie war die Frau eines anderen. Es kam kein Wort über ihre Lippen, das ihre wahren Gefühle beschrieb. Das durfte es auch nie.

„Gute Reise, Artem von Darkenstein", sagte Nasja höflich.

„Danke, meine Königin", erwiderte Artem. Dann wandte er sich endgültig von ihr ab und verließ den Sitzungsraum.

Nasja sah ihm lange nach. In ihrem Herzen war alles kalt. Sie stand auf, als seine Schritte längst verhallt waren, und ging langsam in ihre Suite hinab.

Sie war allein. Das war sie schon oft gewesen, doch noch nie hatte sie sich dabei so einsam gefühlt.

KAPITEL 5

„Beeil dich, Nasja.“ Die Frau mit dem grauen Kopftuch winkte Nasja zu sich. Es hatte lange gedauert, bis sie ihre Scheu vor der Tatsache abgelegt hatte, dass Nasja die Königin von Galadon war.

Irma, wie die Frau hieß, war die Erste gewesen, die Nasja eine Chance gegeben und sie nicht anders als die anderen Frauen behandelt hatte.

Nach ihr begannen nun auch die anderen Frauen, auf sie zuzugehen. Sie waren noch nicht am Ziel, aber auf einem guten Weg. Seitdem fühlte sich Nasja in dem einfachen Tempel, in dem es aus allen Richtungen zog, deutlich akzeptierter als auf Schloss Schwanenberg, wo Nemos wieder dazu übergegangen war, Nasja wie Luft zu behandeln.

Nasja wuchtete den großen Kessel voller Suppe auf den Tisch und Irma platzierte eine saubere Suppenkelle darin. Dann holten sie die Körbe voller Brot und platzierten sie neben den Kesseln. Alles war vorbereitet und jeden Moment würde einer der Priester die große Tür öffnen, um die Hungrigen einzulassen.

Bruder Pentos kam schon seit zwei Wochen nicht mehr persönlich zum Tempel. Er hatte die Aufgabe an zwei niedere Priester weitergegeben, die dank der Tatsache, dass Auris persönlich einmal am Tag nach dem Rechten sah, ihre Aufgabe sehr ernst nahmen.

Nasja sah sich nach den Säcken voller Kartoffeln, Möhren und Sellerie um, die im hinteren Teil des Tempels standen. Wie so oft, wenn sie einen Moment still stand, wanderten ihre Gedanken zu Artem. Sie stellte sich oft vor, wie er sie aufmunternd anlächelte. Wie es ihm wohl ging im fernen Land der Trolle?

Würde er es schaffen, Nemos' Aufgabe zu erfüllen und den König der Trolle davon zu überzeugen, dass eine Allianz mit Galadon zu seinem Vorteil wäre? Seitdem Artem gegangen war, waren beinahe zwei Wochen vergangen. Das Lichtfest war nicht mehr weit und während die Prachtstraßen von Goros für das große Ereignis geschmückt wurden, sammelten sich jeden Tag mehr Menschen vor der einzigen Suppenküche der Stadt. Der Winter war kälter und strenger geworden.

Doch nicht nur allein das Wetter war daran schuld, dass die Zahl der Menschen stieg, die sich nicht einmal mehr eine warme Mahlzeit am Tag leisten konnten. Die Steuern, die jeden Monat von den Männern von Freiherr von Lotringen eingetrieben wurden, brachten immer mehr Einwohner von Galadon an ihre Grenzen. In ihrer Not kamen sie nach Goros, weil sie hofften, in der Stadt eher Hilfe oder Arbeit zu bekommen als in ihren kleinen Dörfern, die weit über das Land verteilt lagen.

In diesem Moment knarrte die große Tür und schwang auf. Die Köche stellten sich an ihre Plätze und griffen nach den Kellen. Nasja trat hastig zur Seite und ging zu den Frauen in den hinteren Teil des Tempels. Sie griff nach einem Messer und begann so wie jeden Tag Kartoffeln zu schälen und den Gesprächen der Frauen zu lauschen, die sich in ihrer Gegenwart mittlerweile frei unterhielten.

Irma erzählte von ihrem Mann, der in den Kohleminen der Stadt arbeitete und, nachdem ihre Kinder aus dem Haus waren, erlaubt hatte, dass sie im Tempel aushalf, um Samara zu ehren. Auch die anderen lobten ihre Männer für ihre Großzügigkeit. Normal war es nicht, dass ein Mann seiner Frau gestattete, außerhalb des Hauses zu arbeiten.

Nasja lauschte den Worten der Frauen mit sichtlichem

Missfallen. In ihrer Heimat musste eine Nymphe niemanden um Erlaubnis fragen, wenn sie einen Beruf ausüben wollte. Nasja schwor sich, dass sie, für den unwahrscheinlichen Fall, dass sie jemals Kinder haben sollte, ihnen niemals so etwas antun würde.

Während sie weiter Kartoffeln schälte und sie würfelte, wanderten ihre Gedanken zurück zu ihrer Kindheit. Ihre ganze Familie hatte gemeinsam mit ihren Großeltern in der Nähe einer riesigen Magnolie gelebt. Überall in ihrem Land gab es Wälder. Die Nymphen hatten sie nicht gerodet, um wie die Menschen Platz für ihre Städte und Weiden zu schaffen. Sie lebten im Wald und hatten ihre Häuser zwischen die Bäume gebaut. Der Wald war ein Teil ihrer Welt, genauso wie die Quellen, Seen und Flüsse. Sie lebten von dem, was ihnen die Natur gab, und nahmen nur das, was sie brauchten.

Nur mühsam konnte sich Nasja von den Erinnerungen an diese sorgenfreie Zeit ihrer Kindheit lösen. Es tat weh, wenn sie allzu oft daran dachte. Sie lauschte wieder dem Gespräch, das sich jetzt darum drehte, wie die Frauen das Lichtfest feiern würden und welche kleinen Geschenke sie ihren Familienmitgliedern machen wollten.

Es war zur Mittagszeit, als einer der Köche plötzlich einen schmerzhaften Schrei ausstieß. Erschrocken fuhr Nasja herum. Sie rechnete mit dem Schlimmsten. Artems Worte klangen ihr in den Ohren, dass sich die Wut der Menschen über ihre Situation auf Nasja richten könnte. Doch da war kein zorniger Einwohner von Galadon, der sich gewaltsam Luft machen wollte. Dem Koch war der schwere Topf aus der Hand gerutscht und auf seinen Fuß gefallen. Der letzte Rest Suppe hatte sich spritzend um ihn verteilt und er hockte mit schmerzverzerrtem Gesicht auf dem Boden und hielt sich seinen Fuß.

Die Frauen eilten ihm sofort zur Hilfe. Auch Nasja war aufgestanden. Sie hob den Topf auf und holte einen Putzlappen, um den Boden zu säubern. Als sie fertig war, sah sie sich um. Einer der Priester half dem Koch gerade dabei, aus dem Tempel zu humpeln.

„Der Knochen ist gebrochen“, sagte Irma bedauernd und sah den beiden hinterher. „Bruder Gernot bringt ihn zu einem Arzt. Aber in der nächsten Zeit wird er den Fuß schonen müssen. Mein Mann hatte auch schon einmal einen gebrochenen Knochen. Es dauert seine Zeit, bis er verheilt ist.“

„Und was wird aus den Menschen?“ Nasja sah zu der langen Schlange an Menschen hinüber, die an der Stelle warteten, wo der Koch gestanden und Essen ausgeteilt hatte. Ein dunkelhaariges Mädchen sah das Brot vor sich mit hungrigen Augen an.

„Die müssen sich an den anderen Schlangen mit anstellen“, sagte Irma achselzuckend. „Wir haben nur diese vier Köche.“

„Das dauert doch viel zu lang“, sagte Nasja entschlossen und ging zu einem der Kessel, in denen schon fertige Suppe bereitstand. Sie griff nach dem Topf, packte ihn und schleppte ihn hinüber zur Ausgabe. Dann band sie sich eine Schürze um und griff nach einer Kelle.

Das Mädchen vor ihr sah Nasja mit großen Augen an.

„Komm her, Kleine“, sagte Nasja aufmunternd und winkte sie zu sich.

Sie zögerte noch kurz, dann ging sie auf Nasja zu und reichte ihr ihre leere Schüssel.

Nasja nahm sie, füllte sie mit Suppe und gab ihr eine Scheibe Brot.

Die Kleine bedankte sich höflich und ging mit ihrer vollen Schüssel davon.

Der Nächste trat näher und Nasja füllte Schüssel um Schüssel. Der Blick in die dankbaren Gesichter machte Nasja froh und ließ sie ihre Sorgen vergessen.

Die vielen Dankesworte klangen ihr weich in den Ohren. Nasja merkte gar nicht, wie die Zeit dahinflog. Als der letzte Topf geleert und die letzte Scheibe Brot verteilt war, blieb Nasja noch einen Moment erstaunt stehen.

Der Tempel war leer, aber die dankbaren Gesichter waren immer noch in ihren Gedanken. Und dort blieben sie auch, als die Soldaten, die Artem zu ihrem Schutz abkommandiert hatte, sie nach Hause begleiteten, und auch später, als sie mit Nemos, Bonja, Finnie und Frederika beim Abendessen saß.

„Du bekommst schon Schwielen an den Fingern." Bonja sah Nasjas Hände mit großen Augen an. Sie saßen so wie an jedem Abend im Goldenen Salon zusammen.

„Wirklich?" Nasja fuhr aus ihren Gedanken hoch und betrachtete ihre Finger. Tatsächlich. Sie hatte schon die ersten Schwielen an den Fingern. „Das macht mir nichts", sagte Nasja, aber dennoch verbarg sie die Finger in ihrem Schoß, nachdem der Hauptgang abgetragen worden war. „Was hast du heute gemacht?", fragte Nasja an Finnie gewandt. Sie wollte nicht über ihr Tagewerk sprechen, um Nemos nicht darauf aufmerksam zu machen.

Finnie lächelte. „Ich habe mich ein paar Stunden mit der Harfenlehrerin gelangweilt und dann durfte ich endlich raus. Der Schwanenteich ist schon beinahe zugefroren. Bald können wir Schlittschuh laufen." Finnie sah Nasja begeistert an.

„Das klingt aufregend", sagte Nasja freundlich, während die Bediensteten das Dessert hereinbrachten. Es gab eine Vanillemousse mit einer süßen Beerensoße.

„Beeren mag ich nicht." Finnie schob das Schälchen mit einem enttäuschten Gesichtsausdruck von sich fort. Jeder am Tisch wusste, dass sie am liebsten Torte zum Dessert aß. Bonja lächelte nachsichtig.

Doch Nasja war das Lachen vergangen. Sie starrte das Schälchen mit dem edlen Inhalt einfach nur an und dachte an das kleine, dunkelhaarige Mädchen, das über die einfache Gemüsesuppe und eine Scheibe Brot so glücklich gewesen war, wie es Finnie niemals sein konnte.

„Ich würde gern mal wieder mit dir ins Theater gehen", sagte Bonja, während Nasja noch das Dessert anstarrte.

„Mit mir?" Nasja fuhr überrascht hoch und sah Bonja an.

„Ja, mit dir." Bonja grinste. „Natürlich nur, wenn du nicht zu müde bist. Die Arbeit in der Suppenküche ist bestimmt anstrengend."

„Ja, das ist sie wirklich", sagte Nasja und versuchte einen betrübten Eindruck zu machen. Sie wollte bei Nemos auf gar keinen Fall den Eindruck erwecken, dass sie die Arbeit, trotzdem sie schwer war und Nasja jede Nacht wie ein Stein schlief, wirklich mochte und nicht mehr missen wollte. Schnell versuchte sie wieder das Thema zu wechseln. „Was hast du heute gemacht, Bonja?"

„Nichts Besonderes, ich hätte den Tag lieber mit dir verbracht. Aber du Arme musstest ja in der Suppenküche schuften." Bonja legte den Kopf schief und funkelte Nemos dann herausfordernd an. „Reicht es nicht langsam?"

„Nein, lass das!", sagte Nasja leise. Sie hatte Bonja nicht dazu animieren wollen, sich für sie einzusetzen.

„Doch, doch", sagte Bonja mit einem nachsichtigen Lächeln, als ob Nasja einfach nur zu schüchtern und zu zurückhaltend war, um gegen Nemos' Entscheidung aufzubegehren. „Das muss jetzt einfach mal jemand sagen." Bonja nickte energisch. „Du bist die Königin von Galadon. Du solltest nicht in einer Suppenküche stehen wie eine einfache Magd."

„Das macht mir nichts aus, wirklich", sagte Nasja hastig.

Doch Bonja schüttelte den Kopf und wandte sich ihrem Bruder zu. „Nemos, wie lange willst du Nasja das denn noch antun? Sie hat doch lange genug in dieser Suppenküche gelitten."

Nemos fuhr verwundert herum. Er war gerade mit Toto und Frederika in ein Gespräch vertieft gewesen und sah Bonja jetzt stirnrunzelnd an.

„Bitte nicht." Nasja sah Bonja flehend an. „Lass es!"

Doch Bonja ließ sich nicht von Nasja beirren. Sie nickte Nasja wohlmeinend zu, als ob sie ihr sagen wollte, dass sie es nur gut mit ihr meinte und es Zeit wurde, dass sich endlich jemand für sie einsetzte.

„Bitte, Nemos, befreie Nasja doch von ihren Pflichten in der Suppenküche. Sie ist deine Königin. Warum muss sie so eine schwere Arbeit verrichten?" Bonja sah Nemos entschlossen an.

Auf dem Gesicht ihres Bruders spielte ein leichtes Grinsen. „Weil ich es so will", sagte er, ohne die Stimme zu erheben. „Sie wollte sich für die Armen einsetzen und jetzt kann sie es auch tun. Sie wird auch weiterhin in der Suppenküche arbeiten und es ist mir egal, ob sie sich dabei die Finger verbrennt oder Schwielen an den Händen bekommt. Dabei fällt mir ein …" Nemos betrachtete Bonja nachdenklich, während er den Löffel in seinem Dessert versenkte. „Du hast mich doch vor einer Weile auch darum gebeten, den Armen zu helfen. Wenn ich es mir recht überlege, ist es vielleicht nicht schlecht, wenn du mitgehst. Du wolltest doch hier auf Schloss Schwanenberg bleiben und die Gesellschafterin deiner Königin sein. Wenn die Königin den Tag in der Suppenküche verbringt, dann solltest du das auch tun."

„Aber …" Bonja war blass geworden.

„Kein Aber", sagte Nemos drohend. „Ab morgen gehst du mit in die Suppenküche."

„Nein, das werde ich nicht tun." Bonja warf Nemos einen vernichtenden Blick zu.

Nemos' blassblaue Augen waren plötzlich eiskalt. „Überlege dir gut, was du jetzt sagst, Bonja, denn die Arbeit in der Suppenküche ist noch die leichteste aller Aufgaben, die ich dir aufbrummen kann."

„König Kreotis war nicht nur dein Vater, sondern auch meiner", sagte Bonja entschlossen, und Nasja bewunderte ihren Mut, einfach nicht aufzugeben. „Ich bin die Tochter eines Königs. Ich erwarte von dir, dass du mich entsprechend behandelst."

Nasja schluckte. Bonjas Mut konnte ihr zum Verhängnis werden. Merkte sie nicht, dass sie sich gerade um Kopf und Kragen redete?

„Du hast nicht das Recht, über mich zu entscheiden", fuhr Bonja unbeirrt fort.

„Ich habe doch gesagt, dass deine Schwester ein boshaftes Weib geworden ist", sagte Frederika und musterte Bonja, als wäre sie ein Insekt, das sie gern zertreten wollte.

„Jetzt weiß ich, was du gemeint hast", sagte Nemos nickend. Dann wandte er sich wieder Bonja zu. „König Kreotis ist tot", sagte Nemos mit kalter Stimme. „Jetzt bin ich der König von Galadon. Vater wird dich nicht mehr beschützen und dich verhätscheln, weil du ihn an seine Liaison mit dieser nichtsnutzigen Harfenspielerin erinnerst. Von nun an entscheide ich über deinen weiteren Lebensweg und ich habe entschieden, dass du mit der Nymphe in der Suppenküche schuftest."

Bonja schluckte. Ihr war wohl klar geworden, dass die Dinge genauso lagen, wie Nemos sie gerade formuliert hatte.

„Damit ist diese Diskussion beendet." Nemos wandte sich wieder seinem Dessert zu.

Nasja schluckte. Sie wusste, wie schwer das für Bonja werden würde.

Unter dem Tisch griff sie nach Bonjas Hand und drückte sie tröstend. Es war nicht schlimm, dass Bonja helfen musste. Nasja war sich sicher, dass sie das bestimmt schaffte. Schlimm war der Ausdruck in Nemos' Gesicht.

Er genoss es, die Macht über alle zu haben.

Nemos' zufriedener Gesichtsausdruck spiegelte sich in Frederikas Gesicht wider. Wie sehr sich die beiden doch ähnelten. Nasja spürte, wie die Wut über all diese Ungerechtigkeiten in ihr aufflammte. Sie war machtlos und dieser Situation ausgeliefert, ohne etwas gegen Nemos tun zu können. Ein Wort von ihm reichte, um die Männer, die vor der Tür auf ihn warteten, in Bereitschaft zu versetzen und jeden seiner Wünsche auszuführen.

In diesem Moment wünschte sich Nasja nichts sehnlicher, als dass sie die Menschen genauso unter ihre Kontrolle bringen konnte, wie es ihr mit Cesar gelungen war. Doch das würde niemals geschehen. Ihre Macht hatte Grenzen. Der Schmerz der Enttäuschung bohrte sich tief in Nasjas Herz.

Sie konnte vielleicht ein paar Tiere kontrollieren, aber einen Menschen niemals. Nasja schluckte, während sie Bonjas Hand drückte, die immer noch fassungslos Nemos anstarrte und zu verstehen versuchte, was gerade geschehen war.

KAPITEL 6

Als Bonja am nächsten Morgen auf ein Pferd stieg und gemeinsam mit Nasja, Celistra, Aros und den Soldaten nach Goros ritt, wirkte sie zerknirscht und übernächtigt. Sie war immer noch von den Ereignissen überwältigt. Nasja sah ihr ihr Unbehagen an. Bonja wusste nicht, was auf sie zukam, und dass sie sich Nemos' Befehl fügen musste, machte die ganze Sache noch viel schlimmer.

Erst als sie den Schlossgarten verlassen hatten, räusperte sich Bonja. Es war ein kalter Morgen. Der Schnee knirschte unter den Hufen ihrer Pferde und ihr Atem bildete weiße Wolken vor ihren Gesichtern.

„Es tut mir leid, dass ich die Sache überhaupt angesprochen habe", sagte Bonja bedauernd und schüttelte den Kopf. „Du wolltest mich noch warnen, aber ich habe es einfach nicht verstanden. Ich dachte, ich tue dir etwas Gutes."

„Ich weiß es zu schätzen, dass du dich für mich einsetzen wolltest", sagte Nasja mit einem sanften Lächeln. „Es tut mir leid, dass ich dich in die Sache mit hineingezogen habe."

„Ich will ja helfen." Bonja winkte ab. „Aber ich denke, dass du und ich mit einem Spendenball mehr für die Armen tun könnten, als nur Suppe auszugeben. Wir könnten Geld besorgen und dafür Essen und Decken kaufen. Das wollte ich eigentlich erreichen, aber irgendwie ist das gestern Abend völlig schiefgegangen."

„Das kann man so sagen", erwiderte Nasja seufzend. „Aber ich glaube nicht daran, dass Nemos uns gestattet hätte, einen Spendenball zu veranstalten. Freiwillig wird er sich nicht weiter um die Armen kümmern, es seid denn, dass es die reichen Bürger von Goros verlangen, und das werden sie mit Sicherheit nicht tun. Nemos hat mich in die Suppenküche geschickt, um mich zu bestrafen und zu demütigen, nicht weil er etwas Gutes für die Bedürftigen der Stadt tun wollte."

„Das habe ich jetzt auch verstanden." Bonja wickelte sich fester in ihren dicken Mantel. Seufzend sah sie nach Goros hinab. „Ich erkenne Nemos kaum wieder. Was ist aus meinem kleinen, weinerlichen Bruder geworden?" Bonja seufzte erneut.

„Macht hat schon so manchen Charakter verdorben", sagte Nasja leise, nachdem sie sich versichert hatte, dass die Soldaten weit genug hinter ihnen ritten, damit sie sie nicht hören konnten.

Bonja nickte. „Das wird es wohl sein."

„Du wirst das schaffen", sagte Nasja aufmunternd. „So schwer ist die Arbeit in der Suppenküche auch nicht."

„Ich muss es schaffen." Bonja nickte entschlossen. „Ich werde Nemos nicht den Triumph gönnen, über mich gesiegt zu haben. Er soll ja nicht denken, dass mir das etwas ausmacht. Ich wollte etwas Gutes tun und jetzt kann ich es." Bonja versuchte entschlossen zu klingen, doch Nasja hörte die Zweifel in ihrer Stimme.

Den Rest des Weges legten sie schweigend zurück. Als sie bei dem alten Tempel ankamen, musste Bonja schlucken.

Sie betrachtete das Gebäude skeptisch, während sie von ihren Pferden stiegen. „Seitdem ich mit meinem Vater das letzte Mal hier gewesen bin, hat der Tempel ziemlich gelitten. Er sieht verfallen aus."

„Das wird sicher einer der Gründe gewesen sein, warum Bruder Pentos einen neuen Tempel erbauen ließ", sagte Nasja und reichte einem der Soldaten die Zügel ihres

Pferdes. „Samara ist jetzt schließlich der einzige Gott in Galadon und als solcher braucht er auch einen schöneren Tempel."

„Ja, natürlich braucht er den." Bonja zog die Augenbrauen hoch. Doch in der Nähe der Soldaten wagte sie es nicht, Nemos für seine Entscheidungen zu kritisieren, und das war vermutlich auch besser so.

„Komm, ich zeige dir alles." Nasja ging voran in den Tempel und stellte Bonja Irma und den anderen Frauen vor. Sie zeigte ihr, was zu tun war, und erklärte ihr, wie der Tag ablaufen würde.

Dann setzten sich die Frauen gemeinsam an den Tisch und begannen so wie jeden Tag das Gemüse und das Brot zu schneiden. Bonja stellte sich überraschend geschickt an, wie Nasja schnell feststellen konnte. Während Irma und die anderen Frauen über die letzten Vorbereitungen für das Lichtfest sprachen, das nächste Woche stattfinden würde, schälte Bonja mit flinken Fingern Kartoffeln und schnitt sie in kleine Stücke.

Nasja lächelte ihr zu. Es tat gut, dass Bonja hier war. Sie hatte das Herz am rechten Fleck und Nasja war gern in ihrer Nähe.

Als die Tür geöffnet wurde, begab sich Nasja wieder an den Platz, an dem vorher der verletzte Koch gestanden hatte. Sie hatte diese Aufgabe ganz automatisch wieder übernommen. Als sich eine lange Schlange vor ihr bildete, griff Nasja nach der Kelle. Sie füllte Schüssel für Schüssel, gab eine Brotscheibe nach der anderen in bedürftige Hände und schleppte immer wieder einen neuen vollen Kessel herbei.

Der Tag flog regelrecht dahin und als das dunkelhaarige Mädchen mit der leeren Schüssel als Letzte in der Reihe vor ihr stand, sah Nasja überrascht auf.

Sie kratzte die Reste aus dem Topf und füllte ihre Schüssel, so gut sie konnte. Sie war nicht ganz voll. Dafür gab ihr Nasja drei Scheiben Brot, damit sie sich satt essen konnte.

„Danke!“ Die Augen des kleinen Mädchens leuchteten, als sie die reichen Gaben vor sich auf dem Tisch stehen sah. „Du bist eine gute Seele, so wie Samara eine gute Seele ist“, sagte sie ergriffen.

„Danke, das ist sehr nett“, sagte Nasja, obwohl ihr der Vergleich unangenehm war. „Lass es dir schmecken.“

Das Mädchen nickte. Nasja betrachtete ihre löchrige Kleidung und die hohlen Wangen. Sie mochte vielleicht zehn Jahre alt sein, aber sie wirkte zierlich und schmal wie ein kleines Kind. In einer ausgebeulten Jackentasche ihres groben Mantels entdeckte Nasja zu ihrer Überraschung ein Buch.

„Du liest?“ Nasja zeigte auf das Buch. Sie wollte das Mädchen schon dafür loben, als es den Kopf schüttelte.

„Nein, ich kann nicht lesen, aber ich habe mir immer die Bilder angesehen.“ Die Kleine zog das dünne, abgegriffene Buch aus ihrer Tasche und reichte es Nasja. „Ich möchte es dir schenken.“

„Nein, das kann ich nicht annehmen.“ Nasja schüttelte hastig den Kopf.

„Nimm es bitte, es ist ein Geschenk von meiner Mutter. Sie hat gesagt, solange ich Gorgyra, die Flussnymphe, in meinem Herzen habe, soll ich ihren Segen erflehen und mir ihr Bildnis vor Augen rufen. Aber wenn ich die alten Nymphen nicht mehr um Beistand anflehe, dann soll ich dieses kleine Buch an jemanden verschenken, dem sie Trost und Beistand geben können. Du siehst mich immer so traurig an. Ich glaube, dass Gorgyra dir helfen kann. Bete zu ihr, vielleicht erhört sie dich und schickt dir ein Zeichen. Ich habe zu Samara gebetet und er hat mir ein Zeichen geschickt. Es gibt jetzt diesen Ort, an dem ich Essen bekomme und nicht verhungern muss. Gorgyra hat meine Bitten nicht erhört. Vielleicht erhört sie deine.“ Mit ernster Miene reichte das Mädchen Nasja das zerfledderte Buch und nahm dann ihre Suppenschüssel und das Brot.

„Wo ist deine Mutter?“, fragte Nasja leise.

Das Mädchen schluckte. „Mein Vater starb durch die Hand eines Zentauren. Meine Mutter hat versucht, allein über die Runden zu kommen, aber sie konnte die Steuern nicht aufbringen, die sie abgeben musste. Wir haben unser Zimmer verloren und mussten auf der Straße leben. Dann wurde sie krank und starb.“ Das Mädchen schluckte erneut. Doch dann lächelte sie ganz unvermittelt. „Sie ist jetzt bei Samara und es geht ihr gut. Sie ist im Licht. Samara wird sich auch um mich kümmern. Daran glaube ich ganz fest.“

Nasja hielt das Buch fest. Sie wusste nicht, was sie sagen sollte. Kein Wort beschrieb, wie sehr sie das Mädchen bedauerte. Sie hatte nichts mehr außer ihrem Glauben, an den sie sich voller Verzweiflung klammerte. Nachdenklich sah sie der Kleinen hinterher und sie wünschte ihr von Herzen, dass ihr Vertrauen in Samara nicht enttäuscht werden würde, falls Nemos sein Interesse an seinem Sonnengott plötzlich wieder verlor.

„Das war ein langer Tag.“ Bonja stand plötzlich neben ihr und seufzte angestrengt.

Nasja sah zu Bonja hinüber und ließ dabei das Büchlein in ihrer Jackentasche verschwinden. „Ja, das war er und er ist noch nicht vorüber. Wir müssen noch aufräumen.“

Bonja seufzte, aber sie nahm einen Besen und kehrte mit den anderen den Boden, während Nasja die letzten Töpfe und Kellen abspülte und alles für den nächsten Tag bereitstellte. Als sie sich später auf den Heimweg machten, gähnte Bonja herzhaft und streckte sich.

„Alles in Ordnung?“ Nasja sah Bonja fragend an, während sie die Stadt verließen. Aros und Celistra ritten hinter ihnen und in einiger Entfernung folgten ihnen die Soldaten. Ihre Begleitung war zu einer Routine geworden. Vermutlich waren die Gedanken der Männer schon in ihrer Kaserne und bei dem Abendessen, das sie dort erwarten würde. Nasja konnte es ihnen nicht verübeln. Es war für alle ein langer Tag gewesen.

„Meine Finger brennen und ich könnte im Stehen einschlafen, aber es geht mir überraschend gut. Ich fühle mich zufrieden, denn ich habe die Menschen gesehen, denen ich geholfen habe." Bonja warf Nasja ein schnelles Lächeln zu. „Ich glaube, ich verstehe jetzt, warum du dich nie bei Nemos über diese Arbeit beschwert hast."

Nasja sagte nichts, aber sie erwiderte Bonjas Lächeln.

„Was hat dir das Mädchen gegeben?", fragte Bonja, nachdem sie eine Weile geritten waren.

„Ein altes Buch, das sie nicht mehr braucht …" Nasja wollte Bonja gerade erklären, dass es wohl eine Sammlung über berühmte Nymphenwesen und andere Naturgötter war, als sie plötzlich ein Geräusch unweit des Weges hörte. Augenblicklich erstarrte Nasja. Die Angst fuhr ihr kalt in die Glieder.

Es klang, als ob eine Klinge gegen eine andere schlug, und das konnte nichts Gutes bedeuten.

Nasja reagierte sofort. Die Soldaten waren zu weit von ihnen entfernt, um schnell angreifen zu können. Sie musste selbst für ihre Sicherheit sorgen.

„Celistra, Aros, da ist jemand", rief sie über ihre Schulter hinweg. Dann schloss Nasja kurz die Augen und konzentrierte sich auf ihre Umgebung. Es war nicht so, dass sie ihre Fähigkeiten mit großem Nachdruck trainiert hätte.

Aber dennoch hatte sie es nicht aufgegeben, regelmäßig in die Gedanken und Gefühle der Tiere in ihrer Umgebung zu schlüpfen und sich darin zu üben, ihr Verhalten zu beeinflussen. Langsam, aber stetig war sie besser geworden und daher verließ sie sich jetzt auch ganz auf ihre Fähigkeiten.

Sie lauschte in die Dunkelheit. Da vorn schlugen mehrere Herzen. Sie spürte zwei Pferde mit Reitern darauf. Es waren Menschen und sie waren voller Wut und Zorn. Die Heftigkeit ihrer Gefühle ließ Nasja erschrocken zusammenzucken.

„Zwei Reiter voraus, etwa zehn Meter von uns entfernt“, rief Nasja Aros zu, der längst seine Messer gezogen hatte und gemeinsam mit Celistra an ihr vorbeigeritten kam. „Ich kümmere mich um die Pferde.“ Nasja holte tief Luft. Sie lauschte auf das schwere Schlagen der Pferdeherzen. Die Tiere waren unruhig. Ihre Reiter zischten ihnen gerade den Befehl zu, loszureiten. Das konnte selbst Bonja neben ihr hören, die einen erschrockenen Laut von sich gab. Die beiden Kerle vor ihnen hatten bemerkt, dass sie entdeckt worden waren, und gingen zum Angriff über.

Es war nicht schwer, in die Gedanken der Pferde einzudringen und ihnen zu befehlen, stehen zu bleiben. Sie ließen sich leicht lenken.

Die Männer fluchten, sprangen von ihren Pferden und liefen mit gezückten Waffen auf den Weg. Nasja spürte das schnelle Schlagen ihrer Herzen und die Aufregung, die in ihren Adern pulsierte.

Nasja öffnete die Augen und sah, wie Celistra vor ihr die Arme hob. Die Schneeflocken um sie herum erhoben sich in die Luft und verdichteten sich vor ihr. Bevor Aros bei den Männern angekommen war, waren ihre Beine in dichtem Schnee versunken.

Sie brüllten und schrien vor Schreck und Überraschung, während die Schneewehe immer höher wurde und ihnen schon bald bis zu ihren Hüften reichte.

Währenddessen sprang Aros mit erhobenem Schwert auf sie zu. Die beiden Männer versuchten, sich aus dem Schnee zu befreien und gleichzeitig Aros nicht aus den Augen zu verlieren, der schnell näher kam.

Während Celistra den Schnee um sie herum weiter verdichtete, hatte Aros leichtes Spiel. Er entwaffnete die

Männer mit ein paar geschickten Schwertstreichen und stieß ihre Waffen mit dem Fuß zur Seite.

Mittlerweile hatten auch die Soldaten den Angriff bemerkt. Schnell ritten sie herbei und musterten erstaunt die beiden Angreifer, die bis zur Brust im Schnee steckten und sich brüllend und schreiend zu befreien versuchten.

Als die Soldaten Nasja umringten, atmete sie erleichtert auf. Es war vorbei. Die Gefahr war gebannt. Im Halbdunkel dieser sternenklaren Nacht betrachtete Nasja die beiden Männer in der Schneewehe. Einer hatte einen dichten Bart und der andere trug einen Filzhut. Sie sahen nicht aus wie geschulte Krieger, eher wie Gelegenheitsdiebe, die nicht einmal geahnt hatten, wem genau sie hier aufgelauert hatten.

Nasja spürte, wie ihr Herz immer noch schnell schlug und die Aufregung nur langsam von ihr wich.

Die ersten beiden Soldaten sprangen von ihren Pferden und näherten sich den Männern. Aros hatte inzwischen seine Messer wieder an seinem Gürtel verstaut und auch Celistra tat so, als hätte sie mit dem plötzlichen Schneefall nichts zu tun.

„Sie wollten uns angreifen“, sagte Nasja erschrocken. „Nur der Schnee hat sie plötzlich gebremst. Da hinten habe ich ihre Pferde gehört.“ Nasja zeigte auf die Büsche, die im matten Schein der Sterne nur als Umrisse zu erkennen waren.

Die Soldaten näherten sich den Männern. Als sie bemerkten, dass sie nicht bewaffnet waren, ging es ganz schnell. Sie packten die Kerle und zogen sie aus dem Schnee.

„Was wollt ihr hier?“, fragte einer der Soldaten.

„Nichts“, erwiderte einer der Kerle mit Unschuldsmiene. „Diese Nymphe da hat uns mit Schnee bedeckt.“ Er zeigte auf Celistra. „Dabei sind wir rechtschaffene Leute, die auf dem Weg nach Goros waren.“

„Und warum seid ihr mit gezückten Schwertern auf uns zugerannt?“, fragte Aros mit ruhiger Stimme.

„Wir haben nichts getan“, antwortete der andere.

Nasja überkam die Wut und es ging nicht nur ihr so.

„Wie könnt ihr es wagen?“, schrie Bonja empört, bevor Nasja auch nur den Mund öffnen konnte. „Ich habe genau gesehen, wie ihr uns angreifen wolltet. Eure Waffen liegen doch noch dort, direkt neben euch.“ Bonja zeigte auf die beiden Schwerter im Schnee. „Wir hatten Glück, dass unser treuer Begleiter Aros so schnell reagiert und uns beschützt hat.“

„Nein, so war es nicht.“ Der Mann mit dem Bart schüttelte den Kopf.

Bonja setzte eine finstere Miene auf. „Ihr wagt es, die königlichen Soldaten anzulügen?“ Ihre Stimme klang drohend. „Für diese Frechheit verdient ihr eine harte Strafe.“ Bonja wandte sich den Soldaten zu. „Nehmt sie fest! Ich bezeuge, dass sie uns angreifen wollten und uns nur ihre Ungeschicklichkeit vor dem Schlimmsten gerettet hat. Sie sind in diese Schneewehe gestolpert und dann konnte Aros sie ohne Mühe entwaffnen. Wäre das nicht geschehen, hätten die beiden das Leben der Königin in Gefahr gebracht.“

Der Soldat sah Bonja nachdenklich an.

„Was gibt es da noch zu überlegen?“, fuhr ihn Bonja an, als er nicht sofort reagierte. „Willst du etwa andeuten, dass du den Worten eines Wegelagerers mehr Glauben schenkst als denen der Schwester des Königs?“ Bonjas scharfer Ton sorgte dafür, dass die Soldarten sofort zur Tat schritten. Sie packten die beiden Männer und fesselten sie. Dann machten sich zwei der Soldaten mit ihnen und ihren Pferden auf den Rückweg nach Goros.

Die restlichen Soldaten begleiteten Nasja und Bonja weiter auf dem Weg zum Schloss. Doch dieses Mal nahmen sie ihre Aufgabe ernster und blieben in ihrer Nähe.

Der Zwischenfall hatte sie aufgeschreckt, und nicht nur sie.

Nasja war immer noch so erschrocken über die Geschehnisse, dass sie es nicht wagte, auch nur ein Wort mit Bonja zu wechseln. Sie konzentrierte sich auf ihre Umgebung und lauschte auf jeden Ton, der an ihr Ohr drang. Sie erreichten den Schlossgarten und durchquerten ihn schweigend. Erst als sie abgesessen hatten und die Soldaten sich entfernten, entspannte sich Nasja ein wenig. Gemeinsam mit Bonja lief sie die Treppen zur Eingangshalle hinauf.

„Das hätte wirklich schiefgehen können", sagte Nasja und atmete tief durch.

„Ja, das hätte es allerdings", sagte Bonja und nickte energisch. „Du musst gegenüber den Soldaten klarer sein. Wenn du unsicher bist oder schwach, dann nehmen sie dich nicht ernst. Sie hätten die Männer heute laufen lassen. Das ist dir doch klar, oder?"

Nasja nickte. Der Gedanke war ihr auch durch den Kopf gegangen.

„Du bist die Königin und du musst dich auch wie eine benehmen. Nemos ist dir vielleicht übergeordnet und seinem Willen musst du dich beugen, aber alle anderen stehen unter dir und müssen sich deinem Willen beugen. Du solltest das viel mehr nutzen und klarmachen. Sie erwarten deine Befehle."

Nasja nickte langsam. „Da hast du recht", sagte sie nachdenklich, während sie durch die große Eingangshalle liefen.

„Das lernst du schon noch." Bonjas Blick wurde weich. „Erzähl mir von dem, was da gerade passiert ist. Dass Celistra Macht über den Schnee hat, weiß ich ja schon, aber wie hast du das mit den Pferden gemacht? Hast du sie gesehen oder wie funktioniert das?" Bonja hängte sich bei Nasja ein. Die Neugier in ihrem Blick war deutlich zu sehen.

Nasja dachte eine Weile darüber nach, ob sie wirklich preisgeben sollte, was sie da gerade getan hatte. Doch dann traf sie ihre Entscheidung. Bonja war auf ihrer Seite. Daran hatte Nasja keinerlei Zweifel mehr, nicht nachdem sie sich so bei Nemos für sie einsetzen wollte.

„Das besprechen wir lieber in Ruhe“, sagte Nasja, während sie auf die Eingangstür zuliefen. „Bis zum Abendessen haben wir noch etwas Zeit. Komm mit in meine Suite. Wir trinken einen Tee und dann erzähle ich dir, warum ich Dinge weiß, die niemand sonst wissen kann. Aber versprich mir, niemandem davon zu erzählen. Das muss unter uns bleiben.“

Bonjas Augen leuchteten. Sie nickte. „Ich verspreche es dir. Die Sache bleibt unter uns.“

Nasja lächelte. Dann machten sie sich auf den Weg in Nasjas Suite.

KAPITEL 7

Das Lichtfest fand an einem Sonntag wenig später statt. Die großen Straßen der Stadt erstrahlten im Glanz unzähliger Kerzen, Fackeln, Lampions und Lagerfeuer, als Nasja, Bonja und Finnie in ihrer Kutsche in die Stadt hinabfuhren. Am Morgen waren sie schon im Tempel gewesen und Bruder Pentos hatte eine lange Predigt über Samara gehalten und wie der Sonnengott nun mit jedem Tag das Licht wieder ein wenig mehr in die Welt bringen würde.

Nasja hatte den Worten wie immer schweigend zugehört. Doch dieses Mal musste sie sich mehr zusammenreißen als üblicherweise. Sie wusste, dass die Sonne nach der Wintersonnenwende jeden Tag wieder länger scheinen würde, weil das der Lauf der Dinge in der Natur war. Das lag nicht in der Macht eines Sonnengottes. Von nun an würde die Sonne jeden Tag eher aufgehen und später untergehen, bis sich das Spiel im Sommer wieder umkehrte.

Auch die Nymphen feierten diesen Tag, indem sie überall Kerzen entzündeten und sich mit ihren Lieben trafen und gemeinsam sangen und speisten, aber niemals würden sie auf die Idee kommen, dieses Gesetz der Natur in den Verdienst einer ihrer Götter zu stellen. Alle Wesen und auch die Naturgötter unterlagen den Gesetzen der Natur.

Doch bei Samara lagen die Dinge offenbar anders, zumindest wenn man den Worten von Bruder Pentos Glauben schenkte. Während Bonja und Finnie darüber berieten, was sie wohl in Goros erwarten würde, lehnte sich Nasja zurück und zog das schmale, zerfledderte Buch des dunkelhaarigen Mädchens aus ihrer Rocktasche.

Sie hatte es jetzt meist dabei und las darin, wenn es die Zeit erlaubte. Sie hatte lange nicht an die Naturgötter ihrer Heimat gedacht. Doch dieses Buch erinnerte sie an die alten Legenden ihrer Kindheit und es tröstete Nasja, darin zu lesen.

Während sie in das Büchlein vertieft war, fühlte sie sich ihrer Familie wieder verbunden und die Erinnerungen an schöne Feste und längst vergessene Ereignisse stiegen wieder in ihr hoch. Nasja schlug das Buch auf. Sie hatte über die Wassernymphen, die Meeresnymphen und die Waldnymphen gelesen und dabei oft an ihre Mutter gedacht.

Sie war die Quellnymphe eines kühlen Bächleins gewesen, das nicht weit von ihrem Haus entsprang. Jeden Morgen war sie gemeinsam mit ihrer Mutter zu dieser Quelle gegangen. Während ihre Mutter darin ein Bad nahm und ihre Kräfte auffrischte, hatte Nasja den Wald in der Umgebung erkundet und mit den kleinen Waldfeen gespielt, die sich hinter den moosbedeckten Steinen versteckten und sie an den Haaren zogen, wenn Nasja unachtsam war.

Nasja blätterte weiter. Das nächste Kapitel erzählte von einer alten Legende, in die sich Nasja sofort vertiefte. Es hatte eine Zeit gegeben, in der außer den Nymphen, den Zentauren und den Menschen noch andere Wesen auf diesem Kontinent gelebt hatten. Es waren riesige Kreaturen gewesen, die wild im Geist waren und sich nicht zähmen ließen. Nasja las, dass manche diese Erzählung nur für ein Gerücht hielten, dass es sie aber wirklich gegeben hätte. Man nannte sie die Minotauren. Diese Halbwesen aus Stier und Mensch bildeten eine Armee aus eintausend Mann und waren wild entschlossen, alles Leben auf dem Kontinent auszulöschen, um die alleinigen Herrscher der Welt zu werden.

Doch die Zentauren stellten sich den Minotauren in den Weg. An ihrer Seite kämpften die Trolle, die Nymphen und die Menschen. Der gemeinsame Feind einte sie. Die Schlacht dauerte fünf Tage und Nächte. Doch noch immer war sie nicht entschieden.

Das stolze Heer der Minotauren war zusammengeschrumpft und auch die Allianz der Menschen, Nymphen, Trolle und Zentauren hatte schwere Verluste erlitten.

Die Kämpfer wateten im Blut der Toten und noch immer war kein Ende der Kämpfe in Sicht.

Der König der Nymphen ersann eine List, um den Krieg doch noch für die Seinen zu entscheiden. Aus dem Horn eines gefallenen Minotauren erschuf er einen machtvollen Gegenstand. Zehn tapfere Nymphen opferten ihre Kraft und ihr Leben, um dem Horn eine besondere Magie zu schenken. Als der Zauber vollbracht war, leuchtete das Horn golden.

Als der König der Nymphen in das Horn stieß, hallte der Ton weit durch die Welten und die Erde erbebte. Doch das Goldene Horn war zu weit mehr erschaffen. Auf seinen Ruf hin kehrten die Geister der gefallenen Minotauren zurück in die Welt der Lebenden. Es schien, als wäre das Leben in sie zurückgekehrt. Sie konnten ihre Waffen schwingen und bekamen ihre Kräfte zurück. Wenn ihre Hufe den Boden berührten, dann donnerte es laut, und wenn ihre Waffen aneinanderschlugen, dann sah man Funken sprühen. Und dennoch wirkten sie, als könnte man durch sie hindurchsehen.

Erst war die Freude unter den Minotauren groß. Sie glaubten an ein Wunder, das ihnen ihre gefallenen Brüder zurückgebracht hatte, um die Schlacht für sie zu entscheiden. Doch sie irrten sich. Die auferstandenen Minotauren mussten sich dem Willen desjenigen beugen, der in das Goldene Horn stieß.

Der König der Nymphen befahl den Auferstandenen, die Armee der Minotauren auszulöschen. Zum Entsetzen der verbliebenen Minotauren beugten sich die Geister seinem Befehl. Sie mussten dem Ruf des Goldenen Horns folgen. Also hoben sie ihre Waffen gegen die Ihren und töteten die letzten Minotauren. Als der Befehl vollendet war, verschwanden die Geister der Minotauren wieder und kehrten in das Reich der Toten zurück.

Seit diesem Tag sind die Minotauren ausgerottet und verbreiten keine Angst und keinen Schrecken mehr auf der Welt.

Das Goldene Horn haben die Nymphen an einem heiligen Ort versteckt, um die Armee der Minotauren zu Hilfe rufen zu können, falls sie jemals wieder einer Gefahr gegenüberstehen, die ihre Existenz bedroht.

„Nasja, wir sind da." Finnies begeisterte Stimme riss Nasja aus ihrer Lektüre.

Hastig schlug sie das Buch zu und ließ es in ihrer Rocktasche verschwinden. Es fiel ihr schwer, sich wieder auf die Wirklichkeit zu konzentrieren. Ihre Gedanken waren noch ganz in dieser Geschichte gefangen. Das Goldene Horn. Irgendwo hatte sie einmal davon gehört. Doch ihr wollte nicht einfallen, wo das gewesen war.

Sie kam auch nicht mehr dazu, darüber nachzudenken, denn in dem Moment, in dem sie aus der Kutsche stieg, tauchte sie in eine Menge aus Menschen ein, die sie jubelnd und johlend empfing. Aus der Kutsche neben der ihren waren bereits Nemos, Toto und Frederika ausgestiegen.

Sie ließen sich von der Menge bejubeln, während sie die Treppen zur Oper hinaufstiegen. In dem riesigen Gebäude fand ein Empfang zu Ehren des Lichtfestes statt, zu dem Nemos die feine Gesellschaft der ganzen Stadt eingeladen hatte. Nasja strich sich ihr dunkelrotes Samtkleid glatt und folgte Nemos durch die Menge.

Die anfängliche Skepsis gegenüber Nemos schien von den Leuten abgefallen zu sein. Vielleicht lag es an dem grandiosen Lichtfest, das er für alle ausrichten ließ, oder daran, dass er in seiner schillernden und schimmernden Kleidung so prachtvoll aussah, dass man sich dazu gezwungen sah, ihm zuzujubeln. Oder vielleicht war es einfach so, dass alle erkannt hatten, dass sie keine andere Möglichkeit hatten, als ihrem König zuzujubeln, wenn sie keine drakonischen Strafen riskieren wollten.

Egal was der Grund war, Nemos genoss die Bewunderung. Es war ihm egal, ob ihm die Leute aus Angst oder aus echter Anerkennung zujubelten.

Das Lächeln auf seinen Lippen war echt und seine Augen strahlten wie die eines Kindes, dessen größten Wunsch man endlich erfüllt hatte. Vielleicht war es genau das, was Nemos sich die ganze Zeit gewünscht hatte. Er wollte bewundert und bestaunt werden.

Nasja betrachtete die Menschen im Vorbeigehen. Es waren immer dieselben Gesichter, in die sie sah. Sei es bei ihrer Hochzeit, bei den wöchentlichen Predigten oder jetzt bei dieser Feierlichkeit. Nasja hätte gern ihren Kopf geschüttelt. Es hätte Nemos gutgetan, wenn er selbst einmal in den alten Tempel gegangen wäre, um ein paar andere Bewohner von Goros zu treffen und sich mit ihrem Schicksal auseinanderzusetzen. Dort holten sich vermutlich gerade die letzten Hungrigen ihre Schüssel Suppe, damit sie nicht mit leerem Magen schlafen gehen mussten.

Hoffentlich würden alle klarkommen. Der verletzte Koch fehlte immer noch, aber Irma hatte Nasja versprochen, dass sie den Platz am Suppentopf einnehmen würde, damit das Austeilen der Speisen schneller vonstatten ging.

Nemos war vor der Oper angekommen. Er winkte noch einmal allen jubelnden Menschen zu, dann betrat er das prachtvolle Gebäude, dessen Eingang riesige, vergoldete Skulpturen der bekanntesten Opernsänger des letzten Jahrhunderts säumten.

Nasja, Bonja und Finnie schlossen sich ihm an. Sie trugen heute alle drei prachtvolle Kleider mit weit ausgestellten Röcken und kunstvoll verzierten Miedern. Doch keines ihrer Kleider war so prachtvoll wie das von Frederika. Ihr zartbeiges Kleid war über und über mit kleinen Diamanten bestickt und glitzerte bei jeder Bewegung so sehr, dass man einfach nicht anders konnte, als hinzusehen und den feinen Stoff zu bestaunen. Es ähnelte dem Kleid, das sie bei Nasjas Hochzeit getragen hatte, doch dieses war noch prachtvoller und raffinierter geschnitten worden.

Dieses Kleid musste ein Vermögen gekostet haben und Nasja fragte sich, wie Nemos diese Ausgaben zulassen konnte, wenn er sich doch gleichzeitig bei den Trollen verschulden musste, um den Zentauren ihre versprochenen fünftausend Goldmünzen zahlen zu können.

Während sie in die Oper traten, wurde Musik aufgespielt. Ein ganzes Orchester war zu ihrer Unterhaltung anwesend. Hinter ihnen strömten die übrigen Gäste herein, während die Klänge den großen Saal füllten.

„Es ist mir eine Ehre, dass ich Euch in meinem Hause begrüßen darf, Euer Majestät." Der Direktor der Oper, Ophelius Kronenstein, trat mit gewichtiger Miene auf Nemos zu. Er war ein beleibter Mann, der einen schwarzen Frack trug und dessen Glatze im Schein der unzähligen Kerzen und Leuchter verschwitzt glänzte.

„Ich fand es passend, die Feier zu Ehren von Samara hier in Eurem Haus abzuhalten. Ich danke Euch für Euer Angebot, Eure Räumlichkeiten zur Verfügung zu stellen", sagte Nemos überraschend höflich und musterte Ophelius Kronenstein mit neugieriger Miene. „Seitdem Ihr mir diesen Brief über die Armen in den Straßen geschrieben habt, dachte ich, hier ist der richtige Ort, um Samara zu ehren."

„Dafür möchte ich Euch noch einmal ganz besonders danken", sagte der Direktor der Oper mit ergriffener Miene. „Alle Gewerbetreibenden in meiner Umgebung sind Euch unendlich dafür dankbar, dass Ihr Euch des Problems angenommen habt. Daher war es mir auch ein besonderes Anliegen, dass Ihr heute Abend hier Eure Gäste empfangt."

„Ich habe Eure Einladung gern angenommen", sagte Nemos mit einem huldvollen Nicken. Dann veränderte sich sein Gesichtsausdruck. Nasja kannte ihn schon. Etwas Falsches lag jetzt in seinen Augen. „Es war doch eine Einladung, die Ihr als Dankeschön für meine Bemühungen geäußert habt, nicht wahr?"

Ophelius Kronensteins Miene erstarrte regelrecht. Nasja konnte sich gut vorstellen, wie er gerade überschlug, was die Bewirtung der Gäste und die Entlohnung des Orchesters kostete. Er hatte keine Mühen gescheut und nur das Beste vom Besten auffahren lassen, wohl in dem sicheren Glauben, dass der König die Rechnung zahlen würde.

„Also …" Ophelius Kronenstein holte zischend Luft. Er schien nun fieberhaft zu überlegen, ob er es wagen konnte, Einspruch zu erheben.

„Natürlich war es eine Einladung", sagte Nemos, ohne dass auch nur eine Spur von Freundlichkeit in seiner Stimme lag. Dann beugte er sich leicht zu Ophelius Kronenstein und flüsterte ihm gerade laut genug ins Ohr, dass Nasja ihn noch mit einiger Mühe verstehen konnte. „Wenn Ihr es noch einmal wagen solltet, mir einen Brief in einem solchen Ton zu schreiben, dann sind die Kosten für so einen Abend Euer kleinstes Problem. Bei der nächsten Frechheit werde ich meine Männer zu Euch schicken, damit sie Euch auf der Stelle enthaupten. Es war eine Ausnahme, dass ich Eurem Begehr nachgegeben habe, da es mir gerade wegen einer anderen Sache passte. Aber wenn das noch einmal vorkommt, wird das unangenehme Konsequenzen haben. Habe ich mich klar ausgedrückt?" Nemos richtete sich wieder auf und lächelte den Direktor der Oper freundlich an.

Man könnte meinen, die beiden hätten ein paar höfliche Gefälligkeiten besprochen, wenn Ophelius Kronenstein nicht plötzlich so unnatürlich blass geworden wäre. Er sah aus, als ob ihm das Atmen Probleme bereitete. Er schnappte nach Luft und keuchte, dann färbte sich sein Kopf rot und er nickte hastig.

„Wunderbar, mein Lieber“, sagte Nemos, hob die Hand und tätschelte ihm die Wange, als wäre er ein Hund, der seinen Befehl brav ausgeführt hätte.

Kronensteins Gesicht färbte sich noch eine Nuance röter. Er nestelte am Kragen seines Hemdes herum und sah Nemos an, als ob er jeden Moment noch schlimmere Drohungen erwarten würde.

Doch Nemos war mit seiner Reaktion zufrieden. Er nickte noch einmal freundlich und ging dann an Kronenstein vorbei. Nasja sah den Direktor der Oper bedauernd an. Er wirkte fassungslos und nachdem Nemos an ihm vorbeigegangen war, beeilte er sich, aus seinem Blickfeld zu kommen.

Nasja war sich sicher, dass sie ihn heute den ganzen Abend nicht mehr zu Gesicht bekommen würde. Nemos hatte sein Ziel erreicht. Ein weiterer Mensch in dieser Stadt lebte nun in Furcht vor ihm und was diesen Abend anging, war er billig davongekommen.

„Oh, schaut euch das schöne Essen an.“ Finnie zeigte hinüber zu einer langen Reihe an Tischen, auf denen kunstvoll arrangierte Platten voller unterschiedlicher Speisen standen. Obst und Gemüse war hübsch geschnitzt und zu kleinen Kunstwerken aufgebaut worden.

Doch es gab auch gebratene Fasane, Schweine am Spieß oder Süßspeisen in allen erdenklichen Variationen. Nasja gab sich Mühe, sich mit Finnie zu freuen. Doch ein Blick in Bonjas Gesicht sagte ihr, dass ihr das nicht nur allein schwer gelang. Auch Bonjas Blick auf den Überfluss war nun ein anderer, seitdem sie regelmäßig in der Suppenküche arbeitete und mit der Not der Menschen konfrontiert war.

„Das werden die Gäste niemals aufessen“, sagte Bonja kopfschüttelnd und sah sich um. Etwa zweihundert Gäste füllten den Raum, doch die Menge an Essen, die hier vorbereitet worden war, reichte leicht für die doppelte Menge an Gästen.

„Nein, das werden sie nicht.“ Nasja seufzte und sah zu, wie die Bediensteten immer mehr Schüsseln und Platten brachten.

Während das Büfett aufgebaut wurde, spielte Musik auf und lud die Gäste zum Tanz ein. Nemos zögerte nicht einen Moment. Nasja wusste schon seit ihrer Hochzeit, dass Nemos gern tanzte. Er forderte ein paar Damen auf und Nasja sah dabei zu, wie ihr Ehemann mit anderen tanzte, während sie mit seinen Schwestern am Rand der Tanzfläche stand.

Er machte Scherze mit den jungen Mädchen, die kichernd erröteten, und Nasja war sich sicher, dass er zwar von ihr absolute Treue erwartete, er ihr gegenüber aber nie treu gewesen war.

Bonja wurde von einem jungen Mann mit pechschwarzem Haar und feinen Gesichtszügen zum Tanz aufgefordert. Er war genauso wie Bonja etwa zwanzig Jahre alt und hatte sich als Gideon von Grauenstein vorgestellt. Nasja kannte die Familie der Grauensteins aus ihrem Unterricht bei Otis. Sie hatten sich im großen Krieg vor dreihundert Jahren einen Namen gemacht, aber im Gegensatz zu Totos Familie hatten sie ihrem Namen auch nach dem Krieg Ehre gemacht. Die Grauensteins hatten sich mit einigen Goldminen eine neue Existenz aufgebaut und waren zu großem Reichtum gekommen.

Bonja und Gideon waren ein hübsches Paar und Nasja sah ihnen eine Weile beim Tanzen zu. Es störte sie nicht, dass nur Finnie mit ihr tanzte und sich sonst niemand traute, sie anzusprechen. Seit ihrer Hochzeit war sie dieses ablehnende Verhalten gewohnt. Doch im Gegensatz zu der

Nacht ihrer Hochzeit störte sie es schon lange nicht mehr. Sie hatte sich angewöhnt, sich in diesen Momenten mit ihren Gedanken auf eine Reise zu begeben.

Sie mochte vielleicht in der Oper stehen und dabei zusehen, wie die Menschen um sie herum ausgelassen tanzten und feierten, aber mit ihren Gedanken war Nasja an anderen Orten. Wie so oft fragte sie sich, wie es Artem wohl im Norden erging. Ob sie bis zur nächsten Ratssitzung Nachricht von ihm erhielt?

Doch die Nachricht von Artem war nicht die einzige, auf die Nasja wartete. Nachdem ihr Vater ihr im letzten Monat keinen Brief hatte zukommen lassen, hatte sie ihm direkt nach der Ratssitzung geschrieben. Sie hatte ihm berichtet, was geschehen war. Nachdem Artem nicht mehr in der Nähe war, hatte sie sich vielleicht einfach versichern wollen, dass jemand wusste, was mit ihr geschah.

Doch ihr Vater hatte noch immer nicht geantwortet und mittlerweile zweifelte Nasja daran, ob es wirklich klug gewesen war, über Artems Verbannung, die Arbeit in der Suppenküche und Nemos' fragwürdiges Verhalten zu schreiben. Würde ihr Vater kommen und einen offenen Streit mit Nemos riskieren, um ihr zu helfen?

Nasja wünschte es sich und zugleich fürchtete sie sich davor. Verloren die Nymphen die militärische Hilfe der Menschen, könnten die Zentauren über den halb fertigen Pass leicht in das Land der Nymphen vordringen. Ein neuer Krieg würde unzählige Opfer fordern.

Nasja holte tief Luft und versuchte das beklemmende Gefühl zu vertreiben, das sie überkommen hatte. Nun war es zu spät, den Brief zu bereuen.

Vielleicht machte sie sich ganz umsonst solche Sorgen und das Problem war ein anderes. Vielleicht hatte ihr Vater ihr nicht geschrieben, weil er krank war. Die Ungewissheit machte Nasja immer unruhiger.

Als das Büfett eröffnet wurde und das Getümmel lauter

wurde, wurde Nasja aus ihren Gedanken gerissen. Sie war froh darüber und betrachtete den Ansturm auf die unzähligen Speisen. Die Gäste nahmen sich reichlich. So wie Bonja es vorhergesehen hatte, blieb aber viel von allem übrig, als sich die Gäste etwas später auf die bereitgestellten Stühle niederließen und dem Duett zweier Sopranistinnen lauschten, die eine Lobeshymne auf Samara zum Besten gaben.

Nach dem Vortrag wurde wieder zum Tanz aufgespielt. Nasja beobachtete alles vom Rande der Tanzfläche aus. Während die Paare bei einem schnellen Stück lachend und sich drehend an Nasja vorbeitanzten, entdeckte sie Ophelius Kronenstein in einer Ecke hinter dem Büfett. Er beobachtete die Tanzenden und schien sich wieder gesammelt zu haben. Er wirkte noch etwas blass, aber ansonsten schien er das Gespräch mit Nemos erst einmal verdaut zu haben.

Langsam ging Nasja zum Büfett und gesellte sich dann wie rein zufällig neben den Direktor der Oper, während sie die Paare auf der Tanzfläche musterte.

„Guten Abend“, sagte sie nach einer Weile.

Ophelius Kronenstein fuhr überrascht herum. Er schien Nasja gar nicht bemerkt zu haben, so sehr war er in seine Gedanken versunken gewesen.

„Guten Abend, Königin“, sagte er höflich und deutete eine kleine Verbeugung an. Dann wandte er sich wieder der Tanzfläche zu und beobachtete Nemos mit zusammengekniffenen Augen, der mit einem zierlichen Mädchen eine Polka tanzte.

„So eine Schande, dass so viel von dem Essen übrig bleibt“, sagte Nasja in besorgtem Ton. „Was werdet Ihr mit den Resten tun?“

„Den Resten?“ Ophelius Kronenstein wandte seinen Blick von der Tanzfläche ab und betrachtete das Büfett. Es verwunderte ihn sichtlich, dass Nasja sich Gedanken zu den Resten des Essens machte. „Ich weiß es nicht, vermutlich wirft das Personal alles in den Müll. Was soll man sonst damit machen?“ Er wandte sich wieder von dem Büfett ab und betrachtete die Tanzenden. Nach außen wirkte er ganz entspannt und so als ob er sich an dem Drehen und Wiegen auf der Tanzfläche erfreute.

Doch Nasja glaubte ihm nicht. Einen Moment lang schloss sie die Augen. Sie spürte seinen Herzschlag sofort in ihrer Nähe und das reichte schon, um den Hass zu fühlen, der ihr entgegenschlug. Sie erschrak einen Moment über die Heftigkeit seiner Emotionen. Nemos‘ Worte hatten Ophelius wirklich hart getroffen.

„Ich hätte da eine Idee“, sagte Nasja, nachdem sie eine Weile über die Situation nachgedacht hatte.

„Eine Idee, soso“, erwiderte Ophelius Kronenstein, ohne Nasja anzusehen. Er war in Gedanken immer noch bei Nemos und der Frage, wie der junge König ihm diese Frechheit hatte antun können.

„Ihr wisst vielleicht nicht, warum Nemos die Armenspeisung im alten Tempel wirklich eröffnen ließ“, sagte sie beiläufig.

„Nein, das weiß ich nicht“, murmelte Ophelius Kronenstein gedankenverloren.

„Ich hatte ihn darum gebeten, den Armen zu helfen. Das hat er immer abgelehnt. Bis Euer Brief kam. Da hat er beschlossen, die Armenspeisung zu eröffnen und mich persönlich dorthin zu schicken, damit ich den ganzen Tag Gemüse schneiden und Suppe ausschenken kann, um persönlich den Armen zu helfen. Die Armen liegen Nemos nicht wirklich am Herzen. Das alles war nur ein Mittel zum Zweck, das ihm ganz gelegen kam.“ Nasja hatte leise gesprochen, doch sie erkannte, wie Ophelius Kronenstein neben ihr erstarrte.

Es dauerte einen Moment, dann drehte er sich langsam zu Nasja um. „Ich bin ganz Ohr“, murmelte er, und um seine Mundwinkel zuckte es erfreut.

„Vielleicht bringt Ihr die Reste des Büfetts zu Bruder Pentos in den alten Tempel. Die Armen wird es sehr freuen, denn nach den politischen Neuerungen der letzten Zeit geht es ihnen wirklich sehr schlecht, wie Ihr auch schon feststellen konntet. Ihr könntet Euch barmherzig zeigen, denn wenn der König mit so gutem Beispiel vorangeht, dann ist Barmherzigkeit doch ganz offensichtlich eine nachahmenswerte Sache, wenn Ihr versteht, was ich meine. Auch Bruder Pentos redet jeden Sonntag davon."

Der Operndirektor nickte bedächtig und ein listiges Lächeln schlich sich auf seine Lippen. „Ich verstehe, worauf Ihr hinauswollt."

„Das freut mich sehr." Nasja blickte auf die Tanzfläche, wo Nemos gerade mit seiner Mutter tanzte. Ihr Kleid schillerte und glitzerte, als wäre es von Sternen übersät. Doch Nasja konnte die Schönheit ihrer Robe nicht bewundern. Der einzige Gedanke, der ihr durch den Kopf ging, war, wie viele Lebensmittel man von dem Geld kaufen konnte, das dieses Kleid gekostet hatte. „Erzählt auch gern Euren Geschäftspartnern von der Möglichkeit, barmherzig zu sein."

„Das werde ich mit Vergnügen tun, meine Königin." Die Dankbarkeit in Ophelius Kronensteins Stimme war nicht gespielt. „Es war mir eine Ehre, dass Ihr heute Gast in meinem Haus wart."

„Ich danke Euch, dass ich bei Euch sein durfte." Nasja nickte ihm noch einmal zu, dann schlenderte sie weiter. Im Vorbeigehen spürte sie nach Ophelius Kronensteins Herzschlag. Die Wut war verschwunden, der Hass in seinem Herz war verebbt. Stattdessen erkannte sie Genugtuung und Hoffnung in ihm.

Sie konnte nicht verhindern, dass sich ein Lächeln auf ihre Lippen schlich, als sie die Tanzfläche weiter umrundete. Sie hatte Nemos' Hass in etwas Gutes verwandelt und es würde denen zugute kommen, die am meisten unter ihm litten. Nasja suchte sich eine Sitzgelegenheit am Rande des Saales und hing weiter ihren Gedanken nach, während sie darauf wartete, dass sich eine Gelegenheit ergab, zu gehen.

Es war noch weit vor Mitternacht, als sich Frederika verabschiedete, um den Heimweg anzutreten. Nasja erhob sich sofort und suchte nach Bonja und Finnie, um mit ihnen das Fest ebenfalls verlassen zu können. Finnie war ohnehin müde und nach der langen Woche gähnte Bonja auch schon seit einer Weile, obwohl sie sich den Rest des Abends angeregt mit Gideon von Grauenstein unterhalten und immer wieder mit ihm getanzt hatte.

Als sie aus der Oper traten, fiel der Schnee in dichten Flocken.

Die Straße war weiß und ihre Schritte knirschten leise im frisch gefallenen Schnee, während sie in Begleitung einiger Soldaten zu ihrer Kutsche gingen.

Frederika war schon in ihre Kutsche gestiegen. Der Kutscher schnalzte gerade mit der Zunge und die Kutsche setzte sich in Bewegung. Der frische Schnee dämpfte die Geräusche der Pferdehufe und Nasja sah der Kutsche von Nemos' Mutter nachdenklich hinterher. Ob sie ihr Verhalten je ändern würde? Liebte sie Nemos wirklich so sehr, dass sie über alles hinwegsehen konnte, was er tat?

Als Bonja sie rief, stieg Nasja mit einem Seufzen in die Kutsche und setzte sich zwischen Bonja und Finnie, die sich müde an sie lehnten, während sie in die Dunkelheit davonfuhren.

„Das war ein schöner Abend", sagte Bonja.

Bonja musste nichts sagen. Nasja wusste, dass Gideon dafür verantwortlich war, dass sich Bonja wohlgefühlt hatte.

„Das freut mich", sagte Nasja leise und legte ihren Arm um Finnies Schulter, der schon die Augen zugefallen waren. „Es freut mich wirklich, dass du glücklich bist."

Die Worte waren keine Lüge. Nasja gönnte Bonja ihr kleines Glück von ganzem Herzen. So war es nun einmal auf dieser Welt. Die einen hatten Glück und den anderen blieb nichts anderes übrig, als dabei zuzusehen.

KAPITEL 8

Nasja sah einen Moment lang in den strahlenden Sonnenschein hinaus. Es war ein eiskalter, aber wolkenloser Wintertag. Die Sonne ließ den Schnee leuchten, der den Schlossgarten dick bedeckt hatte. Die Helligkeit sorgte dafür, dass Nasjas Nase kitzelte und sie niesen musste. Schnell wandte sie sich vom Fenster ab.

„Gesundheit", sagte Auris höflich. Sie saßen im Konferenzraum und warteten darauf, dass die monatliche Ratssitzung begann.

„Steck mich ja nicht mit irgendeiner Seuche an, die du dir bei dem Gesindel in der Suppenküche geholt hast", sagte Nemos missmutig und blickte Nasja an, als ob sie die Pest ins Haus gebracht hätte. Bevor Nasja antworten konnte, dass nur die Helligkeit an ihrem Niesen schuld war, wandte sich Nemos schon wieder ungeduldig der Tür zu. „Wo bleibt denn nur Drawomir? Es ist schon zehn und er ist immer noch nicht hier."

„Er kommt bestimmt gleich", sagte Auris in beruhigendem Ton. „Ich habe nichts davon gehört, dass er es nicht schaffen sollte."

Als es genau zehn Uhr war und Nemos schon den Mund geöffnet hatte, um anzumahnen, dass die Sitzung endlich beginnen sollte, schwang die Tür auf und Drawomir kam herein. Der Botschafter aus dem Land der Zentauren wirkte wie ein Schatten seiner selbst. Unter seinen Augen lagen dunkle Ringe. Er war schon immer drahtig gewesen, doch jetzt wirkte er mager und schwach.

„Ich bitte um Entschuldigung für meine Verspätung."

Seine Stimme war leise und er sah zu Boden, als er zu seinem Platz ging und sich niederließ.

Auris wartete geduldig ab, bis Drawomir saß, dann wandte er sich dem Botschafter zu. „Von einer Verspätung kann ja kaum die Rede sein. Es ist genau zehn Uhr. Dann beginnen wir gleich mit den Neuigkeiten aus dem Land der Zentauren, die wir alle gespannt erwarten. Was hast du uns zu vermelden, Drawomir?“ Auris lehnte sich mit einem bedächtigen Gesichtsausdruck zurück.

Nasja richtete ihren Blick genauso wie alle anderen auf Drawomir. Sie war pünktlich zur Ratssitzung erschienen und versuchte nach außen den Eindruck zu vermitteln, dass alles ganz normal wäre. Doch das war es nicht. Und dass der Platz neben ihr leer war, war nur einer der Gründe dafür.

Artem war schon seit einem Monat bei den Trollen, aber bis jetzt hatte sie kein einziges Wort über seinen Verbleib erfahren. Ihr fehlte sein Schutz, seine Zuversicht und seine ruhige Vernunft.

„Meine Zeit im Land der Zentauren war nicht einfach“, begann Drawomir zu erzählen. Er schluckte, schwieg einen Moment und blickte in die Ferne über Nasjas Kopf hinweg. „Am Hof von Cesar bin ich nicht sehr freundlich empfangen worden.“ Drawomir rieb sich gedankenverloren über die Schulter und Nasja wusste sofort, dass sein Körper voller Spuren dieser Begegnungen war.

„Aber du hast etwas erfahren …“, fuhr ihn Nemos ungeduldig an.

Drawomir ließ sich von Nemos‘ Ungeduld nicht beunruhigen. Er nickte langsam und holte noch einmal tief Luft, wobei Nasja bemerkte, dass ihm das Atmen Schwierigkeiten zu machen schien. Hatte er gebrochene Rippen?

„Ich habe so einiges erfahren“, fuhr Drawomir gemächlich fort. „Es hat einige Zeit gedauert, bis Cesar mich empfangen hat, und ich musste viele Geschenke mitbringen, um seine Zentauren zu überzeugen, dass sie mich als Botschafter passieren lassen sollten, aber dann ist es mir endlich gelungen, ein Gespräch mit dem König der Zentauren zu führen."

„Was hat Cesar zu sagen?" Nemos hatte sich aufgerichtet und musterte Drawomir durchdringend.

Drawomir hob seinen Blick und sah Nemos direkt in die Augen. Seine Stimme war ruhig und zitterte nicht, als er weitersprach. „Cesar lässt mich ausrichten, dass er keine Scherze gemacht hat, als er seine Forderung gestellt hat, und dass er auch nicht bereit ist, zu verhandeln. Er will unser Geld nicht, weil er keine Hure wäre, die man mit ein paar Münzen zum Schweigen bringt. Wir sollten auch nicht den kläglichen Versuch unternehmen, die Trolle auf unsere Seite zu bringen. Er weiß davon, dass Artem im Land der Trolle ist, und er lässt ausrichten, dass Artem mit seinem Anliegen scheitern wird. Cesar hat den Trollen versprochen, dass sie die Goldminen von Galadon bekommen werden, und egal was Artem den Trollen anbieten wird, daneben wirkt jede Gabe winzig und lächerlich. Außerdem soll ich mitteilen, dass man sich als König auch selber die Finger schmutzig machen muss, wenn man etwas erreichen will. Die kläglichen Geschenke und der lächerliche Versuch, mit seinem Stellvertreter die stolzen Zentauren und die ehrwürdigen Trolle zu beeindrucken, wären ein Zeichen von Dummheit und Überheblichkeit. Er empfiehlt uns, seine Forderung schnellstmöglich zu erfüllen, dann wäre er bereit, uns den größten Teil unseres Landes zu lassen, abgesehen von den Goldminen im Norden natürlich. Diese stünden den Trollen für ihre Treue zu." Drawomir nickte, um anzudeuten, dass das alles war, was er Nemos mitzuteilen hatte. Er senkte seinen Blick und verharrte ruhig, während er auf Nemos' Reaktion wartete.

Nasja wunderte die Antwort der Zentauren nicht. Mit

so etwas war zu rechnen gewesen. Nemos war selten um eine Antwort verlegen, doch im Moment schien er sprachlos zu sein. Er sah Drawomir so verdutzt an, als ob er nicht glauben konnte, dass diese Worte wirklich aus seinem Mund gekommen waren.

„Nun ja“, sagte Auris, nachdem Nemos sich nicht zu Wort gemeldet hatte. „Das sind wirklich schlechte Nachrichten. Wir müssen gut überlegen, wie wir angemessen reagieren. Ich schlage vor, dass wir uns zuerst alle Lageberichte anhören, bevor wir uns entscheiden, wie wir auf diese Provokation reagieren sollen.“ Er wandte sich Exlet zu, nachdem niemand Einspruch erhob. „Du hast hoffentlich bessere Neuigkeiten zu berichten, nachdem du mit Artem aufgebrochen bist. Wie ist es euch ergangen? Ist es wirklich so aussichtslos, wie Cesar sagt?“ Auris sah Exlet erwartungsvoll an.

Nasja war sich sicher, dass auch Auris keine Neuigkeiten aus dem Land der Trolle erhalten hatte und genauso ungeduldig auf ein Lebenszeichen gewartet hatte wie Nasja.

„Nun ja“, sagte Exlet bedächtig. „Allzu gut sind meine Neuigkeiten leider auch nicht. Wie befohlen hat Artem die Truppen zusammengezogen und sie haben die alten Grenzposten wieder besetzt. Zweitausend Mann stehen nun an der Grenze zum Land der Trolle bereit. Über die Reaktion der Trolle auf diese Truppenbewegung konnten wir uns direkt am Königshof informieren, zu dem wir gemäß unserer Weisung aufgebrochen sind. Bedauerlicherweise war die Reaktion von König Borgis nicht gut.“ Exlet zögerte kurz.

„Was soll das heißen?“, knurrte Nemos.

„König Borgis war nicht sehr begeistert, als er davon erfahren hat, dass wir die Grenzposten wieder besetzt haben. Er sieht es als Provokation an. Es hat die Verhandlungsposition von Artem nicht leicht gemacht. Im Gegenteil, König Borgis ist nicht gut auf die Menschen aus Galadon zu sprechen. Ich war bei einigen Gesprächen zwischen Artem und König Borgis dabei und kann berichten, dass Artem alles Menschenmögliche getan hat, um König Borgis zu beruhigen. Aber der König der Trolle bleibt dabei: Er ist der Meinung, dass wir Krieg gegen ihn führen wollen, und diese Bedenken konnte Artem auch nicht zerstreuen. An eine Koalition ist nicht einmal zu denken. Borgis hat uns mitgeteilt, dass er die Zentauren rufen wird, damit sie ihm im Kampf gegen uns helfen sollen, falls wir es wagen werden, anzugreifen."

„Wie will er das denn machen?", sagte Nemos verächtlich. „Durch das Land der Nymphen kommen die Zentauren nicht. Wenn sie zu ihm wollen, dann müssen sie durch mein Land reiten, und das werden sie nicht wagen."

„Er hat mir nicht erklärt, was er im Detail plant", sagte Exlet achselzuckend. „Aber er war überzeugt, dass die Zentauren in Windeseile bei ihm wären, wenn er das wünscht."

„Das sind nur Lügen", schrie Nemos und hieb mit der Faust auf den Tisch.

„Da wäre ich vorsichtig", sagte Auris bedächtig. „Die Trolle würden nicht mit so etwas spaßen. Sie sind vielleicht wortkarg und erzählen nicht alles, was sie wissen, aber Lügner waren sie nie."

„Wie wollen die Zentauren denn den Trollen zu Hilfe eilen?", fuhr Nemos Auris an. Seine Stimme triefte vor Spott. „Können die Gäule etwa neuerdings fliegen?" Er schüttelte den Kopf. „Nein, das sind alles nur leere Drohungen. Sie können gar nichts, diese wertlosen Kreaturen."

„Sie kommen mit dem Mondtor", sagte Nasja hastig. Ihre Stimme zitterte bei jedem Wort. „Sie können damit reisen. Es steht in Frenzenstetten und bei abnehmendem Mond können die Zentauren durch das Tor hindurch überall dorthin gelangen, wohin sie möchten."

„Wie soll das funktionieren?", fragte Exlet verdutzt und runzelte die Stirn.

„Es ist die alte Magie der Nymphen, die das möglich macht", sagte Nasja.

„So einen Unsinn habe ich noch nie gehört", sagte Nemos zornig und funkelte Nasja wütend an. „Wieso wagst du überhaupt, das Wort zu ergreifen, wenn dich niemand darum gebeten hat? Du bist eine nichtsnutzige Frau, du hast uns gar nichts zu sagen. Halte den Mund und sprich nur, wenn du gefragt wirst."

„Von dem Mondtor habe ich schon einmal gehört", sagte Auris nachdenklich, ohne auf Nemos' Worte zu achten. „Es gehört zu den großen magischen Wundern der alten Zeit. Jeder im Land kannte damals das Mondtor, das Goldene Horn und die Diamantbrücke. Mit diesen Dingen haben die Nymphen den Kontinent von fürchterlichen Kreaturen befreit."

„Das sind nur Märchen, alter Mann", fuhr Nemos Auris an. „Dumme Märchen, die sich dumme Weiber erzählen, wenn sie ihren Kindern einen Schreck einjagen wollen, damit sie brav sind. Aber wir leben nicht mehr in der Zeit der Märchen. Wir werden bald einen Krieg führen."

„Wie Ihr meint, Euer Majestät", sagte Auris nachdenklich, ohne Nasja dabei aus den Augen zu lassen. Dann wandte er sich wieder Exlet zu. „Wie geht es Artem?"

„Nun ja", sagte Exlet gedehnt und holte tief Luft. „Artem wollte und konnte sich mit der Antwort von König Borgis nicht zufriedengeben. Er wollte nicht aufgeben, die Trolle davon zu überzeugen, sich uns anzuschließen und nicht den Zentauren zu vertrauen. König Borgis ist wütend geworden, nachdem Artem es immer wieder versucht hat."

Auris räusperte sich. „Was ist geschehen?", fragte er mit belegter Stimme. Sein Blick flackerte und offenbarte die innere Unruhe, die er bisher so gut verborgen hatte.

Doch nicht nur er war angespannt. Nasjas Finger zitterten plötzlich und sie legte hastig die Hände in den Schoß, damit es niemand bemerkte.

„König Borgis hat Artem und Handal von Grauenstein, der ihn als Goldminenbesitzer auf dieser Reise begleitet hat, Anfang der Woche in die Gordische Mine gesperrt", sagte Exlet hastig. Den Höhepunkt seiner Berichterstattung hatte er sich bis zum Schluss aufgehoben. „Das ist eine ausgediente Mine, in der früher Edelsteine gefördert wurden."

„Er hat den obersten Befehlshaber meiner Armee inhaftiert?", fragte Nemos mit einem gefährlich drohenden Ton in der Stimme.

Exlet nickte hastig. „Ja, das hat er."

Nemos sprang auf und funkelte Exlet wütend an. „Und das sagst du mir erst jetzt?"

„Es tut mir leid", stotterte Exlet und fuhr sich unruhig durch den Bart. „Ich wollte in der richtigen Reihenfolge über die Geschehnisse berichten."

„Hat König Borgis auch verlauten lassen, wann er meinen obersten Heerführer wieder auf freien Fuß setzt?" Nemos' Stimme bebte vor Wut.

Exlet zuckte zusammen und schüttelte hastig den Kopf. „Nein, das hat er nicht, Euer Majestät. Aber ich soll Euch ausrichten, dass er Euch bald auf dem Schlachtfeld sieht, wenn Ihr nicht Eure Truppen von der Grenze abzieht und Euch den Forderungen der Zentauren beugt."

„Wie kann er es wagen?" Nemos war erstarrt. Seine Augen zuckten unruhig hin und her. Im Raum herrschte absolute Stille. Die Neuigkeiten waren zu erschreckend.

Nasjas Herz zog sich schmerzhaft zusammen. Der Gedanke, dass Artem in Gefangenschaft geraten war, war unerträglich.

„Wir müssen etwas tun, um das zu verhindern." Toto hatte sich zu Wort gemeldet. „Wir können keinen Krieg an mehreren Fronten führen. Das ist der Untergang von Galadon."

Bis jetzt war Nasja nie glücklich über Totos Anwesenheit und seine Bemerkungen gewesen, doch in diesem Moment war sie ihm tatsächlich dankbar für seine vernünftige Äußerung.

Er hatte recht. Genau das würde geschehen, wenn Nemos weiter auf diese Weise die Könige der Nachbarländer von Galadon behandelte. Erleichtert registrierte Nasja, wie Nemos sich zu Toto umdrehte und ihn nachdenklich ansah. Er dachte über Totos Worte nach, und nicht nur über sie. Er dachte tatsächlich darüber nach, wie er das Problem lösen konnte. Es dauerte eine gefühlte Ewigkeit, bis sich Nemos räusperte.

In seinen Gesichtszügen breitete sich eine gefährliche Ruhe aus. „Also gut", sagte Nemos, setzte sich und lehnte sich nachdenklich in seinem Stuhl zurück. Dann sah er Auris entschlossen an. „Bereite alles für eine Reise vor. Ich fahre an König Borgis' Hof und dann werde ich ihm meine Aufwartung machen, wie es sich für einen König geziemt. Wenn er will, dass ich ihn besuche, dann kann er das gerne haben. In meiner Abwesenheit wirst du mich hier vertreten."

„Eine kleine oder eine große Audienz?", fragte Auris in sachlichem Ton, doch Nasja spürte deutlich die Erleichterung in seiner Stimme.

„Eine große Audienz. Ich nehme alle mit." Nemos nickte entschlossen. „Oh ja, wir reisen alle gemeinsam hin, damit er sieht, was für eine glückliche und liebenswerte Familie wir sind."

KAPITEL 9

Nachdem Nemos die Entscheidung gefällt hatte, in das Land der Trolle zu reisen, ging alles ganz schnell. Noch über Nacht packten die Bediensteten eine ganze Flotte an Kutschen mit warmer Kleidung und Verpflegung. Die Vorbereitungen gingen so zügig vonstatten, dass Nasja nicht einmal mehr eine Gelegenheit fand, in die Suppenküche zu gehen.

Sie trug einer Bediensteten auf, Bruder Pentos Bescheid zu geben und sie für die Dauer der Reise zu entschuldigen. Es hatte Nasja verwundert, dass Nemos sie, Bonja und Finnie mit auf diese Reise nehmen wollte.

Sie wusste, was eine große Audienz war und dass es bedeutete, dass alle Familienmitglieder anwesend sein sollten. Aber was sie bis jetzt nicht begriff, war, was Nemos im Land der Trolle erreichen wollte.

Dachte er wirklich, dass König Borgis seine Meinung ändern würde, wenn Nemos persönlich vor ihm stand? Glaubte er, dass allein seine Anwesenheit ausreichen würde, um die Meinung des Königs der Trolle zu ändern?

Er konnte vielleicht Ophelius Kronenstein drohen, aber König Borgis würde sich davon nicht beeindrucken lassen. Ganz im Gegenteil, Nasja war sich sicher, dass er sich so eine Provokation nicht bieten lassen würde.

Anfangs hatte Nasja diese Reise für eine gute Idee gehalten, doch je länger sie darüber nachdachte, umso mehr überkam sie die Furcht, nicht mehr lange am Leben zu sein.

Nemos hatte auch seine Freundschaft zu Cesar falsch

eingeschätzt und sein gefühltes Verhältnis hatte nichts mit den tatsächlichen Gegebenheiten zu tun. Wohin das geführt hatte, wusste Nasja noch ganz genau.

Doch Nemos hatte Nasja schon das eine oder andere Mal überrascht.

Vielleicht plante er etwas ganz anderes.

Egal wie gefährlich die Reise werden würde, Nasja war dennoch froh darüber, dass sie dabei war. Artem war in Gefahr und sie war auf dem Weg zu ihm. Alles war besser, als einfach in Goros darauf zu warten, dass sich die Dinge schon irgendwie regeln würden.

Vielleicht schaffte es Toto während der langen Fahrt, Nemos noch ein paar nützliche Ratschläge zu geben. Offenbar schien er der Einzige zu sein, auf den Nemos hörte. Nasja war Toto immer noch dankbar, dass er Nemos beeinflusst hatte, anders auf Borgis‘ Worte zu reagieren, als einfach nur seine Soldaten loszuschicken und die Sache noch schlimmer zu machen.

Daher störte es Nasja auch nicht, als sie am Morgen um vier Uhr aufstanden und sich für die Reise fertig machten. Als sie kurz darauf mit Bonja, Finnie und Celistra in eine Kutsche stieg, war sie guter Dinge. Aros saß auf dem Kutschbock und Nasja war froh, dass die beiden Nymphen an ihrer Seite waren.

Es dauerte noch eine ganze Weile, bis sich der Tross endlich in Bewegung setzen konnte. Frederika und Nemos waren die Letzten, die ihre Kutschen bestiegen. Noch vor dem Morgengrauen waren sie endlich unterwegs und Nasja sah gespannt aus dem Fenster.

Im Dämmerlicht des anbrechenden Morgens erkannte sie, dass sie von vielen Soldaten begleitet wurden. Also war sich Nemos über die Gefahr dieser Reise durchaus bewusst.

Nasja lehnte sich zurück und versuchte ruhig zu bleiben.

Angst und Aufregung wechselten sich mit Hoffnung und Verzweiflung ab.

Als die Sonne langsam aufging und die Landschaft in ein sanftes Licht tauchte, sah Nasja unzählige Reiter vor und hinter sich.

Sie waren zahlreicher, als sie angenommen hatte. Mehr als die Hälfte der in Goros stationierten Männer musste mit ihnen auf dem Weg ins Land der Trolle sein.

Doch sie waren nicht nur mit Männern gut ausgestattet. Erstaunt erkannte Nasja, dass die Soldaten überdurchschnittlich gut bewaffnet waren. In einer Kurve sah Nasja, dass am Ende des Trosses eine hohe Lastenkutsche fuhr, die voll beladen war.

Was hatte Nemos alles mit auf diese Reise genommen? Waren das Geschenke für König Borgis oder plante Nemos etwas, was nicht gut ausgehen konnte? Ein ungutes Gefühl überkam Nasja, als sie daran dachte, was sie ihm alles zutraute.

Doch es brachte nichts, sich endlos den Kopf darüber zu zerbrechen, was Nemos plante. Er saß in einer anderen Kutsche und weit und breit war in der kalten Schneelandschaft kein Vogel zu sehen, der ihr gestattet hätte, ihn zu belauschen.

Sie musste abwarten und darauf hoffen, dass sich noch eine Gelegenheit ergeben würde, um Nemos' Beweggründe zu erkunden.

Während Bonja und Finnie wieder eingeschlafen waren, sah Nasja aus der Kutsche. Sie durchquerten gerade die großen Gärten, die Goros in der warmen Jahreszeit mit frischem Gemüse versorgten.

Die kahlen Felder lagen unter einer dichten Schneedecke.

Die Saison war beendet und die Ernte eingebracht. Die Feldfrüchte lagerten sicher in Goros' großen Lagerhallen.

Bald ließen sie die Äcker hinter sich und fuhren durch

einen großen Kiefernwald. Während die Bäume gleichmäßig an Nasja vorbeizogen, spürte sie, wie die Müdigkeit auf ihre Augen drückte.

Die Nacht war kurz gewesen und im Moment gab es nichts zu tun. Es dauerte nicht lang und Nasja schlief wieder ein.

Als sie erwachte, stand die Sonne bereits hoch am Himmel. Sie waren schon eine reichliche Strecke des Weges vorangekommen. Zur Mittagszeit machten sie eine Rast und die Bediensteten reichten ihnen ein Mittagessen, das sie schnell im Stehen einnahmen. Man sah Frederika an, dass sie nicht darum gebeten hatte, mit auf diese Reise zu kommen, und dass ihr die Unannehmlichkeiten der Fahrt nicht gefielen.

Überrascht stellte Nasja fest, dass nicht nur die königliche Familie in den Kutschen saß. Sie erkannte Gideon von Grauenstein in Begleitung einiger anderer Herren.

Sie ähnelten ihm sehr. Sie hatten dasselbe pechschwarze Haar.

Das mussten alles Familienmitglieder der Familie Grauenstein sein.

Nasja war positiv überrascht, dass Nemos sie eingeladen hatte, mitzukommen. Das war ein gutes Zeichen, dass er die Probleme friedlich lösen wollte und nicht vorhatte, die Trolle einfach mit schweren Waffen davon zu überzeugen, dass sie sich auf Galadons Seite stellen sollten.

Auch Bonja war glücklich, als sie Gideon erkannte. Die beiden wechselten ein paar Worte und den restlichen Nachmittag, den sie in der Kutsche verbrachten, redete Bonja von nichts anderem.

Nasja hörte ihr gern zu. Ihre ehrliche Fröhlichkeit lenkte sie von ihren Sorgen um Artem ab. Als der Abend anbrach, machten sie noch eine kurze Rast, um die Pferde zu füttern und selbst etwas zu essen.

Es wurden Feuer angezündet und die Mitreisenden

wärmten sich daran. Da die Temperaturen so tief waren, beschloss man, in den Kutschen zu übernachten und keine Zelte aufzuschlagen.

Die Bediensteten hatten genügend Decken eingepackt, damit Nasja, Finnie, Bonja und Celistra sich darunter verkriechen konnten.

Es war eine ruhige Nacht. Doch Nasja wurde zeitig aus dem Schlaf gerissen. Bereits früh am Morgen wurden die Pferde wieder angespannt und die Reise ging weiter. Je weiter sie in den Norden kamen, umso mehr veränderte sich die Landschaft.

Die Wälder wurden lichter und immer häufiger fuhren sie durch weite Ebenen, über die der Schneesturm peitschte. Um sie herum war alles weiß. Das Wetter wurde immer schlechter.

Nicht nur einmal blieben sie liegen, weil die Räder der Kutsche in einer Schneewehe versunken waren. Es war Celistras diskreter Hilfe zu verdanken, dass sich die Räder der Kutschen immer überraschend leicht aus dem Schnee befreien ließen und sie nie länger als wenige Minuten aufgehalten wurden.

In der Kutsche war es gemütlich warm. Sie beobachteten die Landschaft, wenn der Schneesturm eine kleine Pause machte, erzählten sich Geschichten oder spielten Karten.

Zu ihrer Überraschung genoss Nasja die Reise, was vor allem daran lag, dass sie die ganze Zeit in gut gelaunter Gesellschaft war und besonders Finnie sie davon abhielt, allzu sehr über die ernsten Gründe dieser Ausfahrt nachzudenken.

Am Ende des dritten Tages überquerten sie endlich die Grenze und die Landschaft veränderte sich immer mehr. Felsen ragten aus dem Schnee hervor und um sie herum wirkte alles karg und feindselig.

In der Ferne sahen sie hin und wieder Siedlungen, aber

sie kamen nie in deren Nähe. Dabei sah Finnie stundenlang neugierig aus dem Fenster der Kutsche, um endlich einen Troll zu sehen.

Auch Nasja war aufgeregt. Sie war neugierig auf die Trolle. Sie hatte noch nie in ihrem Leben einen gesehen. Sie kannte sie nur aus den Erzählungen ihrer Großeltern und ihrer Lehrer.

Doch draußen vor dem Fenster war nichts anderes zu sehen als Weiß. Der Wind peitschte eiskalt über den Schnee und man sah kaum etwas anderes als gelegentlich ein paar Felsen oder Bäume.

Sie machten nur noch die allernötigsten Pausen, denn der Wind war so kalt und scharf, dass man kaum Luft bekam, wenn man aus der Kutsche stieg. Die Kälte kroch in Windeseile durch die dicke Kleidung.

Dementsprechend gedrückt war auch die Stimmung. Jeder hoffte, dass die Pferde durchhalten würden. Nicht nur einmal schloss Nasja die Augen und spürte den Pferden nach.

Sie waren erschöpft. Die Kälte und der Wind machten ihnen zu schaffen. Doch Nasja gab ihnen ein tröstendes Gefühl und ließ sie wissen, dass das Ziel nicht mehr fern war.

Am Nachmittag des vierten Tages sahen sie endlich eine Siedlung in weiter Ferne. Flache Gebäude aus schwarzem Stein erhoben sich aus dem Weiß. Nasja riss die Augen auf. Das musste die Hauptstadt der Trolle sein.

Nasja kannte die Landkarte und wusste, dass es zwischen der Grenze und der Hauptstadt keine anderen Siedlungen vergleichbarer Größe gab.

Endlich waren sie da. Bis jetzt hatte die Aufregung der Reise überwogen und Finnie und Bonja hatten Nasja abgelenkt. Doch nun, da sie sich dem Ziel näherten, wurde Nasja immer mulmiger zumute. Artem war ganz in der Nähe. Nasja hatte es direkt nach der Ratssitzung nachgeschlagen. Die geschlossene Mine lag am Rand der Hauptstadt der Trolle.

„Wie groß wird ein Troll?“, fragte Finnie.

Nasja fuhr hoch. „Ungefähr zwei Meter“, sagte sie und blickte in Finnies Gesicht. Die Kleine platzte beinahe vor Neugier. Nasja seufzte und erinnerte sich mit einiger Mühe, was ihre vielen Lehrer ihr über die Trolle beigebracht hatten. „Die Trolle sind uns Menschen nicht unähnlich. Sie sind ein wenig größer und breiter als wir. Außerdem haben sie am ganzen Körper Fell. Das brauchen sie auch. Hier oben im Norden liegt den größten Teil des Jahres Schnee. Der Sommer ist kurz und es wird auch nicht sehr warm.“

„Was weißt du noch über Trolle?“ Finnie sah Nasja gespannt an.

„Der Großteil der Trolle sind sehr einfache Wesen, die gern allein durch die Wälder und Berge streifen. In Städten wirst du sie nicht antreffen. Hier leben die Kultivierten unter ihnen. Es gibt sehr kluge und feinfühlige Trolle. Man sagt, manche von ihnen schreiben sogar Gedichte, spielen Instrumente und singen. Und dann gibt es noch die wirklich cleveren Trolle, zu denen eindeutig König Borgis gehört. Er versteht viel von Politik und auch von Wirtschaft. Er war König Kreotis immer sehr zugetan und hat ihn in seinen Bemühungen um wirtschaftliche Beziehungen unterstützt. Er hat erkannt, dass diese Art von Beziehung für beide Seiten viel angenehmer und fruchtbarer ist, als gegeneinander Krieg zu führen und sich das Leben schwer zu machen.“

„Manchmal denke ich, dass Nemos all das mit Absicht ignoriert, was mein Vater gemacht hat“, sagte Bonja kopfschüttelnd. „Ich meine, für einen Antrittsbesuch sind wir viel zu spät dran und inzwischen hat es sich ja herumgesprochen, dass König Borgis Artem gefangen genommen hat. Das ist doch der Grund, wegen dem wir wirklich hier sind. Ohne Artem sieht es dunkel aus mit Nemos‘ Armee.

So gut im Griff wie Artem hat sie keiner. Das ist ja auch kein Wunder. Artem hat alles von Auris gelernt, und zwar von der Pike auf. Das wird noch böse enden, denn so schnell kann ein anderer gar nicht diese Aufgaben übernehmen." Bonja runzelte die Stirn. „Denkt Nemos wirklich, dass er Artem noch retten kann? Ich habe noch nie davon gehört, dass die Trolle einen Menschen verschont haben. Ein bisschen Geschichtsunterricht habe ich auch gehabt."

Nasja schluckte. Bonjas Worte waren nur schwer zu ertragen. Dabei wusste sie doch, dass Bonja recht hatte. Die kleine Stimme der Hoffnung war die ganze Zeit lauter gewesen als die der Vernunft. Doch jetzt, wo Bonja aussprach, was Nasja ganz tief in sich drin wusste, wurde ihr ganz mulmig. Sie hatte sich nur zu gern von diesen Gefühlen ablenken lassen.

Doch nun konnte sie das nicht mehr.

„Vielleicht hat Nemos noch eine Idee, um das Ruder herumzureißen", sagte Nasja und bemühte sich, hoffnungsvoll zu klingen.

Bonja sah Nasja eine Weile durchdringend an. „Das glaube ich nicht", sagte sie schließlich. „Nemos ist hier, um die Trolle davon zu überzeugen, sich ihm und nicht den Zentauren anzuschließen, nachdem Artem an dieser Aufgabe gescheitert ist. Das ist der einzige Grund, aus dem er so überstürzt aufgebrochen ist."

„Woher weißt du das alles?" Nasja sah Bonja erstaunt an. So direkt hatte das nicht einmal Nemos in der Ratssitzung formuliert.

Bonja zuckte mit den Schultern. „Das hat mir Gideon erklärt und der weiß es von ein paar Soldaten, die er am Feuer belauscht hat. Sie haben darüber diskutiert, wie es wohl im Heer werden wird, da Artem ja jetzt nicht mehr wiederkommt, und wer wohl den Posten als oberster Heerführer bekommt. Sie denken, dass Auris das erst einmal wieder übernehmen wird, bis er einen neuen Nachfolger ausgebildet hat."

Nasja zuckte zusammen. Also war alles schon entschieden und ihre Hoffnung, dass Artem doch noch befreit werden könnte, war einfach nur kindisch und dumm gewesen. Sie würde ihn nie wiedersehen, weil er in den Gordischen Minen sterben würde.

In Nasjas Herz war plötzlich alles ganz kalt. Sie sah Artem vor sich, wie er mit wehendem Haar über eine weite Steppe ritt, den Wind im Gesicht und die Freiheit in seinem Herzen. All das war vorbei.

Sie würde nie wieder die tröstende Nähe spüren, die sie in seiner Gegenwart immer umgeben hatte. Eine trotzige Stimme erwachte in Nasja, dass es doch noch einen Weg geben musste. War wirklich schon alles verloren?

Nasja bemerkte kaum, wie die Kutsche die Stadt erreichte und die ersten Gestalten an ihnen vorbeihuschten und neugierig in die Kutsche zu spähen versuchten.

„Das sind wirklich Trolle", rief Finnie begeistert und presste ihre Nase an die Scheibe.

Auch Nasja hob jetzt ihren Blick. Die Gestalten, die an den niedrigen Gebäuden aus schwarzem Stein vorbeiliefen, waren wirklich Trolle. Sie waren groß und kräftig und trugen dicke Mäntel aus Pelz. Ihre breiten Gesichter mit den dicken Lippen und den platten Nasen wirkten fremd und zugleich vertraut.

Vielleicht lag es an den kleinen Augen oder den dichten Bärten, die die meisten Trolle trugen, aber Nasja fand, dass Exlet den Trollen wirklich ähnlich sah.

Die Straße wurde immer breiter und immer mehr Trolle liefen am Straßenrand entlang, zogen Karren voller Kohle oder voller Gemüse oder unterhielten sich lautstark und gestikulierend an den Straßenecken miteinander. So unähnlich waren sie den Menschen wirklich nicht, fand Nasja, auch wenn sie ihre Meinung kurz darauf korrigierte, als sie an einer Straßenecke vorbeifuhren, an der soeben ein Faustkampf zwischen zwei Trollen ausgebrochen war und sie sich brüllend aufeinanderstürzten.

Niemand schritt ein. Im Gegenteil, die anderen Trolle liefen zusammen und begannen die beiden Kontrahenten anzufeuern. Nasja war sich ziemlich sicher, dass es nicht lange dauern würde, bis an dieser Straßenecke eine Massenkeilerei ausgebrochen wäre, an der sich das ganze Viertel begeistert beteiligen würde.

Nasja wandte ihren Blick nach vorn. Sie fuhren an Tavernen und Bierstuben vorbei. Ein großer Laden voller Waffen zog Nasjas Aufmerksamkeit auf sich. Neugierig drängten sich einige Trolle vor den Äxten, Speeren und Armbrüsten in der Auslage. Dabei waren sie in ein hitziges Gespräch vertieft, das schnell an Aggressivität gewann.

Als sie an dem Geschäft vorbeigefahren waren, sah Nasja im Augenwinkel, wie ein Troll den anderen anrempelte. Dort würde bald die nächste Keilerei ausbrechen. Die Trolle schienen wirklich leicht reizbar zu sein.

Nasja schluckte, während die Kutsche in einen großen Hof fuhr. Nemos‘ Geduld war auch nicht die beste. Was wohl geschah, wenn zwei solch explosive Mentalitäten aufeinanderstießen? Nasja musste unwillkürlich schlucken. Wenn ihr Aufenthalt schlecht lief, würden sie diese Stadt nicht mehr lebend verlassen.

Während Finnie ihre Umgebung mit einem Lächeln und sichtlicher Neugier beobachtete, schien Bonja wenig begeistert zu sein. Die rauen Sitten der Trolle interessierten sie wenig. Sie musterte die großen Gestalten, die zum Teil mit Keulen und Äxten bewaffnet an der Kutsche vorbeigingen, mit skeptischem Blick.

„Sind wir da?“, fragte Bonja, nachdem die Kutsche stehen geblieben war.

„Ich denke schon“, erwiderte Nasja und sah Celistra fragend an.

Die nickte. „Ja, wir sind am Hof von König Borgis. Verhaltet euch ruhig und versucht die Trolle so wenig wie möglich zu provozieren. Sie haben nervöse Reflexe. Also keine schnellen Bewegungen und keine lauten Schreie oder schrille Laute. So etwas macht sie angriffslustig."

„Ich verstehe", sagte Bonja gedehnt. Das Missfallen war ihr ins Gesicht geschrieben.

Aros war vom Kutschbock abgestiegen und öffnete jetzt die Tür. Nach außen wirkte er ganz ruhig, doch Nasja sah an seinem nervösen Blick, der immer hin und her huschte, dass er angespannt war und damit rechnete, dass schnell etwas Unvorhergesehenes passieren könnte.

Nasja stieg als Erste aus der Kutsche. Ihre Sinne waren geschärft und richteten sich in alle Richtungen. Sie hatte keine Ahnung, wie sie auf die Trolle reagieren würde. Darüber hatte nie jemand mit ihr gesprochen.

Sie stand auf einem großen, schneebedeckten Platz, auf dem die lange Reihe der Kutschen und Pferde Platz fand. Nasja sah überrascht auf, während Finnie, Bonja und Celistra hinter ihr ausstiegen. Celistra hatte doch gerade gesagt, dass sie sich am Hof des Königs befanden.

Doch das lange, flache Gebäude mit den lukenähnlichen Fenstern, durch die der Wind den Schnee in das Gebäude trieb, konnte man doch nicht als einen Hof bezeichnen. Überhaupt war die ganze Stadt für eine Hauptstadt viel zu klein und unscheinbar. Keines der Gebäude war höher als ein Stockwerk gewesen. Die halb offenen Häuser hatte sie auch unterwegs oft gesehen. Froren die Trolle nie? Brauchten sie keinen Schutz in Häusern und an warmen Feuerstätten?

Ein paar Trolle in dicken, dunklen Pelzen standen auf dem Hof bereit und zeigten Nemos und Toto gerade den Weg zum Eingang des Gebäudes. Als Palast oder Schloss konnte es Nasja nun wirklich nicht bezeichnen. Ganz automatisch schloss sich ihnen die ganze Gesellschaft an, auch wenn Nasja in allen Gesichtern Verwunderung und Skepsis sah.

Der kalte Wind tat sein Übriges, um das Unbehagen zu steigern.

Nasja zog sich ihren Mantel fester um die Schultern. Die Temperaturen lagen so tief, dass Nasja die feinen Härchen in der Nase gefroren und die Kälte durch ihren Mantel kroch. Sie zitterte, während sie Finnie und den anderen folgte. Hoffentlich gab es irgendwo eine geschützte Stelle und ein Feuer. Lange würde es Nasja nicht draußen aushalten.

Nasja vernahm das Tuscheln der Grauensteins. Gideon warf Bonja immer wieder fragende Blicke zu. Doch die zuckte nur mit den Achseln, während sie versuchte, die Furcht zu verbergen, die ihr ins Gesicht geschrieben stand.

Ein Teil der Soldaten begleitete sie in das Gebäude, während die anderen Soldaten bei den Kutschen blieben und sich um die Pferde kümmerten.

Langsam verschwand der Tross der Menschen in dem großen Tor. Es gab nicht einmal Türen, die man schließen konnte. Dennoch fühlte es sich an, als ob sie in eine Falle liefen, aus der sie nie wieder entkommen konnten.

Doch wenn Nemos und Toto so forsch in das Gebäude schritten, blieb Nasja wohl keine andere Wahl, als ihnen zu folgen. Während Nasja in die Dunkelheit trat, fasste sie nach Bonjas und Finnies Händen. Die beiden ergriffen sie und drückten sie fest, woraus Nasja schloss, dass auch ihnen der Hof der Trolle nicht geheuer war.

Zu Nasjas Erstaunen spürte sie Wärme, als sie tiefer in das Gebäude hineinging. Langsam gewöhnten sich ihre Augen an die Dunkelheit und sie erkannte Fackeln, die an den Wänden hingen und ein warmes Licht spendeten.

Sie liefen einen breiten Gang entlang, von dem aus immer wieder Tunnel abzweigten und in die Dunkelheit führten. Mit jedem Schritt wurde es wärmer und das Frösteln in Nasjas Gliedern verebbte nach und nach. Sie war so mit dem angenehmen Gefühl ihrer auftauenden Finger beschäftigt, dass es einen Moment dauerte, bis sie begriff, dass sie ihr Weg bergab führte.

Das Gebäude auf dem großen Platz war nur ein Eingang zu einer Welt, die tief unter der Erde lag. Der Gang wurde breiter und die Fackeln zahlreicher. Nach einer Weile erreichten sie eine breite Höhle, die einer Halle glich. Pelze lagen auf dem Boden. Langsam verstand Nasja, dass ein Großteil der ganzen Stadt unter der Erde lag und aus unzähligen Tunneln und Höhlen bestehen musste. Hier unten waren die Trolle gut geschützt vor dem Eis, dem Sturm und den lebensfeindlichen Temperaturen an der Oberfläche.

„König Borgis empfängt Euch gleich", sagte einer der Trolle in ruhigem Ton an Nemos gewandt. Er trug eine schwarze Weste und eine schwarze Hose und wirkte verglichen mit den Trollen, die sie draußen auf der Straße gesehen hatten, sehr förmlich und kultiviert. „Hier könnt Ihr Eure Garderobe ablegen." Er zeigte auf ein paar Garderobenständer am Rande des Raumes. Sie bestanden aus Elchgeweihen, die man an die Wand geschraubt hatte.

Nemos schien nicht irritiert zu sein. Im Gegenteil, er wirkte amüsiert über die rustikale Ausstattung der Eingangshalle und betrachtete alles mit einem Schmunzeln. Ebenso wie Toto legte er seinen Mantel ab und hängte ihn an einem der Geweihe auf.

Als der Troll mit der schwarzen Kleidung wiederkam, waren alle so weit.

Der Bedienstete deutete eine Verbeugung an und ging dann in einen hell erleuchteten Gang voraus. Nemos schloss sich ihm ohne Zögern an. Er schien ganz in sich zu ruhen und genau zu wissen, was ihn erwartete und welche Schritte die nächsten waren.

Nasja brauchte nicht nach seinem Herzschlag zu lauschen, um zu wissen, dass er sich seiner Sache ganz sicher war. Doch was genau hatte er vor?

Das mulmige Gefühl in Nasjas Bauch wurde immer stärker. Alles in ihr war auf Empfang geschaltet. Sie versuchte, auf den Herzschlag des Trolls zu lauschen, der vor ihnen lief. Es schlug langsam und träge. Er war ruhig und entspannt, was Nasja als gutes Zeichen wertete. Würde ein Kampf auf sie warten, würde sie es dem Troll hoffentlich anmerken.

Doch mehr spürte sie nicht. Da waren keine Emotionen. Entweder fühlte der Troll gerade nichts Besonderes oder Nasja war nicht in der Lage, seine Gefühle zu erkunden.

Finnie griff fester nach ihrer Hand und Nasja erwiderte ihren Händedruck. Der Gang, durch den sie liefen, wurde breiter und schließlich gelangten sie in eine große Halle. An den Wänden hingen Felle von Elchen und Eisbären. Eine große Tafel war inmitten des Saales aufgebaut worden.

Sie wurden bereits erwartet. Während Nasja ihren Blick über den langen Tisch schweifen ließ, der hübsch mit kleinen Kürbissen und getrockneten Blumen geschmückt war, vernahm sie eine tiefe Stimme. Sie fuhr herum und erkannte einen großen Troll, der eine schmale Krone trug, die nur aus Diamanten zu bestehen schien. Sie funkelte und glitzerte im Schein der Fackeln. Doch auch der Rest seiner Kleidung wirkte königlich. Er hatte sich in einen dunkelroten Mantel gekleidet, der mit einem breiten Rand aus weißem Pelz besetzt war.

Er sah mächtig und erhaben aus, wie er vor seinem goldenen Thron stand und seine Gäste huldvoll anlächelte. Hinter ihm standen etliche Trolle in ebenso festlicher Kleidung. Es gab keinen Zweifel. Vor ihnen stand König Borgis. Sein langes Haar war grau, genauso wie sein Bart, der ihm bis zur Brust reichte.

Der Blick aus seinen kleinen, dunklen Augen wirkte vergnügt, wie Nasja verwundert feststellte. War das wirklich derselbe Mann, von dem Exlet gesagt hatte, dass er Artem hatte festnehmen lassen, und der Nemos den Krieg erklären wollte?

„Herzlich willkommen in meinen bescheidenen Hallen", sagte König Borgis mit voller, weicher Stimme. „Es freut mich, dass Ihr Euch auf die beschwerliche Reise gemacht habt, König Nemos." Er sah Nemos mit einem Lächeln an.

Der erwiderte das Lächeln und ging auf König Borgis zu, als seien sie seit langer Zeit die besten Freunde. Er schüttelte König Borgis' Hand und verneigte sich leicht vor ihm.

„Ich danke Euch für Eure Gastfreundschaft und möchte mich dafür entschuldigen, dass mein Antrittsbesuch so lange auf sich hat warten lassen. Ich hätte schon viel eher zu Euch kommen sollen. Aber Ihr wisst ja, dass es einige Probleme in Galadon gab, um die ich mich erst einmal kümmern musste."

König Borgis nickte. „Ja, davon habe ich gehört. Aber besser spät als nie und so kommt Ihr in den Genuss, das wunderbar raue Wetter erleben zu können. Der Winter ist einzigartig hier oben im Norden. Ist es nicht herrlich, wie der Frost kracht und der Schneesturm einem den Atem nimmt? Da fühle ich mich so lebendig wie zu keiner anderen Zeit. Ich liebe den Winter."

„Nun ja, was das angeht, muss ich mich noch überzeugen lassen." Nemos schmunzelte, während König Borgis schallend lachte.

„Kommt zu Tisch", sagte er noch glucksend und winkte den Trollen hinter seinem Thron zu. „Meine Familie freut sich sehr darauf, Euch endlich kennenzulernen."

König Borgis ging auf die lange Tafel zu und während er selbst an ihrem Kopf Platz nahm, rief er seine Frau zu sich, damit sie sich neben ihn setzen konnte. Sie war viel zierlicher als ihr Mann und auch Borgis' Töchter waren kleiner als die großen Trolle. Während König Borgis ihnen alle vorstellte und sie nach und nach an der Tafel platzierte, tat Nemos dasselbe mit seiner Familie. Zum Schluss saßen sie alle durchmischt am Tisch.

Nasjas anfängliche Skepsis war mittlerweile gewichen. Sie unterhielt sich mit Borgis' Frau über den langen Winter und wie sie mit der Kälte zurechtkamen. Bonja plauderte mit einer der Töchter von Borgis. Es wurde Braten aufgetragen und dazu gab es Beeren und Wurzelgemüse. Das Essen war köstlich und die entspannte Stimmung am Tisch trug dazu bei, dass Nasja nicht nur einmal vergaß, weswegen sie gekommen waren.

Sie hätte sich der Illusion hingeben können, dass diese Reise tatsächlich nur ihrem gegenseitigen Kennenlernen in entspannter Runde dienen würde. Aber als sich Borgis und mit ihm sein ältester Sohn erhoben und auch Nemos und Toto am Ende des Essens aufstanden und sich auf einen guten Tropfen in einen Nachbarraum begaben, wurde Nasja wieder klar, dass es hier um weitaus mehr als ein nettes Beisammensein zum Pflegen ihrer Freundschaft ging.

Nasja lauschte nur noch den Gesprächen der verbliebenen Tischgesellschaft und nickte hin und wieder, um den Anschein zu erwecken, dass sie zuhörte. Dabei versuchte sie, aus den Gesichtern der anwesenden Trolle zu lesen, ob irgendetwas geschah, was nicht gut für sie, Galadon oder Artem war.

Als die Tafel wenig später aufgelöst wurde, waren Nemos und Borgis noch nicht zurück. Die Trolle verabschiedeten sich höflich von ihnen und wünschten ihnen eine gute Nacht. Dann riefen sie Bedienstete herbei, die sie zu ihren Nachtlagern brachten.

Nasja teilte sich mit Bonja, Finnie und Celistra eine

kleine gemütliche Höhle, in der es Betten gab, die über und über mit Fellen bedeckt waren. Die Wände bestanden aus glattem Lehm und es war angenehm warm in dem Raum, ohne dass ein Feuer brannte. Selbst ein kleines, einfaches Badezimmer gab es mit einem Eimer für die Notdurft und frischem Wasser in einer großen Schüssel.

Finnie tobte noch ein paar Minuten aufgeregt durch den Raum und erkundete jede Ecke. Doch dann machten sich die lange Reise und die Aufregung des Tages bemerkbar. Als sie sich kurz hinlegte, um sich etwas auszuruhen, war sie schon eingeschlafen.

Nasja deckte sie mit einem Fell zu, während Celistra und Bonja sich ebenfalls ein Bett suchten, sich für die Nacht fertig machten und die Felle zurechtlegten, um darunterschlüpfen zu können.

„Die Trolle sind netter, als ich dachte", sagte Bonja, nachdem sie sich hingelegt hatten.

„Ja, das sind sie wirklich", sagte Nasja.

„Aber sie machen mir trotzdem Angst. Ich bin froh, wenn wir wieder wegkönnen." Bonja holte seufzend Luft.

„Das kann durchaus ein paar Tage dauern", erwiderte Nasja. „Wir dürfen nicht vergessen, weswegen wir hier sind. Es geht um Artem und darum, ob sich Nemos den Forderungen von König Borgis beugen wird."

„Sie werden sich schon einig", sagte Bonja gähnend. „Sie waren doch so nett zueinander. Damit habe ich gar nicht gerechnet. Sie finden bestimmt eine Lösung und dann können wir schnell wieder weg von hier. Ich bin heilfroh, wenn ich der Kälte entkommen kann. Morgen erfahren wir sicher mehr."

„Ja, das werden wir hoffentlich", sagte Nasja leise und wünschte Celistra und Bonja eine gute Nacht. Dann blies sie die Kerze neben ihrem Bett aus, die ihnen noch ein schwaches Licht gespendet hatte, und vergrub sich unter ihren Fellen.

Sie würde nichts lieber tun, als Bonjas hoffnungsvollen Worten zu glauben. Vielleicht fanden sie wirklich eine Lösung. So freundlich wie König Borgis zu ihnen gewesen war, fiel es Nasja schwer, daran zu glauben, dass er ihnen weiter drohen wollte.

Ihr letzter Gedanke vor dem Einschlafen galt Artem. Es würde schon alles gut gehen. Sie durfte nur die Hoffnung nicht verlieren. Mit diesem Gedanken im Kopf fiel Nasja in einen tiefen und langen Schlaf.

KAPITEL 10

Am nächsten Morgen brauchte Nasja eine Weile, bis sie begriff, wo sie war. Alles um sie herum war dunkel. Sie spürte die weichen Felle und da wurde ihr schlagartig klar, dass sie immer noch tief unter der Erde am Hof des Königs der Trolle waren.

In diesem Moment klopfte es an der Tür. Nasja hörte ein Rascheln, gefolgt von Celistras leisen Schritten. Sie erhob sich und tastete sich bis zur Tür vor. Ein Troll in Dienstkleidung stand vor der Tür und bat sie zum Frühstück. Er reichte Celistra eine Fackel, damit sie in der dunklen Höhle Licht machen konnte.

Celistra befestigte die Fackel an der Wand und weckte Bonja und Finnie. Sie zogen sich an, machten sich frisch und begaben sich dann zurück zu der großen Tafel, wo das Frühstück serviert werden sollte. Nemos und König Borgis waren auch schon da. Sie waren alle beide bester Laune und Nasja zweifelte nicht daran, dass sie sich geeinigt hatten und der Frieden zwischen den Trollen und den Menschen wiederhergestellt war.

Ein Gefühl der Erleichterung überkam sie. Wenn Nemos es geschafft hatte, den drohenden Krieg zwischen den Trollen und den Menschen abzuwenden, dann hatte er es auch geschafft, Artem und Haland von Grauenstein zu befreien. Entspannt ließ sich Nasja nieder. Sie speisten zusammen mit den Trollen. Es gab einen dicken Brei aus Getreide, der mit Honig und Beeren gesüßt war. Nach dem Essen verabschiedeten sich die Trolle von Nemos und den anderen und zu Nasjas Überraschung verkündete

Nemos, dass sie jetzt den Heimweg antreten würden, da alles geregelt wäre. Nasja hatte damit gerechnet, dass sie einige Tage bleiben würden. Besuche dieser Art dauerten in der Regel eine Woche. Der Gastgeber nutzte die Zeit, um seinen Gästen die Schönheiten seines Landes zu zeigen, die besten Speisen aufzufahren und die talentiertesten Künstler auftreten zu lassen, zumindest kannte es Nasja so vom Hof ihres Vaters.

Doch vielleicht handhabten die Trolle das auch ganz anders oder der Winter war nicht die beste Zeit für diese Art von Besuchen. Das Wichtigste war ohnehin, dass die beiden sich geeinigt hatten und alles wieder in Ordnung war. Nasja konnte es nicht erwarten, Artem endlich wiederzusehen.

Nasja brannte darauf, zu erfahren, was Nemos besprochen hatte. Sie rechnete damit, dass Artem jeden Moment zu ihnen stoßen würde. Nachdem sie den Hof des Trollkönigs verlassen hatten, sah sie sich suchend nach ihm um. Doch Artem war noch nicht hier. Sie bestiegen die Kutschen und machten sich auf den langen Heimweg.

Nasja starrte aus dem Fenster, um Artem auf seinem Pferd entdecken zu können. Doch der dichte Schneefall, der eingesetzt hatte, nachdem sie die Hauptstadt verlassen hatten, machte es unmöglich, irgendetwas zu erkennen. Voller Ungeduld wartete Nasja auf die erste Pause. Als sie zur Mittagszeit eine Rast einlegten, lief sie die lange Reihe der Kutschen ab und sah in jedes Gesicht, das ihr unterwegs begegnete. Doch Artem sah sie nicht, zumindest noch nicht.

Nasja gab die Hoffnung nicht auf. Bestimmt war er schon unterwegs und würde sie jeden Moment einholen. Sie klammerte sich regelrecht an diesen Gedanken und er trug sie durch die Reise, die sie lange Zeit durch die zugeschneite Landschaft führte.

Erst als sie Goros in der Ferne entdeckte, stiegen Zweifel in Nasja empor. Artem war immer noch nicht da und er kam auch nicht am nächsten und auch nicht am übernächsten Tag an. Doch nicht nur über Artem erfuhr Nasja absolut nichts. Auch die anderen Dinge, die am Hof des Trollkönigs besprochen worden waren, blieben ihr verborgen. Als auch eine Woche später keine Gerüchte an ihr Ohr drangen, was genau Nemos nun entschieden hatte, wagte es Nasja, Nemos beim gemeinsamen Abendessen darauf anzusprechen.

Sie erkundigte sich beiläufig und hoffte, dass sie ebenso beiläufig eine Antwort erhielt. Doch auf Nasjas Nachfrage, was nun mit Artem geschehen würde und was er mit den Trollen besprochen hatte, reagierte Nemos nicht. Er ignorierte sie einfach, wie er es schon so oft getan hatte. Nasjas Unruhe wuchs mit jedem Tag, der ohne Neuigkeiten verging. Sie fuhr wieder mit Bonja in die Suppenküche und die tägliche Beschäftigung half ihr dabei, die Nerven nicht zu verlieren. Doch es fiel ihr mit jeder Woche schwerer, noch Hoffnung zu hegen.

Die Ungewissheit zerrte an Nasjas Nerven und selbst Bonja und Finnie bemerkten, dass es Nasja nicht gut ging. Doch sie hatte keine Wahl. Sie konnte nur die nächste Ratssitzung abwarten und hoffen, dass ihr der Zufall vorher in die Karten spielte und Neuigkeiten zu ihr kamen. Nasja hielt ihre Ohren überall offen. In der Suppenküche erfuhr sie, dass Ophelius Kronenstein direkt am Abend des Lichtfestes die Essensreste an die Suppenküche im alten Tempel hatte liefern lassen und dass er seine Freunde und Geschäftspartner animierte, es ihm gleichzutun. Sie folgten seinem Beispiel. Vermutlich dachten sie, dass sie sich damit vor Nemos brüsten konnten.

Nasja war es nur recht. Es war ihr egal, aus welchem Grund die Spenden ankamen. Das Einzige, was zählte, war, dass immer mehr Freunde und Geschäftspartner von Ophelius Kronenstein von nun an die reichlichen Reste ihrer Feiern an die Suppenküche schickten. Seitdem konnten die Männer und Frauen im alten Tempel sogar zwei Mahlzeiten je Tag an die Armen ausgeben.

Zumindest was das anging, war Nasja zufrieden. Sie erfreute sich mit den Menschen an den reichlichen und nahrhaften Speisen, die sie nun bekamen. Mit Freude registrierte sie, wie die Wangen des kleinen, dunkelhaarigen Mädchens mit jeder Woche voller und rosiger wurden.

Dennoch ließ ihr das Schicksal von Artem keine Ruhe. Beinahe jede Nacht war er in ihren Träumen. Sie sah immer die gleichen Bilder vor sich. Artem ritt auf einem Hengst durch die weiten, sonnigen Steppen. Sein Haar wehte im Wind und ein Lachen lag auf seinen Lippen. Jeden Morgen wachte Nasja mit einem frustrierten Stöhnen auf, als sie begriff, dass alles nur ein Traum gewesen war und sie nicht einmal wusste, ob Artem überhaupt noch am Leben war.

Als der Tag der Ratssitzung näher kam, wurde Nasja immer unruhiger. Sie fühlte sich schlecht vorbereitet. Ihr Vater hatte sich noch immer nicht bei ihr gemeldet. Nasja wusste gar nichts. Sie hatte keine Ahnung, was im Land der Trolle geschehen war, noch wie es um die Nymphen bestellt war. In der letzten Sitzung war die Tatsache untergegangen, dass Nasja nichts zum Gespräch beitragen konnte. Doch morgen fiel es vielleicht auf, wenn Nasja wieder denselben Wortlaut verkündete, wie schon vor einigen Monaten. Würde Nemos ihr daraus einen Vorwurf machen oder sah er darüber hinweg, weil er ihre Wortmeldung ohnehin nicht ernst nahm?

In der Nacht vor der Sitzung bekam sie kein Auge zu. Jede Minute zog sich quälend langsam hin. Als der Morgen graute, machte sich Nasja fertig. Sie zog ein hochgeschlossenes Kleid an und ließ sich von Celistra die Haare hochstecken. Schon weit vor zehn Uhr stand sie vor der Tür des Konferenzraumes und bat den Bediensteten um Einlass.

Angespannt wartete sie darauf, dass die anderen Ratsmitglieder eintrafen, während sie sich immer neue Sätze zurechtlegte, die alle doch dasselbe sagten. Viertel vor zehn kam Exlet und dann folgte Drawomir. Erst kurz vor zehn Uhr betraten Auris, Nemos und Toto den Raum. Sie gingen schweigend zu ihren Plätzen und setzten sich. Auch wenn sie kein Wort sprachen, spürte Nasja dennoch sofort, dass eine angespannte Stimmung im Raum lag. Sie zögerte keine Sekunde, holte tief Luft und spürte dem Herzschlag der Anwesenden nach.

Es war Auris, von dem ihr eine Welle der Wut entgegenströmte, die so heftig war, dass Nasja überrascht die Augen aufriss und ihn prüfend ansah. Auris war sonst die Ruhe in Person. Sie hatte ihn selten zornig erlebt und wenn, dann hatte es immer einen guten Grund dafür gegeben. Was hatte ihn so wütend gemacht?

Nach außen wirkte er gefasst, während er seine Papiere ordnete und in die Runde sah, als ob er sich erst einmal davon überzeugen wollte, dass alle da waren. Nur an seinen tiefen Augenringen sah man, dass er genauso wie Nasja in der letzten Zeit schlecht geschlafen hatte.

So wie immer wandte sich Auris Drawomir als Erstem zu. „Was gibt es Neues aus dem Reich der Zentauren zu berichten?"

Drawomir räusperte sich und holte tief Luft. Er sah immer noch nicht besser aus. Im Gegenteil, jetzt wo Nasja darauf achtete, bemerkte sie, dass er noch dünner geworden war. Die Haut über seinem Gesicht spannte sich wie Pergament.

„Die Lage im Land der Zentauren ist weiterhin kritisch, soweit ich das beurteilen kann. Ich habe den größten Teil meiner Zeit im Gefängnis verbracht. Dorthin hat mich Cesar bringen lassen, weil ich es gewagt habe, ohne die Nachricht aus Galadon zu kommen, dass König Nemos die Forderungen von Cesar erfüllen wird. Ich durfte wieder gehen, aber Cesar hat angedroht, wenn ich noch einmal ohne gute Nachrichten komme, werde ich den Kerker nicht mehr verlassen." Drawomir schwieg und blickte dann Nemos mit einer Verzweiflung an, die Bände sprach. Alles in seinen Blick flehte, dass Nemos ihm die unerfüllbare Aufgabe von den Schultern nahm.

Doch Nemos antwortete nicht auf die ungesagte Bitte. Er blickte Drawomir mit einem gelangweilten Gesichtsausdruck an, als ob er einfach nicht verstand, was Drawomir von ihm wollte.

„Also gut", sagte Auris nach einer gefühlten Ewigkeit, in der Nemos nichts von sich gegeben hatte. „Das erfordert ein Handeln von unserer Seite."

„Wir stimmen darüber ab", erwiderte Nemos sofort. Seine Wangen färbten sich rot und seine Stimme klang gepresst. Er versuchte, seine Wut im Zaum zu halten. Doch es gelang ihm nicht gut. „Es ist keine Frage, wie wir mit dieser Provokation umgehen. Ich werde mir die Frechheiten von Cesar nicht länger bieten lassen und auf seine Forderungen werde ich erst recht nicht eingehen. Wie kann er es wagen? Unsere Ebenen will der Gaul haben." Er schüttelte missbilligend den Kopf. Nemos wandte sich Drawomir zu. „Geh zu Cesar und sage ihm, dass er sich auf den Kopf stellen kann. Ich werde seine Forderungen nicht erfüllen. Wer ist dafür?"

Toto hob sofort den Arm. Exlet warf Drawomir einen bedauernden Blick zu, doch dann ließ er ebenfalls seinen Arm nach oben steigen.

Drawomir sah Nemos durchdringend an. Doch dieses Mal blieb der Arm des Botschafters aus dem Land der Zentauren unten. Nasja registrierte es mit sichtlichem Staunen.

Nemos legte den Kopf schief und sah Drawomir mit drohender Miene an. Doch das änderte nichts an seinem

Entschluss. Die Angst um sein Leben bewog Drawomir das erste Mal seit langer Zeit, sich gegen Nemos zu stellen. Vermutlich war es ihm lieber, wenn er in seinem Heimatland starb als in der Ferne.

„Denk an deine Familie“, flüsterte Nemos drohend.

Drawomir schluckte. Sein Körper versteifte sich und dennoch blieb seine Hand auf seinem Schoß liegen.

„Unentschieden“, sagte Auris, ohne lange zu zögern. „Das bedeutet, der Vorschlag ist abgelehnt. Drawomir geht nicht zurück zu den Zentauren.“

Nemos holte Luft, um dagegen zu protestieren, doch Auris hob eine Hand, um ihn zu unterbrechen, bevor er ein Wort von sich geben konnte. Gleichzeitig zog er mit der anderen Hand ein Papier hervor und legte es vor Nemos.

„Das hier ist die Verfassung von Galadon, an die wir alle gebunden sind. Auch der König, falls es da Unklarheiten geben sollte.“ Auris beugte sich nach vorn und tippte mit dem Finger mitten auf das Papier. „Hier in Artikel zweiundzwanzig steht, dass die Botschafter unseres Landes nur dann ausgesandt werden dürfen, wenn für ihre Sicherheit garantiert werden kann.“ Er hob seinen Blick und musterte Nemos streng. „Das können wir in diesem Fall nicht, denn Cesar hat eine Morddrohung gegenüber Drawomir formuliert. Egal wie diese Abstimmung ausgeht, wir dürfen ihn ohnehin nicht fortsenden.“

„Warum sagst du das nicht eher, alter Mann?“, fuhr ihn Nemos an.

Auris lächelte scheinheilig. „Ihr wart so schnell, junger König, da konnte ich gar nicht mehr rechtzeitig einschreiten. Außerdem gehe ich davon aus, dass Ihr als unser König die Verfassung kennt und wisst, dass auch Ihr an diesen Wortlaut gebunden seid.“ Der angriffslustige Ton in Auris‘ Stimme ließ Nemos erstaunt aufsehen.

„Du berufst dich auf die Verfassung?“, fragte Nemos

stirnrunzelnd.

Auris nickte. „Ja, das tue ich, denn auf diese Verfassung hast du bei deiner Krönung einen Eid geschworen, Nemos. Es waren unzählige Zeugen anwesend, also leugne es nicht. Du bist der Verfassung verpflichtet, genauso wie jeder andere in diesem Land. Ich habe bisher darüber hinweggesehen, dass du sie hin und wieder ignorierst und unter anderem Strafen angeordnet hast, ohne das in der Verfassung garantierte Recht auf eine faire Verhandlung zu gewährleisten. Du erinnerst dich sicher noch an deine Säuberungsaktion im letzten Sommer."

Nemos lächelte. „Oh, ja, daran erinnere ich mich noch sehr gut."

„Länger werde ich nicht darüber hinwegsehen, dass du das Recht mit Füßen trittst." Auris' Stimme war immer lauter geworden.

Nemos' Augen verengten sich zu wütenden Schlitzen. „Ich bin der König", erwiderte er zornig. „Mir ist egal, was irgendjemand vor dreihundert Jahren in diese Verfassung geschrieben hat. Ich mache meine eigenen Gesetze."

„Das hättest du dir vor deinem Schwur auf die Verfassung überlegen sollen. Nun ist es zu spät. Die Verfassung kann nicht geändert werden." Auris wandte sich Exlet zu. „Und nun zu dir, mein Freund. Erzähle mir endlich, was es für Neuigkeiten aus dem Land der Trolle gibt, und lass ja nichts aus. Auch für dich gilt die Verfassung und in der steht, dass du diesem Rat zu Vollständigkeit und Ehrlichkeit in deiner Berichterstattung verpflichtet bist."

Mit einem Mal begriff Nasja, weswegen Auris so wütend war. Nicht nur sie hatte keine Informationen über Artems Schicksal erhalten, auch Auris hatte keine Informationen von Nemos bekommen. Das erklärte seine Wut und den aggressiven Tonfall, den er gegenüber Nemos angeschlagen hatte.

Exlet warf Nemos einen fragenden Blick zu.

Daraufhin lehnte sich Nemos mit einem zufriedenen Lächeln zurück. „Es ist wohl besser, wenn ich es übernehme und davon berichte, wie die Lage im Land der Trolle ist."

„Ja, das wäre nicht schlecht", sagte Auris scharf. „Du hast uns jetzt wirklich lang genug warten lassen, um deine bedeutsamen Nachrichten zu verkünden."

„Ich gebe zu, ich habe es genossen, dich ein wenig schmoren zu lassen", sagte Nemos, und der hässliche Ton in seiner Stimme ließ Nasja einen kalten Schauer über den Rücken rieseln.

Auris schlug mit der Faust auf den Tisch. „Ich will jetzt endlich wissen, was mit Artem ist. Wann kommt er zurück?" Auris' Stimme dröhnte durch den Sitzungsraum.

Selbst Nemos zuckte kurz zusammen, als er die Wut in Auris' Augen sah. Doch er fing sich schnell wieder.

„Beruhige dich, alter Mann", sagte er in lockerem Ton. „Das schadet nur deiner Gesundheit. Ich kann ja verstehen, dass du wissen willst, was aus Artem geworden ist, aber du kannst sein Schicksal nicht mehr ändern."

„Was soll das heißen?" Auris' Stimme klang drohend.

„Ich will nicht vorgreifen", sagte Nemos und lächelte Auris gutmütig an. „Ich werde der Reihe nach berichten, was vorgefallen ist. Erst einmal möchte ich anmerken, dass es eine anstrengende, aber sehr erkenntnisreiche Reise war. Es war gut, dass ich Borgis persönlich kennengelernt habe. Jetzt weiß ich, was ich von den Trollen zu halten habe. Ich habe an jenem Abend noch lange mit Borgis und seinem Sohn geredet und wir haben alles besprochen, was von Wichtigkeit ist." Nemos legte eine nachdenkliche Pause ein.

Auris holte tief Luft und trommelte unruhig mit den Fingern auf der Tischplatte.

Doch davon ließ sich Nemos nicht aus der Ruhe bringen. Er ließ sich Zeit, bis er seine Gedanken weiterführte.

„Zuallererst haben wir natürlich über die Zentauren gesprochen und wie weit man ihnen und ihren Versprechen trauen kann. Ich konnte Borgis mit meinen Erfahrungen weiterhelfen und ihm klarmachen, dass er den Zentauren nicht trauen kann. An einem Tag nennen sie dich einen Freund und am nächsten Tag fallen sie dir in den Rücken. Ich war überzeugend." Nemos lächelte stolz. „Borgis wird fortan auf unserer Seite kämpfen. Ich konnte ihn mit einigen Zugeständnissen dazu überreden, dass er eine Allianz mit uns eingehen wird. Dafür war es auf jeden Fall hilfreich, dass ich ihm einige unserer Waffen mitgebracht habe, sozusagen als Geschenk. Die neuen Katapulte haben ihn wirklich sehr beeindruckt."

„Die neuen Katapulte?" Auris sah Nemos ungläubig an. „Das hast du nicht getan!"

„Ja, natürlich habe ich das getan." Nemos reckte die Brust. „Ich musste schon etwas mitnehmen, was Borgis beeindruckt und wofür er bereit ist, Zugeständnisse zu machen."

Fassungslos schüttelte Auris den Kopf. „An diesen Katapulten haben unsere Waffenschmiede seit fünf Jahren gearbeitet. Die Technologie ist ausgereift und einzigartig. Darin steckt der Grips unzähliger Menschen. Sie wurden erst vor Kurzem fertiggestellt."

„Und Borgis war hocherfreut, dass ich sie ihm überreicht habe", sagte Nemos und funkelte Auris herausfordernd an. „Sie sind wirklich herausragend. Sie sind leicht und daher schnell zu transportieren und ihre Reichweite ist wirklich sensationell."

„Wie kann man nur so dumm sein?" Auris schüttelte den Kopf. „Du gibst unsere besten Waffen aus der Hand."

„Wage es nicht, mich als dumm zu bezeichnen", fauchte Nemos. „Außerdem könnt ihr neue Waffen entwickeln. Baut Katapulte, die noch leichter sind und noch weiter schießen können. Dafür bezahle ich die Waffenschmiede der Armee und es ist nicht wenig Geld, was sie bekommen."

Auris wusste offenbar nicht mehr, was er dazu sagen sollte. Er blickte Nemos immer noch fassungslos an.

Der nutzte die Gelegenheit und sprach weiter. „Wie ich also gesagt habe, konnte ich Borgis überzeugen, dass es besser ist, eine Allianz mit uns zu schließen und nicht auf die Zentauren zu vertrauen. Als Zeichen meiner Güte werde ich die Truppen von den Grenzposten wieder abziehen und dafür an der südlichen Grenze postieren. Wenn die Zentauren sich nicht auf die Trolle verlassen können, werden sie es nicht wagen, uns anzugreifen. Erst recht nicht, wenn unsere Armee geschlossen an der Grenze postiert ist. Sobald ich einen Boten aussende und die Trolle um Hilfe bitte, schicken sie ihre Armee los, um uns zu unterstützen." Nemos sah zufrieden in die Runde. „Ihr seht also, alles ist bestens geregelt. Der Frieden ist wiederhergestellt. Angesichts dieser Vorkehrungen werden es die Zentauren nicht wagen, uns anzugreifen."

Auris beugte sich nach vorn. Er war alles andere als überzeugt davon, dass das funktionieren würde. Das sah man ihm deutlich an. „Was hast du noch für Zugeständnisse gemacht?", fragte er mit bebender Stimme. „Ich bin mir sicher, dass Borgis für ein paar Katapulte allein nicht seine Pläne aufgegeben hat."

„Da hast du recht, Auris. Du bist wirklich ein Fuchs und kennst Borgis gut." Nemos nickte anerkennend. „Ein paar Dinge musste ich noch mit in die Waagschale werfen. Dabei habe ich mir ein Beispiel an meinem Vater und an dir genommen. Das wolltest du doch immer, nicht wahr?" Nemos nickte Auris höflich zu. „Ihr beide habt kluge Dinge ausgeheckt und Toto und ich haben uns von euren Ideen inspirieren lassen."

„Was hast du Borgis versprochen?", fragte Auris und runzelte skeptisch die Stirn.

„Nun ja." Nemos lehnte sich in seinem Stuhl zurück und lächelte. „Ihr habt beschlossen, dass ich eine Nymphe heiraten soll, um das Bündnis zu unseren Nachbarn zu stärken, und da dachte ich, es wäre nur fair, wenn ich Bonja an den ältesten Sohn von Borgis verheirate, um das Bündnis zu den Trollen zu stärken."

„Was?" Nasja holte keuchend Luft. Sie hatte Mühe, die Worte zu begreifen. Bonja bei den Trollen? Das konnte nicht sein. Sie musste sich verhört haben.

„Bonja hat hier ohnehin keine richtige Aufgabe. Sie kommt nur auf dumme Ideen und das tut weder ihr noch den anderen Familienmitgliedern gut. Mit dieser Heirat wird die Verbindung zu den Trollen gestärkt, genauso wie mein Vater die Verbindung zu den Nymphen mit meiner Hochzeit gestärkt hat. Eine wunderbare Lösung, nicht wahr?" Nemos ließ seinen Blick zufrieden durch die Runde schweifen.

Doch er sah nur in fassungslose Gesichter. Selbst Exlet hatte die Stirn gerunzelt, woraus Nasja schloss, dass nicht einmal er gewusst hatte, was Nemos alles ausgehandelt hatte. Verbindungen zwischen Nymphen und Menschen waren nicht selten. Gerade im Grenzgebiet gab es immer wieder Paare, die sich fanden. Doch ein Mensch und ein Troll hatten noch nie auf diese Weise zueinandergefunden.

„Das könnt Ihr nicht tun", sagte Exlet besorgt. „Dem armen, zarten Ding wird es nicht gut bei den Trollen ergehen. Es sind grobe Zeitgenossen. Die Sitten dort sind rau und so ein junges Mädchen wird das nicht lange aushalten."

„Für solche Bedenken ist es zu spät", sagte Nemos mit einem entschlossenen Nicken. „Die Dinge sind entschieden. Bonja wird bald abreisen und den Sohn des Trollkönigs heiraten. Er freut sich schon sehr auf sein neues Weib. Das hat er mich wissen lassen."

„Sie ist deine Schwester", murmelte Auris kopfschüttelnd.

„Richtig“, sagte Nemos mit kalter Stimme. „Und ich als ihr Bruder und als König von Galadon muss über ihr Schicksal entscheiden. Das ist meine Aufgabe und diese Aufgabe habe ich im Interesse von Galadon erfüllt. Darüber brauchen wir kein Wort mehr verlieren. Die Sache ist entschieden.“

Auris war blass. Doch in seinen Augen flammte es noch einmal wütend auf. „Was ist mit Artem?“, fragte er. „Wann wird er zurückkommen?“

„Artem?“ Nemos schüttelte wie beiläufig den Kopf, als ob ihm entfallen war, dass er einmal einen Heerführer mit diesem Namen gehabt hatte. „Er wird gar nicht mehr wiederkommen. Borgis wollte ihn einfach nicht gehen lassen. Dabei habe ich ihm sogar angeboten, dass er mein Weib behalten kann.“ Nemos grinste, als hätte er einen besonders guten Witz gemacht. Doch Nasja war sich ziemlich sicher, dass das kein Spaß gewesen war.

„Aber Borgis wollte keine Nymphe haben“, fuhr Nemos achselzuckend fort. Dann wurde er wieder ernst. „Artem bleibt in Gefangenschaft. Borgis wollte weder ihn noch Grauenstein herausrücken.“ Nemos zuckte mit den Schultern. „Aber ein paar Opfer musste ich bringen. So bedauerlich das auch ist. Artem war ein guter oberster Heerführer. Auch wenn ich mir gewünscht hätte, dass er mir weniger oft Widerworte gegeben hätte. Wir müssen uns nun wohl oder übel damit abfinden, dass er nicht wiederkommt. Daher habe ich bereits einen neuen obersten Heerführer ernannt. Toto wird ab sofort die Aufgaben von Artem von Darkenstein übernehmen. Er ist bereits dabei, sich einzuarbeiten und den Abzug unserer Truppen von der Grenze zu organisieren.“

Nasja nahm die Welt um sich herum wie durch einen Nebel wahr. Weit entfernt hörte sie Nemos davon sprechen, warum Toto so gut für den Posten geeignet war.

Die rasch aufeinanderfolgenden Hiobsbotschaften hatten sie erstarren lassen. Artem würde nicht wiederkommen. Nemos hatte ihn einfach geopfert, um seine Interessen durchzusetzen, und nicht nur ihn.

Er hatte auch Gideons Vater geopfert und natürlich Bonja. Wenn Nasja nur daran dachte, dass Bonja von nun an in den unterirdischen Höhlen des Trollkönigs leben sollte, wurde ihr ganz übel zumute.

Bonja war ein freiheitsliebender Mensch. Ihr war ihre Unabhängigkeit wichtig. Sie hatte ein gutes Herz und sie hatte auch ihren Stolz. Nasja dachte an Frederika und ihre Drohung, Bonja zu verheiraten. Traf Bonja nun dieses Schicksal, weil sie Frederika gegen sich aufgebracht hatte?

Doch das hatte sie nur getan, um Nasja zu helfen. Also war alles ihre Schuld.

Nasja musste irgendetwas tun. Artem konnte sie nicht mehr retten, aber vielleicht konnte sie noch etwas für Bonja tun.

Bonjas Worte klangen ihr in den Ohren, dass sie auch als Königin auftreten sollte, schließlich war sie eine.

Hastig stand Nasja auf und stellte fest, dass sie so in Gedanken versunken gewesen war, dass sie gar nicht bemerkt hatte, wie Drawomir und Exlet schon gegangen waren. Niemand hatte sich für die Lage im Land der Nymphen interessiert. Die Ratssitzung war einfach beendet worden.

Nasja sah Auris und Nemos neben der Tür stehen und laut miteinander sprechen.

„Du hast meinen Enkel auf dem Gewissen“, sagte Auris gerade zornig. „Wenn dein Vater wüsste, was du getan hast, würde er dich eigenhändig von der Klippe werfen. Er hat Artem sehr geschätzt.“

Nemos lächelte fein. „Artem war nicht geeignet für diese Position. Ich brauche Leute um mich herum, die mir treu ergeben sind.“

„Er war dir immer treu ergeben, dir und den Menschen von Galadon.“ Auris‘ Stimme bebte. „Aber du wirfst ihm haltlose Dinge vor und zwingst ihn, unlösbare Aufgaben zu erfüllen.“

„Er hat mich hintergangen“, sagte Nemos achselzuckend. „Er hat bekommen, was er verdient.“ Er wollte sich schon abwenden. Doch in diesem Moment war Nasja zu ihm getreten und hielt ihn am Arm fest.

„Er hat dich nie hintergangen“, sagte Nasja mit fester Stimme. „Artem war dir treu ergeben. Er wollte dir immer nur helfen.“

„Fass mich nicht an“, fauchte Nemos und schlug Nasjas Hand fort.

„Behandelt man so eine Frau“, sagte Auris tadelnd.

„Ich behandle meine Frau so, wie es mir gefällt“, sagte Nemos drohend. „Du hast mir keine Vorschriften zu machen. Ich halte es wie mein Vater. Er hatte auch keine Ehre im Leib, was seine Frauen anging. Meine eigene Mutter hat er verstoßen und sich dafür das nächste Flittchen ins Bett geholt. Wusstest du nicht, dass mein Vater herumgehurt hat?“

„Dein Vater hat nicht herumgehurt“, sagte Auris bitter. „Er hat eine einzige Frau in seinem Leben wirklich geliebt.“

„Welche von den vielen war es?“ Die Bitterkeit in Nemos‘ Worten war nicht zu überhören.

„Du kennst sie nicht, denn er hat nie über sie gesprochen. Das war lange vor deiner Geburt“, sagte Auris mit belegter Stimme. „Sie war ein zauberhaftes Geschöpf, wunderschön und so klug, dass sie das Land Galadon tausendmal besser regiert hätte, als Kreotis es jemals vermocht hätte. Zumindest hat er das immer über sie gesagt. Er wollte ein guter König sein, und zwar ihr zuliebe.“

„Nein, das hat er nie erwähnt“, sagte Nemos. „Also kann es nicht so wichtig gewesen sein.“

„Es war wichtig“, sagte Auris und sah Nemos fest in die Augen. „Sie war die Liebe seines Lebens, aber sie starb im Kindbett und mit ihr starb ihr gemeinsames Kind. Kreotis blieb nichts. Er wollte nicht mehr leben. Es war eine dunkle Zeit damals. Ich konnte ihn damals überzeugen, dass Dalila nicht gewollt hätte, dass er aufgibt und sein Leben wegen ihrem Tod wegwirft. Sie hätte sich gewünscht, dass er ein guter König ist, und das hat er versucht zu sein. Er hat wieder Frauen in sein Leben gelassen und er hat mit ihnen Kinder gezeugt, weil es als König nun einmal seine Pflicht ist, Nachkommen zu hinterlassen. Er hat seine Frauen respektvoll behandelt und dafür gesorgt, dass sie ein gutes Auskommen haben, aber er hat nie wieder eine Frau so sehr geliebt wie Dalila.“

„Was für eine tragisch schöne Liebesgeschichte“, sagte Nemos gehässig. „Aber das macht es für mich auch nicht besser, wenn ich weiß, dass ich nie die Familie war, die er sich wirklich gewünscht hat.“ Nemos spie Auris die Worte nur so entgegen.

„Er hat dich geliebt“, sagte Auris bitter. „Selbst jetzt würde er dich noch lieben, obwohl du so ein gefühlskaltes Ungeheuer geworden bist.“

„Da irrst du dich, alter Mann, ich habe eine Menge Gefühle, aber im Gegensatz zu meinem Vater werde ich sie nicht rührselig in die Welt hinausposaunen.“ Nemos wandte sich ab und machte einen Schritt Richtung Tür.

Nasja musste irgendetwas tun, und zwar jetzt. „Wenn du irgendwelche Gefühle für Bonja hast, dann verheirate sie nicht mit einem Troll“, sagte sie hastig. „Ich bitte dich. Das wird sie nicht überstehen.“

Nemos erstarrte, nachdem Nasja ihre Bitte ausgesprochen hatte.

Langsam drehte er sich zu ihr um. „Wie kannst du es wagen, so mit mir zu reden?“, sagte Nemos drohend.

Nasja traf eine Welle der Wut, doch sie ignorierte sie.

Sie stellte sich aufrecht hin und schaffte es zu sprechen, ohne dass ihre Stimme zitterte. „Ich bin deine Frau und ich bin die Königin von Galadon. Ich bitte dich, Bonja gegenüber Gnade walten zu lassen. Verheirate sie mit einem Menschen, wenn du willst. Sie versteht sich gut mit Gideon von Grauenstein. Die beiden wären ein perfektes Paar. Im Land der Trolle geht Bonja zugrunde. Das kannst du nicht wirklich wollen."

Das blasse Blau in Nemos' Augen schien plötzlich zu blitzen. Die Wut um ihn herum schwoll explosionsartig an. Es ging so schnell, dass Nasja nicht darauf vorbereitet war, was nun geschah. Sie spürte nur plötzlich einen heftigen Schlag im Gesicht. Der Ruck riss sie von den Füßen. Nasja donnerte mit der Schläfe gegen den Türrahmen.

Ihr ganzer Kopf bebte und dann kam der Schmerz und überrollte Nasja.

Sie spürte warme Feuchtigkeit auf ihrem Gesicht. Auris schrie empört und begann Nemos mit den übelsten Worten zu beschimpfen. Er nannte ihn einen Versager und einen Schwächling, wenn er dachte, es wäre eine gute Sache, eine Frau zu schlagen.

Die Worte waren immer weiter von Nasja entfernt. Das Letzte, was sie sah, war das hässliche Grinsen in Nemos' Gesicht.

Dann verschwand die Welt im Schmerz.

Alles um Nasja herum wurde schwarz.

KAPITEL 11

In ihren Träumen war Nasja frei. Sie ritt an Artems Seite über endlose Weiten. Die Sonne streichelte ihre Haut. Der warme Wind ließ das dünne Kleid an ihrem Körper flattern. Ein Flirren lag in der Luft, das Glück verhieß. Artem war bei ihr. Sein Lachen füllte ihr Herz. Nasja war komplett. Sie war angekommen.

Doch etwas drängte in ihr. Der Schmerz war das Erste, was in ihren Traum eindrang. Nasja spürte ihren Kopf, als hätte ihr jemand ein Messer in die Schläfe gerammt. Die Bilder entglitten ihr. Artems Gesicht verschwamm und der Schmerz breitete sich aus.

Ihr Brustkorb hob und senkte sich mit Mühe und Nasjas Finger schlossen sich um die kühlen Falten eines Bettuches. Sie war nicht frei. Die feinen Laken kamen ihr bekannt vor. Sie war immer noch auf Schloss Schwanenberg, gefangen in einem Leben, das sie nie gewollt hatte.

Nasja wollte nicht aufwachen, nie wieder. Wozu auch? Bonja war an die Trolle verkauft worden und Nasja konnte nichts dagegen tun. Artem war fort und ihr Schicksal war besiegelt. Nemos hatte sein wahres Gesicht gezeigt. Es würde nicht mehr lange dauern, bis er die nächste Gelegenheit fand, um ihr vorzuwerfen, dass sie die Würde des Königs beschmutzte. Der Rat würde über ihr Schicksal entscheiden und Drawomir mochte vielleicht für sein eigenes Leben eintreten, aber für das von Nasja würde er es sich nicht mit Nemos verscherzen.

Es war sicher besser, wenn es schnell vorbeiging. Nasja ersparte sich damit einiges an Leid.

„Gib nicht auf!“ Celistras Stimme drang an Nasjas Ohr, als ob sie wusste, was Nasja dachte.

Nasja spürte etwas Kühles an ihrer Schläfe und zuckte zusammen. Das Gefühl von feuchtem Stoff legte sich auf ihr Gesicht.

Celistra tupfte ihr die Wange mit einem kühlen Tuch ab. „Rede mit mir. Ich mache mir schon die ganze Nacht Sorgen um dich. Du warst bewusstlos.“

Die vertraute Stimme und die Sorge in Celistras Worten konnte Nasja nicht ignorieren. Bestimmt hatte sie endlose Stunden an ihrem Bett verbracht und bei ihr gewacht. Sie wollte ihrer Freundin nicht noch mehr Kummer bereiten.

Langsam schlug Nasja die Augen auf. Es war heller Tag und die Sonne schien freundlich in ihre Suite. Draußen vernahm Nasja das Zwitschern der Vögel und das leise Tropfen schmelzenden Schnees. Das Leben da draußen war rein und schön.

Sie konnte sich nicht dagegen wehren, dass die beruhigenden und kraftvollen Geräusche ihre düsteren Gedanken vertrieben. Nasja holte tief Luft. Ihr Kopf tat weh, aber ansonsten ging es ihr gut. Sie spürte keine anderen Schmerzen. Ganz langsam richtete sie sich auf. Sie tastete ihren Kopf ab. Celistra hatte ihr einen Verband angelegt.

„Wie schlimm ist es?“, murmelte Nasja.

„Du hast eine Platzwunde an der Schläfe und ein blaues Auge“, sagte Celistra. „Vermutlich wirst du noch ein bis zwei Tage Kopfschmerzen haben. Bis das blaue Auge verschwindet, wird es etwas länger dauern, aber spätestens in einem Monat wird man hoffentlich nichts mehr davon sehen.“

„Das ist gut“, murmelte Nasja und sah zu Boden. Was sollte sie auch sonst sagen?

Celistra setzte sich neben Nasja und schlang ihren Arm um Nasjas Schulter. „Wenn du willst, dann revanchiere ich mich dafür, dass er dir so etwas antut. Ein Wort reicht. Ich könnte dafür sorgen, dass er in seinem Badewasser einfriert und nie wieder herauskommt."

„Das ist nicht nötig", sagte Nasja leise. „Er ist der König von Galadon. Ich will nicht, dass du wegen mir Probleme bekommst. Der Verdacht würde schnell auf dich fallen und Nemos hat genug Anhänger, die ihm treu ergeben sind und die dafür sorgen würden, dass es dir schlecht ergeht. So verlockend dein Angebot ist, ich kann es leider nicht annehmen." Nasja seufzte, als sie daran dachte, dass Toto jetzt Artems Platz einnehmen würde und die Befehlsgewalt über eine ganze Armee hatte. „Weißt du schon über alles Bescheid?"

Celistra schob sich ihre braunen Locken hinters Ohr. „Ich weiß, dass dir Nemos wehgetan hat und dass ich ihm das gern mit gleicher Münze heimzahlen möchte."

„Das ist nicht so wichtig", sagte Nasja und erhob sich. Langsam ging sie zum Fenster und sah in den strahlenden Wintertag hinaus. Leichtes Tauwetter hatte eingesetzt und es tropfte und glitzerte überall.

„Und ob das wichtig ist", sagte Celistra scharf. „Das geht zu weit. Das darfst du dir nicht gefallen lassen."

„So einfach ist das nicht." Nasja sah Celistra ernst an. „Ich habe niemanden mehr, der auf meiner Seite ist."

„Was soll das heißen?" Celistra sah Nasja erschrocken an. „Was ist mit Artem?"

„Artem wird nicht wiederkommen." Nasjas Stimme bebte leicht. „Er sitzt immer noch in der Gordischen Mine und von dort gibt es kein Entrinnen. Nemos hat ihn aufgegeben."

Celistra gab einen keuchenden Laut von sich. Leise trat sie neben Nasja und griff nach ihrer Hand. „Das kann ich nicht glauben", sagte sie stockend.

„Borgis will Artem nicht gehen lassen, ihn nicht und auch nicht den Besitzer der Goldmine", fuhr Nasja bedrückt fort. „Dafür schließt sich König Borgis Nemos an und wird keine Allianz mit den Zentauren bilden. Artems Leben war der Preis, er und die Ladung voller nagelneuer Katapulte."

„Unmöglich", hauchte Celistra. „Artem ist der oberste Heerführer von Galadon."

„Das kann Nemos offenbar gut verschmerzen, er hat einfach Toto zu seinem Nachfolger gemacht."

„Toto?" Celistra sah Nasja ungläubig an. „Das kann er doch nicht ernst meinen. Toto war nicht einmal auf der Militärakademie. Er hat keine Ahnung vom Militär."

„Das ist noch längst nicht das Schlimmste", sagte Nasja betrübt.

„Noch schlimmer kann es kaum werden", erwiderte Celistra bitter.

„Doch, das kann es. Nemos hat noch mehr in die Waagschale geworfen, um Borgis davon zu überzeugen, auf seiner Seite zu kämpfen." Nasja schluckte. „Er wird Bonja zwingen, den Sohn des Trollkönigs zu heiraten." Es fiel Nasja schwer, die Worte auszusprechen. Sie kamen ihr nur langsam und holprig über die Lippen.

„Was?" Das Entsetzen war Celistra ins Gesicht geschrieben. „Bonja soll einen Troll heiraten?" Sie schüttelte fassungslos den Kopf.

„Ja, einen Troll." Nasja schluckte. „Das wird Bonja kaputtmachen."

„Das haben einige auch über dich gesagt." Celistras Stimme klang bitter. „Deine Mutter wollte dich auch nicht mit einem Menschen verheiraten. Sie war nie der Meinung, dass das gut gehen würde."

„Das hat sie mir nie gesagt." Nasja sah Celistra verwundert an.

„Sie wollte es dir nicht noch schwerer machen. Deine Mutter hat dich sehr geliebt." Celistra legte einen Arm um Nasjas Schulter und sah mit ihr in den schönen Tag hinaus.

Nasja war es immer leicht gefallen, sich von der Lebendigkeit der Natur aufmuntern zu lassen. Doch heute wollte ihr das einfach nicht gelingen.

„Ich fühle mich verloren“, sagte Nasja mit zitternder Stimme.

„Gib dich nicht auf“, flüsterte Celistra. „Das Blatt kann sich wenden. Du weißt nicht, was noch alles kommt.“

„Das weiß ich wirklich nicht“, sagte Nasja seufzend. Die Worte ihres Vaters klangen ihr in den Ohren und mischten sich mit denen von Artem. Sie hatten sie beide gebeten, sich nicht aufzugeben und sich nicht von Nemos brechen zu lassen. Hatten sie geahnt, wie schwer es werden würde? Wussten sie, was Nasja alles auf sich nehmen musste? Wie viele Verluste sie ertragen musste?

Ein paar Meisen landeten auf einem Baum, nicht weit von Nasja entfernt. Sie spürte ihre Freude über die wenigen Sonnenstrahlen. Die kleinen Wesen lebten im Moment und genossen, was sie hatten. Sie verschwendeten keinen Gedanken an das, was ihnen verloren gegangen war.

Nasja konzentrierte sich auf dieses Gefühl und holte es in ihr Herz. Es war schwer, aber schließlich gelang es ihr. Sie dachte an das, was ihr noch geblieben war. Ihr Leben war endlich, das wusste sie. Aber noch war sie am Leben und bis auf ein paar Kratzer war sie noch einmal glimpflich davongekommen. Sie hatte etwas riskiert und das war schiefgegangen.

Daran konnte sie nichts mehr ändern. Doch jetzt musste sie nach vorn sehen. Was wollte sie mit ihrem Leben anfangen? Wollte sie ihre letzte Zeit ängstlich und ohne Hoffnung verbringen oder wollte sie ihre Stunden, Tage oder gar Wochen nutzen, um noch etwas Sinnvolles zu tun. Sie dachte an das dunkelhaarige Mädchen aus der Suppenküche. Die Kleine brauchte jede Hilfe, die sie bekommen konnte.

Nasja war hierhergekommen, um den Nymphen und

den Menschen aus Galadon zu helfen. Das konnte sie immer noch tun. Noch war es möglich und vielleicht war das das Vermächtnis, das sie hinterlassen konnte. Es war nicht viel, aber es war alles, was sie zu geben vermochte. Sie konnte etwas Liebe und Wärme in die Welt bringen.

„Kann ich irgendetwas für dich tun?“, fragte Celistra besorgt.

„Es ist alles in Ordnung“, erwiderte Nasja, während sie aus dem Fenster sah und die Vögel beobachtete, die ihr so viel Lebensfreude geschenkt hatten, dass sie die Kraft fand, weiterzumachen und nicht an dem Erlebten zu zerbrechen.

„Was willst du jetzt tun? Wie willst du vorgehen?“ Celistra sah Nasja erwartungsvoll an.

„Ich will keine Rache“, sagte Nasja und wandte sich von den Vöglein ab. „Keine Wut und keinen Zorn. Dafür gibt es keinen Platz in meinem Herzen. Ich ruhe mich heute noch aus, aber morgen ist Montag und am Montag werde ich wieder in die Suppenküche fahren und denen helfen, die Hilfe am dringendsten nötig haben.“

Celistra sah Nasja überrascht an. Doch dann lächelte sie. „Dein Herz ist so rein, dass ich mir ein Beispiel daran nehmen sollte.“ Sie nickte. „Ich verstehe. Keinen Hass und keine Wut.“

Nasja nickte vorsichtig. „Nur Liebe“, flüsterte sie. „Davon kann die Welt noch eine Menge gebrauchen.“

KAPITEL 12

Eine Woche später stand Nasja vor dem Schloss und hielt Bonja fest in ihren Armen. Es schneite in dicken Flocken. Nach dem kurzen Tauwetter der letzten Tage waren die Temperaturen wieder gefallen. Bonja zitterte am ganzen Körper, doch daran war nicht die Kälte schuld. Nasja spürte ihr rasendes Herz. Nasja wollte etwas tun oder sagen, um Bonjas Schmerz zu lindern. Doch kein Wort war genug. Keine Geste war ausreichend und das wussten sie beide.

Dennoch vergoss Bonja keine Träne. Nach außen wirkte sie ruhig und gefasst. Das war nicht immer so gewesen. Als Nasja am Montagmorgen bei ihr gewesen war, hatte sie die Nachricht von Nemos‘ Plänen gerade erst erfahren. Sie war völlig aufgelöst gewesen. Sie hatte geschluchzt, geweint und geschrien. Sie hatte Nemos verflucht und die Möbel in ihren Räumen umgeworfen. Ihre Wut war so tief und so verzweifelt gewesen, dass es Nasja das Herz gebrochen hatte.

Doch sie hatte ihr die Last nicht abnehmen können, so gern sie es getan hätte. Sie hatte Bonja nur tröstende Worte zumurmeln können. Mehr hatte sie nicht vermocht. Es hatte lange gedauert, bis Bonja sich beruhigt hatte. Als ihre erste Wut langsam verebbt war, hatte sie Nasjas blaues Auge erkannt. Sie war so mit sich selbst und ihrem Zorn beschäftigt gewesen, dass sie es bis dahin nicht bemerkt hatte. Doch dafür war ihre Reaktion umso heftiger gewesen. Fassungslos hatte sie Nasja angestarrt.

„War er das?“, hatte sie mit bebender Stimme gefragt.

Nasja hatte nur langsam genickt. Was hätte sie auch sonst sagen sollen? Lügen kamen ihr schlecht über die Lippen.

Bonjas Wut war noch heftiger geworden. Sie hatte wüste Drohungen ausgestoßen und wollte losgehen und Nemos umbringen. Nasja war einfach bei ihr geblieben. Sie hatte Bonja zugehört und abgewartet, bis sich Bonja langsam wieder beruhigte und einsah, dass sie sich den Befehlen von Nemos fügen musste. Er war der König von Galadon und sein Wort galt in diesem Land.

Es hatte einige Tage gedauert, bis aus der Wut ein stiller Zorn geworden war. Und nun standen sie hier und mussten sich voneinander verabschieden.

„Es tut mir leid, dass ich nichts tun konnte", sagte Nasja leise.

Bonja schüttelte den Kopf. „Du hättest nicht fragen dürfen. Dann wäre es dir nicht so schlimm ergangen." Bonja strich Nasja sanft über die Schläfe. Die Wunde verheilte gut. Doch die grünen und blauen Verfärbungen unter ihrem Auge waren immer noch gut zu erkennen. „Du hast schon mehr als genug für mich getan. Das werde ich dir nie vergessen."

„Gib dich nicht auf", flüsterte Nasja. Ihre Stimme zitterte. Doch sie versuchte, die Fassung zu wahren und nicht zu weinen. „Lass dich nicht brechen. Ich werde alles in meiner Macht Stehende tun, um dich zurückzuholen." Nasja gab Bonja dieses Versprechen, obwohl sie wusste, dass sie kaum die Macht besaß, irgendetwas zu bewegen. Dennoch konnte sie Bonja nicht gehen lassen, ohne ihr die tröstenden Worte mit auf den Weg zu geben.

„Ich werde mir ein Beispiel an dir nehmen", sagte Bonja leise. „Du musstest schon so viel ertragen und ich hoffe, dass ich genauso stark sein werde wie du."

„Such dir Verbündete", murmelte Nasja. „Gib nicht auf. Halte durch."

„Ich werde es versuchen.“ Bonja löste sich mit einem bitteren Lächeln aus Nasjas Umarmung. „Es war mir eine Ehre, dass ich dich kennenlernen durfte, Nasja vom grünen Born. Du hast mich zu einem besseren Menschen gemacht und das können nicht viele von sich behaupten.“

„Du bist wie eine Schwester für mich“, sagte Nasja und erwiderte Bonjas Lächeln, während ihr die Tränen in die Augen stiegen. „Wir sehen uns wieder. Das verspreche ich dir.“

„Wir sehen uns wieder.“ Bonja nickte entschlossen. Dann wandte sie sich von Nasja ab und bestieg die Kutsche. Mit einem Knirschen setzte sie sich in Bewegung und fuhr langsam davon.

Nasja stand lange allein auf dem leeren Schlosshof und sah dabei zu, wie Bonja in der Dunkelheit des frühen Morgens verschwand. Ihr Herz zog sich schmerzhaft zusammen. Alles in ihr schrie danach, die Kutsche aufzuhalten und Bonja zurückzuholen. Das Gefühl der Einsamkeit schnitt sich schmerzhaft in Nasjas Brust. Doch sie konnte nichts tun. Als die Kutsche aus ihrem Blick verschwunden war, wandte sich Nasja ab.

Außer ihr war niemand gekommen, um Bonja zu verabschieden. Finnie konnte es nicht ertragen, dass Bonja nun nicht mehr bei ihr sein würde. Sie war wütend auf Nemos und verließ ihr Zimmer schon seit einer Woche nicht mehr. Langsam ging Nasja über den Schlosshof. Es tat unfassbar weh, dass Bonja nicht mehr hier war, und genauso schmerzte es Nasja, dass sie alles hinnehmen musste. All jene, die zu ihr gestanden hatten, waren nicht mehr da. Artem war gefangen oder vielleicht sogar schon tot und Auris war gebrochen. Nasja hatte ihn seit der letzten Ratssitzung nicht mehr gesehen und es würde sie nicht wundern, wenn er seine Stellung im Rat aufgab, nach dem, was Nemos ihm angetan hatte. Ihr Vater hatte ihr immer noch nicht geschrieben und zu ihrer Einsamkeit gesellte sich die wachsende Sorge, dass etwas im Land der Nymphen nicht stimmte.

Nasja war auf sich gestellt. Nur noch Celistra und Aros waren bei ihr und würden ihr beistehen. Doch sie konnten nicht immer da sein und auch ihre Macht hatte Grenzen. Nasja fröstelte im kalten Wind und ging schnell zurück ins Schloss. In ihrer Suite machte sie sich fertig für den Tag. Im Morgengrauen brach sie in Begleitung von Aros, Celistra und den abkommandierten fünf Soldaten Richtung Goros auf. Sie atmete tief die kalte Luft ein, während sie den Schlossgarten verließ. Als sie kurz vor Goros waren, ging die Sonne auf und tauchte den Schnee in ein rotes Leuchten.

Ein neuer Tag brach an und Nasja war dankbar, dass sie ihn erleben durfte. Sie konnte einen weiteren Tag lang Menschen helfen und das würde sie auch mit aller Kraft tun. Ungeduldig ritt sie durch die engen Straßen von Goros. Mittlerweile war sie keine Unbekannte mehr. Unzählige Menschen kamen in die Armenspeisung. Sie kannten Nasjas Gesicht und wenn sie sie unterwegs in den Straßen trafen, dann grüßten sie und riefen ihr Worte des Dankes zu.

Endlich kam Nasja an dem alten Tempel an. Erstaunt stellte sie fest, dass ein Trupp Bauarbeiter dabei war, Material von einem Pferdekarren abzuladen.

„Was ist los?“ Nasja wandte sich an Irma, nachdem sie den Tempel betreten hatte.

Irma lächelte. „Das ist dein Verdienst. Der Operndirektor schickt die Leute, damit sie den Tempel wieder in Ordnung bringen.“

„Wirklich?“, fragte Nasja erstaunt. „Ophelius Kronenstein war das?“

„Frag ihn doch selber, wenn du mir nicht glaubst.“ Irma lächelte sie an.

„Er ist hier?“ Nasja sah sich um. Tatsächlich. Sie sah

Ophelius Kronensteins beleibte Gestalt im hinteren Teil des Tempels, wo er gerade mit einem der beiden Priester sprach, die Bruder Pentos abkommandiert hatte, damit sie sich um die Suppenküche kümmerten.

„Die Leute bringen zuerst das Dach in Ordnung", sagte Kronenstein gerade, als Nasja näher trat. „Und wenn das erledigt ist, reparieren sie die Fenster."

„Das ist wirklich sehr großzügig von Euch", erwiderte der junge Priester mit einem dankbaren Nicken.

„Das ist es wirklich." Nasja trat zu den beiden und sah Kronenstein mit einem Lächeln an. „Es ist eine große Freude, Euch hier zu sehen. Die Menschen von Galadon verdanken Euch viel. Ihr habt ihr Leben leichter gemacht."

„Es ist mir eine Freude", sagte der Operndirektor und wandte sich Nasja zu.

Der junge Priester nutzte die Gelegenheit, um wieder an die Arbeit zu gehen. Jede Hand wurde gebraucht. Es dauerte nicht mehr lang, bis die Menschen vor der Tür des Tempels stehen würden.

„Ihr müsst wissen, dass ich es mittlerweile wirklich genieße, Gutes für die Menschen zu tun. Ich will nicht, dass meine Heimatstadt im Elend versinkt. Ich gebe zu, anfangs hatte ich andere Ambitionen. Aber seitdem ich hier bin und sehe, dass es rechtschaffene Menschen sind, die in Not geraten sind, sehe ich einiges anders. Ich bin in der komfortablen Lage, dass ich etwas dagegen unternehmen kann, und das will ich in Zukunft noch viel mehr tun." Kronenstein nickte entschlossen. Dann zögerte er plötzlich. „Wisst Ihr, wie es Haland von Grauenstein geht? Ist er immer noch im Land der Trolle?"

Nasja sah eine Spur der Verzweiflung in Kronensteins Augen aufblitzen.

Doch sie hatte keine guten Nachrichten für ihn. „Er wird nicht wiederkommen", sagte Nasja. „Die Trolle haben ihn und Artem von Darkenstein gefangen genommen und sie sind nicht bereit, die beiden wieder gehen zu lassen." Es fiel Nasja schwer, diese Tatsache auszusprechen. Sie presste die Lippen fest aufeinander.

„Das ist bitter." Kronenstein schüttelte den Kopf. „Haland war so ein guter Mann. Er war einer meiner besten Freunde, müsst Ihr wissen." Kronenstein seufzte. „Jetzt muss Gideon sein Geschäft übernehmen und es ist nicht gut, wenn so ein junger Mensch schon so viel Verantwortung trägt. Dass wir uns nicht falsch verstehen. Gideon ist ein kluger Junge, er ist dazu in der Lage. Aber er hätte noch viel mehr Zeit gebraucht, um zu lernen und Erfahrungen zu sammeln. Außerdem ist er zornig. So viel Zorn vernebelt den Blick und das ist nicht gut."

„Zornig?" Nasja legte den Kopf schief und betrachtete Kronenstein nachdenklich. „Warum genau ist er zornig?"

„Nun ja, er hat seinen Vater verloren und dann ist er wohl noch in ein Mädchen verliebt, aber die Sache ist wohl aussichtslos." Kronenstein hielt kurz inne.

Nasja musste schlucken, als sie daran dachte, was Nemos diesem jungen Mann angetan hatte. Er hatte ihm den Vater und die Frau genommen, in die er sich verliebt hatte.

„Ich schweife ab." Kronenstein lächelte angestrengt. „Ich habe nur kurz mit Gideon gesprochen, als ich ihn dafür gewinnen wollte, die Armenspeisung zu unterstützen." Kronenstein winkte ab. „Ich wollte eigentlich nur sagen, dass Gideon von Grauenstein gern seinen Beitrag erbringt, vor allem weil das alles im Namen und im Hause von Samara geschieht."

„Darüber freue ich mich sehr." Nasja versuchte sich an einem aufmunternden Lächeln. Doch es wollte ihr einfach nicht gelingen, während sie immer noch an Gideon und Bonja dachte. Mühsam zwang sie sich, sich daran zu erinnern, weswegen sie hier war. „Ich möchte Ihnen und Ihren Freunden im Namen der Armen der Stadt danken", sagte

Nasja von Herzen. Sie wusste, dass Kronenstein angefangen hatte zu helfen, um Nemos eins auszuwischen. Doch jetzt hatte er wirklich Gefallen daran gefunden. Seine Worte waren ernst gemeint. Er rettete vielen Menschen das Leben, die ohne ihn nicht durch den kalten Winter gekommen wären.

„Es ist mir eine Freude, zu helfen, meine Königin." Ophelius Kronenstein verneigte sich kurz vor Nasja. Dabei musterte er ihr blaues Auge mit skeptischem Blick.

Nasja hatte es mit Puder abgedeckt und die verschorfte Platzwunde unter ihren Haaren verborgen. Doch ganz hatte sie die Spuren der Gewalt nicht verbergen können. Es würde noch eine Weile dauern, bis alles restlos verschwunden war.

„Wenn Ihr Hilfe braucht, lasst es mich wissen", sagte er leise und sanft. Mehr musste er nicht sagen. Ihm war klar, was geschehen war.

„Ich danke Euch", murmelte Nasja. Dann verabschiedete sie sich von Kronenstein und machte sich an die Arbeit. Sie schälte Kartoffeln und schnitt Gemüse klein, wie sie es jeden Tag tat. Die Routine der täglichen Arbeit beruhigte sie.

Als die Tür geöffnet wurde und die Menschen hereinströmten, begab sie sich zu ihrem Platz an dem großen Topf und schenkte den Rest des Tages Essen aus. Die Menschen redeten mit ihr und erzählten ihr von den Neuigkeiten in der Stadt und ihrem Leben. Es war eine willkommene Abwechslung und Nasja gab sich ihr gern hin.

Viel zu schnell ging der Tag dahin. Als der Letzte gegangen war, kehrte Nasja die Gemüseabschnitte zusammen und machte sich dann in Begleitung der Soldaten auf den Weg zurück zu Schloss Schwanenberg.

Nachdem Bonja nicht mehr da war und Finnie nicht mehr am Abendessen teilnahm, war es für Nasja noch schwerer geworden, jeden Abend in den Goldenen Salon zu gehen und gemeinsam mit Nemos, Toto und Frederika zu essen, als wäre alles in bester Ordnung. Doch nur für Nasja war das Essen unangenehm.

Die Stimmung unter den dreien war ausgelassen. Sie scherzten und waren gut gelaunt. Nasja beachteten sie nicht, ganz so wie sie es immer taten. Nasja lauschte ihren Gesprächen und wenn ihr nichts anderes zu Ohren gekommen wäre, hätte sie glauben können, dass die Dinge im Land so gut liefen wie schon lange nicht mehr.

Nemos lobte Toto ausgiebig für seinen Einsatz für die Soldaten. Er erkundigte sich nach dem Tagesgeschäft in der Kaserne und Toto hatte nur lustige Anekdoten zu berichten, in denen er brillant reagierte und umsichtig entschied.

Doch Nasja hatte das Schloss verlassen und war jeden Tag in Goros unterwegs. Es ließ sich nicht vermeiden, dass sie den Gesprächen um sich herum lauschte. Jedes Mal hatte Nasja ihre Ohren gespitzt, wenn sich die Soldaten und die Menschen auf den Straßen in ihrer Nähe unterhielten. Und sie hatte so einiges mitbekommen, was nicht für ihre Ohren bestimmt war. Toto war als oberster Heerführer ein völliger Versager. Die Soldaten machten Scherze über ihn und hatten keinen Respekt vor ihm. Er kannte sich weder mit Waffen noch mit der Ausrüstung der Männer aus.

Auch die Organisation des Abzuges der Männer von der Grenze der Trolle gelang ihm nicht gut. Es ging nur schleppend voran. Das Wetter war schlecht und die Versorgung der Männer war nicht nur einmal in Gefahr geraten. Mittlerweile war über eine Woche seit der letzten Ratssitzung und Totos Ernennung zum obersten Heerführer verstrichen und die Soldaten hatten die Grenze im Süden immer noch nicht erreicht, genau genommen hatte der größte Teil der Männer die Grenzposten im Norden noch nicht einmal verlassen.

Dennoch saß Toto entspannt mit Nemos am Tisch und stieß mit den besten Tropfen an, die der Weinkeller des Königs zu bieten hatte. Bald fand die nächste Ratssitzung statt und Nasja fragte sich, ob diese Dinge offen zur Sprache kommen oder ob Toto sie unter den Teppich kehren würde. Wie würde Nemos reagieren, wenn er feststellte, dass sein engster Vertrauter seine Erwartungen nicht erfüllte?

Würde er es verschweigen oder würde er es schönreden? Hoffentlich hatte sich Auris bis zur nächsten Ratssitzung wieder gefangen. Er war der Letzte, der es wagte, Nemos die Stirn zu bieten. Doch ob Auris überhaupt wieder kommen würde? Nasja hegte daran ernste Zweifel. Sie hatte nichts mehr von ihm gehört. Weder im Schloss noch im Tempel hatte sie ihn angetroffen. Dabei kam er sonst regelmäßig in den Tempel, um nach dem Rechten zu sehen und ein paar Worte mit Nasja und den jungen Priestern zu wechseln. Doch seit der Ratssitzung schien er wie vom Erdboden verschluckt zu sein.

Nach den Ereignissen der letzten Zeit konnte Nasja gut verstehen, dass er keine Kraft mehr hatte, um weiter für Recht und Anstand zu kämpfen. Er hatte seinen Enkelsohn verloren und diesen Verlust würde er nicht so leicht überwinden. Auch Nasja konnte das nicht. Noch immer war Artem ständig in ihren Gedanken. Während Nemos und Toto darüber diskutierten, in welchem Klub sie weiterfeiern wollten, um den schönen Abend noch zu verlängern, versank Nasja in ihren Träumen, in denen sie neben Artem durch die Weite ritt und endlich frei war.

KAPITEL 13

Mit jedem Tag verblassten die Spuren auf Nasjas Gesicht immer mehr. Doch die Spuren, die die Gewalt in Nasjas Seele hinterlassen hatten, verschwanden nicht. Jedes Mal, wenn Nasja Nemos traf, stiegen die Erinnerungen an die letzte Ratssitzung wieder in ihr auf. Sie wollten einfach nicht verschwinden, so sehr sich Nasja auch Mühe gab, sie aus ihren Gedanken zu verbannen und nach vorn zu sehen.

Nur wenn sie in der Suppenküche war und sah, wie der Tempel nach und nach in Ordnung gebracht wurde und die Spenden immer reichlicher ankamen, vergaß sie alles um sich herum. Es ging vorwärts. Sie hatte etwas erreicht und das machte sie stolz. Sie war ganz bei ihrer Arbeit und bei den Menschen und ihren Sorgen. So oft sie konnte, spitzte sie die Ohren und hörte ganz genau hin, wenn die Leute über Neuigkeiten redeten, und das taten sie bei jeder Gelegenheit. Sie sprachen über die rauschenden Feste, die in den Klubs der Stadt gefeiert wurden, über Nemos' ausschweifenden Lebensstil, über Frederikas ungewöhnliche Kleider, die immer teurer und auffälliger wurden.

Und sie sprachen darüber, ob der König seine Leute wirklich im Griff hatte. Die Gerüchte über Toto nahmen dabei mit jedem Tag mehr zu. Die Leute sprachen darüber, wie er sich bei seiner täglichen Arbeit anstellte und wie er die Kaserne führte. Mit jeder Geschichte schälte sich die Erkenntnis weiter heraus, dass sich Toto immer mehr zum Gespött des Heeres machte. Er kam selten vor Mittag in der Kaserne an. Von der Verpflegung der Truppen und der ganzen Logistik, die nötig war, um das Heer zu einer bestimmten Zeit an einen bestimmten Ort zu bringen, schien er absolut keine Ahnung zu haben. Dementsprechend schleppend ging der Abzug der Männer von der Grenze zum Land der Trolle vonstatten.

Ein Teil der Männer war bereits an der Grenze zum Land der Zentauren angekommen und wartete in der Nähe von Frenzenstetten auf neue Befehle. Ein anderer Teil war noch unterwegs und noch immer gab es besetzte Grenzstationen, weil nicht genug Pferde oder Karren da waren, um die Männer und ihre Ausrüstung an einen anderen Standort zu verlegen. Das winterliche Wetter und der starke Schneefall der letzten Zeit machten die Sache auch nicht leichter.

Doch nicht nur Toto und die starken Schneestürme waren an dem langsamen Vorankommen schuld. Aus den Gesprächen der Menschen hörte Nasja heraus, dass es dafür auch einen ganz anderen Grund gab. Die Männer machten es Toto nicht leicht. Sie hatten Artem geschätzt und ihn als einen der Ihren respektiert. Dass Nemos ihn nicht aus der Gefangenschaft befreien konnte und ihnen stattdessen Toto vorgesetzt hatte, hatte für Unmut gesorgt.

Doch Nemos schien von alldem nichts mitzubekommen. Jeden Abend saß er mit Toto und Frederika im Goldenen Salon und sie speisten und tranken bei allerbester Laune. Alles lief wieder seinen geregelten Gang. Am nächsten Sonntag besuchten sie gemeinsam die Predigt von Bruder Pentos, die Woche für Woche mehr an Pathos und Dramatik gewann. Der Schwerpunkt seiner Vorträge lag zunehmend auf den Strafen, die die Menschen von Galadon treffen würden, wenn sie sich nicht an die Regeln hielten, die Samara ihnen auferlegt hatte.

Nasja hielt es kaum noch aus, sich diesen Unsinn anzuhören. Das lag vor allem daran, dass sie in der Suppenküche einen entlassenen Bediensteten aus einem der Herrenklubs der Stadt angetroffen hatte. Er erzählte gern davon, dass Bruder Pentos regelmäßig die abendlichen Zusammenkünfte von Toto und Nemos besuchte und reichlich dem Wein zusprach, den die beiden dort in großen Mengen genossen.

Am liebsten wäre Nasja mitten im Tempel aufgesprungen und hätte gerufen, dass alles nur eine große Lüge war. Doch die Spuren ihrer letzten Konfrontation mit Nemos waren noch nicht verblasst. Es fiel ihr schwer, ruhig zu bleiben und das alles schweigend zu ertragen. Doch sie konnte sich nicht dagegen auflehnen. Wenn sie es tat, würde Nemos sie bestrafen und dann konnte sie niemandem mehr helfen.

Also blieb Nasja ruhig, lächelte freundlich und huldvoll, wie man es von einer Königin erwartete, und stieg so wie jeden Sonntag erleichtert zu Finnie in die Kutsche, als die Predigt endlich vorüber war.

Finnie starrte wie so oft trübsinnig aus dem Fenster. Sie hatte Nemos immer noch nicht verziehen. Dem abendlichen Essen blieb sie nach wie vor fern. Doch dass sie nicht zu den Predigten erschien, hatte Nemos nicht gestattet. Er hatte Finnie von seinem Wachschutz abholen und in die Kutsche setzen lassen, als sie freiwillig nicht gekommen war.

Nasja ließ sich neben Finnie auf den Sitz sinken. Sie beobachtete Nemos, der draußen vor der Kutsche stand und noch ein paar Worte mit Bruder Pentos wechselte. Die beiden waren von seinen Wachleuten umgeben, die argwöhnisch die Umgebung musterten. Nasja wollte etwas zu Finnie sagen, um sie zu trösten und ihr Mut zuzusprechen. Doch ihr fiel einfach nichts ein, was nicht eine Lüge gewesen wäre. Also griff sie einfach nur nach Finnies Hand und drückte sie fest.

„Ich bin für dich da“, murmelte Nasja, wie sie es schon einige Male getan hatte.

Finnie presste die Lippen aufeinander und nickte. Dann wandte sie sich zu Nasja um und sah sie direkt an. „Ich will Schloss Schwanenberg verlassen“, sagte sie leise. „Mein Vater ist tot, Bonja ist fort und meinen Bruder erkenne ich kaum noch wieder. Ich bin auf Schloss Schwanenberg aufgewachsen. Es war immer mein Zuhause, aber so fühlt es sich nicht mehr an. Ich will zu meiner Mutter und ihrem neuen Mann ziehen.“ Finnie schluckte. „Ich weiß, dass ich dich alleinlasse, aber ich halte es einfach nicht mehr aus. Ich will weg.“ Finnie traten Tränen in die Augen, als sie Nasja bedauernd ansah.

Alles Fröhliche war aus ihren Zügen gewichen. Nasja erschrak. Finnie war immer so unbedarft und glücklich gewesen. In ihren Augen lag ein Ernst, den Nasja noch nie gesehen hatte. Die kindliche Unschuld war fort. Sie wirkte abgeklärt und das machte Nasja Angst.

Nasja zwang sich zu einem Lächeln. „Du musst dir um mich keine Sorgen machen. Ich bin groß und komme zurecht. Geh zu deiner Mutter, das ist die richtige Entscheidung. Bei ihr wirst du glücklich sein. Ich weiß doch, wie gern du die Pferde auf dem Hof mochtest.“

„Ja, die Pferde.“ Um Finnies Lippen zuckte die Andeutung eines Lächelns, während sie nachdenklich aus dem Wagen sah.

„Brauchst du Hilfe für deine Abreise?“ Nasja formulierte die Frage vorsichtig.

Das Lächeln wich von Finnies Zügen so schnell, wie es gekommen war. „Ich weiß nicht, ob Nemos mich einfach so gehen lässt.“ Ihre Stimme zitterte.

Nasja nickte bedächtig. Finnies Bedenken waren nicht unberechtigt. „Das weiß ich auch nicht so genau, aber du musst doch nicht in Goros bleiben, wenn du nicht willst. Oder hat dir Nemos jemals verboten, zu deiner Mutter zu fahren?“

Finnie schüttelte den Kopf. „Nein, ich habe es einfach

immer getan, wenn ich sie sehen wollte. Eigentlich war es Nemos immer egal. Wenn ich gesagt habe, dass ich meine Mutter besuche, hat er einfach nur genickt und mir viel Spaß gewünscht. Aber jetzt ist plötzlich alles so anders. Nach der Sache mit Bonja weiß ich nicht, was er noch tun wird. Ich habe Angst, dass er mich nicht gehen lässt, wenn ich ihn darum bitte.“

„Ich helfe dir, wenn du möchtest“, sagte Nasja mit einem Lächeln. „Ich kümmere mich darum, dass morgen früh eine Kutsche für dich bereitsteht und dich zu deiner Mutter bringt. Du packst heute Abend deine Sachen und dann geht es gleich morgen früh los. Am besten noch vor dem Sonnenaufgang. Was hältst du davon?“

„Das wäre schön.“ Finnie nickte und die Erleichterung in ihren Augen war deutlich zu sehen.

In diesem Moment setzte sich die Kutsche in Bewegung und Nasja zuckte zusammen. Doch sie fing sich schnell wieder. Sie musste Finnie helfen, von Schloss Schwanenberg zu verschwinden. Jeder Tag, den sie länger hierblieb, war ein Tag zu viel. Wenn Nemos sie genauso wie Bonja für seine politischen Ränkespiele einsetzen würde, würde sie völlig daran kaputtgehen. Nasja hatte weder Artem noch Bonja retten können, vielleicht vermochte sie es wenigstens bei Finnie. Es musste einfach gelingen.

Während Nasja Finnie in ihre Arme schloss und ihr zumurmelte, dass alles gut werden würde, überschlugen sich ihre Gedanken. Es gab nur einen Weg. Sie musste diese Aufgabe ihren engsten Vertrauten übergeben. Aros und Celistra mussten Finnie von hier wegbringen und sie mussten auch noch eine Weile bei ihr bleiben. Zumindest so lange, bis Nasja wusste, wie Nemos auf Finnies Verschwinden reagieren würde. Notfalls mussten sie mit ihr ins Land der Nymphen fliehen, um sie aus Nemos‘ Einflussgebiet herauszuschaffen.

„Zu keinem ein Wort“, sagte Nasja ernst, als sie auf

Schloss Schwanenberg angekommen waren. „Geh in dein Zimmer, wie du es immer tust, und warte auf meine Anweisungen. Verstanden?“ Nasja lächelte Finnie an.

Ihre Augen strahlten und Nasja sah, dass in ihr noch immer das glückliche Mädchen steckte, das sie immer gewesen war. Finnie nickte. Dann setzte sie eine ernste Miene auf und stieg aus der Kutsche. Nasja folgte ihr langsam. Sie sah Finnie nach, wie sie mit flinken Schritten die Treppe hinauflief und im Schloss verschwand. Dann holte sie tief Luft und ging ebenfalls die Treppen hinauf. Wie so oft, wenn sie diesen Weg ging, wanderten ihre Gedanken zurück zu dem Tag ihrer Hochzeit, als sie die Treppen schüchtern und ganz unbedarft hinaufgestiegen war. Damals hatte sie so viel Hoffnung gehabt. Sie hatte sich gewünscht, geliebt zu werden. Sie hatte sich Sorgen gemacht, ob ihr zukünftiger Mann sie wenigstens mögen würde. Sie wäre niemals auf die Idee gekommen, dass sie so viel Hass erwarten könnte.

So viel war seitdem geschehen. Sie war so naiv gewesen. Hätte sie geahnt, was sie jetzt wusste, wäre sie vermutlich auf der Treppe umgekehrt und davongelaufen, so lange sie es noch gekonnt hätte. Nein! Nasja schüttelte den Kopf. Es brachte nichts, sich solchen Gedanken hinzugeben. Sie konnte die Vergangenheit nicht mehr ändern. Allein die Zukunft konnte sie noch bestimmen und das würde sie tun, so weit es in ihrer Macht stand.

Nasja bog sofort zu ihrer Suite ab. Sie hörte, wie Nemos, Toto und Frederika in den großen Saal gingen und über den Frühjahrsball sprachen, den sie bald veranstalten wollten. Der Winter ging zu Ende und wenn die Schneeschmelze begann und die Sonne immer mehr an Kraft gewann, wollten sie in das Frühjahr tanzen. So zumindest hatte es Frederika beim letzten Abendessen formuliert und ausgiebig über das neue Kleid gesprochen, das sie sich zu diesem Anlass schneidern lassen wollte.

Als Nasja endlich weit genug von Nemos und den anderen entfernt war, lief sie schneller. Endlich kam sie bei ihrer Suite an. Sie traf Celistra bei ihrem Kleiderschrank an. Mit zwei jungen Mädchen, die die dunkle Kleidung der Bediensteten trugen, ging sie gerade Nasjas Kleiderschrank durch, um nachzusehen, ob sie genügend Ausstattung für den Frühling hatte oder ob es nötig war, Hüte, Jacken oder Mäntel zu besorgen.

„Nasja." Celistra lächelte ihr freudig zu und zog ein weit ausladendes, grünes Kleid hervor. „Was denkst du? Passt das nicht perfekt für den Frühling? Du brauchst nur noch ein paar passende Accessoires dazu."

Nasja wusste, was sie auf diese Art von Kommentaren zu antworten hatte, wenn andere Bedienstete anwesend waren. Sie wusste aber auch, dass sich oben auf dem Dachboden ein riesiges Lager an Kleidern und allen nur denkbaren Hüten, Handschuhen und Täschchen befand und sie sicher dort oben etwas finden würde, was zu diesem Kleid passte.

„Ich brauche unbedingt einen neuen Hut und passende Handschuhe", sagte Nasja in dem Tonfall, den sie sich bei Frederika abgehört hatte. Dann wandte sie sich an eines der Mädchen. „Bestelle den Hutmacher für nächste Woche." Dann sah sie die andere an. „Und du bestellst mir einen Schneider, der mir neue Handschuhe machen kann. Er soll auch nächste Woche kommen."

Die beiden Mädchen nickten und machten sich sofort auf den Weg, um Nasjas Befehle auszuführen.

„Du wirst immer besser", sagte Celistra anerkennend und räumte die letzten Kleidungsstücke zurück in den Schrank.

„Ich versuche, den Schein zu wahren." Nasja seufzte. „Du weißt, wie sehr ich diese Verschwendung hasse." Nasja zog sich ein paar Klemmen aus der Frisur und ließ ihre langen, blonden Haare über ihren Rücken fallen.

„Wie war die Predigt im Tempel?“ Celistra trat zu Nasja und half ihr, ihr Haar zu kämmen.

„Schrecklich wie immer“, sagte Nasja und wandte sich Celistra zu. „Aber das ist nicht so wichtig. Ich habe etwas vor.“ Dann erzählte sie ihr von Finnies Wunsch, Schloss Schwanenberg zu verlassen, und Nasjas Angebot, alles in die Wege zu leiten, damit Finnie ohne Probleme fahren könnte. „Und deswegen dachte ich, dass es das Beste ist, wenn du und Aros Finnie begleitet und so lange bei ihr bleibt, bis wir sicher sein können, dass ihr nichts geschehen wird“, schloss Nasja ihre Erzählung ab, während sie sich zu Celistra umdrehte.

„Und falls Nemos Soldaten hinter ihr herschickt?“ Celistra runzelte die Stirn.

„Dann müsstet ihr notfalls mit ihr fliehen“, sagte Nasja entschlossen. „Ich kann nicht zulassen, dass Nemos noch eine Existenz zerstört. Er hat Artems Leben auf dem Gewissen und auch Bonjas Schicksal. Ich kann nicht dabei zusehen, wie er auch noch Finnie bricht.“

Celistra holte tief Luft. „Das verstehe ich alles“, sagte sie leise. „Aber ich lasse dich hier nicht gern allein.“ Die Sorge in ihrer Stimme ließ Nasja einen Schauer über den Rücken laufen.

„Es ist nur für eine kurze Zeit“, sagte Nasja sofort. „Außerdem wird mir nichts geschehen. Nemos ignoriert mich und ich werde alles dafür tun, dass das auch so bleibt. Ich verspreche, dass ich nichts tun werde, was mich in Gefahr bringt, solange du und Aros nicht da seid. Er ist im Moment ohnehin so mit den Vorbereitungen für seinen Frühlingsball beschäftigt, dass er gar nicht auf mich achtet.“

Celistra hob ihre Augenbrauen und seufzte erneut.

„Bitte“, sagte Nasja flehend. „Rette die Kleine, bevor Nemos sie auch noch seinen Interessen opfert. Wer weiß, auf welche Ideen er noch kommt. Nicht, dass er sie noch an einen Zentauren verheiratet.“ Die Verzweiflung in Nasjas Stimme gewann die Oberhand.

Celistra erstarrte. „Also gut“, sagte sie schließlich zögernd. „Ich kümmere mich um alles. Mach dir keine Sorgen.“ Celistra zog Nasja in ihre Arme und drückte sie fest an sich. „Versprich mir, gut auf dich aufzupassen, solange wir nicht da sind.“

„Ich verspreche es dir“, murmelte Nasja. „Ich kann dir nicht genug danken.“

Celistra entließ Nasja aus ihrer Umarmung. „Also gut, ich mache mich gleich auf den Weg. Ich spreche mit Aros und bereite alles vor. Die Nacht werde ich bei Finnie verbringen, damit wir gleich im Morgengrauen aufbrechen können.“

Nasja nickte. Es fiel ihr schwer, Celistra und Aros gehen zu lassen. Die beiden waren die letzten Vertrauten, die sie auf Schloss Schwanenberg hatte. Doch es war nötig, um Finnie zu retten. Nasja riss sich zusammen und gab der Traurigkeit keinen Platz in ihrem Herz. Sie lächelte Celistra zu und wünschte ihr viel Glück.

Doch Celistra wandte sich noch nicht zum Gehen. Stattdessen griff sie in ihre Rocktasche und zog einen Umschlag heraus. Sie sah ihn einen Moment nachdenklich an und reichte ihn dann Nasja.

„Das ist ein Brief von deinem Vater. Aros hat ihn mir vorhin gebracht.“ Celistra klang ernst.

Nasjas Augen weiteten sich, als sie den Brief sah. So lange hatte sie auf Nachricht von ihrem Vater gewartet und jetzt sah sie endlich die vertraute Schrift auf dem Briefumschlag vor sich. Er war am Leben. Es ging ihm gut. Zumindest gut genug, um einen Brief zu verfassen.

„Danke.“ Nasja griff nach dem Briefumschlag.

„Egal was in dem Brief steht, wir sind für dich da“, sagte Celistra ernst. „Ich muss los.“ Sie lächelte Nasja noch einmal zu und verließ dann die Suite.

Nasja sah ihr nachdenklich hinterher, während sie den Brief in den Fingern wog. Celistra hatte nicht wissen wollen, was darin stand. Nasja konnte es gut verstehen. Egal was ihr Vater ihr geschrieben hatte, es würde viel ändern. Entweder bot er Nasja an, sie zu retten, und riskierte damit einen Krieg mit den Menschen oder er gab Nasja auf und sie war vollends verloren.

Nasja spürte Unruhe in sich aufwallen. Sie wollte den Brief sofort öffnen und gleichzeitig wollte sie nicht wissen, was darin stand. Schnell zog sie sich eine Jacke über und ging in den Garten hinaus. Sie tat das, was sie immer tat, wenn die Unruhe sie zu übermannen drohte. Sie ging hinaus in die Natur und fand dort den Frieden und die Kraft, die sie brauchte.

Der Wind rauschte leise in den kahlen Bäumen. Es war ein kalter und wolkenverhangener Tag und dennoch spürte Nasja Leben um sich herum. Die Käfer hielten unter den dicken Borken der Bäume Winterschlaf, die Schwäne zogen in dem nicht zugefrorenen Teil des Sees ihre Kreise. Über ihr flogen ein paar Amseln und Meisen vorbei und in den Büschen spürte sie den langsamen Herzschlag der schlafenden Igel, die sich tief unter Blättern und Ästen versteckt hatten. Nasja schloss die Augen und holte tief Luft. Es dauerte eine Weile, bis sie sich ruhig genug fühlte, die Worte ihres Vaters zu lesen. Doch schließlich war sie so weit. Langsam löste sie das Siegel und faltete den Brief auseinander. Dann atmete sie noch einmal tief durch und vertiefte sich in die Zeilen, die er ihr geschrieben hatte.

KAPITEL 14

Entschuldige meine verspätete Antwort. Ich habe lange über deinen Brief nachdenken müssen. Du kannst dir denken, dass es für mich nicht einfach ist, zu entscheiden, wie ich in diesem Falle verfahren soll. So viele Dinge müssen beachtet werden. Ich bin König der Nymphen und habe die Pflicht, zum Wohle meines Volkes zu entscheiden.

Aber ich bin natürlich auch dein Vater und muss dein Wohlergehen als meine Tochter im Auge behalten.

Ich weiß jetzt, dass ich dir eine schwere Last auferlegt habe, als ich mit König Kreotis vereinbart habe, dich mit Nemos zu verheiraten. Ich habe das Wohlergehen unseres Volkes über dein Glück gestellt. Damals war mir nicht klar gewesen, dass es so ein Opfer werden würde, das ich von dir fordern müsste.

Nemos war ein netter Junge und Galadon ist ein wunderschönes Land. Ich bin davon ausgegangen, dass Kreotis uralt wird und du und Nemos viel Zeit haben werdet, um euch kennenzulernen und euch mit dem Leben als König und Königin anzufreunden.

Kreotis' zeitiger Tod hat viele Pläne zunichte gemacht, auch die meinen.

Du hast mir von den Geschehnissen am Hofe geschrieben, von den Zentauren und den Trollen. Ich beobachte die Lage in unseren Nachbarländern sehr genau. Mittlerweile habe ich auch erfahren, dass Artem bei den Trollen in Gefangenschaft geraten ist. Die Trolle lassen ihre Gefangenen nicht gehen. Was für ein Verlust. Er war ein hervorragender Heerführer, der beste, den sich Nemos an seine Seite wünschen konnte.

Ich kann mir nicht vorstellen, dass er ihn jemals ersetzen kann. Artem war ein außergewöhnlich guter Kämpfer und dennoch hervor-

ragend in Strategie und Organisation. Er war Auris ein würdiger Nachfolger. Für Caladon sind das keine guten Nachrichten.

Ich habe auch vernommen, dass dir Nemos noch immer nicht der Ehemann ist, den ich mir für dich gewünscht habe. Nicht nur einmal habe ich mit dem Gedanken gespielt, nach Caladon aufzubrechen und dich wieder zurück ins Land der Nymphen zu holen.

Doch nun habe ich diesen Brief geschrieben und du ahnst schon, dass ich nicht kommen kann. Es steht zu viel auf dem Spiel.

Wir befinden uns im kritischen Moment der Bauarbeiten. Die Reste der maroden Stützmauern am Pass sind abgetragen und die neuen Mauern werden bereits erbaut. Doch es wird noch einige Zeit dauern, bis sie hoch genug sind, um uns wieder Schutz zu gewähren. Du kennst den Pass. Es geht hier um eine beträchtliche Länge.

Im Moment ist unser Volk verletzlich. Wenn die Zentauren über den Pass in unser Land eindringen, dann riskieren wir, dass alles wieder so wird wie vor zehn Jahren. Du erinnerst dich sicher noch an den Angriff, den wir nur unter vielen Opfern und unter Aufbietung all unserer Kräfte abwehren konnten.

So sehr es mich grämt, dich in Gefahr zu wissen, kann ich im Moment nichts tun, um dir zu helfen. Ich bin auf die Hilfe der Männer Caladons angewiesen. Wenn sie uns jetzt verlassen, können wir den Pass auf seiner ganzen Länge nicht mehr verteidigen. Die Gefahr, dass die Zentauren unsere Schwäche nutzen und in unser Land einfallen, ist zu groß. Das Leben unseres Volkes hängt davon ab, ob wir die nächsten Wochen sicher überstehen.

Daher kann ich dich nur bitten, dich in Geduld zu üben und dein Bestes zu geben, um selbst für deinen Schutz zu sorgen. Aros und Celistra sind dir treu ergeben. Sie werden nicht von deiner Seite weichen.

Du tust all das, um dein Volk zu schützen. Ohne die militärische Hilfe Caladons riskieren wir das Leben der Nymphen.

Denke an dein Volk. Sie vertrauen auf dich. Bleibe stark.

Ich melde mich bald wieder bei dir.

Nasja ließ den Brief sinken. Sie sah auf, faltete den

Brief zusammen und steckte ihn in ihre Rocktasche. Dann lief sie einfach los, unfähig, einen klaren Gedanken zu fassen.

Sie ging lange über die verschneiten Wege des Schlossgartens und drehte eine Runde nach der anderen. Ihre Gedanken und Gefühle waren ein einziges Durcheinander. Sie hatte die Sorge in den Worten ihres Vaters genau gespürt.

Dennoch war sie enttäuscht. Sie spürte, dass sie tief in sich drin die Hoffnung gehegt hatte, dass er kommen und ihr helfen würde.

Die Enttäuschung grub sich tief in Nasjas Brust. Die Einsamkeit umzingelte sie. Nun hatte sie auch noch Celistra und Aros fortgeschickt. Sie konnte auf niemanden mehr zählen.

Nasja wehrte sich dagegen, dass sie die Hoffnungslosigkeit in einen schwarzen Strudel zog. Sie lief Runde um Runde, als ob sie dadurch ihrem Schicksal entkommen konnte.

Erst als es dunkel war, kehrte sie in ihre verlassene Suite zurück. Die Räume waren leer. Nasja musste schlucken. Celistra war immer bei ihr gewesen. Seit sie nach Goros gezogen waren, hatten sie beinahe jeden Tag miteinander verbracht.

Nasja warf einen Blick auf die Uhr. Bis zum Abendessen blieb ihr nicht mehr viel Zeit und wenn sie Finnie zuliebe nicht riskieren wollte, dass Nemos etwas komisch vorkam, musste sie dort erscheinen.

Sie steckte ihre Haare wieder hoch und trug ein wenig Puder auf. Dann begab sie sich in den Goldenen Salon. Alles musste so ablaufen wie immer.

Nasja durfte nicht einmal den Anschein erwecken, dass heute irgendetwas anders war.

„Guten Abend." Sie betrat den Salon und grüßte in die Runde.

So wie immer reagierten weder Nemos noch Toto und Frederika auf sie. Doch heute waren die drei nicht allein.

Freiherr von Lotringen war bei ihnen. Er erhob sich und verbeugte sich vor Nasja, wie es sich gegenüber einer Dame geziemte. „Guten Abend, meine Königin. Es ist mir eine Freude, Euch wiederzusehen." Er hob den Kopf und musterte sie. Dabei blieb sein Blick an ihrem Gesicht hängen. Er sah die verblassenden Reste des blauen Auges und schluckte.

„Guten Abend, Freiherr von Lotringen", erwiderte Nasja schnell, um die unangenehme Pause nicht allzu sehr in die Länge zu ziehen. „Ich freue mich ebenfalls, Euch wiederzusehen." Nasja nickte ihm höflich zu und nahm dann auf ihrem Stuhl Platz.

Nemos räusperte sich ungeduldig. Es gefiel ihm nicht, dass Nasja das Gespräch unterbrochen hatte.

Freiherr von Lotringen ließ sich wieder auf seinen Platz sinken. Doch sein Blick verharrte noch eine Weile auf Nasjas Gesicht, bevor er sich umdrehte und sich wieder Nemos zuwandte. Man brauchte nicht viel Fantasie, um zu wissen, was er dachte, als er kurz den Kopf schüttelte und Nemos mit einem vorwurfsvollen Blick bedachte.

„Gibt es Probleme?", fragte Freiherr von Lotringen besorgt.

Aus den Augenwinkeln sah Nasja, wie Nemos' Augen blitzten. Das blasse Blau wurde eiskalt. „Es ist alles in bester Ordnung", sagte er scharf. „Es tut mir leid, dass die Nymphe uns bei unserem Gespräch stört."

„Eure Frau stört keineswegs", erwiderte Freiherr von Lotringen. „Wir können gern weitersprechen. Also, wie ich schon sagte, die Steuereinnahmen sinken Monat für Monat, da immer mehr Menschen die Steuern einfach nicht zahlen können. Wie Ihr angeordnet habt, lassen meine Männer keine Ausrede gelten und suchen notfalls selbst in den Unterkünften nach versteckten Münzen. Es hat natürlich Folgen, wenn wir den Armen auch noch ihr letztes Geld nehmen. Die Anzahl der Menschen, die ihr Dach über dem Kopf verliert, wird immer größer. Die Armut greift um sich und wenn sich die Entwicklung in diesem Tempo fortsetzt, reichen bald die eingetriebenen Steuern nicht mehr aus, um den Kredit der Trolle jemals zurückzahlen zu können. Hier in der Stadt wird das Elend noch in Schach gehalten. Es gibt viele vermögende Bürger, die Bruder Pentos unterstützen, aber draußen auf dem Land greift die Armut immer schlimmer um sich. Die Menschen dort haben nichts mehr zu essen und sterben jämmerlich an Kälte und Hunger." Freiherr von Lotringen räusperte sich.

Nasja hatte mit weit aufgerissenen Augen zugehört. Sie hatte keine Ahnung gehabt, wie schlimm die Lage war.

Es zuckte in ihren Fingern und sie wäre gern aufgestanden und hätte Nemos aufgefordert, endlich etwas zu tun und die Regeln für die Besteuerung zu ändern.

Die Stadt war reich, es gab genug Geld. Man musste die Geldflüsse nur etwas geschickter lenken und steuern.

Doch was geschah, wenn Nasja etwas von Nemos forderte, das wusste sie bereits.

Daher blieb sie ruhig auf ihrem Platz sitzen und sah scheinbar gelangweilt ihr Besteck an, während die Bediensteten den ersten Gang auftrugen.

Dieses Mal hatte Nemos wohl vergessen, anlässlich des Besuchs von Freiherr von Lotringen etwas Bescheidenes zu ordern. Die Bediensteten servierten Hummercreme auf einem Salatbett und dazu gab es Kaviar und knuspriges Baguette.

Freiherr von Lotringen musterte den Teller, den die Bedienstete vor ihm abgestellt hatte, mit skeptischer Miene. Seine letzten Worte klangen noch im Raum nach.

Freiherr von Lotringen räusperte sich, dann runzelte er die Stirn und wandte sich Nemos zu. „Es wäre doch nicht nötig gewesen, so ein Festmahl für unser Treffen kochen zu lassen. Ihr wisst doch sicher, dass ich eher für die Bescheidenheit plädiere, die unser edler Bruder Pentos jeden Sonntag von seiner Kanzel aus verkündet."

„Ja, also …" Nemos rang einen Moment lang um Worte. „Ich sagte ja schon, wie sehr ich Euch und Eure Arbeit schätze und da ich Euch sonst keine Freude machen darf, dachte ich, dass ich meine Wertschätzung wenigstens mit einem guten Essen zeigen kann."

Hatte Nemos gerade angedeutet, dass er versucht hatte, Freiherr von Lotringen großzügige Geschenke anzubieten?

Das hieß doch nichts anderes, als dass er ihn bestechen wollte.

Doch der ehrwürdige Mann hatte sich als unantastbar erwiesen.

Es war gut zu wissen, dass sich nicht jeder von Nemos beeinflussen ließ. Es gab diese wenigen charakterstarken Menschen, zu denen auch Auris zählte, die wussten, was richtig und falsch war.

Nasja lächelte in sich hinein, während sie nach ihrem Besteck griff und zu essen begann. Sie versuchte den Eindruck zu vermitteln, dass sie das Gerede über die Finanzen langweilte.

Doch in Wahrheit schmeckte sie kaum etwas von dem guten Essen, weil sie so auf das Gespräch der beiden konzentriert war und darauf hoffte, weitere Neuigkeiten zu erfahren.

Doch erst beim Hauptgang, zu dem gebratene Ente serviert wurde, wanderte das Gespräch von allgemeinen Banalitäten zurück zu den Finanzen des Landes.

„Ich möchte noch ein paar Bemerkungen zu dem Thema machen, wegen dem wir heute zum Essen zusammengekommen sind", sagte Freiherr von Lotringen und schob den Teller beiseite, den er kaum angerührt hatte.

„Das können wir auch gern später bei einem Glas Wein

besprechen“, bot Nemos höflich an. Da das Gespräch nicht nach seinen Vorstellungen lief, schien er es lieber ohne Zuhörer fortführen zu wollen.

Freiherr von Lotringen sah Nemos erneut mit gerunzelter Stirn an. „Es tut mir leid, mein König, aber ich trinke keinen Alkohol. Ich kann auch leider nicht lange bleiben, denn ich habe heute noch einiges an Arbeit zu bewältigen. Ich möchte nur noch ein paar wichtige Dinge ansprechen, über die Ihr Bescheid wissen solltet. Vor allem geht es hier um die Planungen für das laufende Wirtschaftsjahr. Wir sind gerade erst in das neue Jahr gestartet, aber wir können die Planungen so nicht aufrechterhalten. Die Einnahmen sinken immer weiter und wir sind mit dem Staatshaushalt bereits jetzt in eine Schieflage geraten. So können wir natürlich nicht weitermachen, denn sonst sind wir bereits in wenigen Wochen zahlungsunfähig. Da im Moment nicht absehbar ist, dass wir zusätzliches Geld einnehmen werden, um das Defizit ausgleichen zu können, müssen wir die Ausgaben senken. Wir können nur Geld ausgeben, das wir auch besitzen. Ich bitte Euch also, meine Vorschläge zu prüfen.“ Freiherr von Lotringen beugte sich nach vorn und tippte auf einen Stapel Papier, der zwischen ihm und Nemos lag. „Ich habe etliche Posten aufgeführt, bei denen ich ausreichend Einsparpotenzial sehe, um diese Differenz schnell aus der Welt zu schaffen und unseren Haushalt wieder ins Gleichgewicht zu bringen.“

Nemos musterte Freiherr von Lotringen über sein Weinglas hinweg mit missmutiger Miene.

Nasja holte nur kurz Luft, doch sie spürte schon deutlich die Wut, die Nemos umgab wie eine dunkle Wolke. Doch er riss sich zusammen und ließ sich nicht viel davon anmerken. Nur am Blitzen seiner Augen sah man, dass er mit den Anweisungen des Finanzbeamten nicht zufrieden war.

Doch Freiherr von Lotringen schien das nicht zu bemerken oder es war ihm einfach egal. Unbeirrt fuhr er in seinem Vortrag fort, während die Bediensteten die Teller des Hauptgangs abtrugen. „Falls Ihr meinen Vorschlägen nicht zustimmen könnt und Ihr auch keine andere Möglichkeit findet, um Einsparungen vorzunehmen, müsst Ihr über die Konsequenzen Bescheid wissen. Ich möchte das an einem Beispiel veranschaulichen. Wenn wir den Soldaten ihren Sold nicht mehr zahlen können, werden sie nicht mehr für uns kämpfen und wenn die Lieferanten für die Schlossküche nicht mehr bezahlt werden, werden sie keine Lebensmittel mehr liefern." Freiherr von Lotringen warf den Bediensteten einen schnellen Blick zu, die hereingekommen waren, um das Dessert zu servieren.

„Ich weiß, was das bedeutet", fauchte Nemos unwirsch.

„Dann sind wir uns ja einig." Freiherr von Lotringen lehnte den Teller mit dem Tortenstück ab, den die Bedienstete gerade vor ihm abstellen wollte. Dann sah er Nemos mit kühlem Blick an. „Falls Ihr gerade darüber nachdenkt, einen anderen Finanzbeamten an meine Stelle zu setzen, weil Ihr darauf hofft, dass er ein anderes Ergebnis ausrechnet als ich, dann muss ich Euch leider enttäuschen. Menschen lassen sich vielleicht von Politik beeinflussen, aber Zahlen tun das nicht. Es bleibt beim selben Ergebnis. Die Einnahmen sinken und die Ausgaben steigen schon seit einer Weile so stark an, dass wir sie bald nicht mehr bezahlen können. Wir müssen Einsparungen vornehmen, sonst kommt es zu spürbaren Beeinträchtigungen in Eurer Lebensqualität. Ein anderer Finanzbeamter kommt zum selben Ergebnis wie ich, es sei denn, er belügt Euch, und ich bin mir sicher, dass Ihr das nicht wollt."

Nemos saß wie erstarrt vor seinem Dessert. Er wirkte ertappt und zugleich verärgert. Die Welle der Wut pulsierte immer stärker um ihn herum wie ein unsichtbarer Nebel.

Nasja war schon einmal dabei gewesen, als seine Wut explodiert war.

Ihre Finger zitterten, als sie ihre Kuchengabel in die Torte sinken ließ. Sie führte die Gabel zum Mund. Doch sie schmeckte nichts.

Sie fühlte nur die Angst bitter auf ihren Lippen. Am liebsten wäre sie aufgesprungen und davongerannt. Doch das durfte sie nicht.

Sie war die Königin von Galadon und es gab eine Menge Regeln, an die sie sich halten musste.

Freiherr von Lotringen musste das nicht. Er stand auf und verneigte sich vor Nemos. „Ich will Euch nicht weiter aufhalten, Euer Majestät. Ich danke Euch dafür, dass Ihr mich empfangen habt. Wenn Ihr Fragen habt, wisst Ihr ja, wo Ihr mich findet." Freiherr von Lotringen schob seinen Stuhl an den Tisch und verneigte sich noch einmal vor Nasja. „Auf Wiedersehen, meine Königin. Es war mir eine Freude, Euch wiederzusehen."

„Die Freude war ganz auf meiner Seite", murmelte Nasja.

Dann verließ Freiherr von Lotringen den Goldenen Salon. Einen Moment lang herrschte absolute Stille. Nemos starrte dem Finanzbeamten schweigend hinterher. Seine Wut war noch immer nicht verblasst. Es war Frederika, die die Stille als Erste unterbrach. Bisher hatte sie dem Gespräch schweigend zugehört.

„Heißt das, wir müssen den Frühlingsball ausfallen lassen?" Sie sah Nemos besorgt an. „Gibt es kein Fest? Kein neues Kleid?"

In diesem Moment explodierte Nemos' Wut und Nasja war heilfroh, dass sie weit entfernt von Nemos am Tisch saß.

„Raus!", brüllte Nemos seine Mutter an. „Verschwinde! Ich kann dein dummes Geschwätz einfach nicht mehr ertragen."

„Wie kannst du es wagen?" Frederika stand empört auf und sah ihren Sohn vorwurfsvoll an.

Nemos' Blick wurde kalt. „Ich bin der König von Galadon und ich tue, was ich will, und jetzt verschwinde, wenn du nicht auch so ein hübsches blaues Auge haben willst wie die Nymphe."

Frederika schluckte. Doch sie entschied, dass es besser war, nachzugeben und die Diskussion nicht weiterzuführen. Sie verließ hastig den Raum und Nasja schloss sich ihr zügig an.

Draußen im Gang hörte Nasja, wie Nemos anfing zu brüllen. „Wie kann er es wagen, mich so zu behandeln?"

„Er meint es nur gut", versuchte ihn Toto zu beschwichtigen. „Er ist einfach ehrlich."

„Ich werde ihn umbringen", fauchte Nemos.

„Das ändert die Fakten aber nicht", erwiderte Toto. „Da hat er nicht ganz unrecht. Wir müssen etwas tun."

„Fällst du mir jetzt auch noch in den Rücken?" Nemos' Stimme war kurz davor zu kippen.

„Niemals", versicherte Toto sofort. „Komm, wir trinken erst einmal ein Glas Wein und dann sehen wir uns die Liste mit den Sparvorschlägen einfach mal an. Vielleicht gibt es ja ein paar Dinge, die sich leicht umsetzen lassen."

Nemos schien mit dem Vorschlag einverstanden zu sein, denn Nasja hörte, wie die Stimmen hinter der Tür verstummten.

Die beiden waren nach nebenan gegangen, um noch etwas zu trinken.

Nasja sah Frederika an, die ebenso wie Nasja hinter der Tür stehen geblieben war. „Geht es dir gut?", fragte Nasja besorgt. Man sah Frederika an, dass sie Nemos' Worte getroffen hatten.

Einen Moment lang lag Frederikas Blick auf Nasja. Sie musterte ihr Gesicht und betrachtete die Spuren der Gewalt einen langen Moment. Für ein paar Sekunden glaubte

Nasja, dass Frederika etwas sagen wollte.

Doch dann presste sie die Lippen fest aufeinander, drehte sich einfach um und eilte in Richtung ihrer Räumlichkeiten davon.

Nasja sah ihr noch einen Augenblick nachdenklich hinterher. Dann wandte sie sich ab und machte sich auf den Weg zu ihrer Suite. So wie immer wollte sie mit Celistra über das reden, was sie gerade erfahren hatte.

Erst als sie die Tür öffnete und alles dunkel war, fiel ihr wieder ein, dass Celistra nicht da war. Sie war oben bei Finnie, bereit, morgen noch in der Dunkelheit Schloss Schwanenberg zu verlassen.

Nasja schluckte und schloss langsam die Tür hinter sich. Die Einsamkeit zog ihr schmerzhaft im Herzen. Nasja versuchte das Gefühl, so gut es ging, zu ignorieren und tat das, was sie immer abends tat.

Sie zog das unbequeme Kleid aus und ließ sich Zeit, um ein Bad zu nehmen. Dann zog sie sich ein leichtes Nachthemd über und las noch ein wenig.

Als es zehn Uhr war, ging sie zu Bett. Doch es fiel ihr schwer, zur Ruhe zu kommen. Erst dachte Nasja immer wieder an den Brief ihres Vaters. Doch schnell wanderten ihre Gedanken zu dem Gespräch im Goldenen Salon zurück. Stand es wirklich so schlecht um die Finanzen in Galadon?

Gab es tatsächlich so viel Armut?

Freiherr von Lotringen war niemand, der übertrieb. Er schilderte die Fakten nüchtern, aber ehrlich. Es gab keinen Grund, an seinen Erzählungen zu zweifeln. Nasja wurde ganz übel bei dem Gedanken, dass da draußen gerade unzählige Menschen vor Kälte und Hunger starben.

Gab es denn nur noch schlechte Nachrichten? Es schien Nasja beinahe so.

Fieberhaft überlegte sie, wie sie helfen konnte. Stundenlang grübelte sie über einer Idee nach der anderen.

Doch es wollte ihr einfach nichts einfallen, was wirklich funktionieren könnte, ohne dass Nemos dem Ganzen wieder einen Riegel vorschieben würde.

An Schlaf war nicht zu denken. Es war schon weit nach Mitternacht, als sie sich wieder erhob und hinaus in den Garten ging. Der Vollmond war aufgegangen und der schneebedeckte Garten war hell, als wäre es Tag.

Es war eiskalt und der Frost kroch Nasja durch das dünne Nachthemd bis auf die Haut.

Sie genoss das Gefühl, denn es erinnerte sie daran, dass sie noch lebendig war.

Die Worte ihres Vaters gingen ihr tröstend durch den Kopf. Ruhig bleiben, beobachten, nachdenken und dann Entschlossenheit zeigen. Ja, so würde sie es tun. Was hatte sie auch sonst für eine Wahl?

Sie blieb ganz ruhig stehen und schloss die Augen. Es war unwahrscheinlich, dass sie ein Tier fand, das ihr dabei half, zur Ruhe zu kommen, und dennoch holte sie tief Luft und wagte einen Versuch. Vielleicht war ganz in ihrer Nähe eine Maus, die tief verborgen unter der Erde ihren Winterschlaf hielt. Wenn Nasja ein wenig von der Geborgenheit fühlte, die das Tier tief unter der Erde empfand, konnte sie vielleicht endlich in den Schlaf finden.

Schnell vernahm Nasja das Schlagen eines Herzens. Es war ganz in ihrer Nähe.

Es schlug kräftig und schnell. Der Rhythmus kam Nasja sofort bekannt vor. Das war keine Maus. Es war ein Mann. Er kam näher. Jetzt hörte Nasja auch das Knirschen von Stiefeln im Schnee.

Der Rhythmus der Herzschläge ergab eine Melodie, so unverkennbar, dass es keinen Zweifel gab.

Aber das war unmöglich!

Das konnte einfach nicht sein.

Langsam drehte sich Nasja um. Diesen Rhythmus würde Nasja unter Millionen wiedererkennen.

Schlag für Schlag kam er näher.

Und da stand er wirklich vor ihr. Es war kein Traum. Nasja sah die lockigen Haare und das leichte Lächeln auf seinen Lippen, das nur ihr galt. Sie sah die Freiheit in seinem Blick und spürte die Liebe in seinem Herzen.

Artem war wieder in Goros und sein erster Weg hatte ihn zu Nasja geführt.

KAPITEL 15

„Du lebst." Nasja starrte Artem an, als ob er ein Geist wäre. Oder war es doch nur ein Traum, weil ihre Sehnsucht und ihr Schmerz zu groß gewesen waren?

„Ja, ich lebe." Mit wenigen Schritten war Artem bei ihr und zog sie in seine Arme.

Sie spürte die Wärme seines Körpers ganz nah an ihrem. Glück durchflutete sie mit einer Schnelligkeit, dass sie am ganzen Körper zu zittern begann. Die Kraft, mit der sie sich in den letzten Wochen aufrecht gehalten hatte, schwand plötzlich. Ihre Knie bebten und ein verzweifeltes Schluchzen stieg in ihrer Kehle empor.

„Wie ist das möglich?", fragte sie mit zitternder Stimme. „Alle halten dich für tot. Ich habe dich für tot gehalten oder zumindest dem Tode geweiht."

„Ich weiß", murmelte Artem beruhigend, während er seine Arme fest um Nasja schlang und sie an sich drückte. Dabei vergrub er sein Gesicht in ihren Haaren und holte tief Luft. „Ich habe gedacht, ich würde dich nie wiedersehen. Es tut so gut, wieder bei dir zu sein."

„Wie hast du es geschafft, zu entkommen?" Nasja beugte sich zurück und sah Artem fragend an. Er wirkte schmaler als bei ihrem letzten Treffen. Er hatte einen Bart bekommen und seine Haare waren länger, als er sie gewöhnlich trug.

„Der Zufall hat mir geholfen", sagte Artem zögernd. „Aber hauptsächlich habe ich mir selbst geholfen." Er holte tief Luft und in seinen Pupillen züngelten Flammen.

Nasja spürte plötzlich die heftige Wärme, die von seinem Körper ausging. „Du hast deine Kräfte genutzt", begriff sie mit einem Mal.

Artem nickte. „Ich habe in diesem Gefängnis gesessen und dabei zugesehen, wie Haland von Grauenstein mit jedem Tag mehr zugrunde gegangen ist. Er hat die Kälte und den Hunger nicht ausgehalten. Dann bekam er Fieber und es ging ganz schnell. Er starb schon vor vier Wochen. Sein Tod hat mich aufgerüttelt und ich habe begriffen, dass keine Hilfe kommen wird. Ich wusste, dass es mir entweder genauso ergehen wird wie ihm oder dass ich versuchen muss, mit allem, was mir zur Verfügung steht, zu entkommen. Also habe ich jeden Tag von früh bis spät meine Kräfte trainiert und gehofft, dass sie irgendwann stark genug sind, um zu fliehen."

„Es tut mir so leid. Ich hätte mehr tun müssen, um dir zu helfen. Doch ich war mir sicher, dass Nemos alles geregelt hat. Erst einen Monat später hat er gesagt, dass Borgis dich nicht gehen lassen will."

„Du musst dir keine Vorwürfe machen. Selbst wenn du es gewusst hättest, hättest du rein gar nichts tun können." Artem lachte bitter. „Die beiden haben ein Geschäft gemacht. Borgis wollte mich loswerden und Nemos auch."

„Woher weißt du das?", fragte Nasja bestürzt.

„Das weiß ich von den Wächtern. Sie haben sich über alles ausgetauscht, was im Land der Trolle geschehen ist. Ich weiß von eurem Besuch und dass Nemos die Katapulte mitgebracht hat, die mein Großvater entwickeln ließ. Ich weiß auch von Bonja und ihrer Hochzeit mit dem ältesten Sohn von König Borgis." Artem schluckte.

„Geht es Bonja gut?"

Artem seufzte. „Ich weiß es nicht, ich konnte kurz vor ihrer Ankunft fliehen. Als der Wächter das Essen gebracht hat, habe ich ihn in Brand gesteckt und seine Schlüssel genommen. Der Rest war gar nicht so schwer, wie ich befürchtet hatte. Als ich der Zelle entkommen bin, bin ich einfach losgerannt. Das Tunnelsystem ist endlos. Ich bin ein paarmal abgebogen und konnte meine Verfolger schnell abhängen. Ich bin dann irgendwo draußen vor der Stadt herausgekommen und habe mich über Land durchgeschlagen, bis ich einen unserer Grenzposten erreicht habe. Glücklicherweise war er noch besetzt und ich konnte eine Nacht im Warmen verbringen und mit einem Pferd weiterreisen."

„Aber der Schnee und die Kälte", sagte Nasja zögernd.

Artems Blick flackerte kurz, während er sie mit einem Lächeln musterte. „Es war keine einfache Reise durch das Land der Trolle. Aber ich bin die Kälte im Norden gewöhnt. Ich weiß, wie man sich ein warmes Lager im Schnee baut und wo man auch im Winter etwas zu essen findet. Ich habe es geschafft und nur das zählt. Was ist das?" Er legte den Kopf schief und schob eine von Nasjas dicken Haarsträhnen zur Seite. Dann berührte er mit seinen Fingern vorsichtig die verschorfte Wunde an ihrer Schläfe.

Nasja schwieg. Währenddessen wanderten Artems Finger ganz leicht von ihrer Schläfe unter ihrem Auge entlang. Im hellen Schein des Mondes konnte man die Verfärbungen sicher immer noch gut erkennen.

„Wer war das?" Die Kälte in Artems Stimme ließ Nasja zusammenzucken.

Nasja schluckte. Sie bekam plötzlich kein Wort mehr über die Lippen.

„War das Nemos?" Artems Stimme bebte vor Zorn.

Sie brauchte ihn nicht anlügen. Auris war dabei gewesen. Er würde es bald erfahren. Seltsamerweise war es Nasja peinlich, dass Nemos sie geschlagen hatte. Als ob sie etwas dafür konnte.

Nasja zwang sich, zu nicken. „Ich habe ihn darum gebeten, Bonja nicht an Borgis' Sohn zu verheiraten", sagte sie leise.

„Ich verstehe." Der drohende Ton in Artems Stimme verhieß nichts Gutes. „Ich werde dich von hier wegbringen. Du kannst keinen Tag länger in seiner Nähe bleiben."

Auf Nasjas Lippen schlich sich ein kleines Lächeln. Doch dann schüttelte sie den Kopf. „Ich werde nicht gehen."

„Warum nicht?" Artem sah sie ungläubig an. „Ich bringe dich in Sicherheit. Ich werde schon einen Ort finden, wo er dich nicht finden wird."

„Mein Volk verlässt sich auf mich", sagte Nasja ernst. „Mein Vater hat mir geschrieben. Die Arbeiten am Pass sind an einer kritischen Stelle. Wenn ich verschwinde, gibt es für Nemos keinen Grund mehr, an der Vereinbarung zwischen unseren Völkern festzuhalten. Wenn er die Soldaten jetzt abzieht, sind die Nymphen in Gefahr. Der Pass ist lang. Unsere Krieger können ihn nicht allein absichern. Sobald die Mauern wieder hoch sind, ist die Gefahr vorüber. Aber bis es so weit ist, wird noch einige Zeit vergehen."

„Ich verstehe." Artem seufzte. „Die Dinge werden sich bald ändern, und zwar für uns alle. Für Nemos wird es ungemütlich werden." Der Ernst in Artems Augen gewann an Stärke.

„Warum?" Nasja begriff nicht, worauf Artem hinauswollte.

„Die Trolle haben Nemos nur an der Nase herumgeführt. Sie hatten nie vor, eine Allianz mit ihm einzugehen. Sie werden gemeinsam mit den Zentauren angreifen, und zwar bald. Lange kann es nicht mehr dauern."

„Du bist hier, um Nemos zu warnen?" Nasja sah ihn fragend an.

„Ja, so ist es wohl." Artem nickte.

„Wie kannst du nach all dem, was er dir angetan hat, noch auf seiner Seite sein?" Nasja sah Artem ungläubig an.

Artem seufzte und betrachtete Nasja nachdenklich. „Es

geht mir nicht um Nemos. Es geht mir um Galadon, um die Männer in den Kasernen und die Menschen, die ihr Vertrauen in ihren König setzen. Ich kann sie nicht alle ins offene Messer laufen lassen."

„Also wirst du wieder zurückkehren und deine Stelle übernehmen?"

Artem nickte. „Das habe ich vor. Ich habe gehört, wie alles drunter und drüber geht, seitdem Toto das Kommando übernommen hat. Wenn ich nicht einschreite, werden meine Männer sterben." Sein Blick blieb wieder an ihrem blauen Auge hängen. „Aber du musst gehen. Du bist in seiner Nähe nicht mehr sicher. Wir erfinden eine Ausrede. Sag ihm, dass du krank bist und einen Luftwechsel brauchst."

„Das kann ich nicht." Nasja schüttelte sacht den Kopf. „Ich muss mich um die Armen in der Stadt kümmern. Die Steuereintreiber knöpfen ihnen ihre letzten Münzen ab. Immer mehr landen auf den Straßen. Sie brauchen mich. Solange ich da bin, fühlen sich die Reichen in der Stadt dazu berufen, zu spenden. Und wir brauchen noch viel mehr Spenden. Den Menschen auf dem Land geht es mindestens genauso schlecht wie denen in Goros und nicht alle schaffen es, in die Hauptstadt zu kommen. Von Nemos können sie keine Unterstützung erwarten. Er interessiert sich nicht für ihr Schicksal."

Artem sah Nasja einen unendlichen Moment lang an. In seinem Blick lagen Sorge, Verzweiflung, aber auch Anerkennung und Achtung. „Also bleiben wir beide hier", sagte er nach einer Weile. „Auch wenn wir wissen, dass es uns nicht gut ergehen wird."

„Wir müssen", sagte Nasja ernst. „Die Menschen von Galadon brauchen uns, auf die eine und auf die andere Weise. Wir müssen uns um sie kümmern und wir müssen sie warnen. Wir müssen versuchen, diesen Krieg zu verhindern und die Menschen vor dem Hungertod zu schützen. Es gibt noch so viel zu tun."

Ein bitterer Zug spielte um Artems Lippen. „Also müssen wir auch weiterhin versuchen, Galadon vor seinem eigenen König zu beschützen, einem König, der uns beide töten will."

„Noch sind wir nicht tot", flüsterte Nasja. Dann trat sie auf Artem zu und hauchte ihm einen Kuss auf die Wange. „Noch sind wir am Leben und solange ich noch Kraft in mir habe, werde ich kämpfen." Seine Nähe gab ihr Hoffnung und beflügelte sie. Das Gefühl der Ruhe war zu ihr zurückgekehrt. Artem war da und ihr konnte nichts mehr geschehen.

„Du bist eine wahre Königin." Artem löste sich von Nasja und strich ihr sanft mit dem Handrücken über die Wange. „Es tut so gut, dich zu sehen. Ich hatte Angst, dass ich sterbe, ohne mich noch einmal von dir verabschieden zu können." Sein Blick wanderte zu ihrem blauen Auge. „Er verdient dich nicht und wenn die Zeit gekommen ist, werde ich ihn für das bestrafen, was er dir angetan hat."

„Da bist du nicht der Einzige", murmelte Nasja.

„Das glaube ich. Es gibt viele Menschen, die dich lieben und die dich rächen werden, wenn sie die Gelegenheit dazu bekommen. Vergiss das nie. Wusstest du, dass sie dich in der Stadt schon die Heilige Nasja nennen?"

„Nein, das wusste ich nicht." Nasja sah Artem überrascht an.

„Du hilfst den Menschen in Not, obwohl du es nicht müsstest, und genau deswegen bist du eine Heilige." Er hatte einen weiteren Schritt von ihr fort gemacht. „Schlaf gut, Nasja. Wir sehen uns bald wieder."

„Versprich es mir", flüsterte Nasja.

„Ich schwöre es dir. Ich werde immer in deiner Nähe sein", murmelte Artem, dann war er in der Dunkelheit verschwunden und nur noch das Echo seiner Worte hallte warm in Nasjas Herz wider.

KAPITEL 16

Die nächsten Tage verbrachte Nasja in gelöster Stimmung. Sie lächelte oft und sah manchmal verträumt in die Ferne. Dass Nemos, Toto und Frederika sie beim Essen ignorierten, kümmerte sie nicht mehr und selbst der Gedanke daran, dass Finnie, Celistra und Aros nicht mehr bei ihr waren, löste nicht mehr das bedrückende Gefühl der Einsamkeit in ihr aus. Finnie war in Sicherheit und nur das zählte.

Nemos hatte mit einem Schulterzucken auf die Neuigkeit reagiert, dass sie zu ihrer Mutter gereist war, und das war mehr, als Nasja sich erhofft hatte. Celistra und Aros sollten noch ein oder zwei Wochen bei ihr bleiben, bis wirklich sicher war, dass Nemos sich nicht mehr für Finnie interessierte, dann würde Nasja ihnen schreiben und sie zurück nach Schloss Schwanenberg rufen.

Ihre Gedanken kreisten nicht mehr ständig um Finnie und dennoch fühlte sich Nasja nicht mehr allein. Artem war zurück in Goros und sie wusste, dass er ein wachsames Auge auf alles haben würde, was hier auf Schloss Schwanenberg geschah. Nemos ahnte nichts davon, dass sein ehemaliger oberster Heerführer wieder da war. Beim Abendessen verlor er kein Wort darüber.

Doch das musste nichts heißen. Er sprach auch nicht über die Einsparungen, die er vornehmen musste, und wo das genau geschehen sollte. Die Gespräche zwischen ihm und Toto drehten sich allein um die besten Weinsorten und ob noch genug Flaschen im Lager waren, um bis zur nächsten Lieferung des Weinhändlers auszukommen. Man konnte den Eindruck gewinnen, dass alles in bester Ordnung wäre und sich das Leben auf Schloss Schwanenberg allein um die angenehmen Seiten des Daseins drehte.

Doch Nasja wusste, dass sich das schnell ändern würde. Ungeduldig wartete sie darauf, dass Artem wieder offiziell in das öffentliche Leben von Goros eintauchen würde und die Neuigkeiten von den Trollen mitbringen würde. Doch Tag für Tag verging, ohne dass Artem auf Schloss Schwanenberg erschien oder sich sonst irgendwo in Goros blicken ließ. Nasja begann schon daran zu zweifeln, dass sie ihn wirklich gesehen hatte. Vielleicht war es doch nur ein lebhafter Traum gewesen, der aus dem Gefühl der Einsamkeit heraus entstanden war.

Der Alltag kehrte wieder ein. Nasja ritt jeden Morgen zum alten Tempel und half von morgens bis abends in der Suppenküche. Währenddessen dachte sie fieberhaft darüber nach, wie sie die Hilfe ausweiten konnte. Aber egal wie sie es drehte und wendete. Ohne Bruder Pentos würde sie nicht weiterkommen. Er war dazu in der Lage, das zu entscheiden. Die Heilige Sonnenkirche konnte ihre Hilfen auf das ganze Land ausweiten. Einen anderen Weg gab es nicht.

Aber ohne Nemos‘ Anweisung würde Bruder Pentos keinen Handschlag tun. Also musste Nasja Nemos dazu bringen, dass er befahl, die Hilfe, die schon in Goros geleistet wurde, auch von den Tempeln erbringen zu lassen, die über das Land verstreut lagen. Als die Zeit für die nächste Ratssitzung gekommen war, war Nasja nervös. Im Laufe des letzten Monats hatten sie viele beunruhigende Neuigkeiten erreicht, von der Schieflage des Staatshaushaltes, der schweren Lage der Armen im Land bis hin zu den Trollen, die ihr Versprechen nicht halten und Nemos in den Rücken fallen würden. Ein Krieg stand bevor und zu allem Übel würde Nasja Nemos bitten müssen, mit Bruder Pentos zu sprechen, damit den Armen im ganzen Land geholfen werden konnte.

Wenn Artem nicht kam, um Nemos von dem Verrat der Trolle zu berichten, dann musste sie das tun. Die Zeit lief ihnen davon. Maßnahmen mussten beschlossen werden, um das Schlimmste zu verhindern. Nemos musste Verantwortung übernehmen. Doch Nasja zweifelte daran, dass er das tun würde, geschweige denn, dass er sie überhaupt zu Wort kommen lassen würde.

In der Nacht vor der Ratssitzung fand Nasja nur wenig Schlaf. Bereits früh am Morgen war sie wach und machte sich fertig. Sie ließ sich Zeit und bat zwei Bedienstete, ihr zur Hand zu gehen. Sie steckten ihre Haare hoch und halfen Nasja in eines ihrer opulenten Kleider.

Nasja hatte sich entschieden, ein dunkelbraunes Kleid zu tragen, das mit feinen Stickereien verziert war. Dazu trug sie einen Silberreif in ihren Haaren. Zum Schluss puderte sie ihr Gesicht und verbarg die letzten Spuren der Gewalt. Sie warf einen prüfenden Blick in den Spiegel. In ihren grünen Augen sah sie die Angst, dass Nemos wieder die Hand gegen sie erheben könnte.

Doch sie sah auch den Mut und die Entschlossenheit, sich für die Menschen von Galadon einzusetzen. Sie konnte nur hoffen, dass ihr Mut größer sein würde als ihre Angst. Mit einem Seufzen wandte sich Nasja ab und machte sich auf den Weg zum Konferenzraum. Sie betrat den Saal zehn Minuten vor zehn Uhr und fand nur Exlet vor, der bereits seinen Platz eingenommen hatte. Langsam ging Nasja zu ihrem Stuhl und ließ sich darauf nieder. Sie betrachtete Exlet nachdenklich. Ihre Gedanken überschlugen sich, während sie immer wieder zur Uhr sah. Er war der Botschafter aus dem Land der Trolle. Wenn jemand Nemos die Neuigkeiten schonend beibringen konnte, dann er. Dass er sie erfahren musste, stand für Nasja außer Frage.

„Weißt du schon davon, dass die Trolle Nemos in den

Rücken fallen werden?", sagte Nasja geradeheraus. Sie beobachtete Exlet ganz genau.

Exlet rührte sich nicht. Es schien so, als ob er Nasja nicht gehört hatte. Nasja holte tief Luft und lauschte auf seinen Herzschlag. Sofort spürte sie, wie sich das Gefühl von Sorge um ihn herum ausbreitete. Außerdem bemerkte sie auch, dass er ein schlechtes Gewissen hatte.

„Du weißt also davon", sagte sie erschrocken. „Du wusstest die ganze Zeit davon."

„Lass mich mit deiner Zauberei in Ruhe, du Hexe", knurrte Exlet und verschränkte die Arme vor der Brust.

Nasja sprang vor Aufregung auf. Sie konnte nicht fassen, dass Exlet das alles für sich behalten hatte. „Wann hattest du vor, deinem König davon zu berichten, dass die Trolle und die Zentauren bald gemeinsam angreifen werden?"

„Sag es ihm doch selbst", fauchte Exlet zornig. In seinen kleinen, dunklen Augen blitzte es. „Halte deinen Kopf hin, wenn du willst. Nemos hat diese dämlichen Entscheidungen getroffen und keiner konnte ihn davon abhalten. Ich werde nicht meinen Kopf dafür hinhalten. Ich schlage mich rechtzeitig auf die Seite der Trolle und dann verschwinde ich aus Galadon, und zwar gemeinsam mit meiner Familie. Soll er doch untergehen, der Dummkopf, und mit ihm das ganze Land. Er hat es so gewollt. Er bekommt nur das, was er verdient."

Nasja sah Exlet fassungslos an. Sein Herzschlag dröhnte in ihren Ohren. Sie spürte seine grenzenlose Angst und die Liebe, die er für seine Frau und seine Kinder empfand. Egal wie sehr es Nasja wollte, sie konnte ihm nicht vorwerfen, seine Familie zu beschützen. Hätte sie Kinder, würde sie vielleicht genauso handeln. Doch sie hatte keine. Sie hatte nichts zu verlieren. Also würde sie die Aufgabe übernehmen und Nemos reinen Wein einschenken, egal wie er darauf reagieren würde.

Langsam ließ sich Nasja wieder auf ihren Platz sinken.

Währenddessen gab Exlet ein verzweifeltes Schnauben von sich. Er hatte schon den Mund geöffnet, um etwas zu sagen. Doch in diesem Moment betraten Drawomir, Nemos und Toto den Konferenzraum.

Exlet schloss den Mund und warf Nasja einen Blick voller flehender Verzweiflung zu. Nasja reagierte sofort und nickte ihm beruhigend zu, während die anderen sich auf ihre Plätze sinken ließen.

Nemos warf einen ungeduldigen Blick auf die Uhr. Es war kurz vor zehn. „Ich denke, wir können beginnen", sagte er mit einem Blick zu Toto. „Das hier ist ohnehin nur noch eine reine Formalität. Ich habe Auris seit einem Monat nicht mehr gesehen." Nemos grinste zufrieden. „Ich glaube, er hat sich irgendwo verkrochen."

„Denkst du?" Toto gluckste.

„Ja, er hat sich zum Sterben zurückgezogen." Nemos fing an zu lachen.

„Mitnichten, mein Junge", dröhnte Auris' mächtige Stimme da durch den Konferenzsaal.

Nemos' Lachen erstarb mit einem gurgelnden Geräusch.

Auris stand in der Tür und funkelte Nemos herausfordernd an. In seinen Augen blitzte es und er wirkte stark und ausgeruht. Von der Verzweiflung, die ihm Nasja noch letzten Monat angemerkt hatte, war nichts geblieben.

„Es ging mir selten so gut", sagte Auris. „Ich habe eine Reise in den Norden gemacht. Aber ich hatte nicht vermutet, dass ich dir so fehlen würde."

„In den Norden?" Nemos runzelte die Stirn. „Was wolltest du dort? Gibt es hier nicht schon genug Eis und Schnee?"

„Wie du weißt, ist mir durch deine Schuld etwas wirklich Wichtiges verloren gegangen."

Nemos grinste spöttisch. „Manche Dinge kommen,

manche Dinge gehen. So ist das Leben."

„Das freut mich, dass du das so entspannt siehst, denn manchmal kommen Dinge auch ganz plötzlich zurück, die man schon verloren geglaubt hat." Auris lächelte.

Es war Nemos, dessen Lachen ganz plötzlich erstarb.

Auris weidete sich regelrecht an diesem Anblick. Dann machte er einen Schritt zur Seite und Artem trat hinter seinem Rücken hervor.

Nasja riss überrascht die Augen auf. Artem trug seine Uniform. Er hatte sich den Bart gestutzt und die Haare schneiden lassen. In seinem Blick lagen Ruhe und Ernst, aber auch innere Gelassenheit. Er war ganz bei sich und hatte diesen Auftritt ganz bewusst inszeniert. Er war entspannt, als er an Auris vorbeitrat und in die Runde grüßte.

Hastig fuhr Nasja herum und sah Nemos an.

Der war blass geworden und starrte Auris und Artem an, als ob sie Geister wären, die aus ihren Gräbern gestiegen waren, um ihn zu verfolgen und zu quälen.

„Das kann nicht sein", flüsterte er mit dünner Stimme.

„Was kann nicht sein?", fragte Artem und blickte Nemos direkt in die Augen, während er näher trat. „Dass ich zurück nach Goros gekommen bin?"

Nemos nickte. Artems Anwesenheit hatte ihm ganz offensichtlich die Sprache verschlagen.

„Nun ja, ein paar Wundern verdanke ich tatsächlich, dass ich aus den Gordischen Minen entkommen konnte. Haland von Grauenstein hatte nicht so viel Glück wie ich. Er starb, kurz nachdem du ohne uns abgereist bist. Dass unser König uns nicht retten konnte, hat ihm die letzte Kraft geraubt. Sein Tod war nicht schön, Nemos, das kannst du mir glauben. Ich war bei ihm, als er starb. Er war verzweifelt und auch enttäuscht." Artem sah Nemos durchdringend an.

Nemos schluckte. Doch noch immer schaffte er es nicht, etwas zu sagen.

Dafür fuhr Artem unbeirrt fort. „Ich verstehe, dass dich das alles überrascht. Aber ich möchte auch, dass du weißt, dass ich nicht wegen dir zurückgekommen bin, Nemos. Ich bin hier wegen meiner Männer und wegen der Menschen von Galadon, die ich nicht ihrem schrecklichen Schicksal überlassen möchte", sagte Artem ernst. „Ich will ganz ehrlich zu dir sein. Du hast mich enttäuscht, und zwar in allen Dingen, die du bis jetzt angefasst hast. In meinen Augen hast du als König versagt, Nemos."

„Das habe ich nicht", rief Nemos zornig, als er endlich seine Stimme wiedergefunden hatte. „Ich habe eine Allianz geschlossen und einen Krieg mit den Zentauren verhindert."

„Du irrst." Artem schüttelte leicht den Kopf. „Ich bin hier, um dir mitzuteilen, dass dein genialer Plan, Borgis mit deinen großzügigen Geschenken zu kaufen, fehlgeschlagen ist. Die Trolle werden sich uns nicht anschließen, um mit uns gegen die Zentauren zu kämpfen. Das hatten sie nie vor. Sie wollten den Dummkopf an der Spitze von Galadon nur ein wenig an der Nase herumführen und ihm ein paar seiner militärischen Geheimnisse stehlen. Aber die Mühe mussten sie sich nicht einmal machen. Du hast ihnen deinen obersten Heerführer und ihre neueste Waffentechnik gleich frei Haus geliefert."

Nemos' Blick verfinsterte sich. „Ich habe einen neuen obersten Heerführer."

„Ach so, hast du das", sagte Artem spöttisch. „Du meinst den jungen Mann an deiner Seite, über den die ganze Armee lacht."

„Man begegnet mir überall mit Respekt", echauffierte sich Toto in empörtem Ton.

„Aber hinter deinem Rücken wirst du ausgelacht und dass du es nicht weißt, zeigt umso mehr, wie wenig du für diesen Posten geeignet bist, Toto", erwiderte Artem scharf. Dann blickte er Toto durchdringend an. „Sie lachen zu

Recht. Ich habe mir in den letzten Tagen einen Überblick über die Lage verschafft. Sag mir, wie viele unserer Männer an der Grenze zum Land der Zentauren stehen. Es war deine Aufgabe, sie dorthin zu bringen."

„Nun ja", sagte Toto ausweichend.

„Wie viele?" Artems Stimme wurde scharf.

Nemos wandte sich Toto mit gerunzelter Stirn zu. „Antworte ihm", sagte er leise.

„Ich weiß es nicht genau", sagte Toto lauter als nötig. „Und das muss ich auch nicht. Sie sind unterwegs und nur das zählt."

„Es sind eintausendachthundert", erwiderte Artem. „Fünfhundert befinden sich noch an den Grenzposten zum Land der Trolle und der Rest ist quer über das Land verstreut und auf dem Weg in den Süden. Wenn wir jetzt angegriffen werden, sind wir wehrlos, erst recht, wenn die Zentauren und Trolle aus beiden Richtungen kommen. Und das werden sie. Sobald der Schnee schmilzt, werden sie losmarschieren." Artem wandte sich Nemos zu. „Anstatt einen albernen Frühlingsball zu planen, solltest du dir also lieber Gedanken darüber machen, wie du gedenkst, diesen Krieg zu verhindern. Denn er wird kommen. Du hast dir die Zentauren zum Feind gemacht und den Trollen unsere besten Waffen in die Hand gegeben." Artem ging zu seinem Platz neben Nasja und ließ sich darauf nieder. „Nebenbei hast du den Staatshaushalt ruiniert, weil du mit deiner Mutter und deinem neuen besten Freund im Luxus schwelgst, während dein Volk verhungert. Deine Kleidung, die vielen Partys in den Herrenklubs, bei denen du dich von der feinen Gesellschaft der Stadt bejubeln lässt und die Rechnung für alle übernimmst, all das hat seit deinem Amtsantritt so viel gekostet, wie du dir Geld von den Trollen geborgt hast. Du hättest ihnen das Geld mühelos zurückzahlen können. Aber du hast es nicht getan. Du hast es lieber für dein Vergnügen ausgegeben. Stattdessen lässt du die Armen hungern.“ Artem sah Nemos ernst an.

„Sie hungern nicht, wir haben eine Armenspeisung“, knurrte Nemos.

„Eine Armenspeisung, die es ohne deine Frau nie gegeben hätte“, erwiderte Artem bitter. „Außerdem löst die Armenspeisung nicht das Problem, sie fängt nur die schlimmsten Folgen auf.“

„Die Armenspeisung war meine Idee.“ Nemos‘ Augen blitzten voller Wut. „Die Nymphe hat gar nichts damit zu tun“, fauchte er. „Ich habe Bruder Pentos befohlen, die Armen zu unterstützen.“

„Ohne Nasja wäre die Armenspeisung nicht da, wo sie jetzt ist. Sie hat immer wieder darauf gedrängt, etwas zu unternehmen“, sagte Auris, der inzwischen auf der anderen Seite von Nasja Platz genommen hatte.

Nasja fühlte sich auf einen Schlag beschützt und geborgen.

„Nasja hat viele großzügige Spender hinzugewinnen können“, fuhr Auris fort. „Von dem Budget, das Bruder Pentos der Armenspeisung zur Verfügung gestellt hat, hätte man nie so viele Menschen über den Winter bringen können. Ohne Nasjas Anstrengungen wären sie verhungert.“

Nemos sprang auf. Wut umgab ihn und Nasja zuckte zusammen.

„Das ist noch lange kein Grund, sie als Heilige zu bezeichnen“, schrie Nemos und sah Nasja feindselig an. „Denkst du, ich höre nicht, was die Leute in der Stadt reden und wie sie die Nymphe bewundern. Ohne mich wärst du gar nichts“, schrie er und ging um den Tisch herum drohend auf Nasja zu. „Hörst du, ohne mich wärst du gar nichts.“ Die Woge der Wut, die Nemos mitbrachte, ließ Nasja erstarren. „Du bist ein Nichts.“ Nemos kam immer näher.

Die Angst fuhr Nasja in die Glieder, während sie Nemos in das eiskalte Blau seiner Augen sah.

Plötzlich hob er die Hand. „Am liebsten würde ich dich sofort umbringen“, flüsterte er heiser.

Nasja hörte es mehr, als dass sie es sah. Mit einer geschmeidigen Bewegung war Artem aufgestanden und hatte sich zwischen Nasja und Nemos geschoben. In Artems Haltung lag purer Hass. Er überragte Nemos und seine breiten Schultern bebten.

„Ich habe gesehen, was du ihr angetan hast.“ Artems Stimme klang drohend. „Und ich rate dir, jetzt gut zuzuhören, Nemos. Man schlägt keine Frau. Das tut ein Mann von Ehre nicht. Niemals. Wenn du es noch einmal wagen solltest, die Hand gegen sie zu erheben, dann werde ich dich umbringen. Das meine ich ernst. Hast du das verstanden? Ich werde dich umbringen und es ist mir egal, was das für mich für Folgen hat.“

Nemos wich einen Schritt zurück. Artems drohender Ton war ihm nicht geheuer. „Ich bin der König von Galadon“, sagte Nemos, und der Zorn in seiner Stimme sorgte dafür, dass seine Worte angestrengt klangen.

„Ich weiß, dass du der König bist“, sagte Artem. „Und deswegen wirst du dich auch wie einer benehmen. Du wirst wieder Platz nehmen und deine Frau nie wieder bedrohen. Wir befinden uns in einer Ratssitzung, die dein Vater angeordnet hat. Ich habe dir Fakten genannt und über die werden wir jetzt hier im Rat beraten.“

„Du sagst mir nicht, was ich zu tun habe, du nicht und auch mein Vater nicht“, erwiderte Nemos drohend. „Ich rufe meine Wachen und sie knüpfen dich am nächsten Baum auf für deine Frechheiten. Die Soldaten mögen vielleicht hinter dir stehen, aber meine Wachleute gehorchen nur mir.“

„Wie du willst.“ Artem zuckte mit den Schultern. „Ich kann auch gehen, wenn du mich nicht brauchst. Du kennst jetzt die Lage.“ Artem warf einen nachdenklichen Blick aus dem Fenster. „In spätestens zwei Wochen beginnt das Tauwetter. Dann werden die Trolle aufbrechen und auch die Zentauren Stellung beziehen. Wenn du denkst, dass Toto der Richtige ist, um einen Zwei-Fronten-Krieg zu führen, dann bitte schön, dann brauchst du mich wirklich nicht. Wenn du aber nur den geringsten Zweifel hast, dass er die Lage im Griff hat, dann ist es besser, wenn ich die Streitkräfte führe, denn auf diese Aufgabe habe ich mich mein ganzes Leben lang vorbereitet und du weißt, dass ich gut darin bin.“ Artem verschränkte die Arme vor der Brust und sah Nemos herausfordernd an. „Also, König von Galadon, für welchen Weg entscheidest du dich?“

„Woher soll ich wissen, dass du die Wahrheit sagst?“ Nemos sah Artem herablassend an. „Dein Wort steht gegen das von König Borgis.“

Nasja sah Exlet flehend an. Er wäre eine zusätzliche Stimme der Vernunft, die Nemos überzeugen könnte. Doch Exlet schüttelte nur unmerklich den Kopf.

Von ihm war keine Hilfe zu erwarten.

„Jetzt komm endlich zur Besinnung, Junge.“ Auris‘ Stimme klang eindringlich.

Doch Nemos sah ihn nicht einmal an.

„Borgis hat mir seine Treue geschworen“, sagte Nemos, ohne Artem aus den Augen zu lassen.

„Und du bist sicher, dass du Borgis mehr trauen kannst als mir?“, fragte Artem ernst.

„Er ist ein König und du bist ein Niemand, Artem“, erwiderte Nemos herablassend. Sein Gesicht verzog sich zu einer gehässigen Maske. „Du hast längst den Tod verdient, aber ich will ein letztes Mal gnädig sein. Geh und komme nie wieder zurück. Wenn du es noch einmal wagst, mir unter die Augen zu treten, dann werden dich meine Männer töten.“

Artem erwiderte Nemos‘ Blick, ohne zu blinzeln. „Wir

Ihr wünscht, mein König", sagte Artem, und ein leiser Spott klang in seinen Worten mit.

Nemos holte Luft, als ob er etwas entgegnen wollte. Doch da hatte sich Artem schon von Nemos abgewandt und verließ mit eiligen Schritten den Konferenzraum. Als er verschwunden war, war es einen Moment lang still.

Nasja sah entsetzt zur Tür, durch die Artem gerade verschwunden war. Das konnte es doch nicht gewesen sein. Die Trolle und die Zentauren würden bald in Galadon einfallen und Nemos nahm es einfach nicht ernst. Wollte er einfach weitermachen wie immer?

„Das wird ein böses Erwachen geben", sagte Auris kopfschüttelnd und sah Nemos durchdringend an. „Wenn du Artem nicht glaubst, dann frag ihn." Auris zeigte auf Exlet. „Oder schicke einen Boten deines Vertrauens ins Land der Trolle, damit er sich ein wenig umhört. Sie werden dir alle bestätigen, dass es keine Allianz zwischen Galadon und den Trollen gibt. Du musst jetzt handeln und die Truppen geschickt platzieren. Du musst verhandeln, um das Schlimmste noch abzuwenden. Sonst war Galadon die längste Zeit ein freies Land. Du musst etwas tun."

„Diesen Unsinn höre ich mir nicht länger an." Nemos winkte Toto zu. „Komm, wir gehen. Wir haben Wichtigeres zu tun."

Toto erhob sich langsam. Man sah ihm an, dass er die Warnung von Auris nicht unter den Tisch fallen lassen wollte. Doch als Nemos sich zur Tür wandte und eilig hindurchschritt, zuckte er mit den Schultern und folgte ihm.

KAPITEL 17

Selbst einige Tage später war Nasja immer noch entsetzt, als sie an die Ratssitzung zurückdachte. Sie hatten nicht ein einziges der anstehenden Probleme gelöst. Sie hatten nicht einmal darüber gesprochen, wie die Lage an den Grenzen war oder ob Exlet oder Drawomir Neuigkeiten erfahren hatten.

Nach Nemos' Verschwinden waren die beiden Botschafter genauso eilig davongegangen wie ihr König. Galadon war verloren. Dieser Verdacht drängte sich Nasja immer stärker auf, als sie sah, wie Nemos unbeirrt den Frühlingsball weiter plante und Frederika sich immer wieder neue Entwürfe für ihr Kleid zeigen ließ, das die vorherigen noch in den Schatten stellen sollte. Nemos interessierte sich nicht für die Probleme des Landes und die Gefahr, in der es schwebte. Er bemühte sich nicht einmal, die Verdachtsmomente zu entkräften, sondern tat einfach so, als ob alles in bester Ordnung wäre.

Das nächste Wochenende verbrachte Nemos gemeinsam mit Toto in den Klubs von Goros. Sie feierten bis in die Morgenstunden. Als sich Nasja am Montagmorgen wieder auf den Weg in die Suppenküche machte, war Nemos noch nicht von seinen nächtlichen Vergnügungen zurück. Jede Nacht wurden seine Ausflüge länger und Nasja fragte sich, wo das alles enden würde.

Der Morgen war kalt und es schneite leicht, aber sie spürte, wie der Frost an Kraft verlor. Als sie auf ihrem Pferd durch den Schlossgarten ritt, hörte sie, wie die Hufe des Tieres durch den Schneematsch stapften. Die ersten

Vögel zwitscherten in der Morgendämmerung. All das waren untrügliche Zeichen dafür, dass der Winter langsam an Kraft verlor. Das Tauwetter würde nicht mehr lange auf sich warten lassen.

Die Tage wurden länger und die Sonne gewann an Kraft. Nasja dachte an Artems Worte. Sobald es das Wetter zuließ, würden die Trolle in den Süden ziehen. Wie lange es wohl noch dauern würde, bis sie hier waren?

Ein Gefühl der Unruhe überkam Nasja, während sie in Begleitung der Soldaten nach Goros ritt. Nicht einmal die Arbeit in der Suppenküche konnte Nasja davon ablenken, dass der Schutz, den ihnen der Winter geboten hatte, langsam, aber sicher schwand. Sie schnitt Gemüse und setzte Suppen an, während sie in Gedanken gar nicht bei der Sache war. Dann übernahm sie wieder das Austeilen der Suppe. Der direkte Kontakt mit den Armen der Stadt sorgte endlich dafür, dass Nasja sich ganz und gar auf ihr Tun konzentrierte.

Erst als sie zur Mittagszeit einen der jungen Priester entdeckte, der frisches Feuerholz zu den Kochstellen brachte, wurden ihre Gedanken wieder auf das Problem der Armen auf dem Lande gelenkt. Sie sah den jungen Mann nachdenklich an und da hatte sie plötzlich eine Idee. Einen Versuch war es wert. Sie gab ihren Platz kurz an Irma ab und eilte zu ihm.

„Darf ich Euch eine Frage stellen, Bruder?“ Sie sah ihn freundlich an und ihr Anblick verfehlte seine Wirkung nicht.

„Natürlich, meine Königin.“ Er verneigte sich höflich.

Nasja hätte ihn schon längst bitten können, sie nicht mit ihrem Titel anzusprechen, doch das hatte sie nie getan. Anfangs war es ihr unangenehm gewesen, dass sie jeder anders behandelte, weil sie die Königin war. Doch dank Bonja hatte sie mittlerweile verstanden, dass dieser Titel ein Gewicht hatte, das sie bisher nicht ausreichend genutzt hatte. Das wollte sie heute endlich ändern.

„Ich habe gehört, dass die Not nicht nur in Goros groß ist, sondern in ganz Galadon“, sagte Nasja ernst und sah dem jungen Priester fest in die Augen.

„Ja, so ist es.“ Der Priester seufzte und Nasja spürte, dass ihm dieses Problem tatsächlich zu Herzen ging.

„Ich will Bruder Pentos nicht mit diesen Details belästigen“, fuhr Nasja fort. „Er hat so viele wichtige Dinge zu tun. Daher wollte ich mit Euch sprechen. Ihr habt die Verantwortung für die Suppenküche übernommen und Ihr leistet hier eine hervorragende Arbeit. Ihr könnt stolz auf Euch sein.“

Der junge Priester lief rot an. Er war es nicht gewohnt, dass man ihn lobte.

„Ich möchte gern, dass diese Art von Hilfe die Armen in ganz Galadon erreicht“, kam Nasja zum Punkt. „Es gibt auch in anderen Städten Tempel zu Ehren Samaras und ich frage mich, ob Ihr einen Weg seht, wie die Brüder in diesen Tempeln den Armen ebenso helfen können, wie wir es hier tun. Samaras Segen kann auch zu ihnen kommen. Ophelius Kronenstein und seine Freunde unterstützen uns bestimmt.“

„Oh!“, sagte der junge Priester und holte tief Luft. Nasjas Vorschlag überraschte ihn.

Nasja zögerte nicht und lauschte erneut nach seinem Herzschlag. Sie spürte Angst und gleichzeitig fühlte sie seinen Stolz, weil Nasja seine Arbeit gelobt hatte und er die Chance sah, Gutes im Namen von Samara zu tun.

„Die Menschen von Galadon brauchen uns“, sagte Nasja ernst. *Erst recht, wenn der Krieg ausbricht und die Not sich noch weiter verschlimmern wird.* Doch diesen Gedanken behielt sie besser für sich.

„Ich werde sehen, was ich tun kann“, sagte der Priester.

„Versprecht mir, einen Weg zu finden“, sagte Nasja ernst und richtete sich auf.

„Ich verspreche es Euch, meine Königin", murmelte der Priester und senkte seinen Blick.

„Ich danke Euch", erwiderte Nasja und wandte sich ab, um wieder an die Arbeit zu gehen. Es fühlte sich fremd an, die Rolle als Königin auszufüllen, und zugleich war es ein berauschendes Gefühl, auf diesem Weg vielleicht endlich etwas bewirken zu können. Zumindest hoffte Nasja darauf, dass der junge Priester ihr helfen konnte.

Wenn Nasja nicht an Bruder Pentos herankam, dann funktionierte es vielleicht auf diesem Weg. Sofort überkam Nasja eine erleichterte Stimmung. Gut gelaunt löste sie Irma wieder am Suppentopf ab und füllte eine Schüssel nach der anderen. Sie unterhielt sich mit den Menschen und freute sich, wenn sie bekannte Gesichter sah, aus denen die schlimmste Not verschwunden war. Als die Reihe sich langsam lichtete, stand plötzlich ein Junge vor Nasja, der ihr sehr bekannt vorkam.

Er hatte struppige, braune Haare und ein lebendiges Funkeln in den Augen.

Es war der Botenjunge von Freiherr von Lotringen. Er hatte eine Suppenschüssel in der Hand und trat mit ernster Miene vor Nasja. Sofort verschwand ihre leichte Stimmung und Sorge überkam sie.

„Was machst du denn hier?", fragte sie überrascht und griff nach seiner Schüssel.

„Es geht mir gut", erwiderte er sofort in flüsterndem Ton. „Ich bin nur hier, weil ich eine Botschaft überbringen soll."

Nasja füllte seine Suppenschüssel und reichte sie ihm.

Er griff danach und steckte Nasja gleichzeitig mit einer geschickten Handbewegung ein zusammengefaltetes Stück Papier zu.

„Danke", sagte der Junge, dann war er auch schon wieder verschwunden.

Nasja sah ihm verdutzt nach. Sie brauchte einen Moment, bis sie die ältere Dame vor sich wahrnahm, die ihr ihre Schüssel reichte.

Hastig steckte sie den Zettel in ihre Rocktasche und setzte ihre Arbeit fort. Doch Nasja war nicht mehr recht bei der Sache. Ihre Gedanken galten allein der Botschaft in ihrer Tasche. Wer nahm auf diesem Weg Kontakt mit ihr auf und was hatte er ihr mitzuteilen?

Nasja war nie ungeduldig gewesen. Doch heute war sie froh, als der letzte Besucher mit Essen versorgt war und sich die Tür des Tempels für diesen Tag schloss. Sie beeilte sich, mit dem Aufräumen fertig zu werden. Schneller als gewöhnlich schrubbte sie die Suppentöpfe. Als auch der Boden endlich gekehrt und gewischt war, verabschiedete sich Nasja von den Frauen und ging langsam aus dem Tempel.

Während einer der Soldaten ihr Pferd holte, zog sie hastig den Zettel aus der Tasche. Endlich war sie einen Moment unbeobachtet. Sie konnte nicht länger warten. Sie musste wissen, was auf diesem Zettel stand. Im Schein einer Fackel überflog sie hastig die wenigen Worte.

Komm heute auf dem Rückweg zu mir. Die Soldaten wissen Bescheid. A.

Nasja ließ das kleine Stück Papier hastig in ihrer Tasche verschwinden.

Sie wusste sofort, von wem die Botschaft gekommen war. Artem wollte sie sehen. Hatte er Neuigkeiten? Bestimmt war es so. Nasjas Herz schlug schneller. Wusste er etwas über die Trolle oder die Zentauren? Waren sie schon auf dem Weg nach Goros? Die Aufregung, dass schlechte Nachrichten auf sie warten könnten, überflutete sie, bevor sie ihr Einhalt gebieten konnte. Als der Soldat ihr Pferd brachte, zitterten ihre Hände.

Sie nahm die Zügel und schwang sich trotz ihrer weichen Knie in den Sattel.

Sie musste nichts sagen. Die Soldaten ritten los, doch

anstatt wie immer auf die nächste große Straße abzubiegen und den Weg aus der Stadt heraus einzuschlagen, bogen sie in eine kleine Gasse ein. Sie ritten ein paarmal nach rechts und nach links und plötzlich standen sie auf dem kleinen, baumbestandenen Platz, an dem sich Artems Haus befand.

Es war lange her, seitdem Nasja hier gewesen war. Damals hatten die Zentauren auf den Wiesen vor der Stadt gelagert. Nasja erinnerte sich noch gut an ihren Besuch und auch an Artems gemütliches Heim, in dem sie einen Moment unbeobachtet gewesen waren. Ihr Herz schlug ganz automatisch schneller. Sofort ermahnte sie sich, bei der Sache zu bleiben.

Langsam stieg sie von ihrem Pferd ab und atmete tief durch.

Über den Tag war der Schnee in den Straßen der Stadt geschmolzen und Nasjas Schritte hallten ungewohnt laut durch den frühen Abend. Es gelang ihr nicht, ihre Unruhe in den Griff zu bekommen. Ihr Herz schlug immer schneller, während sie auf die Haustür zuging. Doch es waren nicht allein die schlechten Nachrichten daran schuld, dass sie nervös war. Es waren viele Dinge, die sie beunruhigten.

Sie wusste, dass es riskant war, hierherzukommen. Wenn sie irgendjemand hier sah, dann war ihr Schicksal besiegelt. Ihres und das von Artem gleich mit. Doch das war es ohnehin und schwere Zeiten erforderten nun einmal schwere Entscheidungen. Sie hatten schon einmal Probleme gelöst, die unlösbar erschienen waren. Vielleicht gelang es ihnen noch einmal.

Als Nasja an die Tür klopfte, kam ihr der Klang unendlich laut vor. Sie sah sich vorsichtig um, doch der Platz war leer. Außer den Soldaten war niemand hier. Es dauerte nur wenige Sekunden, dann schwang die Tür auf. Artem stand vor ihr.

Nasja sah in sein wildes und schönes Gesicht und bekam kein Wort heraus.

Die Sehnsucht nach ihm riss in ihrer Brust. In einer anderen Zeit und in einem anderen Leben hätte ihre Liebe etwas Großes sein können. Der Schmerz der Enttäuschung stieß ihr wie ein Messer ins Herz.

„Komm rein", sagte Artem mit weicher Stimme und warf einen prüfenden Blick hinaus in die Nacht. Einer der Soldaten winkte ihm zu und Artem nickte. Dann trat er zur Seite, damit Nasja an ihm vorbeigehen konnte.

Sie zögerte nicht lang und trat in sein Haus. Seine ernste Miene machte ihr Sorgen. Also gab es tatsächlich neue Katastrophen zu vermelden.

Als sich die Tür hinter Nasja schloss, spürte sie Artems Hand. Es geschah so plötzlich und so selbstverständlich, dass es sich nicht fremd anfühlte. Er hatte nach ihren Fingern gegriffen und zog Nasja leicht in den Salon. Ein paar Gaslampen tauchten den Raum in ein warmes Licht. Alles sah aus wie bei ihrem letzten Besuch. Es gab ein großes Bücherregal, einen gemütlichen Sessel, ein kleines Sofa und einen schmalen Tisch, auf dem unzählige Bücher lagen. Vor dem Fenster befand sich ein großer Schreibtisch, der ebenso wie der Tisch mit Büchern und Papieren bedeckt war.

„Danke für deine Nachricht", sagte Nasja und sah sich um.

„Schön, dass du gekommen bist." Artem war neben sie getreten, ohne ihre Hand dabei loszulassen. Das vertraute Gefühl seiner Berührung ließ Nasjas Atem stocken. Unzählige Dinge gingen ihr durch den Kopf und nur mühsam konnte sie sich auf die wichtigen konzentrieren.

„Wenn du mich herbittest, muss es dringend sein", erwiderte Nasja schließlich besorgt und wandte sich Artem zu.

„Das ist es." Er nickte. „Ich habe Nachricht bekommen, dass die Zentauren und die Trolle sich auf den Abmarsch vorbereiten. Es gibt keinen Zweifel mehr an ihren Plänen. Sie warten nur noch auf das richtige Wetter. Es kann jetzt jeden Tag losgehen."

„Also ist es wirklich so", sagte Nasja erschrocken. Auch wenn sie schon mit dieser Nachricht gerechnet hatte, war es dennoch schrecklich, sie bestätigt zu wissen.

Artem nickte. „Ich habe die ganze Zeit gehofft, dass Nemos endlich zur Vernunft kommt und noch irgendetwas unternimmt, um den Krieg zu vermeiden. Dass er nicht sofort einsieht, dass er im Unrecht ist, habe ich erwartet, aber nun ist seit der Ratssitzung beinahe eine Woche vergangen und nichts hat sich geändert. Ganz im Gegenteil, er benimmt sich schlimmer denn je. Er feiert die Nächte durch und ist jeden Abend betrunken."

„Das ist mir auch aufgefallen", sagte Nasja besorgt.

„Er plant seinen Frühlingsball und geht keines der aktuellen Probleme an. Jetzt kann uns nur noch ein Wunder retten." Atem seufzte betrübt. „Es kommt mir vor, als ob er unbedingt recht behalten will und dafür sogar den Frieden und den Wohlstand Galadons aufs Spiel setzt."

„Genauso ist es. Er wird nicht nachgeben." Nasja sah Artem fest in seine warmen, braunen Augen. „Du kennst ihn besser als ich. Gibt es denn keinen Weg mehr, zu ihm vorzudringen?"

Artem schüttelte langsam den Kopf. „Ich befürchte, nicht. Es ist zum Verzweifeln."

Nasja nickte. Das beklemmende Gefühl in ihrem Magen wurde immer stärker. „Wenn du noch eine Idee für ein Wunder hättest, wäre jetzt der perfekte Moment."

Artem erstarrte. Nasja sah in seinem Blick, dass er genauso gut wie sie wusste, dass Nemos erst dann nachgeben würde, wenn die Zentauren und die Trolle vor den Toren Goros' standen. Bis dahin würde er die Gefahr weiterhin leugnen. Vermutlich war das leichter für ihn, als sich den Problemen zu stellen, die auf ihn warteten.

„Was ist mit deinem Vater?“, fragte Artem. „Kannst du die Nymphen nicht um Hilfe bitten?“

Nasja schüttelte leicht den Kopf. „Das kann ich nicht“, erwiderte sie betrübt. „Mein Vater kann im Moment keinen einzigen Mann entbehren. Und selbst wenn er kommen würde, würde Nemos sich weigern, die Hilfe der Nymphen anzunehmen. Er macht kein Geheimnis daraus, dass er mein Volk nicht mag.“

„Da könntest du recht haben.“ Artem seufzte. „Wie ich Nemos kenne, würde er die nahende Armee der Nymphen auch noch als Angriff deuten und dann gegen alle Völker kämpfen. Galadon ist dem Untergang geweiht.“ Der verzweifelte Blick in Artems Augen war kaum zu ertragen.

Nasja sah, wie er die letzte Hoffnung verlor. Es musste doch einen Ausweg geben. Gab es denn wirklich nichts mehr, was sie tun konnte? Verzweifelt ließ sie ihren Blick durch den Raum gleiten. Gab es denn wirklich keine Wunder? In diesem Moment der tiefsten Verzweiflung schoss ihr ein Gedanke durch den Kopf.

„Das Goldene Horn“, murmelte Nasja. Jetzt wo sie in Artems Salon stand, war ihr wieder eingefallen, wo sie schon einmal von der alten Legende gehört hatte.

„Wie bitte?“ Artem sah sie verdutzt an.

„Du hast mir davon erzählt, als wir hier gewesen waren“, sagte Nasja ernst. „Du hast gesagt, du hättest viel über die alten Mythen der Nymphen gelesen. Erinnerst du dich noch?“ Nasja sah Artem ernst an.

„Das kann sein“, erwiderte Artem. „Aber das ist schon lange her.“

„Du hast gesagt, du hättest dir Bücher darüber zuschicken lassen, um etwas über das Mondtor herauszufinden, und dabei wärst du auch über diese Geschichten gestolpert.“ Nasja sah sich suchend um, als ob sie damit rechnete, dass ein passendes Buch gleich neben ihr liegen würde. Doch das tat es nicht.

„Was hat es mit dem Goldenen Horn auf sich?“ Artem musterte sie interessiert.

„Wenn man in das Horn stößt, kann man die Armee der Minotauren aus dem Reich der Toten rufen“, sagte Nasja hastig.

„Minotauren?“, erwiderte Artem skeptisch.

Nasja nickte. „Sie ziehen für denjenigen in den Krieg, der in das Horn stößt.“

„Bist du dir sicher, dass es dieses Horn wirklich gegeben hat?“ Die Skepsis in Artems Blick mischte sich mit Neugier.

„Das Mondtor existiert auch. Warum sollte es das Goldene Horn nicht geben?“ Nasja suchte in ihrer Rocktasche nach dem kleinen Büchlein mit den Legenden. Sie hatte es tatsächlich noch einstecken. Schnell reichte sie es Artem. „In dem Buch steht, dass das Horn versteckt wurde, um den Nymphen auch in Zukunft zunutze zu sein. Du hast damals gesagt, dass es heilige Orte auch in der Nähe von Goros gibt. Vielleicht ist es ganz in unserer Nähe und das ist das Wunder, das wir brauchen, um über die Zentauren und die Trolle zu triumphieren.“

Artem schwieg eine Weile. Dann zog er Nasja mit sich auf das Sofa und ließ sich darauf nieder. „Ich weiß nicht, ob das das Wunder ist, auf das wir hoffen sollten.“

Nasja setzte sich neben ihn, ohne ihre Berührung zu unterbrechen. Es war so wenig, aber es war so unendlich wertvoll, dass sie einen Moment die Luft anhielt.

„Ich bin offen für alle Lösungen“, sagte Nasja leise. „Aber ohne ein Wunder werden wir Galadon nicht mehr retten können. Alle anderen Möglichkeiten wird Nemos blockieren.“

„So ist es vermutlich.“ Artem seufzte, dann nickte er. „Ich habe dich nicht nur hergebeten, um dir zu sagen, dass es ernst wird. Eigentlich wollte ich dich davon überzeugen, dass du endlich aus der Stadt und dem Land verschwindest. Ich kenne ein paar einsame Verstecke im Norden. Dort bist du sicher. Ich habe Männer, denen ich zu einhundert Prozent vertrauen kann. Noch ist genug Zeit, um zu fliehen."

„Ich kann nicht, das habe ich doch schon gesagt." Nasja schüttelte leicht den Kopf.

„Geh mir zuliebe, ich werde Nemos schon irgendwie davon abhalten, dass er die Soldaten zurückbefiehlt."

„Und was ist mit dir?", fragte Nasja erstaunt von seinen Worten.

„Ich?" Artem sah sie mit einem wehmütigen Lächeln an. „Ich bleibe hier. Falls Nemos doch noch einlenkt, muss ich da sein und das Heer in den Krieg führen."

Nasja schwieg einen Moment. „Also hast du ebenso wie ich noch einen Funken Hoffnung in dir, dass alles gut werden wird." Sanft drückte sie seine Hand. „Wenn ich gehe, würde ich aufgeben und das kann ich nicht, noch nicht. Ich glaube daran, dass es noch eine Chance gibt, genauso wie du."

Artem sah ihr einen langen Moment in die Augen. Ganz automatisch lauschte Nasja auf seinen Herzschlag und ein Lächeln schlich sich auf Artems Lippen, als sie seine Gefühle erkundete.

Liebe und Hoffnung, Angst und Schmerz – Nasja fühlte alles zugleich.

Sie blickte zu Artems Lippen. Es war ein perfekter Moment, sie fühlte sich ihm verbunden wie nie zuvor. Sie waren vereint in ihrer Verzweiflung. Hinter ihnen lagen schmerzhafte Zeiten und vor ihnen lag ihre aussichtslose Zukunft. Vielleicht war dies ihre einzige und letzte Chance, allein zu sein. Wer wusste schon, was die nächsten Tage und Wochen brachten?

Ganz langsam beugte sich Artem zu ihr. Sie waren sich ganz nah.

Als Nasja schon glaubte, dass Artem sie küssen würde,

schloss er plötzlich die Augen und ein gequälter Laut entwich seinen Lippen.

Hastig stand er auf. „Wir dürfen das nicht tun." Er schüttelte den Kopf, als ob er sich selbst davon überzeugen musste.

„Du hast recht", flüsterte Nasja, und die Röte schoss ihr in die Wangen, als sie begriff, dass sie beinahe etwas getan hätte, was unverzeihlich gewesen wäre.

„Du hast von den Büchern gesprochen." Artem bemühte sich um einen nüchternen Ton. Er räusperte sich und trat zu seinem Schreibtisch. Dort begann er in den Bücherstapeln zu suchen. Schließlich kam er mit zwei Büchern zu Nasja und reichte sie ihr. „In diesen beiden Büchern habe ich von dem Goldenen Horn und auch von dem Mondtor gelesen. Ich gebe sie dir gern. Vielleicht findest du darin einen Hinweis auf den Verbleib des Goldenen Horns. Vermutlich ist es besser, wenn wir keine Möglichkeit ausschließen, und sei sie auch noch so unwahrscheinlich."

„Danke." Nasja nahm die Bücher und schluckte. Der Gedanke, dass sie sich beinahe geküsst hatten, ließ ihr Herz immer noch schneller schlagen.

Artem nickte. „Wenn du etwas gefunden hast, lass es mich wissen. Wenn ich Zeit habe, sehe ich mich gern danach um." Er hielt inne. „Und wenn du es dir anders überlegst und fliehen möchtest, dann lass es mich sofort wissen."

„Ja, das werde ich tun." Nasja nickte. Sie hielt sich an den Büchern fest und versuchte sich auf ihr Gespräch zu konzentrieren. Doch der drängende Wunsch, auf Artem zuzutreten, wurde immer stärker. „Es ist besser, wenn ich jetzt gehe." Sie wich seinem Blick aus und erhob sich hastig.

Artem räusperte sich. „Ja, das ist besser. Wenn ich Neuigkeiten habe, lasse ich sie dir sofort zukommen."

„Du weißt ja, wo du mich findest.“ Nasja ging mit den Büchern unter dem Arm zur Tür.

„Ja, das weiß ich.“ Artem folgte ihr.

Als Nasja bei der Tür angelangt war, blieb sie einen Moment stehen. Der Drang, sich umzudrehen und sich in Artems Arme sinken zu lassen, war beinahe unbezwingbar. Sie wusste, dass er nicht noch einmal die Kraft finden würde, seinen Gefühlen zu widerstehen.

Es wäre so leicht. Sie könnte sich einfach umdrehen und alle Regeln vergessen, an die sie durch die Versprechen ihres Vaters gebunden war. Sie hatte nie um diese Ehe gebeten. Nemos hasste sie und wollte ihren Tod. Sie hatte allen Grund, ihn hinter sich zu lassen und sich einem Mann hinzugeben, der sie wirklich liebte und sie so sehr begehrte, dass sie den Schmerz in seinem Herzen kaum ertragen konnte.

Nasja spürte den unbändigen Drang, ihren Gefühlen nachzugeben.

Doch es ging nicht um sie und ihre Wünsche. Sie zählte nicht. Artems Aufgabe war viel größer als ihr kleines Glück. Er war für die Geschicke Galadons, ja für den ganzen Kontinent von großer Bedeutung. Und er würde es sich niemals verzeihen, wenn er seinen König hintergehen würde. Nasja musste stark sein, so schwer es in diesem Moment auch sein mochte.

„Wir sehen uns bald wieder“, flüsterte Artem, als ob er spürte, welchen Kampf Nasja gerade mit sich ausfocht. Der Schmerz in seiner Stimme traf Nasja mitten ins Herz. „Ich verspreche es dir.“

„Ja, wir sehen uns bald wieder“, murmelte sie hastig, dann riss sie die Tür auf und trat auf die Straße hinaus. Sie hielt es keinen Moment länger in seiner Nähe aus, ohne ihn zu berühren und zu umarmen und ihm ihre Liebe zu gestehen.

Nasja ging zu ihrem Pferd, ohne sich noch einmal nach

Artem umzusehen.

Nachdem sie die Bücher in der Satteltasche verstaut und aufgesessen hatte, hörte sie, wie sich die Tür zu seinem Haus schloss. Nasja atmete aus. Es war schwer, aber sie hatte die richtige Entscheidung getroffen. In diesem Leben war kein Platz für ihre Liebe.

Sie würde in ihren Träumen existieren. Nur dort waren sie frei.

Nasja atmete tief die kühle Luft ein und langsam verebbten die heftigen Gefühle.

Dann schloss sie sich den Soldaten an, die den Weg aus der Stadt hinaus eingeschlagen hatten.

KAPITEL 18

Nasja sah nachdenklich aus dem Fenster. Die Flocken fielen dicht und das schon seit vielen Tagen. Der Schnee lag hüfthoch und die Bediensteten schafften es kaum, die Wege frei zu halten. Während Nemos und Frederika bei jeder Gelegenheit über das schlechte Wetter fluchten, war Nasja für jeden Tag dankbar, den der Winter anhielt. Nach dem kurzen Tauwetter waren die kühlen Temperaturen zurückgekehrt und starker Schneefall hatte eingesetzt.

Auch wenn Nasja selbst gesehen hatte, dass der Winter noch einmal mit aller Kraft zurückgekehrt war, hatte sie dennoch voller Furcht auf eine Nachricht von Artem gewartet. Doch sie hörte nichts mehr von ihm und sie war über jeden Tag froh, an dem es so blieb.

Dennoch waren ihre Gedanken ständig bei ihm. Was er wohl gerade tat? War er an den Grenzen des Landes unterwegs? Sorgte er heimlich und im Hintergrund dafür, dass die Armee einsatzbereit war? Beratschlagte er mit Auris, wie sie die Konflikte doch noch friedlich lösen konnten? Die Ungewissheit begleitete Nasja in jeder wachen Minute.

„Nasja?" Celistras Stimme riss Nasja aus ihren Grübeleien.

„Ja?" Nasja sah erschrocken auf.

„Du hast gesagt, du bist weitergekommen."

Nasja nickte. „Ja, wo waren wir stehen geblieben?" Nachdenklich blätterte Nasja in einem der beiden Bücher, die sie von Artem bekommen hatte. In dem dünneren hatten nur allgemeine Dinge über die alten Mythen der Nymphen gestanden.

Es hatte Nasja nicht viel genutzt. Nicht einmal die Geschichte des Goldenen Horns hatte darin so detailliert gestanden wie in dem kleinen Büchlein, das Nasja von dem dunkelhaarigen Mädchen bekommen hatte. Doch in dem dicken Buch hatte Nasja interessantere Dinge gefunden. In ihm stand zwar nichts über die Minotauren, aber dafür hatte Nasja ein umfangreiches Verzeichnis der heiligen Orte der Nymphen gefunden, die quer über den ganzen Kontinent verteilt lagen.

„Wir waren bei Syke stehengeblieben, der Baumnymphe, die im alten Eichenhain östlich von Goros angebetet wurde." Nasja beugte sich über das Buch und ließ ihren Finger über die Zeilen gleiten.

Celistra nickte. „Aros war gestern dort gewesen. Er hat den Ort den ganzen Tag abgesucht. Von dem Wald, der einmal dort gestanden hat, ist nichts mehr übrig geblieben. Dort wird schon seit Menschengedenken Getreide angebaut. Aros hat mit dem Mann gesprochen, der den Acker bewirtschaftet. Er sagt, dass seine Urahnen hin und wieder silberne Schalen oder einen Ring aus dem Boden geholt haben, wenn sie die Furchen tief zogen, dass er selbst aber nichts mehr gefunden hat. Von einem Goldenen Horn hat er nichts gehört und gesehen."

„Also war das wieder ein Reinfall." Nasja seufzte und sah durch die Tür ihrer Suite in die Nacht hinaus. Nur mit Mühe konnte sie ein Gähnen unterdrücken. „Dann sehen wir uns den nächsten Ort an. Viele sind nicht mehr übrig. Aros war schon an zehn Orten rund um Goros und hat nichts gefunden. Mit jedem Versuch steigt die Wahrscheinlichkeit, dass er etwas findet."

„Oder dass das Goldene Horn nicht hier ist", murmelte Celistra und sah Nasja ernst an. „Ich weiß, dass es dir gerade viel bedeutet, nach diesem Horn zu suchen. Aber was ist, wenn es das Goldene Horn gar nicht gibt?"

„Das Horn hat sicher existiert“, erwiderte Nasja. Sie wusste, dass es die pure Verzweiflung war, die dafür sorgte, dass sie sich so an diese alte Legende klammerte. Aber das war das Einzige, was sie gerade tun konnte. Sie konnte einfach nicht aufgeben, so unsinnig die Suche vermutlich war.

„Was ist, wenn es nicht in der Nähe versteckt ist? Es könnte überall sein.“ Celistra sah Nasja nachsichtig an. Sie waren immer einer Meinung gewesen. Doch Nasjas besessene Suche sah Celistra kritisch und das sagte sie Nasja auch.

„Lass uns einfach weitersuchen.“ Nasja wusste, dass sie sich mit der Verzweiflung eines Ertrinkenden an diese letzte Hoffnung klammerte. Doch etwas anderes hatte sie im Moment einfach nicht.

Celistra seufzte.

„Bitte.“ Nasja sah sie flehend an und in diesem Blick lag der drängende Wunsch, ihr nicht auch noch die letzte Möglichkeit zu nehmen, irgendetwas an ihrem Schicksal ändern zu können.

„Also gut.“ Celistra nickte langsam. „Was macht dich noch mal so sicher, dass es hier sein könnte?“

„Die Dichte der Weihestätten“, erwiderte Nasja sofort. „Früher haben hier oben am Wasserfall des Nimbus viele Nymphen gelebt. Die Kraft des Wassers hat sie angezogen. Im Land der Zentauren gab es nie viele Weihestätten, eigentlich sind es nur zwei, das Mondtor in Frenzenstetten und dann noch eine Heilige Quelle ganz im Süden, die aber schon vor langer Zeit versiegt sein soll. Die Trolle haben ihr Land durchsucht wie die Maulwürfe. Man sagt, sie riechen Gold und Edelsteine in der Erde. Wäre das Goldene Horn bei ihnen, hätten sie es längst gefunden. Im Land der Nymphen sind die alten Weihestätten nie zerstört oder vergessen worden. Sie werden noch immer genutzt. Die Nymphen wüssten, wenn das Goldene Horn bei ihnen wäre. Mein Vater ist sogar im Besitz eines dieser besonderen magischen Stücke."

„Du meinst den Silbernen Kamm der heiligen Nymphe Gorgyra?" Celistra sah Nasja fragend an.

„Genau den meine ich", entgegnete Nasja sofort.

„Gorgyra war eine mächtige Flussnymphe, die mächtigste, wenn man den alten Geschichten glauben kann. Zumindest war sie sehr bekannt, viele haben zu ihr gebetet. Aber ihr Kamm sorgt allein dafür, dass man schöne Haare bekommt. Dieser Kamm ist vielleicht besonders, aber besonders mächtig ist er nicht."

„Ich will ja nur sagen, dass allein hier in Galadon noch vergessene Weihestätten existieren, und vielleicht liegt ja in einer dieser Weihestätten das Goldene Horn bereit, um eine Nymphe in Not zu retten." Dieses Mal konnte Nasja das Gähnen nicht unterdrücken.

„Wir sollten schlafen gehen", sagte Celistra und runzelte die Stirn. „Du musst morgen früh wieder zeitig aufstehen."

Nasja schüttelte den Kopf. „Ich werde morgen schon nicht in der Suppenküche einschlafen." Nasja zog eine Liste der Weihestätten heraus. Die meisten lagen tatsächlich rund um Goros. Aros konnte sie alle innerhalb eines Tages erreichen. Es gab nur noch drei alte Weihestätten, die weiter entfernt lagen. „Es gibt noch ein paar Orte in der Nähe, die Aros sich ansehen kann. Wenn er dort nichts findet, muss er weiter aufs Land reisen."

„Also schön", sagte Celistra mit einem Seufzen. „Auch wenn ich nicht glaube, dass wir hier etwas finden werden. Welche Orte sind noch übrig?"

Nasja ließ ihren Finger über die Liste gleiten. „Es sind allesamt Orte, an denen Gorgyra angebetet wurde."

Celistra gab einen enttäuschten Laut von sich.

„Das hat nichts zu sagen", erwiderte Nasja sofort. Sie wollte sich die Hoffnung nicht nehmen lassen. „Im Zentrum von Goros gibt es einen Brunnen. Er speist sich aus einer Quelle, die tief unter Stadt liegt. Dort kann ich morgen nach der Arbeit in der Suppenküche selbst hingehen."

„Tu das. Wo soll ich Aros hinschicken?" Celistra beugte sich über die Liste.

„Schick ihn Richtung Westen, kurz hinter Goros fließt ein kleiner Nebenarm in den Nimbus. An der Stelle, an der sich die beiden Flüsse vereinen, gibt es einen alten Basaltblock. Dort ist eine Weihestätte für Gorgyra." Nasja ließ die Liste sinken.

Celistra nickte. „Ich werde ihm heute Abend noch Bescheid sagen."

„Stört es ihn auch nicht, dass ich ihn ständig zu Botengängen aussende?"

Celistra schüttelte den Kopf. „Keineswegs. Er ist froh, dass er der Arbeit in den Ställen entfliehen kann. Gestern wurde Schmuck für die Pferde angeliefert. Nemos plant wohl, mit geschmückten Kutschen zum Frühlingsfest in die Stadt zu fahren. Die Stallknechte sind den ganzen Tag damit beschäftigt, die Kutschen zu schrubben und mit Girlanden zu verzieren. Er ist froh, dass er draußen unterwegs sein kann."

Nasja lächelte. Wenigstens für Aros hatten diese Unternehmungen etwas Gutes, auch wenn Nasja es kaum ertrug, wenn er Tag für Tag mit enttäuschenden Nachrichten zurückkehrte.

„Was ist der letzte Ort?" Celistra sah Nasja fragend an.

„Das verrate ich dir morgen." Nasja legte die Liste in das Buch und schlug es zu. Der letzte Ort war so unspektakulär, dass Nasja nicht darüber nachdenken wollte, was sie tat, wenn Aros morgen wieder ohne Neuigkeiten zurückkommen würde. Oben an der Klippe hatte sich vor langer Zeit einmal eine Weihestätte befunden. Sie war schon vor langer Zeit entfernt worden. Sie waren schon so oft dort gewesen. Dort befand sich nichts. Nasjas Hoffnung ruhte auf dem morgigen Tag.

Celistra erhob sich und zog die Vorhänge zu, dann schüttelte sie Nasjas Bett auf. „Schlaf gut“, sagte sie beim Hinausgehen. „Ich bin bei Aros.“

Nasja nickte. „Schlaf gut.“ Sie wusste, dass die beiden sich schon vor einer Weile nähergekommen waren, und sie gönnte ihnen ihr heimliches Glück. Wen wunderte es? Es war eine Frage der Zeit gewesen. Sie waren die einzigen Nymphen weit und breit, durch das Wort ihres Vaters an Nasjas Seite gebunden. Sie freute sich, dass wenigstens sie ein wenig Liebe in der Fremde gefunden hatten.

Nasja ging zu Bett und obwohl sie müde war, lag sie noch lange wach. Wie so oft kreisten ihre Gedanken um Artem. Die Ungewissheit machte sie immer unruhiger. Wo war er jetzt? Was tat er? Bereitete er sich auf einen Kampf oder auf eine Flucht vor? Es dauerte lange, bis die Stimmen in Nasjas Kopf ruhiger wurden und sie endlich in den Schlaf fand. Dafür schlief sie ruhig und traumlos und als sie am nächsten Morgen von Celistra geweckt wurde, fühlte sie sich trotz der kurzen Nacht ausgeruht. Sie zog sich an und machte sich für den Tag fertig. Da es draußen immer noch viel zu ungemütlich war, frühstückte sie in ihrer Suite ein wenig getrocknetes Obst und trank Wasser. Dann zog sie ihren warmen Mantel an und brach auf.

Als sie sich auf ihr Pferd schwang, lag der Geruch schmelzenden Schnees in ihrer Nase. Nasja bemerkte es nicht sofort. Sie war so in Gedanken rund um die verbliebenen Weihestätten von Gorgyra versunken, dass ihr erst beim Verlassen des Schlossgartens auffiel, dass ihr Pferd durch feuchten Schnee stapfte. Ein mulmiges Gefühl erwachte in ihrem Bauch und das leichte Frühstück drückte plötzlich schwer in ihrem Magen.

Besorgt sah Nasja in den anbrechenden Morgen hinaus. Die Sonne ging gerade auf und es gab keinen Zweifel, dass ein schöner, sonniger Tag vor ihnen lag. Die Luft war mild. Der Winter hatte seine Kraft verloren und damit war ihre Schonzeit verstrichen. Den ganzen Morgen arbeitete Nasja fahrig und war nicht bei der Sache. Das merkte auch Irma, die Nasja mehrmals darauf hinweisen musste, dass sie das Brot zu dick schnitt und die Kartoffeln nicht ordentlich genug schälte.

Während Nasja die Suppe verteilte, suchte sie in der Menge nach den wirren Haaren des Botenjungen von Freiherr von Lotringen. Immer wieder ließ sie ihren Blick über die Köpfe schweifen und glaubte nicht nur einmal, ihn entdeckt zu haben. Doch jedes Mal war es ein Irrtum. Der Junge kam nicht und damit auch keine Nachricht von Artem.

Am Abend verließ Nasja enttäuscht und zugleich erleichtert den Tempel. Sie bat die Soldaten um einen kleinen Umweg zum Matrosenbrunnen. So wurde er genannt, seitdem Nemos die alten Weihestätten der Nymphen verboten hatte. Den Brunnen hatte er nicht entfernen können. Er war wichtig für die Wasserversorgung in der Stadt. Also war er umbenannt worden und damit war es ihm noch besser ergangen als der alten Eiche südlich von Goros. Sie war noch im letzten Jahr im Auftrag von Nemos gefällt worden, nachdem einige Bauern sich nicht davon hatten abbringen lassen, an diesem Ort zu einem Baumnymph namens Balanos zu beten, der ihre Ernte segnen sollte.

Als sie an dem Brunnen ankamen, lag schon die Dämmerung über der Stadt. Der Brunnen befand sich mitten auf einem kleinen Platz in der Nähe des Südviertels. Er war umringt von zweistöckigen Häusern, aus denen Lachen, Schreien und das Klappern von Geschirr zu hören war. Immer wieder kamen Frauen mit Wassereimern vorbei, schöpften die Eimer voll und machten sich mit ihrer schweren Last zurück auf den Heimweg.

Nasja betrachtete den Brunnen. Wie so oft bei heiligen

Orten war auch in ihm Basalt verbaut worden. In einem großen Becken befand sich eine gemeißelte Figur, die einen Krug hielt, aus dem Wasser floss. Unzählige Bronzemünzen lagen am Boden des knietiefen Beckens. Nasja kannte den alten Aberglauben, dass man sich etwas wünschen durfte, wenn man eine Münze in das Wasser warf. Davon hatte Nemos‘ Beschluss, den Brunnen umzubenennen, die Menschen auch nicht abhalten können.

Eine Frau stellte gerade zwei Eimer am Brunnenrand ab und wischte sich den Schweiß von der Stirn. Sie sah Nasja einen Moment skeptisch an, dann schien sie sie zu erkennen und lächelte ihr freundlich zu. Mit ein paar Schritten war sie plötzlich bei Nasja und fiel vor ihr auf die Knie. Die Soldaten standen mit einem Mal ganz nah bei ihr. Nasja lauschte ganz automatisch auf den Herzschlag der Frau und spürte nur eine reine Welle der Dankbarkeit.

„Schon gut“, sagte Nasja zu den Soldaten und reichte der Frau die Hand, um sie wieder auf die Füße zu ziehen. Doch das wollte sie gar nicht. Sie kniete vor Nasja und sah sie mit Tränen in den Augen an.

„Ich kann Euch gar nicht genug danken, Nasja vom grünen Born“, sagte sie hastig. „Ihr seid eine Heilige. Ohne Euch und die Suppenküche wären mein Mann, meine Kinder und ich nicht durch den Winter gekommen. Wir wären verhungert. Jetzt hat mein Mann neue Arbeit und wir konnten wieder in ein eigenes Haus ziehen. Ich danke Euch so sehr.“

„Steht auf“, sagte Nasja mit weicher Stimme, und nun ließ sich die Frau von ihr auf die Beine ziehen. „Das ist nicht allein mein Verdienst“, sagte sie. „Ich leiste nur einen kleinen Teil der Arbeit.“

„Aber Ihr seid die Königin“, sagte die Frau, als ob Nasja das zu einer Galionsfigur der Suppenküche machte.

Nasja sah sie verdutzt an. „Ja, die bin ich“, sagte sie schließlich. „Ich habe Euch gern geholfen, denn das ist meine Aufgabe."

„Möge Euch Samara segnen", sagte die Frau.

„Danke", erwiderte Nasja, denn sie erkannte die Herzlichkeit in diesem gut gemeinten Wunsch.

Die Frau verneigte sich noch einmal und ging dann wieder ihrer Arbeit nach. Nasja sah ihr nachdenklich hinterher, wie sie mit ihren vollen Wassereimern davonging. Es war schwer, die Dankbarkeit anzunehmen, aber es tat auch gleichzeitig gut, zu wissen, dass die Arbeit, die sie tat, gewürdigt und geschätzt wurde.

Als die Frau ihrem Blick entschwunden war, sah Nasja wieder zum Brunnen zurück und konzentrierte sich. Sie schloss die Augen und lauschte in ihre Umgebung hinein. Sie spürte das Schlagen unzähliger Herzen in ihrer Umgebung.

Sie fühlte Liebe, Wut, Langeweile und Zorn. Alles mischte sich zu dem Leben, das die Menschen ausmachte. Doch vor ihr fühlte Nasja nichts. Schnell öffnete Nasja wieder die Augen. Was sollte sie auch fühlen? Das Goldene Horn war kein Lebewesen und dieser Brunnen auch nicht. Er bestand nur aus Stein. Aber wie sollte sie das Horn sonst aufspüren?

Nasja betrachtete den Brunnen genauer. Die Gestalt aus dunklem Stein stellte eindeutig Gorgyra dar. Ihre langen Haare fielen ihr in dichten Wellen über den Körper. Es sah aus, als ob die Locken aus Wasser bestehen und um ihren Körper herumfließen würden. Jemand hatte versucht, die Figur unkenntlich zu machen. Ein paar Stücke ihres Gesichtes fehlten. Doch angesichts des harten Steins hatte man die Bemühungen, die Figur zu zerstören, schnell wieder aufgegeben.

Langsam lief Nasja um den Brunnen herum. Als zwei Frauen mit Wassereimern kamen, stieg Nasja schnell wieder auf ihr Pferd. Hier gab es nichts zu entdecken. Der Brunnen war flach und der Stein hart. Das war kein guter

Ort für ein Versteck. Nasja musste nicht lange weitersuchen. Sie kannte die Weihestätten aus ihrer Heimat, die zum Teil in Höhlen oder in Grotten lagen.

Dort gab es viele Möglichkeiten, ein Horn zu verbergen, aber hier nicht.

Der Schmerz der Enttäuschung bohrte sich tief in Nasjas Herz und dass es plötzlich zu regnen begann, machte die Sache auch nicht besser. Im strömenden Regen machten sie sich auf den Weg zurück zu Schloss Schwanenberg.

Beim Abendessen war Nasja nicht bei der Sache. Erst mit einiger Verspätung fiel ihr auf, dass auch Nemos heute auffallend ruhig war. Er hatte sich den ganzen Abend kaum am Gespräch von Toto und Frederika beteiligt und selbst sein erstes Weinglas hatte er noch nicht ausgetrunken.

Wusste er, was der Wetterwechsel zu bedeuten hatte?

Hatte er ihn überhaupt bemerkt?

Als das Dessert serviert wurde und Nemos nachdenklich in seiner Vanillecreme rührte, konnte Nasja der Versuchung nicht widerstehen. Sie holte tief Luft und lauschte auf Nemos' Herzschlag. Sie spürte sofort, welches Gefühl ihn ganz und gar durchdrang. Er machte sich Sorgen. Nur mit Mühe konnte Nasja verhindern, dass sie überrascht aufsah.

Doch nicht nur Nemos hatte Sorgen. Als Nasja auf den Herzschlag von Toto hörte, spürte sie dasselbe Gefühl bei ihm. Also war es wirklich so. Die beiden wussten ganz genau, was das Tauwetter bedeutete, und ganz tief in sich drin wussten sie auch, dass Artem recht hatte.

Nasja konzentrierte sich wieder auf ihr Essen, während sie mit sich rang. Sollte sie etwas sagen? Sollte sie die beiden bitten, endlich zu handeln?

Doch Nasja war schon so oft mit ihren Bitten gescheitert, dass sie nicht daran glaubte, dass ein Wort von ihr irgendetwas anderes bei Nemos bewirken konnte, als ihn wütend auf sie zu machen.

Also schwieg sie, aß ihr Dessert und erhob sich, als Nemos und Toto nach nebenan gingen, um noch ein Glas Wein zu trinken, wie sie es jeden Abend taten.

Nachdenklich ging Nasja zurück zu ihrer Suite. Sie hatte ein schlechtes Gewissen, weil sie nicht mutiger gewesen war. Hätte sie vielleicht heute etwas bei Nemos bewirken können?

„Nein“, sagte Celistra entschieden, nachdem Nasja ihr von ihren Bedenken erzählt hatte. „Er weiß selbst, wie die Lage im Norden ist. Aros hat mir erzählt, dass er einen seiner Wachleute losgeschickt hat, um sich bei den Trollen umzuhören. Er weiß ganz genau, was los ist.“

„Also kann er nicht über seinen Schatten springen und zugeben, dass er sich geirrt hat“, sagte Nasja nachdenklich. Dann sah sie Celistra durchdringend an. „Was hat Aros erfahren?“

„Ich weiß es noch nicht“, erwiderte Celistra kopfschüttelnd. „Aros ist noch nicht zurück. Wie war es am Brunnen?“

„Nichts.“ Nasja seufzte und zog sich die Nadeln aus der Frisur. „Rein gar nichts.“

„Es tut mir leid“, sagte Celistra und half ihr dabei, ihre Frisur zu lösen.

„Jetzt können wir nur noch hoffen, dass Aros gute Nachricht bringt“, murmelte Nasja. „Oder dass Nemos über Nacht begreift, dass es jetzt wirklich ernst wird.“

KAPITEL 19

Mit jedem Tag, den die nächste Ratssitzung näher rückte, schmolz der Schnee immer mehr. Als Nasja wieder im Konferenzsaal saß und aus dem Fenster sah, war er völlig verschwunden. Wenn sie ehrlich zu sich selbst war, dann hatte sie nicht geglaubt, dass sie noch einmal zu einer Ratssitzung zusammenkommen würden. Sie hatte längst damit gerechnet, dass die Trolle und Zentauren angreifen würden oder dass Nemos aus Schloss Schwanenberg flüchten würde, weil ihn die Angst übermannt hatte.

Doch nicht nur ihr schien es so zu gehen, auch Exlet und Drawomir, die ihr gegenübersaßen, wirkten angespannt und sahen immer wieder zur Uhr hinüber. Jeder wusste, was die Stunde geschlagen hatte. Heute mussten Entscheidungen gefällt werden, und zwar dringend. Die Augen länger vor der Wahrheit zu verschließen, wäre fatal.

Nasja war bereit, die Stimme zu erheben, egal was das für sie bedeuten würde. Fünf Minuten vor zehn Uhr vernahm Nasja endlich Geräusche. Doch es waren nicht nur Nemos und Toto. Das Stampfen vieler Schritte erklang und Nasja sah erschrocken auf. Nemos kam zur Tür herein. Ihm folgten Toto und etwa zehn Männer seiner Wachmannschaft, die sich jetzt im weiten Kreis um den großen Tisch aufstellten.

Nasja sah sich erschrocken um. Was hatte das zu bedeuten? Sie blickte zur Tür, die der letzte Mann hinter sich schloss. Es war zehn Uhr und Auris war nicht hier. Dass Artem nicht erscheinen würde, damit hatte Nasja schon gerechnet. Nemos hatte ihn schließlich aus dem Schloss geworfen und ihm verboten, sich wieder hier blicken zu lassen. Aber Auris war immer bei den Ratssitzungen gewesen, egal was Nemos bisher beschlossen hatte.

Eine seltsame Stimmung lag in der Luft. Etwas war anders und Nasja musste nicht auf Nemos' Herzschlag lauschen, um zu wissen, was das war. Sie sah die Angst in seinen Augen.

Nemos wusste, dass Gefahr in der Luft lag. Seine Antwort darauf war es, sich selbst mit noch mehr Männern zu schützen. Wusste er nicht, dass diese zehn Mann gegen ein Meer aus Zentauren wenig ausrichten würden? Doch offenbar fühlte er sich wohler, wenn die Männer nicht von seiner Seite wichen.

„Da wir alle vollständig sind, eröffne ich nun die Ratssitzung", sagte Nemos mit einem Blick auf die Uhr, nachdem er sich an seinen Platz gestellt hatte. Er sah auf die Ratsmitglieder hinab. „Damit wir allen Förmlichkeiten Genüge tun, bitte ich Drawomir, uns zu berichten, was er aus dem Land der Zentauren erfahren hat." Nemos wandte sich Drawomir zu. „Du warst zwar nicht dort, aber sicher hast du wieder fleißig Briefe geschrieben." Ein spöttisches und zugleich herablassendes Lächeln lag auf Nemos' Lippen.

Drawomir räusperte sich umständlich. Die Anwesenheit von Nemos' Wachmannschaft schien ihn sichtlich zu irritieren. Doch nicht nur ihn. Auch Nasja war nervös. Die angespannte Stimmung kam ihr seltsam vor. In den letzten beiden Ratssitzungen war es Nemos egal gewesen, dass er die Form nicht eingehalten hatte. Warum legte er heute Wert darauf?

„Also, es ist so." Drawomir räusperte sich noch einmal. „Die Lage ist recht eindeutig. Ich habe es nicht beim Briefeschreiben belassen, sondern bin an die Grenze gereist und an ihr entlang. Dabei konnte ich beobachten, wie sich die Zentauren wieder um Frenzenstetten scharen. Es sind mehr als jemals zuvor."

„Unsere Männer stehen dort bereit", sagte Nemos, ohne zu zögern. Die Nachricht schien ihn nicht zu überraschen. „Also ist das kein Problem." Er sah Drawomir durchdringend an. „Gibt es noch etwas?"

„Nun ja." Drawomir sah zur Tischplatte hinab. „Es ist vielleicht doch ein Problem. Wenn an den Erzählungen über das Mondtor etwas Wahres ist, sollten wir das im Auge behalten. Es ist abnehmender Mond und …"

Nemos Miene verfinsterte sich schlagartig. „Ich erlaube nicht, dass dieser Unsinn in meinem Schloss ausgesprochen wird", fuhr Nemos Drawomir an und unterbrach ihn mitten im Satz. „Das Mondtor existiert nicht und diesen alten Aberglauben werde ich im Land des Sonnengottes Samara nicht dulden. In Galadon ist kein Platz für die kindischen Märchen der Nymphen. Ich will kein Wort mehr davon hören."

Drawomir verstummte sofort und senkte seinen Blick.

Nemos wandte sich Exlet zu. „Wie sieht es im Land der Trolle aus? Wie geht es meinem guten Freund Borgis?"

Exlet schluckte. Auch er war sichtlich nervös. „Die Trolle sind ruhig", sagte er schließlich. „Es ist alles in bester Ordnung. König Borgis geht es gut." Seine Worte hatten abgehackt und kurz angebunden geklungen.

„Das war alles?" Nemos runzelte die Stirn.

„Ja, das ist alles." Exlet nickte, den Blick starr auf die gegenüberliegende Wand gerichtet.

Nasja sah Nemos erwartungsvoll an. Das war eine offensichtliche Lüge und man brauchte nicht viel Empathie, um das zu bemerken. Sie war sich sicher, dass Nemos das nicht akzeptieren würde.

„Das freut mich", sagte Nemos zu Nasjas Überraschung mit einem Lächeln. „Das sind gute Neuigkeiten." Nemos war mit der Antwort sichtlich zufrieden.

Nasja konnte es kaum glauben. Sie starrte erst Nemos

und dann Exlet mit großen Augen an. Das war doch nicht ihr Ernst. Was geschah gerade? Nasja kam sich vor wie in einem Theaterstück.

„Wie ist die Lage in unseren Truppen?“ Nemos sah Toto fragend an.

Der schien sichtlich überrascht zu sein, dass Nemos das Wort an ihn richtete. Es geschah zum ersten Mal seit Nemos‘ Amtsantritt, dass er das tat.

„Nun ja.“ Toto räusperte sich. „Ein Teil unserer Truppen ist an der Grenze zum Land der Zentauren. Sie haben Frenzenstetten im Blick und können sofort reagieren, wenn die Zentauren es wagen sollten, die Grenze zu überschreiten.“ Er räusperte sich erneut und knetete die Hände ineinander.

„Ein Teil?“ Nemos runzelte die Stirn. „Ich hatte angeordnet, dass meine kompletten Streitkräfte an der Grenze sein sollen. Das ist jetzt schon eine Weile her.“ Das Missfallen in Nemos‘ Stimme war nicht zu überhören.

„Es wird bald erledigt sein“, beeilte sich Toto zu sagen. „Die letzten Männer sind schon vergangene Woche von der Grenze im Norden abgereist. Sie sind noch unterwegs. Das Tauwetter hat die Wege aufgeweicht und sie sind im Matsch schlecht vorangekommen. Aber ich bin guter Dinge, dass sie bis zum Ende dieser Woche alle im Süden angelangt sind.“

„In Ordnung“, sagte Nemos gedehnt, nachdem Toto seinen Bericht beendet hatte. „Ich erwarte, dass das schnellstmöglich erledigt ist. Wir müssen damit rechnen, dass es im Süden Unruhen gibt. Wenn die Zentauren sich der Grenze nähern, müssen wir einsatzbereit sein.“

„Das werden wir, mein König“, sagte Toto dienstbeflissen.

„Sehr gut.“ Nemos nickte. Dann wandte er sich schon Nasja zu. „Was gibt es Neues von den Nymphen?“

Nasja räusperte sich. Sie hatte sich ihre Worte gut zurechtgelegt. „Mein Vater meldet, dass die Bauarbeiten planmäßig voranschreiten. Trotz des Schnees gibt es keine Probleme und die Zentauren haben sich auch nicht mehr blicken lassen. Aber …“ Nasja wollte schon ausholen, um anzumerken, dass es zwar gut war, dass Nemos die Gefahr aus dem Süden endlich ernst nahm, dass er aber auch den Norden im Auge behalten musste und Exlet nicht die Wahrheit sagte. Die Trolle würden ausrücken, erst recht, wenn die Grenzstationen endlich unbewacht waren.

Doch Nemos unterbrach Nasja mit einer Handbewegung. „Jetzt kommen wir erst einmal zu meinem nächsten Anliegen.“ Er lächelte Nasja scheinheilig an. Dann stützte er die Arme auf dem Tisch vor sich ab.

Nasja wollte schon weitersprechen und sich nicht von Nemos den Mund verbieten lassen.

Doch etwas an seinem Blick ließ sie innehalten.

Er sah sie immer noch an.

Das war ungewöhnlich. Sonst vermied er es, sie länger als nötig anzublicken.

Das Lächeln auf Nemos‘ Lippen war unschuldig und zugleich furchteinflößend. „Als meine Frau und als Königin von Galadon hast du Pflichten zu erfüllen.“ Nemos sprach langsam, als ob er sichergehen wollte, dass Nasja ihm auch wirklich folgen konnte. „Ich war lange gnädig mit dir und habe dir vieles durchgehen lassen. Aber heute ist damit Schluss.“

Nasja schluckte. Irgendetwas geschah gerade. Etwas, das ganz und gar nicht gut war.

„Nasja vom grünen Born. Ich klage dich an, folgende Verbrechen begangen zu haben.“ Nemos räusperte sich bedeutungsvoll und zog einen handgeschriebenen Zettel hervor.

Nasja sah ihn fassungslos an. Der Boden schien unter ihr zu beben. Die Welt blieb stehen. Das Blau in Nemos‘ Augen war eiskalt, seine sanften Züge zu einem unschuldigen und zugleich grausamen Lächeln verzogen. Er hatte diesen Moment lange geplant und jetzt genoss er ihn, Sekunde für Sekunde.

„Ich werfe dir vor, mich mit Artem von Darkenstein hintergangen zu haben." Nemos' Blick brannte sich in Nasjas Augen.

Wie im Reflex schüttelte Nasja den Kopf. „Nein, das habe ich nie getan." Ihre Stimme war stark und entschlossen. Wenn sie sich eines nicht vorwerfen lassen musste, dann das. „Artem von Darkenstein und ich sind uns nie nähergekommen, als es der Anstand erlaubt."

„Ich dachte mir, dass du es leugnen wirst." Nemos hob den Arm und winkte dem Bediensteten an der Tür zu.

Der nickte und öffnete die Tür. Dann trat er in den Gang hinaus und kam kurz darauf mit zwei Männern zurück. Nasja sah sie nur kurz an, um sie sofort wiederzuerkennen. Einer hatte einen dichten Bart und der andere trug einen Filzhut. Es waren die beiden Männer, die sie am Anfang des Winters auf dem Heimweg angegriffen hatten.

„Was soll das?", fragte Nasja barsch und sah die beiden ungläubig an.

„Erzählt, was ihr gesehen habt!", fuhr Nemos die beiden an.

Der Mann mit dem Filzhut sah sich nervös um. Als er Nemos' ungeduldigen Blick sah, nahm er sofort eine gerade Haltung an und zog sich den Hut vom Kopf. „Wir haben die Königin dabei beobachtet, wie sie nach ihrer Arbeit in der Suppenküche in Begleitung der Soldaten zu Artem von Darkensteins Haus geritten ist. Sie hat das Haus ohne Begleitung betreten und hat eine Weile darin verweilt. Als sie aus dem Haus trat, machte sie einen erhitzten Eindruck." Der Mann knetete seinen Filzhut und sah Nemos erwartungsvoll an. Seine Worte klangen wie auswendig gelernt und genau das waren sie auch. Er war niemals dort gewesen.

Nasja hatte sich umgesehen. Der Platz war leer gewesen. War einer der Soldaten ein Spitzel von Nemos? Oder woher wusste er sonst von Nasjas Abstecher zu Artem?

Nasja spürte, wie ihre Hände zu zittern begannen. Dennoch blickte sie Nemos durchdringend an. „Ja, ich war bei Artem." Sie nickte entschlossen. Noch war sie nicht bereit aufzugeben, egal wie sinnlos ihre Gegenwehr war. „Wir haben über die Lage in Galadon gesprochen und ob es noch eine Möglichkeit gibt, unserem König klarzumachen, in welcher Gefahr Galadon schwebt. Wir wissen doch alle, dass die Zentauren und die Trolle längst auf dem Weg nach Galadon sind. Vielleicht überqueren sie gerade die Grenze oder vielleicht sind sie schon kurz vor Goros. Leider haben Artem und ich auch keine andere Lösung gefunden, als darauf zu hoffen, dass unser König noch einsichtig wird und etwas gegen die drohende Gefahr unternimmt. Aber leider ist das bis heute nicht geschehen und nun taut es. Jeder hier im Raum weiß, was das bedeutet, auch du." Nasja sah Nemos durchdringend an. „Und was Artem und meinen Besuch bei ihm angeht: Es ist nichts geschehen, weswegen ich ein schlechtes Gewissen haben müsste. Wir haben uns nur unterhalten."

„Damit steht dein Wort gegen das von zwei ehrenwerten Bürgern von Goros", sagte Nemos achselzuckend.

„Ehrenwert?" Nasja sah Nemos ungläubig an. „Die beiden Spießgesellen haben mich vor einer Weile auf dem Heimweg angegriffen. Das sind mit Sicherheit keine ehrenwerten Bürger."

„Das ist ein Irrtum. Wir sind die Opfer einer Verwechslung", sagte der Mann mit dem Bart, ohne zu zögern. „Wir waren nur auf dem Heimweg. Die Nymphen haben uns angegriffen und uns Böses unterstellt."

„Das Wort eines ehrenwerten Bürgers zählt für mich mehr als das Wort einer Nymphe." Nemos betonte das Wort herablassend.

Nasja wollte etwas erwidern, aber erneut unterbrach sie Nemos mit einer Handbewegung. „Das ist nicht das Einzige, was ich heute zur Anklage bringe. Viel schlimmer wiegt der zweite Punkt meiner Anklage. Mir ist zu Ohren gekommen, dass du hinter dem Rücken von Bruder Pentos intrigierst."

„Intrigieren?" Nasja war nicht klar, was Nemos damit sagen wollte.

„Ja, ich habe angeordnet, dass in Goros eine Armenküche eröffnet wird. Das war eine noble Geste, aber hinter meinem und dem Rücken von Bruder Pentos hast du versuchst, Armenküchen im ganzen Land eröffnen zu lassen, und zwar ohne dass das mit mir und Bruder Pentos abgesprochen war. Stattdessen hast du einen jungen Priester bezirzt und gezwungen, dir zu helfen."

„Bezirzt?" Nasja schüttelte den Kopf. „Hat er das so gesagt?" Nasja sah Nemos direkt an.

„Er hat gesagt, dass seine Königin ihm das Versprechen abgerungen hat, sich darum zu kümmern, und deswegen konnte er sich nicht dagegen wehren. Damit hast du deine Kompetenzen überschritten. Ich habe angeordnet, dass du Suppe ausschenken sollst, nicht dass du neue Suppenküchen eröffnest. Das liegt allein in meiner Macht." Nemos verschränkte die Arme vor der Brust. „Du hast dich in meine Regierungsgeschäfte eingemischt, und das auch noch hinter meinem Rücken. Damit hast du meine Würde erheblich verletzt."

„Wenn ich deine Würde verletze, weil ich nicht möchte, dass die Menschen im Land verhungern, dann bin ich wohl schuldig", sagte Nasja bitter. Ihre Hände zitterten immer noch, aber mittlerweile war sie ganz ruhig. „Es wäre deine Aufgabe gewesen, dich darum zu kümmern, dass niemand in Galadon hungern muss, aber du hast mehrmals deutlich gemacht, dass dir das egal ist."

„Und wenn es so ist, musst du das akzeptieren, denn

ich bin der König von Galadon.“ Nemos reckte die Brust. Dann wandte er sich den anwesenden Ratsmitgliedern zu. „Und nun kommen wir zum dritten und letzten Anklagepunkt. Die Nymphe hat veranlasst, dass meine Schwester ohne meine Erlaubnis Schloss Schwanenberg verlässt. Sie hat sie hinter meinem Rücken von ihresgleichen entführen lassen.“

„Entführen?“ Nasja spürte, wie der Schreck sich mit Zorn mischte. „Sie ist bei ihrer Mutter und dort war sie schon oft. Du kannst jederzeit zu ihr.“

Nemos sah Nasja mit einem durchdringenden Blick an. „Hast du mich um Erlaubnis gebeten, als du deine Diener angewiesen hast, sie im Schatten der Nacht fortbringen zu lassen?“

Nasja presste die Lippen aufeinander. Dann schüttelte sie den Kopf.

„Hast du sie von deinesgleichen fortbringen lassen?“ Nemos ließ Nasja nicht aus den Augen.

Nasja nickte. Sie wusste, dass sie sich gerade ihr eigenes Grab schaufelte, aber so lagen die Dinge nun einmal, und es gab genug Beweise dafür, dass sie Finnie tatsächlich hinter Nemos‘ Rücken aus Schloss Schwanenberg hatte fortbringen lassen. Er hatte sie die ganze Zeit in dem Glauben gelassen, dass es ihm egal wäre, und nun kam der Angriff in einem Moment, in dem sie am wenigsten damit gerechnet hatte.

Nemos wandte sich den anderen Ratsmitgliedern zu. „Auris will ja immer, dass ich mich an die Verfassung von Galadon halte, und das werde ich auch tun. Dieser Rat ist berechtigt, als Gericht zu wirken, und dieser Aufgabe wird er jetzt auch nachkommen.“

Jetzt? Nasja erstarrte. Was hatte Nemos vor? Wollte er sie etwa sofort verurteilen?

„Aufgrund der Verbrechen, die die Nymphe begangen hat, möchte ich eine Abstimmung über ihre Schuld“, fuhr

Nemos fort. „Einen Teil der Vorwürfe hat sie ja selbst schon gestanden. Wie steht es mit den übrigen? Ist sie schuldig?“

Nasja musste sich nicht umdrehen, um zu wissen, wie Toto, Drawomir und Exlet sich entschieden hatten. Ihre Arme waren nach oben gegangen. Lange hatten sie dazu nicht überlegen müssen.

Nasja wollte etwas sagen. Sie wollte protestieren und sich rechtfertigen. Doch die Worte verstummten in ihrer Brust.

Egal was sie sagen würde, es würde nichts ändern. Nemos war mit dem Entschluss in diesen Rat gekommen, Nasja anzuklagen, und das würde er auch tun.

Die Männer, die er zur Verstärkung mitgebracht hatte, dienten also nicht seinem Schutz, sondern sollten dafür sorgen, dass es heute zu keinen unerwünschten Störungen kam.

„Sehr schön“, sagte Nemos zufrieden, nachdem die Abstimmung beendet war. „Nun, da die Schuld der Nymphe eindeutig festgestellt ist, werde ich als Vorsitzender des Rates die Strafe verhängen.“ Nemos sah Nasja durchdringend an. „Nasja vom grünen Born, ich verurteile dich zum Tode. Er soll noch heute vollstreckt werden. Da du mich hintergangen hast, soll dich derselbe Tod ereilen wie jeden anderen Verräter. Du wirst von der Klippe geworfen werden, so wie all die anderen Verbrecher, die Galadon schaden wollten. Wer ist mit der Strafe einverstanden?“ Nemos sah erneut in die Runde. Die Freude in seinem Gesicht konnte er kaum verbergen. Er war endlich am Ziel.

Nasjas Atem stockte, als ein Arm nach dem anderen nach oben ging.

Sie hatte nichts anderes erwartet, aber dass wirklich niemand auch nur den Versuch unternahm, Nemos zu stoppen, war kaum zu ertragen.

Alles war plötzlich weit weg. Die Stimmen um sie herum wurden leiser. Nasja vernahm, dass Nemos forderte, dass sie keine Sekunde verstreichen lassen sollten und die Vollstreckung des Urteils sofort geschehen musste.

Nemos gab sich keine Mühe, um zu verbergen, dass er Sorge hatte, dass wieder etwas dazwischenkommen könnte. Schon einmal war sein Plan gescheitert, Nasjas Tod zu beschließen und zu vollstrecken. Doch dieses Mal hatte er sich besser vorbereitet. Auris und Artem waren nicht da, um Nasja noch in letzter Sekunde retten zu können.

Ihre Aufmerksamkeit lag auf ganz anderen Problemen. Sie beobachteten die Trolle und Zentauren.

Vermutlich rechneten sie nicht einmal damit, dass Nemos in diesem Moment solche weitreichenden Entscheidungen traf.

Und selbst wenn sie hier wären, würde sie Nemos' Wachschutz davon abhalten, einzugreifen.

„Steh auf, Nymphe!" Nemos' Stimme riss Nasja aus dem Nebel, in dem ihre Gedanken versunken waren. „Wir gehen sofort zur Klippe. Es gibt Dinge, die sollte man nicht aufschieben."

Nasja erhob sich langsam, als Nemos es verlangte. Mit einem Mal war ihr Kopf ganz klar. Sie hatte seit Langem damit gerechnet, dass sich ihr Schicksal erfüllen würde, und nun war es so weit. Nasja sah ohne Reue zurück.

Sie hatte ihre letzte Zeit so genutzt, wie sie es gewollt hatte.

Es gab nur eine Sache, die sie bedauerte.

Wenn Nemos sie schon dafür verurteilte, dass sie ihm untreu gewesen war, dann wäre es ihr lieber, es wäre auch zu Recht geschehen. So würde sie nie erfahren, wie sich ein Kuss von Artem anfühlen würde.

Nemos' Wachschutz umgab Nasja wie eine Mauer, als sie durch das Schloss liefen. Sie gingen vertraute Wege und dennoch waren sie Nasja fremd. Als sie aus dem Schloss traten, schien die Sonne. Überall um sich herum hörte Nasja das Tropfen des schmelzenden Schnees.

Der Frühling kam. Nasja spürte die Lebensfreude der Vögel, die über ihren Kopf hinwegschossen. Sie nahm alles in sich auf. Ihre Sinne waren geschärft und ihre Kräfte einsatzbereit. Doch in der Nähe war kein Tier, das in der Lage gewesen wäre, die Männer von ihrem Tun abzuhalten. Also blieb Nasja nichts anderes übrig, als sich von den Schergen ihres Mannes weiterziehen zu lassen. Sie gingen zu Fuß zur Klippe hinauf und es kam Nasja endlos vor, bis sie dort angekommen waren.

Nemos sagte nichts mehr. Nasja vernahm nur das Stampfen der schweren Stiefel der Männer um sich herum und ihren schmerzhaften Griff an ihren Oberarmen.

Der frische Duft der Gischt wehte über sie hinweg und Nasja atmete tief ein. So würde es also zu Ende gehen. Ob ihr Vater damit gerechnet hatte? Würde er überrascht sein? Würde er bereuen, dass er nicht gekommen war, um ihr zu helfen? Oder hatte er tief in sich drin die ganze Zeit gewusst, dass er Nasjas Leben opfern musste, um die Nymphen zu schützen?

Je näher sie der Klippe kamen, umso mehr spürte Nasja, wie sich in ihr Widerstand zu regen begann. Gab es denn wirklich keine Möglichkeit mehr, ihrem Schicksal zu entfliehen? Sie dachte an Artem, der den Gordischen Minen entkommen war, obwohl man ihnen nachsagte, dass ihnen kein Lebewesen entfliehen konnte.

Doch er hatte es dank seiner Kräfte geschafft. Nasjas Kräfte waren speziell. Sie konnte weder das Wasser noch den Wind oder das Feuer befehligen. Sie konnte nur fühlen, was andere Lebewesen fühlten, und sie konnte ihnen ihren Willen aufzwingen. Aber was sollten ein paar Vögel gegen die Wachmannschaft von Nemos ausrichten?

Fieberhaft dachte Nasja nach und mit jedem Schritt, den sie den Klippen näher kam, wurden ihre Gedanken schneller.

Sie lauschte in die Umgebung. Sie hörte auf den Herzschlag der Männer um sich herum. Es gab vieles, was sie spürte. Einige der Männer bedauerten, was hier geschah. Sie sahen das Unrecht, das Nasja angetan wurde. Aber sie hatten Angst vor Nemos und seinen unberechenbaren Reaktionen.

Das Rauschen des Flusses wurde lauter. Nasja spürte seine Kraft und die Erinnerungen an ihre Mutter stiegen tröstend in ihr auf. Die Erinnerungen an ihre Großeltern kamen zu ihr zurück. Lang vergessene Erinnerungen wärmten ihr Herz.

Lieder und Melodien klangen ihr in den Ohren, alt und vertraut. Ihre Großeltern hatten oft zu den Heiligen Nymphen gebetet und ihren Beistand erfleht.

Nasja dachte an Gorgyra, der die Menschen hier oben vor langer Zeit gedacht hatten. Alte Worte stiegen in ihren Gedanken auf und kamen ihr leise flüsternd über die Lippen. „Gorgyra, erhöhe mein Flehen, du bist die Kraft des Wassers. In dir wurde die Welt geboren. Schütze mein Leben, schütze mein Blut. Ich bitte um deinen Segen."

Die vertrauten Worte wärmten Nasjas Seele und sie fühlte sich mit ihrer Vergangenheit verbunden, als sie oben auf dem Plateau ankamen, von dem aus man weit über das Meer blicken konnte. Die Männer stellten sich hinter Nasja auf und versperrten den Weg zurück. Vor ihr standen Nemos und Toto. Während Toto sich etwas im Hintergrund hielt, konnte Nemos seine Freude nicht mehr verbergen.

„Endlich werde ich dich los", murmelte er mit einem zufriedenen Lächeln auf den Lippen. Dann sah er zu dem ersten Mann neben sich. „Werfe sie hinunter. Schnell!"

„Warum so eilig?", fragte Nasja spöttisch. „Hast du Angst, dass noch etwas dazwischenkommt?" Der Mann kam auf Nasja zu und packte sie an den Armen. „Ein paar

Dinge muss ich dir vor meinem Tod noch sagen." Nasja verspürte den Drang, sich Luft zu machen. Jetzt musste sie keine Strafen mehr befürchten. Die schlimmste hatte sie längst ereilt. „Du bist nichts anderes als ein verzogenes Kind, Nemos, ein kleiner bockiger Junge, der sich von seinem Vater nicht geliebt gefühlt hat. Und den Preis für deine Dummheit müssen nun die Menschen von Galadon zahlen. Der Krieg kommt und das Land ist nicht darauf vorbereitet. Deine Armee ist immer noch quer über das Land verstreut. Du wirst bald nach mir sterben, Nemos. Hörst du?" Nasja sah Nemos höhnisch an. „Du wirst deine Strafe bekommen."

Einen Moment lang sah sie die Furcht in seinen Augen. Er wusste es genau und noch immer leugnete er es.

„Tu es endlich", schrie Nemos den Mann an. „Bring sie zum Schweigen!"

Nasja wandte sich dem Mann zu, der sie gepackt hatte. Sie atmete tief ein und vernahm sofort seinen Herzschlag. Sie spürte seine Zweifel. „Du weißt, dass er Unrecht hat", sagte sie eindringlich. „Das hier ist falsch und das wisst ihr alle."

Seine Arme zogen sie zu der hohen Kante. Es war ihm ein Leichtes, sie dort hinaufzuheben. Der Wind fuhr Nasja in die Kleider und bauschte sie auf. Sie wehrte sich gegen den Mann und dabei wurde der Knoten ihrer Haare gelöst. Die langen blonden Locken breiteten sich um sie herum wie ein Fächer aus.

Sie spürte, wie der Mann vor Erstaunen innehielt. Sie sah die Bewunderung in seinem Blick und spürte sein Bedauern, etwas so Schönes und Perfektes zerstören zu müssen.

Es war sinnlos, aber Nasja versuchte dennoch, seinen Willen zu beeinflussen. Sie befahl ihm, sie loszulassen. Nasja holte tief Luft und sah ihm dabei in die grauen Augen. Ihr Vater hatte immer wieder gesagt, dass sie Menschen nicht beeinflussen konnte. Nur Tiere würden ihrem Willen gehorchen und das brauchte sie fortan nicht mehr, wenn sie als Königin der Menschen in Galadon leben würde.

Wie sehr er sich geirrt hatte.

Der Mann zögerte und Nasja spürte eine Verbindung zwischen ihnen. Vielleicht bildete sie es sich auch nur ein.

„Tu es endlich!“, schrie Nemos in diesem Moment.

Der Mann zuckte zusammen und ließ Nasja kurz los.

Nasja reagierte sofort. Wenn sie schon sterben musste, dann so, wie sie es wollte, und nicht, wie Nemos es befahl. Ihren letzten Moment würde sie selbst gestalten.

Sie drehte sich von dem Mann fort, rannte auf der langen Balustrade entlang und dann sprang sie einfach.

Nicht in die Tiefe, wo nur der steinige Meeresgrund auf sie wartete.

Nein, Nasja war in den Nimbus gesprungen. Der Fluss war der Anfang und er würde ihr Ende sein. In den Armen Gorgyras wollte Nasja sterben, in Gedanken ganz nah bei ihrer Mutter.

KAPITEL 20

Das Wasser war eiskalt. Es raubte Nasja den Atem, als sie darin untertauchte. Das Gurgeln und Rauschen des Flusses war überall. Nasja spürte die Kraft der Strömung, die sie sofort mitriss und tiefer in den Fluss hinabzog. Hoffentlich ging ihr die Luft aus, bevor sie mit dem Fluss in die Tiefe stürzen würde.

Nasja riss die Augen auf. Alles um sie herum war voller Luftblasen. Sie wirbelten durcheinander und wäre sie nicht weit unter Wasser, hätte Nasja sich an diesem Anblick erfreuen können. Langsam, aber sicher spürte Nasja, wie ihr die Luft ausging. Ihr langes Kleid zog schwer an ihrem Körper, der durch die Stromschnellen gewirbelt wurde, ohne dass Nasja viel dagegen tun konnte.

Nasja machte sich bereit und schloss wieder die Augen.

Es durfte zu Ende gehen. Sie war bereit. Das Brennen in ihrer Lunge wurde immer stärker. Sie sah ihre Heimat vor sich und das Bild ihrer Mutter stieg vor ihr auf. Die Trauer überwältigte sie wieder. Doch dieses Mal konnte Nasja sie aushalten. Bald würde sie mit ihrer Mutter vereint sein.

In dieser Sekunde schlang sich ein Arm um ihre Mitte. Nasja riss die Augen wieder auf. Zwischen dem Wirbeln der Luftblasen sah Nasja eine wunderschöne Frau. Ihre langen Haare flogen schwerelos um sie her. Nasja konnte die dicken Locken ganz genau erkennen. Sie kam ihr vertraut und zugleich fremd vor. Doch es war nicht ihre Mutter. Wer war sie?

Sie lächelte Nasja sanft an und zog sie mit sich. Wie

von selbst glitten sie entgegen der Strömung den Fluss hinauf.

Das Brennen in Nasjas Lunge wurde unerträglich. Sie spürte, wie ihr die Welt zu entgleiten drohte. Die Frau lächelte ihr zu und Nasja fühlte sich getröstet.

Gerade als das Brennen so unerträglich war, dass Nasja nachgeben und Wasser in ihre Lungen fließen lassen wollte, durchbrach ihr Kopf die Wasseroberfläche. Hastig holte sie Luft. Sie spürte Steine unter ihren Händen und Füßen. Verzweifelt klammerte sie sich daran fest. Die Strömung zog kaum noch an ihr. Sie war wieder an Land und sie war am Leben.

Nasja robbte ein Stück die Uferböschung hinauf und blieb keuchend liegen. Sie spürte niemanden in ihrer Nähe.

Erleichtert ließ Nasja den Kopf sinken, während sie weiter hastig Luft holte und der Sauerstoff ihre Lungen füllte. Sie sah in den blauen Frühlingshimmel hinauf.

Alles drehte sich um sie herum. Die Kälte, die Angst und die Panik überwältigten Nasja mit einem Mal. Die Dunkelheit umfing sie und sie versank dankbar darin.

KAPITEL 21

In ihren Träumen ritt Nasja an Artems Seite durch die weite Ebene. Der warme Wind fuhr durch ihre Haare und sie waren frei. Artem lächelte ihr zu, während sie einfach dahinflogen, ohne Ziel, ohne Pflichten, ohne Grenzen.

„Nasja!"

Artems Gesicht verblasste. Er entfernte sich immer weiter von ihr. Nasja wollte nicht, dass er ging. Sie versuchte, ihm zu folgen. Doch er verschwand, ohne dass Nasja etwas dagegen tun konnte. Sie blinzelte. Da war jemand, sie erkannte die Umrisse einer Person.

„Nasja." Die Angst in Celistras Stimme war unverkennbar.

Celistra? Nasja riss die Augen auf. Sie war es tatsächlich. Sie war bei ihr. Wie war das möglich? Celistra hockte neben ihr und sah sie voller Angst und Schrecken an.

„Ja." Das Wort kam schmerzhaft kratzend aus Nasjas Kehle. Ihr Hals brannte und sie zitterte vor Kälte.

„Was machst du hier? Wie bist du hierhergekommen? Du bist doch zur Ratssitzung gegangen. Wie kommst du an den Fluss?" Celistras entsetzte Stimme verriet, dass sie immer noch nicht glauben konnte, dass Nasja am Ufer des Nimbus lag.

Mühsam richtete sich Nasja auf. Ihr Kleid war immer noch feucht. Die zarten Strahlen der Frühlingssonne hatten es nicht geschafft, es zu trocknen.

Nasja sah sich um. Wo war sie nur gelandet? Und wie war Celistra hierhergekommen? Nasja erinnerte sich mühsam, dass sich Celistra heute morgen auf den Weg zu der

Flussmündung gemacht hatte, weil Aros noch immer nicht mit Neuigkeiten zurückgekehrt war und sie sich Sorgen um ihn gemacht hatte.

Aber die Flussmündung war außerhalb von Goros.

„Wo bin ich?“, flüsterte Nasja krächzend und ließ ihren Blick schweifen.

„Du bist an der Weihestätte für Gorgyra“, sagte Celistra und zeigte zu einem schwarzen Stein hinüber.

Nasja sah in die Richtung, in die Celistra gezeigt hatte. Da stand ein Stein, groß und dunkel schillernd. Neben ihm floss ein schmaler Flussarm in den mächtigen Nimbus, der vom Schmelzwasser angeschwollen war.

Sie hatte keine Ahnung, wie sie hierhergekommen war. Undeutliche Bilder zogen vor ihrem inneren Auge vorbei. Sie sah Luftblasen und eine Frau, die ihr bekannt vorgekommen war. Nasja spürte noch immer den festen Griff ihres Armes um ihre Mitte.

„Gorgyra“, murmelte Nasja erstaunt, als sie begriff, was die einzige logische Erklärung für das Wunder war, dass sie immer noch am Leben war und nicht zerschellt unter den Klippen lag.

„Gorgyra?“, fragte Celistra stirnrunzelnd.

Nasja nickte. „Ich habe zu ihr gebetet. Sie hat mich gerettet.“

Celistra schwieg einen Moment. Doch sie zweifelte Nasjas Worte nicht an. Sie wusste, dass es Wunder auf dieser Welt gab und dass sie einem in höchster Not begegnen konnten.

„Was ist geschehen?“ Celistra sah Nasja besorgt an. „Warst du bei der Klippe und bist unvorsichtig gewesen?“

Auf Nasjas Lippen schlich sich ein bedauerndes Lächeln. Sie erinnerte sich gut an den Tag, an den Celistra gedacht hatte. Damals waren sie mit Finnie und Bonja am Fluss gewesen und Nasja war so vertieft in die Gedanken der Fische im Meer gewesen, dass sie beinahe in den Nimbus gestürzt wäre.

„Nein, Celistra“, sagte sie leise. Ihre Stimme gewann nur langsam wieder an Kraft. „Es ist alles ganz anders.“

„Was ist geschehen?“ Celistras Stimme kratzte. Sie ahnte bereits, dass etwas Schlimmes geschehen sein musste.

Nasja holte tief Luft. Sie brauchte einen Moment, um aussprechen zu können, was ihr zugestoßen war. „Nemos hat mich zum Tode verurteilt“, flüsterte sie schließlich. Mit jedem Wort verlor ihre Stimme mehr an Kraft.

Celistra erstarrte. Die Farbe wich aus ihrem Gesicht. „Was?“, keuchte sie.

Nasja sah Celistra fest in die Augen. Sie sah den Unglauben darin und die Hoffnung, dass das alles nur ein Missverständnis gewesen war.

„Er hat mich zum Tode verurteilt“, wiederholte Nasja langsam die schreckliche Wahrheit. Dann erzählte sie Celistra in kurzen Worten, was sich zugetragen hatte.

Mit jedem Wort, mit jedem Satz wurde Celistra blasser.

„Er wollte mich die Klippen hinabwerfen lassen“, fuhr Nasja fort. „Aber dann konnte ich mich losreißen und bin in den Nimbus gesprungen. Ich dachte, ich würde ertrinken, aber dann war da jemand.“

„Wer war da?“, flüsterte Celistra.

„Es war eine Frau. Sie war unter Wasser und hat mich hergebracht. Ich bin mir sicher, dass es Gorgyra war. Wer sonst hätte die Kraft, mich so schnell den Fluss hinaufzuziehen?“ Nasja sah auf den Fluss, der breit und mächtig an ihnen vorbeifloss. Die vielen Strudel und die starke Strömung hielten auch die besten Schwimmer Goros‘ davon ab, im Nimbus baden zu gehen. „Wer sonst außer einer Heiligen Flussnymphe könnte durch den Nimbus schwimmen?“, flüsterte Nasja.

Celistra murmelte ein Dankesgebet.

Nasja sah sie erstaunt an. Das hatte Celistra seit Jahren nicht mehr getan.

„Wir müssen dich wegbringen“, sagte Celistra ernst, nachdem sie sich erhoben hatte. „Zurück ins Schloss kannst du nicht. Nemos hält dich für tot und vielleicht ist das auch ganz gut so. Wir müssen dich ins Land der Nymphen bringen. Das ist der einzige Ort, an dem du jetzt noch sicher bist.“

„Ich weiß“, murmelte Nasja. Ihre Stimme klang wieder klar und kräftig. Langsam ging es ihr besser und sie begriff, wie viel Glück sie gehabt hatte, dass sie noch am Leben war. Es war ein Wunder, anders konnte man es nicht beschreiben. Sie sah Aros, der nicht weit entfernt bei zwei Pferden stand und die Umgebung im Auge behielt. „Habt ihr etwas gefunden?“

„Leider nein“, sagte Celistra seufzend. „Aros hat länger gebraucht, weil er die Leute in der Umgebung noch ausgefragt hat. Er hat sich Zeit gelassen, um absolut sicherzugehen, dass es hier keine alten Verstecke oder Legenden gibt, die auf das Goldene Horn hinweisen könnten.“

Nasja nickte. „Dann war es das also“, sagte sie mit einer Mischung aus Resignation und Abgeklärtheit. Es wunderte Nasja nicht, dass sie das Goldene Horn nicht gefunden hatten. Sie war einer Idee hinterhergerannt, in der nur ein winziger Funke Hoffnung gesteckt hatte.

„Warum?“ Celistra sah sie überrascht an. „Du hast gesagt, es gibt noch einen Ort.“

„Ja, den gibt es.“ Nasja seufzte. „Die letzte Weihestätte ist oben auf der Klippe. Wir waren oft da und ich wüsste nicht, wo man dort ein Horn verstecken sollte.“

„Oh“, sagte Celistra ernüchtert.

Nasja sah ihre Freundin einen Moment an. „Es ist vorbei“, flüsterte sie. „Ich kann nichts mehr tun. Wenn Nemos erfährt, dass ich noch am Leben bin, wird er alle Hebel in Bewegung setzen, um mich töten zu lassen. Das Goldene Horn werde ich nicht finden. Vermutlich existiert es gar nicht. Ich habe mich an diese Legende geklammert, um noch Hoffnung zu haben. Aber diese Hoffnung ist heute im Nimbus ertrunken. Es ist vorbei." Es fiel Nasja schwer, sich einzugestehen, dass sie gescheitert war. Doch es war die Wahrheit. Sie hatte als Königin von Galadon versagt und als Tochter des Königs der Nymphen ebenso. Es war nicht einmal sicher, dass ihr Vater sie willkommen heißen würde.

„Du hast so viel Gutes getan", sagte Celistra tröstend. „Du hattest nie eine Chance gegen Nemos. Er hat beschlossen, dich zu hassen, bevor er dich überhaupt kennengelernt hat." Celistra reichte Nasja ihren Mantel. „Warte hier mit Aros. Ich gehe in den nächsten Ort und hole dir trockene Kleidung, die unauffälliger ist als dieses Kleid." Celistra betrachtete die feuchte Robe, die Nasja heute zur Ratssitzung angezogen hatte. „Mit einer Haube und ein paar festen Stiefeln wird dich niemand erkennen. Dann brechen wir auf und reiten fort."

Nasja nickte. Es tat gut, dass Celistra und Aros hier waren. Ihre vertraute Fürsorge half Nasja dabei, nach vorn zu sehen. Es gab einen Ausweg und der lag nicht hier in Galadon.

Während Celistra zu Aros ging und ihm kurz erklärte, was geschehen war, zog Nasja sich Celistras Mantel über ihr feuchtes Kleid. Er wärmte sie ein wenig und Nasja sah einen Moment nachdenklich auf den Fluss hinaus.

„War das wirklich Gorgyra, die dich gerettet hat?" Aros war neben Nasja getreten.

Hinter ihnen vernahm Nasja das Hufgetrappel von Celistras davonreitendem Pferd. Sie war auf dem Weg in das kleine Dorf nicht weit von hier.

„Ich denke schon", murmelte Nasja, ohne den Blick von den Wogen des Flusses abzuwenden. „Hättest du gedacht, dass es so enden würde, nachdem mein Vater und ihr so viele Jahre in die Vorbereitung gesteckt habt?"

„Nicht einmal dein Vater hat das geahnt. Du brauchst

dir keine Vorwürfe machen." Aros seufzte, dann schüttelte er den Kopf. „Wir gehören nicht hierher. Es wird Zeit, nach Hause zu gehen."

„So ist es wohl." Nasja nickte, wandte sich vom Fluss ab und stieg die Uferböschung hinauf. Mit einem der Pferde war Celistra davongeritten. Das andere stand grasend neben dem großen Basaltstein. Nasja ging zu dem Stein und legte ihre Hand daran. Es kam ihr immer noch unwirklich vor, dass sie am Leben war. Sie hatte nie an Wunder geglaubt. Die Geschichten ihrer Kindheit waren weit entfernte Märchen. Doch nun war Gorgyra zu ihr gekommen.

Der Gedanke erfüllte Nasja mit Kraft und Wärme.

Es waren keine Märchen. Es war die Wahrheit.

Das Pferd scharrte mit den Hufen und Nasja sah zu ihm hinüber. Es hatte die Ohren gespitzt und hob den Kopf. Das war bestimmt Celistra mit einem etwas unauffälligeren Kleid. Doch war sie wirklich so schnell zurück? Sie war doch erst vor Kurzem davongeritten.

Nasja sah sich nach ihrer Freundin um. Sie standen am Rand einer riesigen Wiese. In der Ferne sah sie einen Wald. Das Pferd schnaubte und wandte sich unruhig um.

In der anderen Richtung sah Nasja das kleine Dorf, von dem aus es nicht mehr weit nach Goros war. Selbst von hier aus konnte man die Silhouette der Hauptstadt in der Ferne erkennen. Dorthin war Celistra geritten, aber Nasja sah sie nirgendwo.

Da spürte Nasja plötzlich ein leichtes Zittern unter ihren Füßen. Verwundert sah sie sich um. Als Aros ein erschrockenes Keuchen ausstieß, erkannte sie es auch. Aus dem Waldrand traten große Gestalten hervor. Sie waren breitschultrig und wirkten mit ihren Fellen und den groben Waffen gefährlich. Selbst aus der Entfernung konnte man ihre Keulen und Äxte sehen.

Nasja musste nur einen Moment hinübersehen, um zu

wissen, was geschehen war. Die Trolle waren hier und sie waren auf dem Weg nach Goros.

Rasend schnell schossen die Gedanken durch Nasjas Kopf.

Sie sollte fliehen, und zwar so schnell es ging. Aber was geschah dann mit den Menschen in Goros?

„Wir müssen uns verstecken, damit sie uns nicht sehen“, sagte Aros leise und wollte Nasja schon zur Uferböschung hinüberziehen, um sich mit ihr dahinter zu verbergen. „Wenn Celistra zurück ist, reiten wir in die andere Richtung davon.“

Nasja fühlte sich mit einem Mal völlig zerrissen. Gerade waren ihre Gedanken noch völlig klar gewesen. Doch angesichts der herannahenden Trolle stiegen Zweifel in ihr auf. Sie dachte an das dunkelhaarige Mädchen in Goros, an Freiherr von Lotringen und seinen Botenjungen. Sie dachte an all die Unschuldigen, die am Tempel standen und auf eine warme Suppe warteten. Sie dachte an Ophelius Kronenstein und selbst Bruder Pentos kam Nasja in den Sinn.

Es waren gute und schlechte, unschuldige und verschlagene Menschen, die in Goros lebten. Einige hatten das Herz am rechten Fleck und manche waren verdorben. Aber keiner von ihnen hatte verdient, von der Keule eines Trolls erschlagen zu werden, und genau das würde jetzt und heute geschehen, wenn die Trolle ohne eine Vorwarnung in die Stadt einfielen.

Nasja war ihr Leben geschenkt worden und das konnte nur aus einem Grund geschehen sein. Mit ihrem Leben konnte sie das Leben Tausender anderer retten.

Nasja musste alle warnen und es gab nur einen Menschen, der Galadon jetzt noch helfen konnte.

„Ich muss nach Goros“, sagte Nasja zu Aros, während sie schon zu seinem Pferd rannte. Sie zog den Mantel fester um sich und schwang sich dann in den Sattel. „Bringt euch in Sicherheit.“

„Nein!“ Aros‘ Ruf verhallte in ihren Ohren, während sie schon dem Pferd die Sporen gab und es davonschoss. Der Wind peitschte um Nasjas Ohren.

Doch sie spürte nichts mehr, weder die Kälte noch die Angst, die sie überkam, jetzt, wo sie Goros Meter für Meter näher kam. Es war dumm und gefährlich, zurück nach Goros zu reiten. Sie musste jederzeit damit rechnen, Nemos‘ Männern in die Hände zu geraten.

Aber sie konnte die Unschuldigen nicht ihrem Schicksal überlassen. Sie hatte nur einen Gedanken im Kopf: Sie musste zu Artem, und zwar sofort.

KAPITEL 22

Nasja zog sich die Kapuze des Mantels tiefer ins Gesicht. Sie hatte den Stadtrand von Goros zügig erreicht. Jetzt ließ sie das Pferd etwas langsamer durch die Gassen reiten. Hier in der Hauptstadt schien niemand etwas von der nahenden Gefahr zu ahnen.

Die Läden waren geöffnet.

Die Menschen gingen ihrem Tagewerk nach. Pferdefuhrwerke holperten durch die Gassen und zwischen ihnen liefen spielende Kinder umher.

Gab es denn keine Beobachtungsposten? Hatte Toto nicht dafür gesorgt, dass die Soldaten die Augen offen hielten?

Rechnete niemand damit, dass Angreifer kommen würden?

Toto musste es versäumt haben, Vorkehrungen zu treffen, denn anders konnte sich Nasja nicht erklären, warum niemand in der Stadt Alarm schlug.

Nasja beeilte sich, an allen Hindernissen zügig vorbeizukommen. Sie ritt die vertrauten Wege entlang, vorbei am Tempel und dann über einige Seitengassen bis hin zu dem baumbestandenen Platz, an dem sich Artems Haus befand. Es war seltsam, die Normalität angesichts des drohenden Chaos zu ertragen.

Am liebsten hätte sie jedem zugerufen, dass er davonrennen sollte, solange er es noch konnte.

Doch Nasja war sich sicher, dass Artem eine bessere Idee haben würde, als die ganze Stadt in ein einziges panisches Durcheinander zu versetzen.

Als sie in den Platz einbog, erstarrte sie. Er war nicht leer, wie sie es erwartet hatte. Ein Pferd stand vor Artems Haus und dort drüben in der Seitengasse erkannte Nasja ein paar bewaffnete Männer.

Schnell saß Nasja von ihrem Pferd ab und lief zu Fuß weiter. Verborgen hinter dem Pferderücken erreichte sie den Eingang zu Artems Haus.

Die Haustür stand offen. Artem stand darin, groß, stark und schön, wie Nasja ihn immer in ihren Träumen sah.

Ihr Herz schlug schneller, als sie ihn dort erkannte.

Sie war angekommen, in Sicherheit und endlich geborgen. Alle Unruhe schwand. Artem würde wissen, was zu tun war.

Doch da erkannte Nasja den zornigen Ausdruck auf Artems Stirn.

Sie trat halb hinter dem Pferd hervor und wollte auf ihn zugehen. Erst aus dem Augenwinkel sah sie den Mann, der vor ihm stand.

Er hatte blonde Haare, blassblaue Augen und trug Kleidung, die so edel und elegant war, dass sie hier in dieser bodenständigen Gegend völlig deplatziert wirkte.

Nasja spürte, wie sie erstarrte und zu keiner Bewegung mehr fähig war.

Artem hatte sie noch nicht bemerkt. Das Pferd verdeckte sie und außerdem war sein Blick von ihr fort gerichtet.

Artem starrte seinen Besuch mit feindseliger Miene an. „Wenn du die Leute danach aussuchen würdest, was sie können, und nicht danach, wer der größte Speichellecker ist, wäre das nicht passiert. Dir muss doch klar gewesen sein, dass du für diese Aufgabe jemanden brauchst, der sich mit dem Thema auskennt. Es hilft dir nicht weiter, dass dich dein neuer Heerführer anbetet. Wenn er nichts kann, dann schadet er dir nur. Dir und dem ganzen Land."

„Willst du es mir noch schwerer machen, Artem?",

fauchte Nemos. „Ich bin zu dir gekommen und bitte dich doch schon darum, mir zu helfen. Was willst du denn noch?"

Nasja blieb stehen, wo sie stand. Zu mehr war sie ohnehin nicht fähig.

Was geschah da gerade?

Artem ließ Nemos nicht aus den Augen. „Ich will, dass du dich endlich änderst", sagte er scharf. „Schlage einen anderen Weg ein."

„Ich werde mich ändern. Das schwöre ich dir", sagte Nemos ernst. „Ich habe eingesehen, dass ich Fehler gemacht habe. Es war falsch, Toto diese Aufgabe zu übertragen. Er hat das Heer nicht im Griff. Er hat keinen Überblick über die Situation. Er weiß nicht einmal, was in den Kasernen in Goros los ist. Ich wollte ihm eine Chance geben, aber er hat völlig versagt."

Artem nickte. „Also gut. Ich habe gesagt, dass ich dir helfen werde, wenn du mich darum bittest. Aber ich tue es nur unter einer Bedingung."

„Welche Bedingung?" Nemos zog skeptisch eine Augenbraue in die Höhe.

„Keine Spielchen mehr, Nemos." Artem sah Nemos ernst an. „Nimm die Hilfe des Rates an und versuche nicht, ihn auszubremsen. Es wird niemand mehr bedroht oder anderweitig in seiner Meinung beeinflusst. Das gilt vor allem für Nasja. Sie ist deine Königin. Ich will, dass du sie endlich mit dem Respekt behandelst, den sie verdient. Und lass die albernen Anschuldigungen mir gegenüber. Ich werde dir deine Frau nicht wegnehmen. Vergiss das endlich! Ich bin hier, um euch und Galadon zu dienen, und das sollte auch dein einziges Anliegen sein."

Nemos holte zischend Luft. Einen Moment lang zögerte er, als ob er noch Zweifel hatte, dass er das schaffen könnte. Dann lächelte er Artem freundlich an. „Keine Spielchen mehr", sagte Nemos mit weicher Stimme. „Versprochen."

„Also gut", sagte Artem mit einem zufriedenen Nicken. „Ich werde dir helfen und den Posten als oberster Heerführer wieder übernehmen." Er reichte Nemos seine Hand. „Auf einen Neubeginn. Lass uns zusammenarbeiten und nicht gegeneinander. Wir führen Galadon gemeinsam, Hand in Hand, so wie es dein Vater gewollt hat. Wir vergessen, was geschehen ist, und fangen noch einmal von vorn an."

„Auf einen Neubeginn." Nemos griff nach Artems Hand.

Nasja konnte sich nicht länger zurückhalten. Nemos log mit jedem Wort, das seinen Mund verließ. Sie machte einen Schritt nach vorn und trat ganz hinter dem Pferd hervor.

„Glaube ihm nicht", sagte Nasja ernst.

Artem und Nemos fuhren gleichzeitig erschrocken herum.

Doch während sich in Artems Gesicht ein Ausdruck aus Überraschung, Freude und Sorge breitmachte, als er Nasja erkannte, wurde Nemos bleich.

„Das kann nicht sein", murmelte Nemos, und das Entsetzen verzerrte seine sanften Züge zu einer hässlichen Maske. „Du bist tot." Er machte einen Schritt zurück, als ob er einem Geist gegenüberstand, der gekommen war, um blutige Rache zu üben.

„Tot?" Artems Stimme war eiskalt, als sein Blick zwischen Nasja und Nemos hin- und herflog. „Was soll das heißen?"

„Hat er dir das gar nicht erzählt?", sagte Nasja barsch. „Er hat mich heute zum Tode verurteilt und wollte mich von den Klippen werfen."

„Wie bitte?" Artem riss die Augen auf und sah Nemos hasserfüllt an. In seinen Pupillen tanzten die Flammen und Nasja spürte die Wärme seines Körpers, obwohl sie einen guten Meter von ihm entfernt stand.

Wie immer, wenn Nemos in die Ecke gedrängt wurde, verstummte er.

Er starrte Nasja und Artem fassungslos an.

„Ich bin in den Nimbus gesprungen und konnte mich retten“, setzte Nasja hinzu, ohne Nemos aus den Augen zu lassen.

Zischend holte Artem Luft und visierte Nemos an.

Nasja spürte Artems Wut, die immer mehr an Kraft gewann.

„Wann hattest du vor, mir das zu sagen?“, schrie Artem. Der Zorn in seiner Stimme war ohne Grenzen. „Ich fasse es nicht. Du hast versucht, deine eigene Königin hinzurichten.“

Nemos zitterte plötzlich am ganzen Körper.

„Und dann besitzt du die Frechheit, zu mir zu kommen, mich anzulügen und mich auch noch um Hilfe zu bitten.“ Artems Stimme dröhnte über den ganzen Platz. „Ich sollte mit Nasja das Land verlassen und nie wiederkommen. Du solltest in dem Chaos untergehen, das du erschaffen hast.“

Nemos holte tief Luft. Er schien die Überraschung über Nasjas plötzliches Auftauchen überwunden zu haben. „Ich kann dich auch zwingen, Artem“, sagte er drohend.

„Wage es“, knurrte Artem, und die Hitze um ihn herum gewann an Kraft. Selbst Nemos musste es spüren. Die Äste an den Baumkronen über ihnen begannen zu schwelen und mit einem Mal brannten sie lichterloh.

Nemos stieß einen erschrockenen Schrei aus, als der ganze Platz von einer Sekunde auf die andere in Flammen stand.

„Wage es“, sagte Artem drohend. „Dann wirst du selber brennen.“

Nemos hob die Hände und trat einen Schritt zurück. In seinem Blick lag pures Entsetzen, als er begriff, dass es nur eine Erklärung gab, weswegen Artem in der Lage war, Bäume zu entzünden. Nemos taumelte rückwärts. „Das kann nicht sein“, krächzte er. „Du kannst kein Nymph sein. Das ist unmöglich.“

Mit schreckgeweiteten Augen wollte Nemos flüchten.

Nasja musste schnell etwas tun. So sehr sie Nemos‘ Entsetzen genoss. Sie hatten schon viel zu viel Zeit verschwendet.

„Die Trolle kommen“, rief Nasja.

Die Flammen über ihren Köpfen verschwanden. Augenblicklich war die Hitze fort.

Nasja sah Artem an. „Sie sind nicht weit von hier. Es dauert vielleicht noch ein paar Stunden, bis sie Goros erreicht haben. Ich hätte Galadon längst verlassen, aber ich musste dich warnen. Sie kommen. Du bist der Einzige, der jetzt noch die Menschen dieses Landes retten kann.“

Artem war sofort nüchtern und beherrscht. Seine Wut auf Nemos schien verflogen zu sein. Nur am Züngeln der Flammen in seinen Augen sah Nasja, dass er das Thema lediglich auf später vertagt hatte.

„Wo genau hast du sie gesehen?“, fragte Artem und ließ sich von Nasja den Ort schildern. Währenddessen nickte er immer wieder.

„Komm her, Nemos“, sagte Artem scharf, als Nasja geendet hatte.

Überraschenderweise folgte Nemos dem Befehl. Langsam trat er näher. Er sah aus, als ob er schon wieder an Nasjas Worten zweifeln wollte.

Doch ein Blick von Artem genügte und Nemos presste die Lippen fest aufeinander. Artem sah Nemos durchdringend an. „Du hast mich um Hilfe gebeten und ich werde dir auch helfen. Ich werde mich um alles kümmern, aber eines sollst du wissen.“ Artems Blick gewann an Schärfe. „Diese Sache hier, die ist noch nicht vorbei. Sollten wir beide das überleben, was ehrlich gesagt im Moment nicht sicher ist, dann wirst du dieses Urteil aufheben und du wirst dich bei Nasja entschuldigen und es nie wieder wagen, ihr auch nur ein einziges Haar zu krümmen. Das ist die Bedingung, unter der ich versuchen werde, Galadon zu retten."

Wut flackerte in Nemos' Augen auf. Er starrte Artem und Nasja wutentbrannt an. Nasja spürte die Welle des Zorns, die aus seiner Richtung kam. Er konnte es nicht. Er konnte einfach nicht über seinen Schatten springen.

„Warum hasst du mich so sehr?", fragte Nasja verzweifelt. „Was habe ich dir getan?"

Nemos wollte etwas sagen. Doch dann presste er die Lippen aufeinander und schüttelte einfach nur den Kopf, als ob jedes Wort eines zu viel war.

Nemos war dabei, sich abzuwenden und zu gehen. Dieses Versprechen war zu viel. Er konnte es Artem nicht geben. Lieber würde er sein Land aufgeben, als Nasja zu verschonen.

Nasja konnte es nicht fassen. Ungläubig sah sie ihm nach. Opferte Nemos gerade sein Königreich, nur um nicht nachgeben zu müssen?

So viel war ihm sein Stolz also wert. Nasja hatte Mühe zu begreifen, wie ein Mensch so denken und handeln konnte. Vermutlich würde sie es nie verstehen.

Auch Artem hatte es die Sprache verschlagen. Er sah Nemos voller Unglauben an.

Nasja sah die Verachtung in seinen Augen.

Artem hatte gerade den Mund geöffnet, um etwas zu Nemos zu sagen.

Da lag mit einem Mal eine seltsame Spannung in der Luft. Nasja bemerkte es nicht sofort. Erst als Artem sich verwundert umsah, achtete sie darauf. Der Boden begann leicht zu beben.

Ein leises Donnern erklang, das Nasja an ein Gewitter erinnerte. Das hatte sie schon einmal erlebt. Erschrocken sah sie sich um.

Doch da geschah es auch schon. Ein Blitz schoss durch die Luft und schlug mitten auf dem Platz ein. Die Helligkeit blendete Nasja. Doch sie hielt die Augen offen, als sich vor ihnen ein riesiger, grellweißer Sichelmond erhob, der sich zu einem Kreis schloss.

Nemos war herumgefahren und starrte ihn mit weit aufgerissenen Augen an. Er wollte schreien, doch der Laut erstickte in seiner Kehle. Er gab nur ein panisches Wimmern von sich.

Artem zog Nasja zur Seite. Sie spürte den festen Griff seines Armes um ihre Mitte.

Das Mondtor stand mitten auf dem kleinen Platz. Es war riesig und wirkte zwischen den Bäumen mit ihren verbrannten Ästen völlig fehl am Platz. Der Basalt schimmerte in einem geheimnisvollen Schwarz und mit einem Mal begann das ganze Tor erneut zu vibrieren.

Die Pferde stiegen panisch auf und galoppierten davon.

Nemos starrte das Mondtor mit weit aufgerissenen Augen an, während das Leuchten stärker wurde. Er schien vor Panik wie gelähmt zu sein. Die Sichel des Mondes begann zu wachsen.

Der Mond nahm immer weiter zu, während das blasse Leuchten heller wurde. Als der Sichelmond zu einem Vollmond geworden war, erklang ein sanftes Summen, wie eine Melodie aus einer fernen Welt, die dem Takt einer anderen Wahrheit folgte.

Der Mond war voll und begann wärmer zu leuchten.

Und dann geschah es. Mitten aus dem Kreis sprang plötzlich ein Zentaur hervor. Er schien direkt aus dem Licht zu kommen und stand auf dem Platz. Er trug unzählige Messer an einem Gürtel bei sich, sah sich prüfend um und galoppierte sofort in eine Seitengasse los, als ob er genau wüsste, wohin er musste. Das Mondtor verschwand und hinterließ nur Dunkelheit.

Nemos starrte dem Zentaur ungläubig hinterher.

„Verdammt“, fluchte Artem. Dann wandte er sich Nemos zu. „Glaubst du es jetzt endlich?“, schrie er ihn an.

Nemos gab ein weiteres verzweifeltes Wimmern von sich. Zu mehr schien er nicht mehr in der Lage zu sein.

Die Wachleute, die eben noch in der kleinen Gasse bereitgestanden hatten, hatten die Flucht ergriffen. Von ihnen war nichts mehr zu sehen.

Artem machte einen Schritt auf Nemos zu. „Das Mondtor existiert. Damit sind die Zentauren im letzten Sommer nach Goros gekommen. Der einzige Grund, aus dem sie verschwunden sind, waren Nasja und ihre Freunde. Sie haben Cesar gedroht und zumindest eine Weile hat er sich von Galadon ferngehalten. Ohne Nasjas Hilfe hätten die Zentauren schon im letzten Sommer Goros eingenommen. Es werden noch mehr Zentauren kommen. Sie werden ihre ganze Armee zu uns schicken. Jetzt ist es so weit. Der Krieg beginnt. Reicht dir das als Beweis aus? Borgis hat dich hintergangen und Cesar ist nicht dein Freund. Die beiden haben sich gegen dich verschworen und sie wollen Galadon einnehmen, weil sie dich für schwach halten. Das ist die Wahrheit. Akzeptiere sie endlich.“ Artem funkelte Nemos angriffslustig an. „Also, Nemos, das ist deine letzte Chance. Brauchst du meine Hilfe? Du kennst die Bedingungen.“

Nasja sah Nemos an. Das Entsetzen war ihm ins Gesicht geschrieben. Er wirkte wie ein Häufchen Elend, bleich, zitternd und völlig verzweifelt.

Hätte Nasja nicht gewusst, dass Nemos an dieser Situation schuld war und noch vor wenigen Stunden mit Schadenfreude im Gesicht ihren Tod angeordnet hatte, dann hätte sie Mitleid mit ihm empfinden können.

Doch sie konnte nicht vergessen, was er getan hatte.

Nemos wand sich, zerrissen zwischen seinem Stolz und seiner Angst.

Schließlich ließ er den Kopf hängen.

„Hilf mir, Artem“, sagte Nemos mit zitternder Stimme. „Hilf mir, alles wieder in Ordnung zu bringen.“

KAPITEL 23

Artem zögerte nicht, nachdem Nemos endlich nachgegeben und Artem um Hilfe gebeten hatte. Er trat auf Nasja zu und griff nach ihrer Hand. Er achtete dabei nicht auf Nemos oder was er darüber denken könnte.

„Komm!“ Er zog sie sanft mit sich zu seinem Haus. „Du bleibst hier. Es ist zu gefährlich, dich jetzt noch aus der Stadt hinauszubringen.“ Gemeinsam traten sie in den Eingangsbereich. Artem bog nach links ab. Hinter einer dicken Metalltür führte eine schmale Treppe in einen alten Keller hinab. „Geh dort hinunter und verriegele die Tür hinter dir“, sagte Artem eindringlich, während er Nasja fest in die Augen sah. „Dort unten bist du sicher, egal was hier oben in der Stadt geschehen wird. Die Mauern sind alt und meterdick. Komm erst wieder raus, wenn du absolut sicher bist, dass die Kämpfe vorbei sind. Hörst du?“ Der Blick in seinen warmen, braunen Augen war ernst.

„Was ist mit dir?“, fragte Nasja erschrocken.

Ein leichtes Lächeln glitt über Artems Lippen. „Ich werde versuchen, Galadon zu retten. Deswegen bist du doch gekommen und hast mich gewarnt.“

„Ja“, sagte Nasja ernst und nickte. „Du bist der Einzige, der das jetzt noch schaffen kann.“

„Dein Vertrauen ehrt mich und ich verspreche, alles zu geben und dich nicht zu enttäuschen. Ich werde versuchen, Galadon zu retten“, sagte Artem ernst.

Nasja schluckte. Sie wusste, wie ausweglos die Lage war. Und dennoch gab Artem nicht auf und hatte noch Hoffnung.

Er sah ihr einen Moment tief in die Augen und der Ernst in seinem Blick sagte Nasja, dass er wusste, dass die Chancen nicht gut standen.

Ganz leicht legte er seine Hand auf Nasjas Arm. „Wenn ich sterbe, dann mit deinem Bild vor Augen“, flüsterte er leise. Besorgt sah er zu ihrem Arm hinab. „Dein Mantel ist ganz feucht. Hol dir aus meinem Schrank trockene Kleidung, bevor du in den Keller gehst. Es wird dauern, bis du wieder herauskommen kannst.“

„Das werde ich.“ Nasja schmunzelte angesichts seiner Fürsorge.

„Wir sehen uns wieder“, flüsterte Artem, und Nasja versuchte sich den Klang seiner Stimme einzuprägen, damit sie ihn nie wieder vergaß.

„Versprochen“, sagte Nasja heiser, obwohl ihr das Wort nur schwer über die Lippen kam. Die Situation war schwierig und das wussten sie beide. In Goros waren nur eintausend Soldaten stationiert. Würden sie ausreichen, um die Stadt gegen die angreifenden Trolle und Zentauren verteidigen zu können?

Darüber würden Artems Geschick beim Einsatz seiner Leute und auch das Glück entscheiden.

„Schließ ab.“ Artem lächelte ihr noch einmal zu, dann zog er die Tür hinter sich zu. Nasja trat an die Tür und hörte, wie Artem Nemos anwies, nach rechts abzubiegen. Nasja wartete, bis der Klang seiner Schritte nicht mehr zu hören war. Dann war es still.

Nasja versuchte, nicht darüber nachzudenken, was jetzt geschehen würde. Sie hatte getan, was in ihrer Macht stand. Sie hatte Artem gewarnt und nun lagen die Dinge nicht mehr in ihrer Hand. Sorgfältig verriegelte sie die Eingangstür. Dann sah sie sich vorsichtig in Artems Haus um. Den kleinen Salon kannte sie schon.

Doch vom Flur führte noch eine weitere Tür ab. Nasja öffnete sie und sah vorsichtig hinein. Das war Artems

Schlafzimmer. Es war ein kleiner, aber gemütlicher Raum mit einem schmalen Bett und einem Kleiderschrank.

Nasja richtete ihren Blick auf den Kleiderschrank und trat darauf zu. Sie öffnete ihn und fand darin einige ordentlich gefaltete Hosen und Hemden, drei Paar warme Socken, zwei Mäntel und ein paar Mützen und Handschuhe. Artem gehörte nicht zu den Menschen, die viel an Garderobe brauchten, und Nasja fand, dass ihn das noch sympathischer machte.

Sie streifte Celistras Mantel ab, der durch das nasse Kleid ebenfalls feucht geworden war. Dann begann sie, sich aus der schweren Robe zu befreien. Es dauerte lange, bis sie alle nassen Schnüre und Schleifen gelöst hatte und das Mieder endlich abstreifen konnte. Erleichtert hängte sie das Kleid auf einen ungenutzten Kleiderbügel.

Dann griff sie nach einer von Artems Hosen und zog eines seiner Hemden aus dem Schrank. Dabei bemerkte sie, dass sie immer noch den kleinen Stoffbeutel an ihrem Arm trug, in dem sie Kleinigkeiten aufbewahrte.

Nasja streifte den Beutel ab und wollte ihn schon zu ihrem Kleid an den Kleiderbügel hängen, als ihre Finger etwas Hartes berührten, das in dem Beutel steckte. Nasja hielt inne. In diesem Beutelchen konnte nichts Hartes sein. Sie hatte nur ein paar Taschentücher hineingesteckt.

Vielleicht waren ein paar Steine vom Grund des Flusses hineingeraten. Nasja wollte sich schon der trockenen Kleidung in ihrer anderen Hand zuwenden, als die Neugier sie doch übermannte. Sie legte die Kleidung zurück in den Schrank und zog die Schnur des Beutels auf. Dann spähte sie hinein.

Was hatte der Nimbus ihr mit auf den Weg gegeben? Sie war nicht abergläubisch oder maß kleinen Dingen eine übermäßige Bedeutung zu. Doch nachdem sie heute von der Heiligen Gorgyra aus dem Wasser gezogen worden war, die sie bislang nur für eine Legende unter den Nymphen gehalten hatte, hatten sich ihre Wertmaßstäbe verschoben.

Zu ihrer Überraschung sah Nasja zwischen ihren nassen Taschentüchern eine Bronzemünze. Nachdenklich nahm sie die kleine Münze heraus. Sie war sich sicher gewesen, dass sie kein Geld mehr bei sich hatte. Vielleicht dachte Gorgyra, dass es besser war, wenn sie für alle Fälle ein wenig Kleingeld in der Tasche hatte.

Nasja legte die Münze zur Seite. Dann schlüpfte sie in die Kleidung. Sie war viel zu groß, aber das war Nasja egal. Es tat so gut, endlich etwas Trockenes auf dem Körper zu spüren. Nachdem Nasja sich auch noch ein paar Socken und einen Mantel übergezogen hatte, spürte sie, wie das Frösteln endlich verschwand, das sie begleitete, seitdem sie neben dem Fluss aufgewacht war. Sie schlüpfte wieder in ihre Stiefel und schloss die Schranktür.

Gerade als sie das Zimmer verlassen wollte, stockte sie einen Moment. Der Gedanke, dass es möglich war, dass Artem dieses Zimmer nie wieder betreten würde, überwältigte sie. Vielleicht würde er nie wieder in diesem Bett schlafen oder eine dieser Hosen tragen.

Nasja schluckte und spürte das Entsetzen in sich aufsteigen. Hastig griff sie nach der Münze, ließ sie in der Tasche der Hose verschwinden und verließ das Schlafzimmer mit schnellen Schritten. Draußen vor der Tür vernahm Nasja laute Rufe. Dann erklang ein lautes Wiehern und aus den Rufen wurden panische Schreie.

Die Zentauren stürmten die Stadt und die Trolle waren auch nicht mehr weit. Schnell verschwand Nasja hinter der Kellertür. Auf der ersten Treppenstufe fand sie Zündhölzer und eine Kerze. Sie zündete die Kerze an und verriegelte die Kellertür sorgfältig hinter sich. Dann stieg sie die Treppen hinab. Artems Keller war klein. An den Wänden drängten sich Regale voller eingelagerter Kartoffeln, Karotten und Rüben. Daneben standen Gläser mit eingekochtem Obst und Gemüse.

Eine schmale Liege mit einer kratzigen Decke stand wohl für Notfälle bereit und als Nasja unter die Liege sah, entdeckte sie ein Bündel. Es klirrte, als sie es hervorzog, und als Nasja den Stoff zur Seite schlug, fand sie drei Dolche und zwei Schwerter.

Artem war gut auf Notfälle vorbereitet.

Nasja nahm eines der Schwerter heraus und legte es neben sich auf der Liege bereit. Dann lehnte sie sich an die kühle Kellerwand und wartete ab.

Es war schwer, plötzlich zur Ruhe zu kommen. Das erste Mal, seitdem sich die Ereignisse in der Ratssitzung überschlagen hatten, war Nasja sicher und konnte nichts anderes tun, als abzuwarten. Die Bilder des Tages drängten sich ihr auf und überrollten sie regelrecht.

Sie sah Nemos vor sich, wie er mit Freude das Todesurteil über sie gefällt hatte. Sie spürte, wie sie durch die Luft flog und in das eiskalte Wasser des Nimbus fiel. Sie sah dicke Locken und ein freundliches Lächeln. War es wirklich Gorgyra gewesen, die sie gerettet hatte, oder hatte sie sich das nur eingebildet? Es kam ihr plötzlich so unwirklich vor.

Doch der Anblick der Trolle war mindestens genauso unwirklich und das war kein Traum gewesen. Auch Aros hatte sie gesehen. Ihre Gedanken wanderten zurück zu Celistra und Aros. Ob es ihnen gelungen war, sich in Sicherheit zu bringen?

Nasja konnte es nur hoffen. Dann wanderten Nasjas Gedanken zu Nemos und dem Mondtor, das plötzlich vor ihm erschienen war. Wie viele Zentauren wohl schon in Goros waren?

Der Gedanke, was gerade draußen auf den Straßen der Stadt geschah, ließ Nasja nicht mehr los. Sie stellte sich die Trolle und die Zentauren vor, die durch die vertrauten Straßen liefen und die Menschen aus der Stadt trieben.

Nasjas Gedankenkarussell drehte sich immer schneller.

Sie machte sich Vorwürfe, während sie die Bilder immer heftiger quälten. Sie war in Sicherheit und draußen tobte ein Krieg. Nach einer Weile erhob sich Nasja und begann unruhig im Keller auf und ab zu laufen. Sie konnte einfach nicht mehr sitzen bleiben und abwarten.

Sie wollte etwas tun. Als ob es etwas nutzen würde, griff sie nach dem Schwert. Es lag schwer in ihrer Hand. Nasja schwang es in dem engen Raum hin und her. Es fühlte sich fremd an. Nasja hatte nie Unterricht im Schwertkampf bekommen.

Missmutig legte sie das Schwert wieder nieder.

Was sollte sie schon im Kampf erreichen? Sie war kein Krieger.

Nasja ließ sich wieder auf die Liege sinken. Sie versuchte zu hören, was draußen vor sich ging. Doch hier unten war kein Laut zu vernehmen. Um sie herum war nur Stille. Nasja begann wieder auf und ab zu gehen.

Sie wusste nicht, wie viel Zeit vergangen war. Die Kerze war schon zur Hälfte hinabgebrannt, als sie sich wieder auf die Liege sinken ließ. Die Unruhe war kaum noch zu ertragen. Nachdenklich griff Nasja in ihre Hosentasche und fand die Münze darin. Sie zog sie hervor und sah sie nachdenklich an.

Für eine Bronzemünze bekam man ein gutes Essen. Doch weit würde sie damit nicht kommen. Nasja ließ die Münze zwischen ihren Fingern hin und her gleiten, während sie darüber nachdachte, wann sie es wagen konnte, wieder aus dem Keller herauszukommen. Sie stand auf und lief die Treppe hinauf. Dann lauschte sie, ob sie etwas vernehmen konnte.

Als alles still war, drehte sie den Schlüssel um und schob langsam die Tür auf.

Im gleichen Moment hörte Nasja Schreie und lautes Poltern. Es klang, als ob ganze Häuser einstürzen würden.

Hastig zog sie die Tür wieder zu und verriegelte sie. Mit klopfendem Herzen stieg sie die Treppen hinab.

Obwohl sie es nicht wollte, drängten sich ihr Bilder auf, von dem, was da oben geschehen könnte. Es waren wirre Szenen, doch eines war gewiss: Goros würde nicht mehr dieselbe Stadt sein, wenn Nasja aus diesem Keller kam.

Nasja sah eine Weile in die Flamme der Kerze. Es dauerte nicht lang, dann erinnerte sie das Feuer an die Flammen in Artems Augen und die Ungewissheit, wie es ihm gerade erging, quälte Nasja erneut. Sie wusste, warum es so war. Sie konnte sich noch gut an alle Fakten erinnern, die im Rat erwähnt worden waren.

Die Armee der Trolle bestand aus eintausend wehrhaften Kriegern und die Zentauren hatten bei ihrem letzten Besuch in Goros zweitausend Krieger auf den Weg geschickt.

Selbst wenn es Artem in den letzten Wochen hinter Nemos‘ und Totos Rücken geschafft haben sollte, einen Teil der Armee Galadons nach Goros zu holen, so war die Armee Galadons den Angreifern doch zahlenmäßig deutlich unterlegen.

Nasja musste wissen, was da draußen geschah. Sie hielt es einfach nicht mehr aus. Sie schloss die Augen und holte tief Luft. Irgendein Wesen musste doch in der Nähe sein, in dessen Gedanken Nasja schlüpfen konnte.

Es fiel ihr schwer, sich zu konzentrieren. Immer wieder wurde sie abgelenkt. Doch schließlich schaffte sie es, ruhiger zu werden und auf einen Herzschlag in ihrer Nähe zu lauschen. In diesem Keller gab es keine Lebewesen. Alles war ruhig. Nasja holte tief Luft.

Es kostete sie ihre ganze Kraft, um bei der Sache zu bleiben. Wie Blitze huschten Bilder durch ihren Kopf. Sie mussten von aufgeschreckten Tieren stammen. Nasja sah Flammen, dann wieder hörte sie lautes Donnern und sie spürte Angst, so unendlich viel Angst. Doch all das waren nur winzige Fetzen, die sich zu keinem vollständigen Bild zusammensetzen ließen.

Nasja wollte schon aufgeben, doch da vernahm sie das leise Schlagen eines winzigen Herzens. Es war eine Maus und sie saß in einem Küchenschrank genau über ihr. Sie ließ sich von den Geschehnissen um sich herum nicht stören. Allein das Stück Käse vor ihr interessierte sie. Es war nicht schwer, in ihre Gedanken einzudringen. Doch viel schwerer war es, den Weg aus dem Küchenschrank zu finden. Als es Nasja endlich gelungen war, sah sie aus dem Fenster.

Mittlerweile war es draußen dunkel geworden.

Vor dem Fenster auf dem kleinen Platz war nichts zu sehen. Doch Nasja vernahm ein Dröhnen und Beben, als ob Goros von Steinschlägen erschüttert wurde. Was war nur los da draußen?

Nasja musste sich einen anderen Platz suchen. Sie sprang von der Anrichte auf den Boden und suchte einen Weg nach oben. Als sie die Treppe gefunden hatte, dauerte es eine halbe Ewigkeit, bis es der kleine Mäusekörper geschafft hatte, bis in den Dachboden hinaufzukommen.

Die Erschöpfung der Maus war deutlich zu spüren. Doch Nasja konnte jetzt keine Pause machen. Sie flitzte über den Dachboden und endlich fand sie neben einem Dachsparren ein kleines Loch in einem Dachziegel.

Vorsichtig sah Nasja hindurch.

Was sie sah, ließ sie selbst tief unten im Keller erstarren. Goros stand in Flammen. Die lauten Geräusche, die sie gehört hatte, stammten von brennenden Geschossen, die immer wieder über die Stadt flogen und in den Häusern einschlugen.

Das waren die Katapulte. Nasja musste nicht lange darüber nachdenken, um zu wissen, dass die Trolle die Stadt beschossen. Also hatte sich Artem mit den Soldaten in den Straßen verschanzt und sie verteidigten die Hauptstadt

Galadons Haus für Haus.

Nasja konnte vom Dach aus bis über die Wiesen vor der Stadt blicken. Überall brannten Lagerfeuer. Beim Anblick der unzähligen Zentauren erstarrte Nasja erneut. Es waren so viele wie im letzten Sommer. Cesar war mit seiner Armee gekommen und dieses Mal würde er alles tun, um Goros einzunehmen.

Nasja schnappte hastig nach Luft. Sie hatte die Augen aufgerissen und fand sich im Keller wieder. Ihr Herz raste und die Bilder brannten in ihren Augen. Es war aussichtslos. Galadons Armee war in der Unterzahl und in den engen Gassen konnte sie ihre schweren Waffen nicht einsetzen.

Ihr Tod war eine Frage der Zeit.

Nasja verließ alle Kraft. Sie ließ die Arme sinken und die Münze, die sie noch in der Hand gehalten hatte, fiel klirrend zu Boden. Sie war gefangen, mitten in einer Schlacht, in der es allein darum ging, die Armee Galadons aufzureiben und zu töten.

Die Schwere in Nasjas Beinen wurde unerträglich. Sie hatte versucht, die Menschen zu warnen und ihr Leben zu retten, aber sie hatte es nicht geschafft. Jeder, der jetzt versuchte, die Stadt zu verlassen, lief den Zentauren und den Trollen in die Arme und Nasja fiel es nicht schwer, sich vorzustellen, was mit ihnen geschah.

Die Kerze brannte immer weiter ab und begann zu flackern. Bald würde Nasja im Dunkeln sitzen. Verzweifelt huschte ihr Blick hin und her.

Dann blieb er an der Münze auf dem Boden hängen.

Nasja blinzelte.

Im Schein der Kerze sah die Rückseite der Bronzemünze ungewöhnlich aus.

Auf ihr prangte normalerweise das Gesicht des Königs. Auf vielen Münzen, die noch im Umlauf waren, sah man das Gesicht von König Kreotis. Doch mittlerweile prangte das Gesicht von Nemos immer häufiger auf den Rückseiten der Münzen. Nemos ließ die alten Münzen nach und nach durch neue ersetzen.

Doch auf der Rückseite dieser Münze sah Nasja weder das Gesicht von Kreotis noch das von Nemos. Nasja erkannte das Gesicht einer Frau. Langsam fiel sie auf die Knie und beugte sich zu der Münze hinab.

Das Gesicht von Gorgyra lächelte sie gütig an. In ihrem freundlichen Blick lag Hoffnung. Mit zitternden Fingern griff Nasja nach der Münze.

In diesem Moment verlosch das Licht und ließ Nasja mit ihren Gedanken allein.

Unzählige Fragen schossen ihr durch den Kopf. Warum war die Münze bei ihr und warum war Gorgyras Bild auf ihr? Es hatte noch nie in der Geschichte Galadons eine Münze mit dem Gesicht einer Heiligen Nymphe gegeben.

Also hatte Gorgyra ihr diese Münze gegeben. Aber warum?

Nasja schloss die Hand fest um die Münze.

Plötzlich schoss ein Gedanke in Nasjas Kopf, so klar und deutlich, dass sie sich dafür verfluchte, dass ihr das nicht sofort eingefallen war.

Sie erinnerte sich an den Brunnen im Südviertel. Wer eine Münze hineinwarf, der konnte sich etwas wünschen. Es war gefährlich und verrückt, zu glauben, dass Nasja auf diesem Weg etwas am Schicksal dieses Landes ändern konnte.

Aber wenn sie Gorgyra aus den Fluten des Nimbus gerettet hatte, dann hatte die Heilige Nymphe und Beschützerin ihres Volkes vielleicht auch die Kraft, Galadon zu retten. Vielleicht lag diese Rettung nur einen Wunsch entfernt.

Nasjas Hand schlang sich fest um die Münze, mit der anderen griff sie nach dem Schwert. Dann erhob sie sich langsam. Sie brauchte kein Licht. Sie war so oft in dem kleinen Raum hin und her gelaufen, dass sie sich ohne Mühe zurechtfand.

Schritt für Schritt stieg sie die Treppe empor und öffnete die Tür. Sobald sie sie aufschob, hörte sie das Dröhnen schwerer Geschosse. Die Welt um sie herum erbebte.

Doch Nasja war ganz ruhig. Sie schloss ordentlich die Kellertür und holte noch einmal tief Luft. Dann öffnete sie die Haustür und trat hinaus in die Nacht. Der Himmel leuchtete rot und der beißende Geruch unzähliger Brände lag in der Luft.

Nasja sah kurz nach links und nach rechts. Der Platz war leer. Von hier aus war es nicht weit bis zum alten Brunnen. Nasja umfasste das Schwert mit der einen Hand und die Münze mit der anderen. Dann rannte sie los mit der winzigen Hoffnung im Herzen, das Schicksal Galadons noch wenden zu können.

KAPITEL 24

Schon als Nasja um die erste Häuserecke bog, blieb sie ruckartig stehen. Die schmale Gasse war kaum wiederzuerkennen.

Erschrocken machte Nasja einen Schritt zurück. Einige Häuser waren eingestürzt und standen lichterloh in Flammen. Die Umgebung war in rotes Licht getaucht und beißender Qualm hing in der Luft. Der Himmel leuchtete orange.

Im selben Moment galoppierte ein Zentaur mit gezücktem Schwert an ihr vorbei. Hätte sie nicht einen Schritt zurück gemacht, hätte er sie umgerannt.

Es wurde mit einem Mal hell. Nasja sah erschrocken nach oben. Über ihrem Kopf zischte ein brennendes Geschoss entlang.

Nicht weit von ihr entfernt schlug es mit einem infernalischen Donnern in ein Haus ein. Das Gebäude explodierte regelrecht.

Der Knall dröhnte Nasja in den Ohren. Die Erde unter ihren Füßen bebte.

Eine Wolke aus Asche, Staub und Geröll stieg auf und Nasja rannte los.

Sie musste hier weg, bevor sie in den Staubnebel gehüllt wurde und nichts mehr sehen konnte.

Mit gezücktem Schwert sprang Nasja über ein paar Steine hinweg und bog in die nächstbeste Gasse ein. Der direkte Weg zum Matrosenbrunnen war versperrt. Sie musste einen Umweg nehmen.

Die Gasse war leer.

Doch Nasja vernahm von ihrem Ende her das gleichmäßige Donnern von Schritten. Sie konnte gerade noch in den nächsten Hauseingang schlüpfen, als eine Gruppe Soldaten in die Gasse bog und an ihr vorbeirannte.

Nasja betrachtete sie. Sie sahen erschöpft aus. Angst und Verzweiflung begleiteten sie. Nasja holte tief Luft. Die Gefühle verstärkten sich.

Sie riss die Augen wieder auf.

Einer der Männer sah sich kurz um und entdeckte Nasja. Er blieb stehen und sah sie ernst an.

„Verstecke dich, Mädchen", rief er ihr zu. „Die Stadt ist abgeriegelt. Wir sind alle in Goros eingesperrt. Alle Wege aus der Stadt sind von Trollen und Zentauren versperrt. Sie laufen durch die Gassen und töten jeden, dem sie begegnen. Versteck dich! Das ist deine einzige Chance, um zu überleben. Vielleicht hast du Glück und dich findet niemand." Er nickte Nasja noch einmal zu, dann folgte er seinen Kameraden und einen Moment später waren sie hinter der nächsten Häuserecke verschwunden.

Erschrocken blieb Nasja stehen. Die Worte des Soldaten hallten in ihrem Kopf nach. Ihre Warnung vor den Trollen war zu spät gekommen. Artem hatte das Schicksal Goros' nicht mehr wenden können.

Bei dem Gedanken, dass er nicht mehr am Leben war, begann Nasja zu zittern.

Sie war einfach losgelaufen mit einer verrückten Idee im Kopf und einer alten Bronzemünze in der Hand.

Was tat sie hier nur?

Der Soldat hatte recht. Sie sollte zurückgehen in Artems Haus und sich in seinem Keller verstecken, bis die Trolle und die Zentauren wieder verschwunden waren.

Spätestens wenn die ganze Stadt brannte und sie niemanden mehr fanden, den sie meucheln konnten, würden sie verschwinden. In Artems Keller hatte Nasja gute Chancen, unentdeckt zu bleiben.

Sie hatte schon einen Schritt zurück gemacht, als plötzlich zwei Trolle in die Gasse einbogen und begeistert johlten, als sie Nasja entdeckten.

Sie trugen Keulen und Äxte bei sich.

Es gab keine Zeit mehr, um noch lange nachzudenken, was sie jetzt tun sollte.

Nasja drehte sich sofort um und rannte los. Sie spürte die Mordlust der Trolle wie einen kalten Hauch in ihrem Nacken. Und er kam schnell näher.

Ihr Herz raste, als sie nach rechts abbog. Die Gasse war frei. Nur ein paar Dachziegel waren zu Boden gefallen. Nasja flog regelrecht darüber hinweg.

Die Panik überrollte sie wie eine Welle eiskalten Wassers. Die schweren Schritte der Trolle waren nicht weit entfernt.

Sie waren viel schneller, als Nasja angenommen hatte. Ihr schweres Keuchen und das schnelle Trommeln ihrer Füße ließ sich einfach nicht abschütteln.

Warum waren die beiden nur so flink? Sie waren riesig.

Nasja bog in die nächste Gasse ein und dann gleich wieder in die nächste. Vielleicht konnte sie die Trolle abschütteln, wenn sie oft die Richtung wechselte.

Mit viel Schwung sprang Nasja über ein paar Steine und bog nach links ab.

Doch dieses Mal ging es nicht weiter. Ein paar Häuser auf ihrem Weg waren eingestürzt und die Gasse war unter Steinen, Ziegeln und Geröll verschüttet.

Nasja fuhr hastig herum.

Sie wollte zurückrennen und einen anderen Weg einschlagen. Doch in diesem Moment stand sie den Trollen gegenüber.

Angst überrollte Nasja und sie begann am ganzen Körper zu zittern. Die Trolle waren riesig. Sie überragten Nasja um einen Meter.

„Jetzt haben wir dich." Der Troll mit der Axt sah sie

gierig an.

Nasja stolperte ein paar Schritte zurück und sah sich um. Vor den Türen und Fenstern der Häuser lagen Steine. Es gab kein Entrinnen.

Sie musste etwas tun. Es durfte nicht hier enden.

Nasja tat das Einzige, was ihr einfiel. Sie holte tief Luft, schloss die Augen und lauschte auf den Herzschlag der Trolle.

Während der eine vor Mordlust überfloss, war der andere zu Nasjas Überraschung gelangweilt. Nasja konnte nur vermuten, dass er heute schon genug Blut gesehen hatte.

Nasja wusste nicht, ob sie auf einen Troll Einfluss haben würde. Sie versuchte es einfach. Etwas anderes blieb ihr nicht übrig, um ihr Leben zu retten.

Nasja konzentrierte sich auf den mordlustigen Troll. Starke Emotionen ließen sich leichter lenken. Als sie in die Gefühle des Trolls eintauchte, kam sie sich vor, als ob sie in eiskaltem Morast versank.

Nichts war vergleichbar mit diesem Gefühl. Alles in Nasja sträubte sich dagegen, auch nur einen Moment länger im Geist dieses Wesens zu verharren. Doch Nasja zwang sich, sich zu konzentrieren.

Sie schaffte es nicht, die Mordlust versiegen zu lassen, also versuchte sie, sie auf ein anderes Ziel zu lenken.

Nasja gab ein verzweifeltes Wimmern von sich. Das widerliche, kalte Gefühl klebte an ihr wie Pech. Der Hass erfüllte sie und brannte in ihrem Herzen. Nasja dachte an Artem und an seine Stärke.

Egal wie aussichtslos die Lage war, er würde immer versuchen, das Richtige zu tun. Niemals wich er von seinem Weg ab.

Sie schaffte es irgendwie, das Gefühl auszuhalten und die Kontrolle darüber zu erlangen.

Als ein empörter Schrei erklang, wusste Nasja, dass sich

etwas geändert hatte.

Sie öffnete die Augen und sah gerade noch, wie der Troll mit der Axt ausholte und sie dem anderen Troll in den Schädel rammen wollte.

Der reagierte schnell, hob seine Keule, sodass die Axt krachend darin einschlug.

„Was tust du da?“ Der Troll starrte seinen Kumpanen empört an.

Nasja stachelte den Troll mit der Axt noch einmal an. Er brüllte und hob die Axt erneut. All seine Wut entlud sich auf seinen Artgenossen. Doch er kam nicht dazu, seine Waffe noch einmal auf den anderen Troll hinabsausen zu lassen, denn da hatte der Troll mit der Keule schon ausgeholt und seinem Kontrahenten die Waffe über den Kopf gezogen.

Mit einem knirschenden Knacken schlug sie auf dem Schädel des Trolls ein.

Er sah einen Moment überrascht aus. Dann rann ein schmales Rinnsal Blut über seine Stirn. Seine Knie knickten ein und er stürzte zu Boden.

Während sich der Troll mit der Keule bückte, um sich die Axt des anderen Trolls zu nehmen, rannte Nasja los.

Mit schnellen Schritten war sie hinter seinem Rücken entlanggehuscht und bog um die nächste Häuserecke, bevor er sich wieder mit der Axt in der Hand aufgerichtet hatte.

Nasjas Herz schlug immer noch viel zu schnell. Sie spürte das kalte Gefühl der Wut tief in ihrem Herzen.

Und jetzt spürte sie auch die Erschöpfung. Es hatte sie viel Kraft gekostet, in den Geist des Trolls einzudringen. Doch sie hatte es geschafft, den Troll dazu zu bringen, zu tun, was sie verlangte.

Nur das zählte.

Doch jetzt musste Nasja wachsam sein. Noch einmal durfte sie nicht in so eine Situation geraten. Es war mehr

Glück als Können gewesen, dass sie entkommen war. Sie versuchte, sich zu orientieren, um herauszufinden, wo sie war.

Durch die eingestürzten Häuser erkannte sie die Gassen der Stadt kaum wieder. Sie war im Südviertel und hier kannte sie sich ohnehin nur grob aus.

Nasja wusste nicht, in welche Richtung sie gehen musste, um zurück zu Artems Haus zu kommen.

Sie verfluchte sich, dass sie überhaupt losgegangen war. Die Idee, die sie gehabt hatte, kam ihr immer alberner vor.

Hatte sie wirklich gedacht, dass etwas passieren würde, wenn sie diese Münze in den Brunnen warf?

Das war doch Irrsinn. Nasja rannte weiter und bog um die nächste Straßenecke ab.

Über ihr schoss ein brennendes Geschoss hinweg.

Nasja verfolgte seine Flugbahn. Als es nicht weit von ihr entfernt in ein Haus einschlug, bog sie ganz automatisch in eine andere Richtung ab.

Eine Gruppe Menschen kam ihr entgegen. Es waren ein paar Männer mit ihren Frauen.

Sie sahen sich ängstlich um und verschwanden hastig in einem Hauseingang.

Nasja hörte, wie sie die Tür hinter sich verriegelten.

In diesem Moment bog ein Zentaur mit gezücktem Schwert um die Ecke und galoppierte direkt auf Nasja zu. Es war zu spät, um noch abzubiegen oder um Hilfe zu rufen.

Alles ging rasend schnell. In der schmalen Gasse gab es keine Möglichkeit auszuweichen. Sie konnte ihm nicht mehr entkommen.

Nasja wollte noch Luft holen und auf seinen Herzschlag hören. Doch er war schon kurz vor ihr und ritt johlend auf sie zu.

Nasja hatte keine Zeit mehr, um nachzudenken. Sie reagierte einfach nur und riss das Schwert hoch, das sie die ganze Zeit mit sich trug.

Donnernd schlug das Schwert des Zentauren gegen das ihre.

Funken sprühten und Nasja wurde von dem heftigen Schlag von den Füßen gerissen. Sie schlug zuerst gegen die Hauswand und spürte den Stein rau gegen ihre Wange schlagen. Doch da stürzte sie schon auf den Boden hinab.

Mit einem Schrei landete sie auf dem Boden und der Schmerz explodierte in ihrem ganzen Körper. Unter ihr waren Scherben und kantige Steine.

Sie war mitten in den Resten eines eingestürzten Hauses gelandet. An unzähligen Stellen bohrten sich die spitzen Scherben und die scharfkantigen Steine zugleich in ihre Haut und in ihre Muskeln.

Nasja spürte, wie der heftige Schmerz ihr beinahe das Bewusstsein nahm. An unzähligen Stellen ihres Körpers tränkte das Blut warm ihre Haut und ihre Kleidung.

Ihre Rippen taten bei jedem Atemzug weh und in ihrer rechten Hüfte dröhnte ein Schmerz, wie ihn Nasja nie zuvor gefühlt hatte.

Doch Nasja konnte nicht darauf achten. Sie wusste, dass ihr Leben davon abhing, wie schnell sie wieder auf die Beine kam.

Nasja umfasste das Schwert fester und zwang sich, den Schmerz zu ignorieren und wieder aufzustehen. Der Zentaur brauchte einen Moment, um in der engen Gasse zu wenden und wieder in ihre Richtung zu galoppieren.

Das war Nasjas letzte Chance.

Doch Nasjas Beine reagierten nicht mehr, wie sie es sollten. Ihre Hüfte schien regelrecht blockiert zu sein. Sie hatte keine Kraft mehr und kam einfach nicht hoch.

Sie spürte das Blut nass und warm ihre Beine herunterrinnen.

Nasja entwich ein angstvolles Wimmern. Sie kniete auf dem Boden der Gasse, das Schwert erhoben.

Ihre Beine zitterten und das Zittern übertrug sich auf ihren ganzen Körper. Sie fühlte sich hilflos und sie hasste dieses Gefühl.

Der Zentaur hatte jetzt gewendet und als er Nasja auf dem Boden knien sah, glitt ein zufriedenes Lächeln über seine Lippen. Sie würde ein leichtes Opfer sein.

„Wir werden euch alle töten“, murmelte er siegessicher. „Galadon gehört den Zentauren.“

Seine Worte entzündeten in Nasja eine unbeherrschbare Wut. Wie konnte er sich anmaßen, dieses Land für sich zu beanspruchen? Sie war die Königin von Galadon und solange noch Leben in ihr war, würde sie für dieses Land kämpfen.

Sie hatte schon einmal einen Zentauren unter ihre Kontrolle gebracht und es konnte ihr wieder gelingen. Nasja holte tief Luft. Sofort spürte sie den starken Herzschlag des Zentauren vor sich.

Die Mordlust, die sie fühlte, nahm ihr den Atem. Sie war primitiv, simpel und machte es Nasja leicht. Je näher ein Wesen einem Tier war, umso einfacher konnte sie es beherrschen.

Es war viel leichter, als es mit dem Troll gewesen war. Nasja ließ sich darauf ein. Das Gefühl füllte ihr Herz und dann übernahm sie die Kontrolle über den Zentauren.

Sie spürte die Kraft seines Körpers und lenkte ihn in ihre Richtung.

Nasja sah die Panik in seinen Augen, als er spürte, dass er nicht mehr Herr seines Körpers war. Ein Gefühl der Genugtuung erfüllte Nasja und gab ihr Kraft. Der Zentaur kam zu ihr und blieb vor ihr stehen. Nasja zwang ihn, ihr auf die Beine zu helfen.

Er wehrte sich gegen sie und Nasja hatte Mühe, ihn weiter unter ihrer Kontrolle zu halten. Doch sie begriff, dass das die letzte Möglichkeit war, noch zu entkommen. Sie war verletzt und dieses Mal so schwer, dass sie nicht einfach zurück zu Artems Haus laufen konnte, zumindest nicht im Moment.

Als Nasja wieder wackelig auf den Beinen stand, ging sie noch einen Schritt weiter. Sie holte tief Luft und sammelte all ihre Kraft. Viel war ihr nicht mehr geblieben, nachdem sie den kalten Hass des Trolls so nah an sich herangelassen hatte.

Die Augen des Zentauren zuckten panisch. Doch im Takt seines Herzschlages senkten sich seine Hände, schlossen sich um Nasja und zogen sie hinauf auf seinen Rücken.

Es war das Demütigendste, was einem Zentauren passieren konnte. Jemand ritt auf seinem Rücken, als wäre er nur ein Pferd.

Die Wut im Herz des Zentauren schwoll immer weiter an. Er wehrte sich mit aller Kraft gegen Nasjas Kontrolle.

Doch noch hatte sie die Oberhand.

Sie klammerte sich an seinem Rücken fest und dann lief er los. Schritt für Schritt zwang sie ihn weiter.

Sie bogen um eine Häuserecke und zu Nasjas Überraschung erreichten sie den alten Tempel. Sie hatte nicht genau gewusst, wo sie sich befand. Nasja erschrak, als sie das Gebäude sah.

Eine der Seitenwände war halb eingestürzt. Der Anblick schmerzte sie. Doch wenigstens wusste sie jetzt wieder, wo sie war und wohin sie musste.

Erneut flog ein Geschoss über Nasjas Kopf hinweg. Sie erschrak, als sie sah, dass es nicht sehr hoch flog. Als ihr klar wurde, dass es ganz in ihrer Nähe einschlagen würde, reagierte sie sofort. Auch der Zentaur hatte es wahrgenommen und die drohende Detonation hatte seinen Fluchtinstinkt ausgelöst.

Je mehr er Tier war, umso leichter war es für Nasja, die Kontrolle über ihn zu behalten. Er galoppierte los und Nasja hatte Mühe, sich an dem Pferdehals festzuhalten.

Er schoss über den Platz am Tempel vorbei und gerade als sie ihn passiert hatten, schlug das Geschoss mit einem dröhnenden Donner in das Dach des Tempels ein.

Nasja wollte nicht zurückschauen. Sie ertrug den Anblick einfach nicht. Das Dach war erst vor Kurzem repariert worden.

Der Zentaur schoss an ein paar anderen Zentauren vorbei, die gemeinsam mit zwei Trollen versuchten, in eine verrammelte Taverne einzubrechen. Sie wandten sich nur kurz verwundert um, gingen dann aber wieder ihrer Tätigkeit nach.

Der Fluchtinstinkt des Zentauren ließ nach, während sie um die nächste Häuserecke bogen. Die Wut in ihm wurde stärker. Nasja hatte zunehmend Mühe, ihn unter ihrer Kontrolle zu behalten.

Sie musste sich schnell entscheiden. Bis zu Artems Haus war es noch ein ganzes Stück. Der Matrosenbrunnen lag gleich nebenan.

„Verdammt", fluchte Nasja leise und sah zu ihrer Hand hinab. In ihren blutverschmierten Fingern hielt sie immer noch die kleine Münze.

Nasja zwang den Zentauren, an der nächsten Kreuzung nach links abzubiegen. Sie erreichten den kleinen Platz, in dessen Mitte der vertraute Brunnen stand.

Doch beinahe hätte ihn Nasja nicht wiedererkannt. Die Häuser am Rande des Platzes waren eingestürzt und standen in Flammen. Es war heiß und stickig. Der Qualm brannte in Nasjas Augen.

Der Zentaur wollte einfach nur weg. Er hasste das Feuer und hatte Angst vor ihm. Nasja holte noch einmal Luft und wollte den Zentauren zwingen, sie bis zu dem Brunnen zu bringen.

Doch mit einem Mal versagten ihre Kräfte. Einen Moment lang wurde ihr schwindelig. Sie spürte, wie der Zentaur die Gelegenheit nutzte.

Er bockte, schüttelte sich und sprang.

Nasja konnte sich nicht mehr auf seinem Rücken halten.

Sie verlor den Halt und stürzte zu Boden, während der Zentaur panisch davongaloppierte, um den Flammen zu entkommen.

Mit einem Stöhnen schlug Nasja auf dem Pflaster auf. Der Schmerz in ihrer Hüfte verstärkte sich. War sie geprellt oder war etwas gebrochen? Nasja wusste es nicht.

Sie wusste nur, dass es fürchterlich wehtat. Die unzähligen Schnittwunden an ihrem Körper bluteten noch immer. Nasja sah an sich hinab.

Ihre Kleidung war von Blut getränkt und mit jedem Tropfen Blut, den sie verlor, wich die Kraft immer weiter aus ihr.

Zu allem Übel brannte ihre Lunge von dem Qualm, der sie überall umgab, und machte ihr das Atmen zur Qual.

Nasja wollte einfach nur liegen bleiben. Jede Wunde für sich war nicht tödlich, doch in Summe würde ihr der Blutverlust über kurz oder lang das Leben nehmen.

Sie dachte an ihren Vater. Nein, aufgeben war niemals eine Option. Solange noch ein Funken Energie in einem steckte, musste man weitermachen. Das war man sich selbst schuldig.

Mühsam rollte sich Nasja auf den Bauch.

Ihr zerschlagener Körper und ihr wunder Geist wehrten sich gegen jede Bewegung. Es dauerte lange, bis sie auf ihre Knie kam, und es dauerte noch länger, bis sie endlich wieder auf ihren Beinen stand.

Jeder Schritt war eine Qual. Der Schmerz unerträglich. Ihr war schwindelig.

Und dennoch lief Nasja weiter auf den Brunnen zu. Zwischen all den kaputten Häusern wirkte es wie ein Wunder, dass er nicht zerstört worden war.

Der dunkle Basalt schimmerte geheimnisvoll im Licht

der brennenden Häuser. Das Antlitz von Gorgyra schien lebendig zu sein. Nasja kam es vor, als ob sie sie anlächeln würde und ihre Haare wie Wasser an ihr hinabfließen würden.

Der Gedanke an das kühle Nass war tröstend. Nasjas Haut brannte mittlerweile vor Hitze. Die Flammen um sie herum schlugen immer höher.

Als Nasja den Brunnen endlich erreichte, stand sie einen Moment erstaunt davor. Sie hatte es nicht für möglich gehalten, dass sie es bis hierher schaffen würde.

Mit einem Donnern schlug ganz in der Nähe ein weiteres Geschoss ein und erinnerte Nasja daran, dass der Tod nur eine Sekunde entfernt war.

Nasja hob den Arm. Sie öffnete die Hand und blickte das blutverschmierte Gesicht von Gorgyra an.

„Wen haben wir denn da?" Eine tiefe Stimme drang durch Nasjas Ohr in ihr Herz und in ihren Verstand.

Sie kannte die Stimme und erschauderte, als ihr klar wurde, dass der König der Zentauren sie gefunden hatte. Nasja schloss die Hand und drehte sich langsam um.

Da stand tatsächlich Cesar. Er trug seine silbergrauen, langen Haare so wie immer offen. Der Lichtschein der brennenden Häuser flackerte auf seinem hellen Fell.

Er trug eine lederne Weste und einen Gürtel, an dem unzählige Messer steckten. Eines davon zog er gerade heraus.

Doch er war nicht allein gekommen. Neben ihm stand Borgis. Nasja erkannte den König der Trolle sofort wieder. Sein langes Haar war grau, genauso wie sein Bart, der ihm bis zur Brust reichte. Der Blick aus seinen kleinen, dunklen Augen wirkte dieses Mal nicht vergnügt, sondern angriffslustig.

Nasja sah die beiden ganz ruhig an.

Sie hatte keine Kraft mehr, um gegen sie zu kämpfen. Das Schwert in ihrer Hand war viel zu schwer und all ihre

Energie hatte sie aufgebraucht, um den Zentauren zu zwingen, sie hierherzubringen.

Doch das wusste Cesar nicht.

„Was willst du hier?“ Nasja sah Cesar herausfordernd an. „Hatte ich dir nicht gesagt, dass du dich nie wieder hier blicken lassen sollst?“

Cesar lachte schallend. „Du überschätzt dich, Nymphe. Ich habe gerade mit einem ziemlich verschreckten Zentauren gesprochen, der dir entwischen konnte. Wenn sich einer meiner Männer deiner Kontrolle entziehen kann, dann kann ich es auch. Ich hatte mich schon gefragt, wann du hier auftauchen würdest. Aber jetzt habe ich dich ja gefunden. Wo steckt Nemos, der Feigling?“ Cesar sah sich suchend auf dem Platz um. „Wir jagen ihn schon seit Stunden durch die Stadt, aber er entwischt uns immer wieder.“

„Bei mir ist er nicht“, sagte Nasja. „Ist das alles?“ Sie wollte sich schon wieder abwenden, als sich Cesar räusperte.

„Nein, das ist nicht alles. Wärst du nicht gewesen, hätte ich Goros schon im letzten Sommer einnehmen können. Du sorgst für Ärger und das wird jetzt ein Ende haben.“ Cesar hob die Hand mit dem Messer darin.

Nasja holte tief Luft. Sie hatte gewusst, dass es gefährlich war, Artems Haus zu verlassen. Doch jetzt wusste sie, dass es völliger Irrsinn gewesen war, einen Fuß vor die Tür zu setzen.

Wie in Zeitlupe sah Nasja, dass sich Cesars Hand weiter hob. Das Messer lag locker darin. Man sah, dass es eine Handbewegung war, die er oft ausführte.

Hoffentlich war er ein guter Messerwerfer und Nasja fand schnell den Tod. Sie wollte keine Schmerzen mehr fühlen.

Cesars Hand kam am Höhepunkt an.

Nasja wartete auf die schnelle Handbewegung, mit der

er das Messer werfen würde.

„Halt!“ Eine klare Stimme schallte über den Platz.

Nasja erstarrte, als sie die Melodie des Herzschlags vernahm, die ihr so vertraut war.

„Nein“, murmelte sie entsetzt. Was wollte Artem hier? Er sollte sie nicht retten. Er konnte es nicht. Jetzt fanden sie nur beide den Tod.

Als Nasja aufsah, bemerkte sie überrascht, dass nicht nur Artem in der Gasse zu dem Platz aufgetaucht war. Nemos stand neben ihm.

Sein Gesicht war rußverschmiert. Er hatte eine Schnittwunde am Arm und wirkte erschöpft und völlig am Ende seiner Kräfte.

„Oh!“, sagte Cesar überrascht und ließ den Arm sinken. Er sah Nemos und Artem erstaunt an. „Damit habe ich nicht gerechnet.“

„Wir sind hier, um zu verhandeln“, sagte Artem.

„Kann dein König nicht selbst sprechen?“, fragte Cesar spöttisch.

Nemos hob den Blick und sah Cesar feindselig an. „Du hast mich hintergangen, du Verräter“, fauchte Nemos. Dann wandte er sich Borgis zu. „Und du ebenso. Dabei habe ich dir vertraut.“

Borgis lachte. „Das hätte dein Vater niemals getan. Hat er dich nicht gelehrt, dass der den Zuschlag erhält, der das beste Angebot macht? Die Goldminen sind mehr wert als ein paar Katapulte. Obwohl sie sich bewährt haben.“ Borgis besah mit stolzer Miene die eingestürzten Häuser um sich herum.

„Lasst uns zum Ende kommen“, sagte Cesar und wandte sich Nemos zu. „Ergib dich, König von Galadon. Wir haben deine Hauptstadt erobert. Es gibt für dich und deinesgleichen kein Entkommen mehr. Wir haben euch eingekesselt.“

Artem sah Cesar herausfordernd an. „Unsere Männer

sind noch zahlreich in den Straßen unterwegs. Es wird Wochen dauern, bis ihr die Hauptstadt erobert habt."

Cesar sah Artem nachdenklich an. „Das ist richtig und wenn wir Interesse an Goros hätten, würden wir es vielleicht darauf ankommen lassen. Doch das haben wir nicht und deswegen werden wir Goros im Morgengrauen niederbrennen mit allem, was darin noch herumkreucht." Er wandte sich wieder Nemos zu. „Also, König von Galadon. Gib auf! Es gibt keinen Ausweg mehr."

„Niemals!", schrie Nemos. „Ich werde mein Land niemals ein paar Gäulen überlassen."

Cesars Gesicht färbte sich rot. Er machte einen schnellen Schritt nach vorn und packte Nemos an den Armen. „Du bist nichts anderes als ein dummer Junge." Er wandte sich Borgis zu. „Zuerst töten wir seine Frau und dann ihn."

„Lass mich los", kreischte Nemos.

Cesar versetzte ihm eine schallende Ohrfeige und Nemos' Schreien ging in ein Wimmern über.

„Verschont Nasja." Artem sprang vor und stellte sich Cesar mit gezücktem Schwert in den Weg. „Sie trägt an allem keine Schuld."

Cesar zog eine Augenbraue hoch. „Ihr beide tragt die Schuld", sagte er schließlich. „Also könnt ihr auch gemeinsam sterben."

Nasja spürte Artems schnellen Herzschlag. Er hatte immer noch Hoffnung, dass sie entkommen konnten.

Schnell wandte sich Artem Nasja zu. „Lass uns dasselbe tun wie damals im Zelt von Cesar."

Nasja sah Artem mit einem weichen Lächeln an. „Ich kann nicht mehr", flüsterte sie. „Ich habe keine Kraft mehr."

„Genug geredet." Borgis zog ein Langschwert aus einer Scheide an seinem Gürtel und trat auf Artem zu. Dann stieß er einen hohen Pfiff aus. Es dauerte nicht lang und es waren aus allen Richtungen Schritte zu hören. Die Trolle strömten zusammen. Sie kamen aus allen Gassen und umringten sie.

Nasja sah sich resigniert um. Falls Artem mit dem Gedanken gespielt hatte, Borgis mit seinen Feuerkräften zu entzünden, dann war spätestens jetzt klar, dass sie dennoch nicht entkommen konnten. Es waren zu viele Feinde. Sie waren umzingelt. Es war vorbei.

Die Hoffnung in Nasjas Herzen verging endgültig.

Wenigstens würde sie an Artems Seite sterben.

Während Borgis näher kam und Artem sich auf einen Kampf einstellte, wurde Nasja ganz ruhig. Sie sah zu der Statue von Gorgyra und dankte ihr in Gedanken für ihre Rettung und dass sie ihr erschienen war. So hatte sie Artem noch einmal wiedersehen können. Sie würde mit der Gewissheit gehen, dass es jemanden gab, der sie wirklich geliebt hatte.

Dann öffnete Nasja ihre Hand und ließ die blutige Münze los.

Sie fiel hinab und versank im Brunnenwasser. Nasja sah ihr nach, wie sie zu Boden sank und mit dem Bildnis Gorgyras nach oben gewandt liegen blieb.

„Wenn es dich wirklich gibt“, flüsterte sie, ohne die Münze aus den Augen zu lassen. „Dann wünsche ich mir das Goldene Horn, um Galadon zu befreien.“

Nasja sah die Münze noch einen Moment an. Im Wasser spiegelten sich die Flammen der brennenden Häuser und einen Moment lang glaubte Nasja ein Lächeln auf Gorgyras Lippen sehen zu können.

Doch da war der Moment auch schien wieder vorbei.

Nichts geschah.

Mit einem Seufzen wandte sich Nasja vom Brunnen ab.

Sie sah Artem noch einmal an und erkannte die Liebe in seinen Augen. In seinem Gesicht lag das Freie und das Wilde, das sie so sehr an ihm bewunderte.

In einem anderen Leben und in einer anderen Zeit hätten sie glücklich sein können. Ihre Liebe hätte die Welt zu einem besseren Ort gemacht. Doch in diesem Leben wartete nur der Tod auf sie.

Nasjas Hand schloss sich fester um ihr Schwert. Wenn sie ging, dann wollte sie ehrenvoll im Kampf sterben.

Sie hob das Schwert und stellte sich neben Artem.

Er nickte ihr zu und ein Lächeln lag auf seinen Lippen.

Bald waren sie frei. Bald waren sie vereint und sei es auch nur im Tode.

KAPITEL 25

Mit einem scharfen Zischen wirbelte das Langschwert von König Borgis durch die Luft. Er beherrschte seine schwere Waffe mit einer erstaunlichen Leichtigkeit. Die Trolle, die sich um sie drängten, jubelten ihrem König zu. Hinter ihnen hatten sich die Zentauren trotz der brennenden Häuser näher herangewagt. Dieses Spektakel wollten sie sich nicht entgehen lassen.

Nemos hatte sich völlig aufgegeben. Er hing im festen Griff von Cesar und starrte mit leerem Blick auf den Platz. All seine Arroganz und seine Überheblichkeit waren von ihm abgefallen. Er sah plötzlich so jung aus, wie er war, ein Siebzehnjähriger, der die Aufgabe seines Lebens zu zeitig übernommen hatte und an seiner Arroganz und Überheblichkeit gescheitert war.

Doch den Preis für seine Verfehlungen würde er nicht nur allein zahlen. Den Preis zahlte das ganze Land mit seinem Blut, seinem Leben, seiner Sicherheit und seinem Wohlstand.

Artem schob sich vor Nasja und schon im selben Moment krachten die Schwerter von Artem und Borgis aufeinander. Artem vollführte eine halbe Drehung und attackierte Borgis aus einer anderen Richtung. Der Troll war schnell und parierte den Hieb ohne Mühe.

Anerkennende Rufe erhoben sich.

Artem ließ sich davon nicht beirren. Auch wenn er wusste, dass es aussichtslos war, zu entkommen, verlor er nicht seinen Kampfwillen. Nasja sah ihm dabei zu, wie er geschickt den Hieben von Borgis auswich, angriff und sich erneut verteidigte.

Immer noch floss Blut an Nasjas Beinen hinab und ihre Knie zitterten immer heftiger. Sie warf einen schnellen Blick hinab und sah die tiefen Wunden durch die Risse im Stoff. Die viel zu große Hose war feucht und klebte an Nasjas Haut.

Langsam wurde Nasja kalt. Die Flammen um sie herum konnten sie nicht mehr wärmen. Das Leben floss aus ihr hinaus und mit jeder Sekunde, die verging, kam der Tod näher.

Mit einem Krachen schlug Borgis' Langschwert erneut gegen Artems Waffe. Es war so viel Kraft in seinem Hieb, dass Artem kurz stolperte.

Borgis nutzte die kleine Schwäche und versetzte Artem einen schnellen Tritt. Er stürzte zu Boden. Er wollte wieder aufspringen. Doch mit dem nächsten Tritt hatte Borgis schon Artems Hand erwischt. Artems Knochen krachten. Sein Schwert rutschte davon und er gab einen keuchenden Schmerzenslaut von sich.

Ein Lächeln glitt über Borgis' Lippen.

Nasja verlor die Kraft in ihren Beinen. Sie stolperte einen Schritt zurück und ließ sich auf den Brunnenrand sinken, um nicht zu Boden zu stürzen. Die Welt drehte sich vor ihren Augen.

Nasjas Hand berührte das Wasser des Brunnens. Verlockend kühl umspülte es ihre Finger.

Das Wasser war aller Dinge Anfang und es war auch ihr Ende.

Die alten Worte ihrer Mutter gingen ihr durch den Kopf.

Es waren Worte zu Gorgyras Ehren.

Borgis hob sein Schwert. Die Trolle johlten und schrien und auch die Zentauren stimmten in ihre begeisterten Rufe ein. Die Menge lechzte nach Blut und Borgis würde es ihnen geben.

Artem versuchte sich mit aller Kraft zu befreien. Doch

seine Hand steckte unter dem festen Stiefel von Borgis fest. Seine Waffe war weit außerhalb seiner Reichweite. Er war verloren.

Nasjas Hand tauchte tiefer in das Wasser, als ob sie sich an der tröstenden Erinnerung an ihre Mutter festhalten konnte, um das Ende ertragen zu können.

Artems Lebenslicht würde nun verlöschen und sie würde ihm schnell folgen. Blut lief an ihrem Arm hinab und floss in das Wasser des Brunnens.

Nasja hielt die Luft an, während Borgis tief einatmete, um genug Kraft für den letzten Stoß zu haben.

Artem erkannte, dass es keinen Ausweg mehr gab. Er blieb plötzlich still liegen. Dann wandte sich sein Blick Nasja zu. Er sah sie an und in seinen warmen, braunen Augen lag all die Liebe, die Nasja sich in ihrem Leben immer gewünscht hatte.

„Wir sehen uns wieder." Seine Lippen formten die Worte, die Nasja sofort erkannte.

„Versprochen", murmelte sie.

In diesem Moment berührte Nasjas Hand etwas Kaltes und Glattes. Es dauerte nur den Bruchteil einer Sekunde, bis sie herumfuhr und in den Brunnen sah.

Etwas Goldenes schimmerte auf dem Boden des Brunnens, genau an der Stelle, an der eben noch die Münze gelegen hatte, die Nasja in den Brunnen geworfen hatte.

Nasja zögerte nicht. Sie griff nach dem goldenen Gegenstand und zog ihn aus dem Wasser. Es war ein Horn. Nur ein Blick genügte, um Nasja Gewissheit zu geben. Sie hielt das Goldene Horn in den Händen. Der Anblick gab ihr Kraft, genug Kraft zumindest, um sich aufzurichten.

„Stopp", schrie sie, so laut sie nur konnte.

Wasser floss aus dem Instrument, während sich Nasja mühsam erhob.

Offenbar hatte ihre Stimme so laut und energisch geklungen, dass sie die Aufmerksamkeit der Anwesenden noch einmal auf sich gezogen hatte. Borgis hatte mitten in seiner Bewegung innegehalten und sah sie überrascht und zugleich verärgert an.

Cesar runzelte die Stirn. Er wusste nicht, was Nasja in der Hand hielt.

Doch Artem wusste es ganz genau. Über sein Gesicht huschte ein Staunen.

Nasja musste sich beeilen.

Borgis wandte sich wieder seinem Werk zu.

Nasja zögerte keine Sekunde. Sie führte das Goldene Horn an ihre Lippen. Die Wassertropfen darauf waren kalt. Dann holte sie tief Luft und stieß mit aller Kraft, die sie noch aufbringen konnte, in das Horn.

Ein tiefer Ton erklang. Er vibrierte in Nasjas Körper und flog dann in die Welt hinaus. Es war, als ob der Klang des Horns dafür sorgte, dass alles stillstand. Borgis ließ verwundert sein Schwert sinken und sah Nasja überrascht an.

Cesar ließ vor Erstaunen Nemos los, der auf die Knie sank und Nasja aus seinen blassblauen Augen verwundert anblickte.

Die Trolle und die Zentauren, die sie umringten, waren verstummt. Sie alle lauschten auf den Klang des Horns, der die Welt verließ. Sein Ruf erreichte die nächste Welt. Das Vibrieren von Nasjas Körper wurde stärker. Das Horn begann zu leuchten und der Ton wurde noch tiefer.

Ein Rauschen erhob sich, als ob ein Sturm aufkommen würde. Es kam vom Meer und wurde immer lauter.

Als der Ton des Horns verklang und Nasja das Instrument sinken ließ, war das Rauschen so laut, dass alle sich umsahen. Doch der Wind wehte nicht. Stattdessen zog ein Nebel über Goros hinweg. Er war dicht und er kroch aus allen Gassen auf Nasja zu.

Von den Trollen und Zentauren kamen überraschte Schreie. Sie spürten die Magie, die sie umgab, und ahnten, dass etwas Gewaltiges auf sie zukam.

Vor Nasja sammelte sich der dichte Nebel. Er wuchs immer weiter an und schließlich schälte sich aus dem Nebel eine riesige Gestalt heraus. Sie wuchs immer weiter an, bis sie Nasja weit überragte. Nach und nach nahm sie immer klarere Konturen an.

Nasja riss die Augen auf, als sie sah, dass vor ihr ein riesiges Wesen entstand, halb Mensch, halb Stier. Das musste ein Minotaur sein. Er hatte den Kopf eines Stieres mit Hörnern so riesig, dass sie Nasja kaum mit ihren Armen ausmessen konnte. Er trug Messer und eine Axt an seinem Gürtel.

„Was ist das?“, keuchte Cesar. Seine Stimme zitterte und die Überlegenheit, die er eben noch ausgestrahlt hatte, war ihm völlig abhandengekommen.

Nemos hockte inzwischen wimmernd am Boden und starrte das Wesen, das dem Nebel entstiegen war, mit angstgeweiteten Augen an.

„Das ist ein Minotaur“, sagte Nasja mit fester Stimme.

In diesem Moment schlug der Minotaur die Augen auf und sah Nasja ernst an. „Was ist Euer Wunsch, meine Königin?“, fragte er mit dröhnender Stimme.

Nasja blickte zu Cesar, der bleich und zitternd die Geschehnisse verfolgte.

Sie betrachtete einen winzigen Moment Borgis, der das Schwert noch in der Hand hielt, mit dem er Artem hatte töten wollen.

Dann streifte ihr Blick Nemos, der zu einem wimmernden Häufchen Elend zusammengesunken war. All seine königliche Würde war von ihm abgefallen.

Dann wandte sich Nasja wieder dem Minotauren zu, der stark und mächtig vor ihr stand und den König der Zentauren und den König der Trolle mühelos überragte.

Nasja wusste genau, was sie wollte. Sie musste nicht lange darüber nachdenken. Sie sah dem Minotauren fest in die riesigen Augen. „Ich will, dass du mit deinen Männern die Zentauren und die Trolle aus dem Land Galadon jagst“, sagte Nasja mit fester Stimme. „Ruhe nicht, bis der Letzte das Land verlassen hat, sei es lebend oder tot.“

Der Minotaur nickte. „Euer Wunsch ist mein Befehl, meine Königin.“

Der Minotaur stieß einen tiefen, grollenden Laut aus. In diesem Moment schwoll der Nebel, der immer noch über den Boden floss, an. Aus ihm erhoben sich weitere Gestalten. Erst eine, dann zwei. Es wurden immer mehr und aus jeder Gestalt formte sich ein bewaffneter Minotaur.

Die Trolle und Zentauren rund um den Platz wurden nervös. Sie begannen zu raunen und zu flüstern. Bis jetzt hatten sie das Geschehen noch immer nicht wirklich ernst genommen. Vielleicht vertrauten sie auch darauf, dass Cesar und Borgis die Angelegenheit schon regeln würden.

Der Minotaur vor Nasja wandte sich von ihr ab. Er zog sein Schwert und ließ es probeweise durch die Luft sausen. Funken sprühten, als die Waffe das Pflaster berührte.

„Lauft“, schrie Cesar, der beschlossen hatte, dass der Minotaur eine Gefahr darstellte. Im selben Moment wandte er sich auch schon um und galoppierte durch die Gasse davon, durch die er gekommen war.

Innerhalb von Sekunden brach Panik auf dem Platz aus. Die Zentauren und Trolle versuchten zugleich, durch die engen Gassen zu entkommen. Doch die Wege waren zu schmal. Es gab ein Drängeln und Schieben. Beim nächsten Hieb fuhr das Schwert des Minotauren durch Fleisch. Schmerzerfüllte Schreie erklangen, deren Echo in der ganzen Stadt widerhallte. Der Nebel war durch ganz Goros geflossen und die Minotauren waren in jeder Gasse.

Der Minotaur hieb mit einer außergewöhnlichen Geschwindigkeit um sich. Jeder Schlag war ein Treffer. Jeder Hieb nahm ein Leben. Die Zentauren und Trolle versuchten nicht einmal, sich zu wehren. Sie sahen ein, dass sie diesem Feind unterlegen waren und nur die Flucht ihr Leben retten konnte.

Schreiend und brüllend versuchten sie den Hieben der Minotauren zu entkommen. Es dauerte nicht lang, bis der Boden des Platzes mit Blut getränkt war. Als der Minotaur sich umsah und außer Nasja, Artem und Nemos keine lebendige Seele mehr auf dem Platz erblickte, nickte er Nasja zu, als ob er sagen wollte, dass sie jetzt in Sicherheit war.

Dann folgten er und seine Männer dem Ruf der Schreie, die die ganze Stadt erfüllten. Nasja hatte keinen Zweifel, dass er seine Aufgabe gewissenhaft erledigen würde und erst dann in die Welt der Toten zurückkehren würde, wenn in Galadon kein lebender Troll und kein lebender Zentaur mehr anzutreffen war.

Nasja sah dem Minotauren nach. Es fiel ihr schwer zu glauben, dass das alles kein Traum war. Doch die toten Leiber der Zentauren und Trolle, die den Platz bedeckten, waren Beweis genug.

Nasjas Hand schloss sich fester um das Goldene Horn.

Artem hatte sich erhoben und trat auf sie zu. In seinen Augen lagen Bewunderung und Sorge.

„Es existiert", flüsterte Nasja, und sie spürte Tränen der Erleichterung auf ihren Wangen. „Gorgyra hat uns gerettet."

„Ja, das hat sie", flüsterte Artem, und ein Lächeln glitt über seine Lippen. „Doch eigentlich warst du es, die Galadon vor dem Untergang gerettet hat. Du hast den Mut gehabt, Gorgyra um Hilfe zu bitten."

„Wir alle haben Galadon gerettet", erwiderte Nasja. Sie wollte auf Artem zutreten.

Doch ihre Beine versagten ihr den Dienst. Nasja spürte, wie sie zu Boden zu sinken drohte. Die Welt begann, sich um sie zu drehen, und drohte im Schwarz zu versinken.

„Ich kümmere mich um dich“, flüsterte Artem, als er nach ihr griff, damit sie nicht zu Boden fiel. „Ich werde deine Wunden versorgen.“

Nasjas Blick fiel auf Nemos, der immer noch auf dem Boden hockte. Er war bleich und starrte die toten Zentauren und Trolle mit entsetzter Miene an, während das Blut ihrer Feinde in einem schmalen Rinnsal um ihn herumfloss und seine Kleidung tränkte.

Nasja sah Artem an, in dessen Blick Achtung und Liebe lagen. Sie spürte ihren zerschundenen Körper und wie sie der Schmerz übermannte.

Dann verschwand die Welt im Dunkeln.

KAPITEL 26

Die Welt war in Licht getaucht, als Nasja die Augen wieder aufschlug. Eine Weile lag sie einfach nur da und war ganz in den Moment versunken. Sie hatte keine Schmerzen. Um sie herum war alles leicht und weich. Sie konnte sich nicht daran erinnern, was sie geträumt hatte. Da war nur eine Ahnung, dass es etwas Schreckliches gewesen war, an das sie sich nicht mehr erinnern konnte und wollte.

Ganz automatisch sah Nasja Artem vor sich, wie er auf einem Pferd und mit einem Lachen im Gesicht über das weite Land ritt. Ein Lächeln schlich sich auf Nasjas Lippen.

„Sie ist wach." Es war Celistras vertraute Stimme, die Nasja neben sich vernahm.

Celistra? Sofort fiel Nasja ein, wo sie sich zuletzt gesehen hatten. Das war am Ufer des Nimbus gewesen, nachdem Nemos das Todesurteil über sie verhängt hatte und die Trolle und die Zentauren Goros gestürmt hatten. Eine Flut aus Bildern überrollte Nasja.

Keuchend holte sie Luft und fuhr hoch. Mit der Bewegung kam der Schmerz zurück. Nasja spürte ihn an unzähligen Stellen zugleich. Sie stöhnte gequält.

„Langsam", sagte Celistra.

Nasja sah sich um. Sie befand sich in ihrer Suite in Schloss Schwanenberg. Neben ihrem Bett saß Celistra und musterte sie mit weichem Blick.

„Wie geht es dir?" Celistra sah sie prüfend an.

„Ich weiß es nicht", erwiderte Nasja wahrheitsgetreu. Sie schlug die Decke zur Seite und betrachtete ihren Körper. Überall war er in Verbände gehüllt. Besonders ihre Beine bis hinauf zur Hüfte waren voller Bandagen.

„Du hattest zahlreiche Schnittwunden“, sagte Celistra. „Die Ärzte haben lange gebraucht, um dich wieder zusammenzuflicken. Aber es heilt alles gut. Keine der Wunden hat sich entzündet. Ich mache jeden Abend Kompressen mit Kräutern, um die Wunden sauber zu halten.“

„Jeden Abend?“ Nasja schob vorsichtig die Beine über die Bettkante. Wenn sie sich langsam bewegte, dann waren die Schmerzen zu ertragen.

„Du liegst seit einer Woche in diesem Bett“, sagte Celistra besorgt. „Du warst manchmal halb wach, sodass ich dir Wasser und Brühe einflößen konnte. Aber die meiste Zeit hast du tief und fest geschlafen.“

„Oh“, sagte Nasja überrascht. Sie zog den Morgenmantel über, den Celistra ihr gereicht hatte. Dann erhob sie sich langsam.

Mit jedem Schritt kehrten ihre Lebensgeister zurück und als sie es bis zu dem Tisch neben den großen Fenstern geschafft hatte und in den sonnendurchfluteten Garten hinaussah, fühlte sie sich wieder halbwegs normal. Sie wusste, dass es noch lange dauern würde, bis ihr Körper wieder völlig verheilt war. Aber es würde ihr wieder gut gehen.

Ihr Magen knurrte und während Nasja hinaus in den beginnenden Frühling sah, holte ihr Celistra Obst und frisches Wasser. Nasja aß mit gesundem Appetit und ging am Nachmittag sogar ein wenig hinaus in den Garten, um ein paar Schritte über die Wiese zu machen. Doch schnell spürte sie, dass sie nicht belastbar war, und ging wieder zu Bett.

Am nächsten Tag ging es Nasja besser, doch sie schlief immer noch viel. Erst am dritten Tag fühlte sie sich bereit, um ihre Suite wenigstens kurz wieder zu verlassen und sich den Neuigkeiten zu stellen, die auf sie warten würden.

„Also", sagte Nasja, während ihr Celistra in ein Kleid half. „Was ist geschehen, nachdem ich das Bewusstsein verloren habe?" Nasja hatte mit Absicht nicht nach Neuigkeiten gefragt. Erst jetzt fühlte sie sich dazu bereit.

„Ich weiß nicht viel", sagte Celistra. „Nur das, was sich die Leute im Schloss erzählen. Sie sagen, dass du aus Gorgyras Brunnen das Goldene Horn gezogen hast und mit ihm hast du die Minotauren zu Hilfe gerufen. Die haben dann die Zentauren und die Trolle aus dem Land gejagt. Dabei waren sie nicht sehr zimperlich. Cesar und Borgis mussten heftige Verluste einstecken."

„Sehr gut", sagte Nasja zufrieden. Die Gefahr war gebannt. Wenigstens darum musste sie sich keine Sorgen mehr machen. „Was ist dann geschehen?"

Celistra schloss den letzten Knopf und begann Nasjas Haare zu kämmen und hochzustecken. „Nemos hat sich seit dem Auftauchen der Minotauren nicht mehr blicken lassen. Er ist in seinen Gemächern und kommt nicht mehr heraus. Artem hat die Regierungsgeschäfte vorerst als sein Stellvertreter übernommen."

„Was ist mit Toto?", fragte Nasja.

„Von Toto gibt es keine Spur. Er ist wie vom Erdboden verschluckt." Celistra steckte die letzte Haarnadel fest und begutachtete ihr Werk. „Fertig."

„Was habe ich sonst noch verpasst?", fragte Nasja und erhob sich langsam.

„Das ganze Land redet über dich. Sie nennen dich die Heilige Nasja", sagte Celistra mit sichtlichem Stolz in den Augen. „Die Geschichten über dich, das Goldene Horn und die Minotauren verbreiten sich wie ein Lauffeuer. Jeder weiß, dass du Galadon gerettet hast."

„Das war ich nicht allein", sagte Nasja sofort.

„Finnie ist heute angekommen", fuhr Celistra fort. „Sie wartet schon ungeduldig darauf, dich wiederzusehen."

„Finnie?" Nasja sah Celistra verwundert an.

Celistra nickte. „Ja, nachdem sie gehört hatte, dass Bonja wieder auf Schloss Schwanenberg ist, ist sie sofort gekommen."

„Bonja ist auch wieder da?" Nasja lächelte erleichtert.

„Ja, die Trolle haben sie wohl sofort zurückgeschickt, nachdem sie von ihrem Kriegszug zurück waren."

„Wie geht es ihr?", fragte Nasja sofort.

Celistra zögerte. Der fröhliche Ausdruck in ihren Augen war schlagartig verschwunden.

„Was ist los?", fragte Nasja besorgt.

Celistra holte tief Luft. „Das fragst du sie besser selbst."

Ein ungutes Gefühl stieg in Nasja auf. „Ist sie verletzt?"

„Nein, körperlich geht es ihr gut. Zumindest habe ich nichts anderes gehört. Aber Bonja ist sehr mitgenommen. Sprich mit ihr, sobald du es einrichten kannst." Celistra sah Nasja ernst an. „Die Zeit bei den Trollen hat sie verändert. Sie wirkt …" Celistra zögerte kurz, als ob sie nach dem richtigen Wort suchte, „… gebrochen", sagte sie schließlich.

„Ich sehe nach ihr, sobald ich kann." Nasja ging zur Tür ihrer Suite. „Wo ist Artem?"

„Du findest ihn in Nemos' Arbeitszimmer." Celistra begleitete Nasja zur Tür.

„Danke für alles", sagte Nasja.

„Ich habe dir zu danken", erwiderte Celistra. „Ich habe hier in Galadon meinen Glauben an die alten Mythen meiner Heimat wiedergewonnen. Dank dir habe ich erlebt, dass es keine Mythen sind. Es ist die einzige Wahrheit und diese Wahrheit hat jetzt die Welt vernommen."

„Hoffentlich vergisst sie es nicht allzu schnell", erwiderte Nasja und verließ ihre Suite. Es war seltsam, wieder durch die Gänge des Schlosses zu laufen. Nasja erinnerte sich noch gut an ihre letzten Schritte durch das Gemäuer.

Sie hatte sie in Begleitung von Nemos' Wachschutz zurückgelegt, als sie auf dem Weg zu ihrer eigenen Hinrichtung gewesen war.

Jetzt lief sie als freie Frau hier entlang.

Nasja spürte, dass sie sich nicht darüber freuen konnte. Wer wusste schon, wie lange dieser Zustand anhalten würde. Nasjas Vertrauen in ihre Sicherheit war fort. Sie wusste, dass sich hier in Galadon jederzeit alles ändern konnte.

Als sie Nemos' Arbeitszimmer erreichte, atmete sie noch einmal tief durch. Nasja war noch nie in diesem Raum gewesen. Lediglich den Konferenzraum hatte sie zu den Ratssitzungen betreten.

Vorsichtig klopfte Nasja an die Tür.

„Herein." Es war Artems Stimme, die Nasja vernahm, und sofort schlug ihr Herz schneller.

Sie öffnete die Tür und betrat das Arbeitszimmer. Es war ein riesiger, heller Raum, von dem aus man weit über den Schlossgarten blicken konnte. Rechts an der Wand stand ein gemütliches Sofa und vor einem riesigen Bücherregal befand sich ein breiter Schreibtisch, hinter dem Artem saß. Als er Nasja erkannte, stand er sofort auf und trat hinter dem Schreibtisch hervor.

Langsam ging er auf Nasja zu, in seinem Blick lagen Staunen und Erleichterung. „Ich bin so froh, dass es dir wieder besser geht. Ich habe mir Sorgen gemacht, ob du dich von den Verletzungen und den Strapazen erholen wirst. Du warst so lange bewusstlos."

„Es geht mir wieder gut." Erst jetzt erkannte Nasja, dass seine rechte Hand in einem Verband lag. „Was ist mit deiner Hand?"

Artem winkte ab. „Nur zwei gebrochene Knochen und ein paar Quetschungen. Es wird seine Zeit brauchen, aber es wird alles wieder heilen. Deine Verletzungen waren deutlich schwerer. Ich habe die besten Ärzte des Landes herholen lassen, damit sie dich wieder zusammenflicken."

Nasja schluckte. Bei Celistra hatte das Ganze nicht so gefährlich geklungen.

„Stimmt es, dass die Zentauren und die Trolle verschwunden sind?“ Nasja sah Artem fragend an.

Er nickte. „Sie sind fort und nach den vielen Toten, die sie beklagen mussten, werden sie sich wohl auch eine Weile nicht mehr hier blicken lassen. Sie haben Angst vor den Minotauren.“

„Was ist mit dem Goldenen Horn geschehen?“ Nasja sah Artem an. Sie hatte Celistra nicht danach fragen wollen. Artem war bei ihr gewesen. Er wusste, was geschehen war.

Artem seufzte und räusperte sich. „Ich wünschte, ich könnte dir bessere Nachrichten überbringen, aber das Goldene Horn ist nicht mehr da. Als du das Bewusstsein verloren hast, ist es dir aus der Hand gerutscht. Es ist auf den Brunnenrand gefallen und von dort zurück ins Wasser. Ich habe den ganzen Brunnen abgesucht, aber es blieb verschwunden. Gorgyra hat es wieder an sich genommen.“

Nasja nickte. Genauso musste es geschehen sein. „Was ist mit unseren Soldaten? Was ist mit den Menschen von Goros? Wie hoch sind die Verluste? Wie sieht es in der Stadt aus?“

Artem seufzte erneut. „Ich habe mir inzwischen einen Überblick verschafft. Du weißt vielleicht, dass ich gemeinsam mit Auris heimlich und hinter Totos und Nemos‘ Rücken einen Teil der Männer, die auf dem Weg vom Norden in den Süden waren, zurück nach Goros in die Kasernen geholt habe. Wir waren in Galadon unterwegs und haben viele Männer abgepasst. Sie sind unserem Ruf gefolgt und sind zurück in die Hauptstadt gekommen. Ich wollte, dass wir vorbereitet sind, falls Goros angegriffen wird.“

„Aber das waren wir nicht“, sagte Nasja betrübt.

„Nein, das waren wir wirklich nicht.“ Artem seufzte.

„Es waren zu wenige Männer in Goros, um die Stadt gegen die Zentauren und die Trolle verteidigen zu können. Etwa fünfhundert Männer sind gefallen und mindestens eintausend Menschen aus Goros haben den Angriff nicht überlebt. Sie sind den Trollen oder den Zentauren zum Opfer gefallen oder wurden unter den zusammenstürzenden Häusern begraben." Artem sah einen Moment betrübt aus dem Fenster. „Es sind dunkle Tage für die Menschen in Goros. Unzählige haben ihr Zuhause verloren. Unsere Soldaten sind rund um die Uhr in der Stadt im Einsatz. Sie beräumen die Straßen und bringen die Toten zum Bestatter."

„Was ist mit der Armenspeisung?", fragte Nasja besorgt. „Ich muss wieder hin und helfen."

„Das kannst du, sobald du wieder ganz gesund bist", sagte Artem sofort. „Ich habe Anfang der Woche mit Bruder Pentos gesprochen und ihm den Auftrag erteilt, die Suppenküche sofort wieder in Betrieb zu nehmen."

„Aber der Tempel wurde zerstört", sagte Nasja hastig. Sie war dort gewesen und hatte es gesehen und gehört. Die Erinnerung an die schrecklichen Bilder ließ Nasja einen Schauer über den Rücken gleiten.

„Das stimmt und solange es dauert, bis der alte Tempel wieder repariert ist, wird Bruder Pentos die Armen in seinem neuen Tempel verköstigen. Samaras Güte wird auch einen festlicheren Rahmen vertragen."

„Und das hat Bruder Pentos einfach so hingenommen?", fragte Nasja verdutzt.

Artem zuckte mit den Schultern. „Er musste es. Schließlich bin ich der Vertreter des Königs und solange Nemos nicht aus seinen Gemächern kommt, um seiner Arbeit nachzugehen, übernehme ich alles Notwendige."

„Hast du mit ihm gesprochen?" Nasja nickte in die Richtung, in der sich die privaten Räume von Nemos befanden.

Artem schüttelte den Kopf. „Er weigert sich, mit mir zu sprechen. Toto ist verschwunden. Im Moment gibt es niemanden, mit dem er reden möchte. Die Ereignisse haben ihn hart getroffen."

„Vielleicht verändern sie ihn ja", sagte Nasja.

„Das kann man nur hoffen." Artem nickte. „Aber wenn ich ehrlich bin, fällt es mir schwer, daran zu glauben."

„Wie geht es jetzt weiter?" Nasja sah Artem fragend an.

Einen Moment lang erwiderte er ihren Blick. In seinen Augen lag so viel, was er sagen wollte. Doch er lächelte nur sanft.

„Du kennst die Bedingungen, unter denen ich ihm geholfen habe, zu überleben. Er muss die Anschuldigungen gegen dich und mich fallen lassen und uns unsere Posten wiedergeben. Er weiß, dass er ohne mich mindestens zehn Mal in den Gassen von Goros gestorben wäre. In dieser Nacht hatte er mit seinem Leben abgeschlossen. Erst recht, als er sich in der Gewalt von Cesar befand. Als Höhepunkt hast du ihm das Leben gerettet und die Schlacht um Goros für ihn gewonnen. Er weiß, dass er tief in unserer Schuld steht, und das ist schwer für ihn zu akzeptieren. Aber er wird es schaffen und die Wunden der Stadt werden verheilen. Das Leben in Goros wird wieder seinen Gang gehen und wir bleiben ein Teil davon."

„Also ist alles wieder beim Alten", sagte Nasja und schaffte es nicht, den Schmerz in ihrer Stimme zu unterdrücken.

„Ja, so ist es wohl." Artems Stimme klang weich und leise und schlich sich sanft in Nasjas Herz, wo sie den Schmerz der Sehnsucht verstärkte. „Es ist eine Frage der Zeit, bis sich Nemos wieder fangen wird. Wir können nur hoffen, dass er dann genug gelernt hat, um es endlich besser zu machen. Die finanzielle Lage in Galadon ist schwierig. Wir brauchen viel Geld, um die Stadt wieder aufzubauen. Ich habe gerade die Bücher durchgesehen. Unsere Ausgaben sind viel zu hoch. Es muss Änderungen geben. Daran führt kein Weg vorbei."

„Glaubst du daran, dass Nemos tun wird, was nötig ist?", fragte Nasja. „Denkst du, er wird endlich einsehen, dass die Vernunft regieren muss und nicht der Stolz?"

Artem zögerte kurz, dann reagierte er so, wie Nasja es erwartete hatte. Er schüttelte leicht den Kopf. Auch Nasja wusste tief in sich drin, dass Nemos sich nicht grundsätzlich ändern würde. Doch vielleicht irrten sie sich auch und er überraschte sie.

Mit einem Mal griff Artem nach Nasjas Hand. Sie fühlte seine Finger warm an ihren. „Wir werden das schon alles schaffen", flüsterte er.

„Was wird mit uns?", fragte Nasja leise.

Einen Moment schwieg Artem nachdenklich. „Wir sind am Leben, Nasja, und wir werden uns sehen und miteinander reden können. Nicht so, wie ich es mir wünsche, aber es wird genug sein."

Die Wärme seiner Finger durchströmte Nasja und weckte die Sehnsucht nach mehr. Nasja sah Artem in die warmen, braunen Augen und dann strich sie ihm sanft durch das Haar. In seinen Augen blitzte das Wilde und Ungestüme auf und Nasja spürte ein bitteres Lächeln auf ihren Lippen.

„Irgendwann", sagte Nasja heiser. „Irgendwann reiten wir gemeinsam davon. Nur wir beide und der Wind in unseren Haaren. Dann sind wir frei und niemand kann uns mehr befehlen, was wir zu tun haben."

„Ich werde auf dich warten", flüsterte Artem heiser, und sein Blick huschte zu ihren Lippen.

Nasja spürte, wie es sie zu Artem zog, wie sie sich in seine Arme sinken lassen wollte, um endlich das zu bekommen, wonach sie sich aus tiefstem Herzen sehnte. Doch sie spürte auch eine neue Stärke in sich.

Sie hatte alles riskiert und sie hatte gewonnen. Wenn ihr das gelang, dann hielt sie auch ihre Sehnsucht aus.

„Versprochen?" Nasja lächelte Artem an.

„Versprochen." Er erwiderte ihr Lächeln, auch wenn sie beide wussten, dass sie niemals frei sein würden.

Ende Band 2

IMPRESSUM

Das Goldene Horn – Die Chroniken von Galadon 2
ISBN: 978-3-96966-824-5

karola.loewenstein@gmail.com
Lektorat: TextCare (www.textcare.de)
Umschlaggestaltung: www.katharina-netolitzky.com unter Verwendung von Grafiken von Shutterstock

Bestellung und Vertrieb: Nova MD GmbH, Vachendorf
Hrsg.: K. Schubert
Autorencentrum.de
Ein Projekt der BlueCat Publishing GbR
Gneisenaustr. 64
10961 Berlin
E-Mail: bluecatmedia@web.de
Tel.: 030 / 61671496
Pakete werden nicht angenommen.